CHRISTIAN CHARRIÈRE

La Forêt d'Iscambe

JEAN-CLAUDE LATTÈS

A Jean et Thérèse DEQUIN.

Tu possèdes en toi tout le mystère terrible et merveilleux.

(Ostanes à Cléopâtre.)

Des signes annoncent à l'être humain son passage à une vie plus limpide, véritables messages du futur qu'il faut méditer, éclairer des lueurs de l'intuition, interpréter par métaphores successives pour cueillir leur sens secret et se tenir, à la fois impatient et apaisé, dans l'attente de l'inévitable. Et, des années plus tard, quand It'van, retrouvant cette journée dans sa mémoire, essaiera de découvrir ces avertissements, il pensera au vol de flamours qu'il aperçut ce matin-là, dans un ciel sans nuages, en sortant du fortin de la vallée d'Emeraude.

Le flamour n'est pas un migrateur ordinaire : venu du couchant, il se dirige droit vers l'est et le soleil levant, vers ces pays de la source et de la lumière dont nul, jamais, ne le vit revenir. On dirait qu'il va se disperser, se dissoudre là-bas, s'anéantir dans cette clarté naissante, comme meurt le fleuve dans l'Océan – où il subsiste pourtant. Ses couleurs sont celles du feu et ses dimensions impressionnantes : plus de douze mètres de la pointe du bec à l'ultime touffe enflammée de sa parure. Mais ce qui le distingue des autres oiseaux, ce sont ses ailes. Il en a huit paires d'égale grandeur et qui battent l'air en cadence. Vu du sol, il semblerait une haute galère frappant de ses rames conjuguées la surface écumeuse des mers. Voilà ce qui en fait l'oiseau-signe, le cygne aérien du destin – et pourquoi, franchissant comme chaque matin le fossé d'enceinte où, sur une eau noire, flottaient des lotus roses, It'van fut ému en apercevant les flamours. Il allait se passer quelque chose, se dit-il, un événement qui mettrait un terme à sa vie tranquille et rêveuse, à sa longue adolescence et à sa paresse ensoleillée.

Il les suivit longtemps du regard, puis, quand ils eurent disparu, comme avalés dans la bouche embrasée du ciel, il prit son élan dans la rue centrale du village, entre les paillotes encore assoupies et vers les rizières en terrasses qui s'étageaient là-bas au-dessus du cours d'eau où s'attardaient les brumes de l'aurore. Et, pendant que se hâte ainsi le jeune homme aux longs cheveux blonds, donnons quelques détails indispensables à l'intelligence de ce récit.

It'van a vingt-deux ans. Il est vêtu d'une tunique jaune lui arrivant aux genoux et laissant à découvert ses bras nus. Il porte en bandoulière une besace de cuir remplie de cette herbe bleue qu'il destine à une certaine personne dont nous ferons bientôt connaissance. Sa main brandit un arc et des flèches. Son visage annonce la franchise, la force, mais aussi l'incomplétude. Un être mystérieux – et comme futur – semble lové en lui qui attend l'instant favorable pour se déployer et se montrer à la clarté du jour. It'van est en formation et sur le chemin du rassemblement. Il est un pur devenir, une fenêtre où s'accoudera l'homme nouveau qui patiente dans la chambre. Une fenêtre, oui, une haute fenêtre, car il est d'imposante stature, mesurant à peine moins de deux mètres, précise silhouette physique qui semble être enveloppée d'une autre et imprécise silhouette : celle formée par la lumière qui émane de lui, gangue impalpable et mouvante que seuls le sommeil ou la mort peuvent altérer.

« It'van-le-blond » : c'est ainsi qu'on le nomme dans la vallée, mais aussi – en raison de ses origines

– « It'van-l'abandonné ». Vingt années auparavant, le roi Tanguy, monarque électif de la vallée d'Emeraude, l'a recueilli au pied d'un arbre, dans la savane, enfant oublié, sans doute rejeté par un de ces chariots errants de réfugiés que la guerre et la famine avaient chassés des villes dévastées. Ou peut-être comme le suggère encore le roi en souriant, était-il le fruit tombé de ce manguier vénérable à la base duquel, paisible, il reposait. En tout cas, il emporta ce fruit, le vêtit, le nourrit et veilla personnellement à son éducation.

Tanguy était un de ces hommes d'armes percés de cent blessures, balafrés du front au menton et qui, de l'art intuitif de la guerre, savent utiliser toutes les ressources. « Sois en harmonie avec toi-même, disait-il. Célèbre en toi les épousailles de l'instinct et de l'intelligence et tu triompheras de tes ennemis. Même quand tu dors, ajoutait-il, l'être obscur que tu contiens doit être sans cesse en éveil, comme un grand duc dans la nuit épaisse. Et s'il sait que tu l'écoutes, que tu lui attribues grande importance, alors il t'enverra maints messages dont tu tireras profit. »

Depuis peu, cependant, il ne prononçait plus ce genre de phrases. On eût dit qu'il se méfiait désormais des conseils du grand duc, de ce guide intérieur qui trône en son palais des ténèbres. Lui si joyeux naguère, si présent au monde, s'était assombri, était devenu irritable, sauvage, solitaire. Cela préoccupait non seulement It'van, mais aussi Anne, la fille unique du roi.

« Comment cela est-il possible ? demandait-elle au jeune homme qu'elle aimait tendrement. Pourquoi a-t-il changé à ce point ? Il se met en colère pour des riens et me tourmente sans raison. »

It'van ne savait que répondre. Plusieurs fois, il avait tenté d'obtenir des éclaircissements sur ce sujet auprès du roi, mais celui-ci l'avait rembarré avec grossièreté. N'eût été la reconnaissance qu'il devait à Tanguy, il s'en fût peut-être offusqué.

Le roi était en effet le bienfaiteur d'It'van. Il lui avait enseigné tout ce qu'il savait. A son tour, le jeune homme était devenu un redoutable guerrier et le meilleur archer certainement de la vallée d'Emeraude. Il était capable, à cent mètres, de ficher sa flèche au centre d'une minuscule arbouse.

Là où il excellait véritablement, c'était dans les tâches d'observation, domaine où ses dons étaient exceptionnels – et c'est pourquoi il devint le guetteur privilégié du fortin. La situation du château de Tanguy – une petite forteresse en bois, entourée d'une palissade et d'un fossé – contrariait la pleine vision des espaces environnants. Le danger ne pouvait venir du nord où s'étendait l'immense et infranchissable forêt d'Iscambe, jungle enchevêtrée, peuplée de singes hurleurs, de clapattes visqueux et furtifs, de gnomes imprévisibles et où de grandes villes mortes s'effondraient peu à peu dans la végétation. Le péril venait du sud où l'on se battait encore sur les rives de la Loire.

Deux partis s'y disputaient le pouvoir à coups d'insultes, de canons rouillés et d'épées ébréchées. Le premier était l'O.C.R.E. (Organisation de Combat Révolutionnaire), attachée à la démocratie pluraliste, système de multiples cellules d'asservissement où l'homme rencontrait aussitôt le petit maître qui l'écrasait. Il s'opposait à l'A.R.P. (Action Révolutionnaire du Peuple) qui préconisait au contraire un dictateur unique, lointain et féroce, un commandement central et une foule d'esclaves à l'échine courbée. Miliciens de l'A.R.P., gardes d'assaut de l'O.C.R.E. s'entre-tuaient dans les cités désertes qui n'en finissaient pas de brûler et dont les incendies éloignés coloraient le ciel nocturne. Il arrivait parfois qu'une trêve vînt apaiser les combats. C'étaient ces interruptions que redoutaient les habitants de la vallée d'Emeraude, car des commandos de l'une ou l'autre faction en profitaient pour s'élancer en colonnes infernales loin vers le nord, jusqu'à la forêt d'Iscambe. Certes les Emeraldiens rendaient coup pour coup et Tanguy-l'ancien savait conduire au combat, non seulement la garnison du fortin, mais aussi artisans et paysans rassemblés en compagnies d'archers et de lanceurs de pierres. Encore fallait-il être prévenu un certain temps à l'avance pour battre le rappel des troupes et mettre sur pied une défense intelligente. C'est ici, précisément, qu'intervenait It'van.

Tous les matins, il allait se poster au sommet d'une colline située à une heure de marche de la petite forteresse. Là, juché sur un arbre où il s'était construit une cabane aérienne, il regardait, au-delà du parfait damier des rizières, la plaine sauvage, savane desséchée où de rares boqueteaux verdoyaient modestement. Il pouvait rester des heures ainsi, immobile, contemplant les lointains, l'esprit aventureux et qui s'enfonçait avec délices dans l'ombreuse nation du dedans. Pourtant, quel que fût son parcours intérieur, il demeurait attentif aux moindres phénomènes du monde sensible. Une troupe en marche – fût-elle éloignée de dizaines de kilomètres – trahit toujours sa présence par une infime altération du paysage. Cela peut être le bref éclair d'une arme où le soleil, soudain, s'exclame, la mince fumée azurée d'un étouffé feu de camp, l'envol d'une escadrille de corneilles hors du feuillage où elle bivouaquait.

Ainsi, tout en rêvant, It'van continuait à fixer sur le sud le regard du guetteur. D'ailleurs, si par mégarde il s'était endormi, l'eussent réveillé en cas d'urgence non seulement le grand duc qui, en lui, restait sur le qui-vive, mais aussi la sombre et vivante immensité à laquelle il s'adossait.

Derrière lui, à une centaine de mètres de la colline, commençait la forêt d'Iscambe, masse impénétrable au regard où nul – à moins d'être fou – ne se fût risqué. A la lisière, de grands arbres aux troncs blanchâtres laissaient pendre leurs lianes comme les débris des liens dont ils se seraient jadis libérés pour croître. De l'endroit où il était installé, It'van dominait le faîte de la jungle, incessant moutonnement que trouaient çà et là les tours lointaines des cités englouties. Des oiseaux étranges et dorés jaillissaient parfois de l'épaisse nappe de feuillage, montaient un instant vers le soleil puis piquaient bien vite, comme éblouis, vers l'océan de verdure. Au déclin du jour la forêt retentissait de cris d'adoration, d'appels, de clameurs. Des parfums subtils, alors, émanaient d'elle avec la rosée du soir. Et si une averse, peu avant, avait fait crépiter les feuilles, les dernières sagaies du soleil couchant exaltaient jusqu'à la folie des senteurs de courtisane langoureuse. Oui, cette forêt était une femme : elle en avait la molle et rêveuse nonchalance, les mouvements doux qu'interrompaient soudain de noirs éclats. Dans la journée, sous l'intense chaleur, elle semblait dormir. Dormait-elle vraiment ? Des frémissements la parcouraient. On eût dit la somnolence d'une brune et exotique beauté allongée sur le divan du monde. Puis elle tressaillait et ses mouvantes frondaisons s'emplissaient de soupirs. Soufflait alors sur It'van l'haleine même des ténèbres, relent d'une cave longtemps close et dont on ouvre la porte, senteur de sous-bois humide, profond, mystérieux.

Parfois, venue d'ouest, avec sa haute cavalerie de nuages, la tempête assaillait en bourrasques la forêt assoupie : sous l'étreinte du vent elle haletait, gonflait ses muscles de feuillage, roulait sa hanche verte jusqu'à l'horizon. Sur la colline, dans sa cabane accrochée au sommet de l'arbre de guet, It'van bougeait des mêmes mouvements dont l'immense jungle était secouée. Dans ces instants, il lui semblait l'embrasser étroitement, faire corps avec elle, s'identifier à elle : il lui semblait être lui-même cette forêt bousculée par l'orage. Il finit par la considérer comme un être vivant, un être unique, avec ses désirs, ses passions et, surtout, son langage. Elle lui parlait, la forêt d'Iscambe ! Du salut matinal – ruissellement de brise à travers les feuilles – jusqu'au grave et craquant adieu du soir, c'étaient de longues et verdoyantes conversations.

Qu'elle lui fût amicale, It'van n'en pouvait douter. Il en eut la preuve en une très sérieuse circonstance. L'année précédente, au début de la saison sèche, des fièvres l'avaient plongé dans une torpeur passagère. Quoique affaibli, il avait tenu à ne rien changer de ses occupations. Il continuait à gagner son poste de guet, à poser sur les lointains pays de la barbarie un regard de vigilance. Un matin, alors qu'il était assis et adossé au tronc de l'arbre, il s'était endormi, le front brûlant et ruisselant de sueur. Quelques minutes plus tard l'avait réveillé un surprenant tumulte : une agitation qui s'accordait avec la fièvre qui lui battait les tempes. Il s'était retourné. La forêt d'Iscambe grondait, elle bougeait follement, comme un animal dans un enclos que l'incendie menace. Parfois, deux arbres s'écartaient, la lisière se trouait et une bouche noire, convulsée, apparaissait où s'exprimait il ne savait quel rauque avertissement. La forêt était inquiète, mais pourquoi ? Haussant les épaules, il s'était détourné d'elle et avait jeté sur l'horizon du sud un bref et machinal regard. Il avait alors sursauté et écarquillé les yeux. Là-bas, au fond de la plaine accablée de soleil, s'apercevait un léger nuage de poussière, celui que soulève une troupe en marche à travers une savane aride.

Le lendemain après-midi, la colonne des gardes d'assaut de l'O.C.R.E, ralentis par leurs choupins – animaux de trait sensuels et paresseux – avait débouché sans méfiance dans la vallée d'Emeraude, s'apprêtant à recueillir la reddition du fortin. Ils étaient un peu plus d'une centaine, vêtus d'uniformes de couleur caca d'oie, de casques en forme d'assiette à soupe, arborant des lances, des épées, des arbalètes. Certains portaient ces armes venues des temps anciens, nommées fusils mais que de rarissimes munitions rendaient presque inopérantes. Hissée sur un chariot sans bâche, halée par des choupins qui en tendant le cou faisaient mine de s'exténuer, une vieille mitrailleuse à la gueule rouillée était pointée sur le fortin. Une moto accablée d'âge pétaradait sur laquelle un officier lançait des ordres d'un air sévère. Avec une altière assurance, la colonne s'engouffra dans un bois d'eucalyptus. Quand elle y eut complètement pénétré, un liquide brûlant s'échappa d'outres placées dans le feuillage, pluie d'huile bouillante qui fit jaillir, avec des cris de souffrance, le hurlement veule des choupins. La troupe, stupéfaite de cette agression venue d'en haut, reflua sur le chemin, cherchant à sortir du bois. Ils n'avaient pas fait dix pas dans cette direction qu'ils s'arrêtèrent : devant eux une centaine d'archers en position de tir les visaient. Ils firent demi-tour et se précipitèrent dans l'autre sens, allant vers le fortin. Là aussi la voie était bloquée. Une foule d'hommes lourdement armés, à l'affût derrière leurs hauts boucliers, dardaient sur eux des lances d'impressionnante longueur. Alors, torturés par l'huile qui rissolait sur leurs épaules, craignant la vibrante décharge des arcs et l'attaque des lanciers, ils quittèrent le chemin pour se ruer dans le sous-bois. Tout à coup le sol qu'ils croyaient sûr, gazon qu'ils foulaient de leur course rapide, se déroba sous leurs pas et ils furent engloutis dans des fosses profondes et remplies de lait de chaux. Ceux qui tentèrent de s'en prémunir en reculant à nouveau y furent poussés par un flot d'assaillants et subirent le sort général. Un jour et une nuit, ils restèrent à crier au fond de leurs pièges liquides. Ils furent libérés à l'aube et renvoyés, blanchâtres, craquelés, dans la savane stérile, statues en mouvement qui regagnaient leurs désastreuses cités.

A partir de cette embuscade naquit chez It'van le

désir de pénétrer un jour à l'intérieur de la forêt d'Iscambe. Certes les autres – et Tanguy-l'ancien en particulier – n'eurent pas de mots assez sévères pour accabler « ce projet délirant », mais au fil des mois ne fit que s'affermir la résolution du jeune guetteur. Il avait même repéré l'endroit où il s'introduirait : une route des anciens temps, cimentée et goudronnée, séparée en deux voies par une balustrade rouillée et qui s'engouffrait dans la jungle. Bien entendu, si résistant qu'eût été le revêtement, il n'avait pu empêcher la végétation de le crever. Les arbres qui s'y enracinaient l'avaient troué; il subsistait par plaques entières et formait en tout cas une voie de pénétration acceptable.

Les Emeraldiens pour leur part considéraient comme un net désagrément la proximité de la forêt d'Iscambe, maléfique voisinage qui les condamnait la nuit à se barricader chez eux. Ce n'était point tant les fauves, les gnomes ou les grands singes hurleurs que les clapattes qui les effrayaient. Leurs lamentations, leurs cris de désespoir, expression d'une douleur sans remède et qui, certaines nuits de pleine lune, semblaient être la voix de la forêt, picoraient leurs échines de frissons désagréables. On les accusait de tous les maux. Si quelqu'un mourait en pleine force de l'âge, on le disait avoir été touché par un clapatte. Et si l'on signalait un cas de folie, leur influence mauvaise était dénoncée. On racontait aussi qu'ils étaient munis de petites cordelettes et qu'ils étranglaient les imprudents qui la nuit se risquaient au-dehors. It'van avait beau représenter que nul n'avait jamais été étranglé dans la vallée d'Emeraude, on haussait les épaules et narrait des histoires anciennes et invérifiables.

Le jeune homme soupçonnait qu'il y avait beaucoup d'exagération dans tout ce que l'on racontait au sujet des clapattes. Ces êtres lamentables qu'il entendait souvent pleurer ne pouvaient avoir la férocité qu'on leur prêtait, et certainement ils étaient davantage des victimes que des bourreaux. Toutefois, il restait sur ses gardes. Quand il empruntait son chemin de lisière pour gagner la colline, il gardait toujours une flèche engagée à son arc afin de pouvoir tirer plus rapidement.

Il en avait aperçu un. C'était précisément à l'endroit où l'ancienne route goudronnée s'enfonçait dans la végétation. It'van rêvait à sa future expédition et supputait ses chances de rester plus d'une journée dans la forêt, quand il avait entendu un bruit bizarre, comme d'une chaussure qui se dégagerait difficilement d'un sol humide et marécageux. Il avait levé les yeux et vu l'espace d'un instant, à quelques mètres de lui, un de ces terrifiants clapattes dont le voisinage semait l'épouvante dans la vallée d'Emeraude. C'était une pauvre créature aux prunelles énormes et exorbitées, qui jetait sur lui un plaintif regard. Il avait la stature et l'aspect d'un enfant de dix ans – mais malingre et de la morne couleur des papillons de nuit. Ses grandes oreilles en feuilles de choux bougeaient mollement, comme agitées par les brises. Sa bouche était ouverte sur de petites dents luisantes et une langue étrangement immobile. Une humeur visqueuse couvrait sa peau sombre; l'on eût dit qu'en certains endroits – à l'aine, sous les bras, sur la poitrine, au sommet de la tête – elle se résorbait en bulles malsaines qui claquaient. Le clapatte était nu et un petit sexe ressemblant à un cigare à demi entamé pendait entre des cuisses rachitiques. Soudain, tout en fixant It'van de ses yeux rouges et larmoyants, il avait poussé un long gémissement, plainte si désespérée que le jeune homme, lâchant son arc, avait levé vers lui une main compatissante. Aussitôt, d'un bref élan de ses pieds spongieux, le clapatte avait bondi et disparu dans les fourrés. Là où il s'était tenu, sur l'ancien macadam, un rayon de soleil soûlait de reflets dorés une petite flaque de liquide.

Depuis cette rencontre – et bien qu'il n'en eût plus revu par la suite – It'van avait décrété que les clapattes n'étaient pas dangereux. Aussi, ce matin-là – jour où notre histoire commence – c'était sans inquiétude aucune qu'il longeait la jungle.

A la lisière, un vieux vent chaud et exténué poussait ses derniers soupirs sur les palmes. Parfois, une compagnie de singes, bousculant le feuillage, brisait la paisible extase des arbres... C'était une idyllique journée où tout brillait comme une neuve piécette, où le ciel lui-même paraissait avoir été repeint pendant la nuit.

Avant de gravir sa colline, It'van rendit visite à Noémie. Il l'avait découverte une semaine auparavant, moribonde, affamée, incapable du moindre mouvement. Avec des branchages et des feuilles de bananier, il lui avait construit un abri. Tous les matins, il lui apportait l'herbe bleue nécessaire à sa subsistance. Et puis, la veille, It'van avait été récompensé de ses soins. Noémie avait pondu, en poussant des « Huch-huch » déchirants, quatre œufs gros comme des boulets, qu'elle se mit tout aussitôt à couver. Quand It'van parvint à sa retraite, elle était sur le seuil. Se lissant ses pattes poilues, elle observait sa quadruple création. Ses yeux étaient immenses : disques légèrement incurvés et aux innombrables facettes, une pensée d'or semblait s'y mouvoir et s'y vêtir de couleurs ardentes et successives. Ses ailes vibraient, ou plutôt ronronnaient, et l'on voyait leur transparente substance s'orner d'yeux éphémères semblables à ceux – durables – dont le plumage des paons est paré.

Noémie était une mouche de Cappadoce, c'est-à-dire qu'elle avait la dimension d'un gros bœuf de labour. Mais elle était bien plus gracieuse et quand elle faisait onduler sa trompe noire, ou bien qu'elle se lissait les pattes avec la nonchalance d'une femme douce et pensive, elle était réellement charmante.

Ces mouches gigantesques étaient apparues jadis pendant l'année terrible, année où la civilisation sombra. Elles bourdonnaient, ces énormes bêtes, dans les villes incendiées, tournoyaient longtemps au-dessus des brasiers, parmi les fumées délétères, avant de repérer leur nourriture et de fondre sur elle comme une balle. Le caoutchouc brûlé formait, à cette époque-là, l'essentiel de leurs moyens de subsistance : et encore le voulaient-elles fraîchement consumé et épicé de braises encore vivantes. Un gros pneu qui fumait était pour elles un plat délectable : froid, elles le regardaient avec répugnance. Lorsque eurent été brûlées ou bien refroidies toutes les provisions de pneumatiques que comptaient les vieilles cités, les mouches de Cappadoce durent se mettre en quête d'une autre nourriture. Elles la trouvèrent – parcimonieusement répandue – dans les campagnes et les forêts. C'était une petite herbe courte et bleuâtre qui possédait non seulement le goût mais aussi les vertus du caoutchouc brûlé. Malheureusement, les pâturages d'herbe bleue étaient insuffisants pour nourrir le peuple innombrable et aérien des mouches de Cappadoce, aussi beaucoup moururent-elles. Et il n'était pas rare, dans la savane desséchée, de tomber sur leurs cadavres renversés, masses pourrissantes autour desquelles des nuages de mouches lilliputiennes bourdonnaient de jalousie satisfaite.

On en voyait quelques-unes, parfois, survoler la vallée d'Emeraude et tourner au-dessus du fortin. Il eût été aisé, dans ces circonstances, de les abattre, mais il n'y avait point d'utilité à le faire. Ces mouches avaient une odeur forte qui les rendait incomestibles. Elles ne présentaient nul danger pour l'homme. Dans leurs rapports avec lui, elles étaient timides et se tenaient éloignées. A l'intérieur même du fortin, par une bizarrerie de la nature, l'herbe bleue croissait avec abondance : jamais, de jour ou de nuit, une mouche de Cappadoce n'eut l'audace de venir s'en repaître. Tournoyant dans le ciel, elles la regardaient avec nostalgie mais n'osaient se risquer parmi les hommes d'armes qui, sans doute, les eussent laissées faire. C'est pourquoi demeurait inentamé ce trésor alimentaire dont It'van faisait largement profiter Noémie. Non seulement il lui en apportait chaque matin, mais en plus il avait constitué au fond de l'abri une réserve de cette herbe providentielle, aussi bonne sèche que fraîchement fauchée...

Il vint s'agenouiller à son côté et lui flatta doucement l'échine, là où les ailes s'enracinaient dans la cuirasse aux reflets dorés. Elle tourna vers lui son énorme tête triangulaire dont les yeux – en verdâtre mosaïque – occupaient la plus grande part. « Huch-huch », dit-elle avec douceur avant de reprendre son observation. Dans l'abri, les quatre œufs posés sur une litière de foin étaient agités de mouvements sporadiques. Bientôt, l'un d'entre eux se fendilla et s'ouvrit sur un petit trésor ténébreux. Une trompe noire apparut, maladroite et hésitante, puis un corps menu qui se déplia hors de la coque brisée en deux. Pas plus grande qu'un lapin, la jeune mouche regardait le monde de ses yeux immenses et sérieux où, déjà, le soleil s'égouttait. Elle fit en avant deux ou trois pas chancelants et tomba. Etonnée, elle resta un instant sur le dos, dévoilant essieux et rouages de chair, battant ses pattes comme des cartes. Enfin, Noémie s'approcha d'elle, la remit d'aplomb, procéda de sa trompe aspirante à la première et maternelle toilette.

Pendant ce temps, les autres œufs avaient éclaté, livrant passage au reste de la progéniture. Toute la journée fut occupée par des tâches éducatives. Il s'agissait d'apprendre à marcher puis à voler. La mère essayait de leur donner l'exemple, mais l'envol fut difficile. It'van dut lui prêter main-forte. Se saisissant des bébés mouches, il les haussait à l'extrémité de ses bras, les projetait en l'air, tâchant de leur imprimer un élan qui leur permît de se maintenir un certain temps au-dessus du sol. Ces tentatives furent à la fin couronnées de succès. Quand le soir vint coller sur la vitre du ciel sa grande aile luxuriante de papillon pourpre, la famille de Noémie put s'envoler puis, après avoir tourné un instant au-dessus d'It'van, s'élancer vers le nord en survolant la forêt d'Iscambe. It'van les regarda disparaître dans l'air embaumé, minuscules petits points se suivant l'un l'autre et que le soleil rosissait, tandis que des verdoyantes tribunes des grands arbres s'élevaient, tels des cris d'encouragement, les clameurs des grands singes.

Lorsque les mouches se furent évanouies dans les lointains, It'van s'avisa de sa faute. Il avait délaissé sa besogne de guetteur : il n'était pas monté aujourd'hui au sommet de la colline. Il haussa les épaules. L'éventualité d'une nouvelle expédition militaire de l'O.C.R.E. ou de l'A.R.P. était bien improbable. Ils attendraient longtemps encore avant de se risquer à nouveau vers la vallée d'Emeraude. Il allait rebrousser chemin dans la direction du fortin quand un scrupule le retint. « Je pourrais quand même jeter un coup d'œil », se dit-il. Il courut vers sa colline, la gravit à grands pas. Lorsqu'il en eut atteint le faîte, il resta un long moment ébahi.

Devant lui, à moins d'un kilomètre, deux hommes chargés de sacs et vêtus de robes de laine s'avançaient. L'un avait de longs cheveux blancs. Le second, beaucoup plus jeune, était un adolescent, semblait-il. Un choupin sans aucun fardeau les suivait à quelques pas, bougeant sa tête lunaire et faisant mine de peiner. Glissant une flèche à son arc, It'van tira en l'air. Décrivant une longue courbe, le projectile tomba à quelques mètres devant les voyageurs. Surpris, ils s'arrêtèrent.

« Ça recommence ! » se dit Evariste en voyant le trait se ficher dans le sol et trembler comme si la flèche avait voulu dicter son effet. Oui, « ça » recommençait : depuis trois mois qu'ils avaient quitté la ville et les domaines du Bureau Populaire, c'était la douzième fois qu'ils étaient attaqués. Généralement « ça » se terminait bien, grâce à l'influence bénéfique du Fondeur et à l'empire qu'il ne tardait pas à exercer sur l'esprit des assaillants. Oui, mais s'ils avaient été sourds, par exemple ? Ou parlé une langue inconnue ? Telle était l'angoisse d'Evariste. C'est pourquoi il apostropha son compagnon avec une certaine nervosité :

« Maître, que faut-il penser de cette flèche ? demanda-t-il. Cherche-t-on à nous assassiner avant toute conversation ? Dois-je dégainer mon épée et la brandir ?

– Ne crains rien, moinillon, dit le Fondeur. Acharne-toi plutôt à tirer ton âme du fourreau épais où elle sommeille. Fais-la étinceler au-dehors. Pour qui est sur la voie des archipels, il n'est point de dangers véritables mais des épreuves où la volonté se forge. Ainsi...

– Oh ! regardez, maître ! » s'exclama Evariste.

Devant eux, sur le flanc d'une petite colline dénudée, un jeune homme courait ou plutôt bondissait à leur rencontre. Il allait si vite qu'il semblait – flèche vivante – avoir été lancé par quelque mystérieux archer, peut-être par cette forêt gigantesque dont Evariste apercevait, au-delà de la colline, le sauvage déploiement.

« C'est la forêt d'Iscambe, avait dit tout à l'heure son compagnon. Regarde-la bien de l'extérieur, car nous ne tarderons pas à la connaître à l'intérieur. »

L'adolescent se mit soudain à espérer que le jeune homme blond les empêcherait de commettre une pareille folie. Peut-être leur ordonnerait-il de rebrousser chemin ? Il n'était plus très sûr d'avoir envie de suivre partout le Fondeur. Celui-ci, comme tous les laineux (c'est-à-dire les philosophes errants), vivait dans son rêve d'archipels et considérait la réalité avec un détachement dont lui, Evariste, n'était certes pas capable. C'est ainsi que le mois précédent, dans une bourgade dépeuplée des bords de la Loire, ils avaient été faits prisonniers par un groupe dissident de l'O.C.R.E. En leur brûlant les pieds avec des cigarettes, on avait essayé de leur faire avouer l'emplacement d'un trésor inexistant. Le supplice n'avait pas duré longtemps, d'abord parce qu'au grand désarroi de ses tourmenteurs le laineux avait reçu avec la plus complète indifférence les blessures qui lui étaient infligées et ensuite parce qu'il s'était mis tout à coup à enseigner à ses bourreaux l'existence du trésor intérieur, or rayonnant qui gît dans la nuit du dedans et que chacun doit découvrir s'il veut se métamorphoser. Au bout d'une heure, la situation était inversée : les bandits, ligotés par la pensée du Fondeur, tendaient leurs oreilles à ses paroles brûlantes.

« Oh ! maître, enseignez-moi vos pouvoirs, lui avait demandé Evariste, une fois libéré. Comment avez-vous pu transformer ces bêtes sauvages en moutons obéissants, prêts à se faire tondre ?

– La paix profonde, avait-il répondu. Si tu sens chez autrui un désir de destruction, une obscure volonté de t'abattre, crée en toi une harmonie étale comme la surface huileuse des mers chaudes. Et ton équilibre désarmera ton adversaire...

– Mais j'en suis incapable ! s'était écrié l'adolescent. Si l'on me frappe, j'ai envie de frapper en retour. Oh ! maître ! Comment atteindre cet équilibre ?

– En mariant les contraires, en unifiant en toi les forces antagonistes, en t'intégrant totalement. Et si je t'ai accepté comme disciple et compagnon de quête, c'est parce que je suis certain de pouvoir un jour t'élever à cet état supérieur... Mais avant toutes choses et comme premier exercice il faut que tu deviennes sensible à ce qui émane des autres. Par exemple, si quelqu'un te hait, même s'il te sourit, tu dois être en mesure d'identifier cette haine afin, par la suite, d'agir sur elle.

– Mais comment faire ? Mon esprit ne peut percer les murs, les fronts et les poitrines. Quand une porte est fermée, j'ignore ce qu'il y a derrière.

– Ton deuxième corps le sait, moinillon. Il le sent.

– Mon deuxième corps ? Que voulez-vous dire ?

– Simplement que tu as une réalité physique qui est ton premier corps. Mais tu as un deuxième corps et aussi un troisième, d'ailleurs, mais c'est le second qui nous intéresse aujourd'hui. Il possède des muscles et des organes, toute une chair invisible à l'œil ordinaire mais que parfois peut entrevoir le voyant. Sa sensibilité est extrême. Il sait parfaitement interpréter les vibrations émanant des individus : il les reçoit, il les comprend, il t'en informe. Seulement, il faut savoir l'écouter. Si tu veux, je peux t'enseigner l'art d'être à l'écoute de cette sensibilité seconde. »

Depuis un mois, Evariste s'était exercé plusieurs fois à ce que le Fondeur appelait « la pensée obscure ». Il s'agissait à chaque rencontre de fermer les yeux et d'essayer de sentir l'inconnu, de le définir et de le comprendre. Le plus difficile consistait au préalable à créer le vide, le silence mental afin d'accueillir l'eau des profondeurs. Evariste avait fait de notables progrès dans ce domaine. Certes il commettait encore des erreurs d'appréciation, mais, comme le reconnaissait lui-même le Fondeur, elles étaient minimes et n'affectaient que des points de détail négligeables. Pour ce qui était de l'essentiel, c'est-à-dire de savoir si telle ou telle personne était négative ou positive, dangereuse ou bénéfique, l'adolescent était en mesure de juger avec promptitude.

Quand It'van, après avoir ramassé sa flèche, surgit devant eux, ce fut pour assister entre les deux voyageurs à cette conversation qui le laissa ébahi.

« Que sens-tu à son sujet ? » disait le vieil homme en faisant signe à It'van de garder le silence.

Evariste, les yeux clos, réfléchissait. Il ne devait pas avoir plus de dix-huit ans et avait une mine souffreteuse, des cheveux châtains maladifs, un gros bouton sur le menton, une poitrine étroite, des épaules tombantes et légèrement voûtées. Le laineux aussi semblait bien maigre. Quand il levait la main, la manche de sa robe grossière dévoilait un bras décharné dont on eût dit qu'il était du petit bois. Ses yeux étaient si brillants qu'ils semblaient deux soupiraux ouverts sur un brasier intérieur. Le visage fin aux rides délicates, aux traits presque féminins, en était tout illuminé, comme s'il se penchait perpétuellement au-dessus d'un feu. « L'âme affleure, pensa It'van, il suffirait de peu de chose pour qu'elle se répande à l'extérieur. »

« Rien de négatif, prononça soudain l'adolescent. L'harmonie..., la bienveillance...

– C'est exact, moinillon. Tu peux ouvrir les yeux à présent. »

Evariste avait un regard si pur qu'il en faisait oublier tout ce que son aspect extérieur pouvait avoir de grisâtre et d'ingrat. Il considéra It'van en souriant.

« Sommes-nous en faute, dit-il, que vous nous

ayez expédié cette flèche qui aurait pu se planter sur l'une de nos têtes ? »

It'van eut un geste de dénégation.

« Je suis parfaitement maître de mon arc, affirma-t-il. Et si j'avais désiré vous envoyer ce trait dans l'œil vous seriez borgne à l'heure qu'il est. Non, cette flèche était simplement destinée à vous avertir de ma présence. D'ailleurs, vous n'êtes pas en faute. Je suis un homme de la frontière, un veilleur, un garde si vous voulez. Mon rôle consiste aussi à vous demander où vous désirez diriger vos pas.

– Vers la vallée d'Emeraude », déclara le laineux. Il observait le jeune homme avec curiosité et parut sur le point d'ajouter quelque chose.

« Je peux vous y conduire. Y connaissez-vous quelqu'un ? demanda It'van.

– Oui, Tanguy, Tanguy le parfumeur.

– Le parfumeur ? Il n'y a qu'un seul Tanguy dans la vallée d'Emeraude. C'est notre roi. Je vous assure que je ne l'ai jamais vu se préoccuper de fioles.

– Peut-être est-il devenu ainsi. Jadis nous avons vécu ensemble dans la ville du Bureau Populaire. Moi j'étais Fondeur et lui Parfumeur.

– La ville du Bureau ? s'étonna It'van. Jamais je n'en ai entendu parler.

– Oh ! elle est très loin d'ici, expliqua Evariste. D'ailleurs, elle porte aussi un autre nom... On la nomme... »

Il s'interrompit tout à coup. Le laineux venait de faire un pas en avant et de lui marcher sur le pied.

« Partons, dit brusquement le vieil homme. Je voudrais arriver à la vallée d'Emeraude avant la nuit. »

A nouveau, les voyageurs hissèrent sur leurs épaules des sacs pesants, poids excessifs dont ils semblaient souffrir.

« Mais pourquoi ne chargez-vous pas vos bagages sur le dos de votre choupin ? demanda It'van. Il est là pour ça. »

L'animal tourna vers lui une gueule hypocrite et niaise, avec une grosse lèvre molle qui tombait. Les choupins, qui avaient la chair imberbe des cochons, ressemblaient à des buffles roses. Ils avaient deux particularités, d'abord leurs faces larges qui paraissaient humaines, visages de gros hommes blonds, hébétés et maussades, et ensuite la façon dont ils faisaient l'amour avec eux-mêmes. Car les choupins étaient hermaphrodites : en eux cohabitaient les deux sexes. Souvent – et à n'importe quelle heure de la journée – ils faisaient jaillir de leur bassin une sorte de long tube écarlate qui se déployait en arc de cercle et allait s'enfoncer dans un orifice situé un peu en dessous du nombril. Dans ces moments-là, leur corps se plissait, se contractait, se rapetissait comme si les deux parties – mâle et femelle – dont ils étaient formés s'emboîtaient l'une dans l'autre, entraînant une visible diminution de leur volume. Loin de paraître gênés, leurs visages lunaires prenaient alors une expression à la fois provocante, hautaine et extasiée dont ils semblaient narguer l'entourage. Dans ces instants de plaisir, non seulement ils s'arrêtaient et demeuraient stupidement immobiles, mais ils entretenaient une véritable contagion d'amour dans le troupeau : souvent il suffisait d'un seul choupin affamé de lui-même pour suspendre plusieurs fois par jour la marche d'une armée.

« Il est malade, répondit Evariste à la question d'It'van. Ce matin, il bavait et ne pouvait même plus avancer. Nous avons été obligés de le débarrasser de son fardeau. »

It'van éclata de rire.

« Comme vous êtes innocents ! s'écria-t-il. Est-ce la première fois que vous voyagez avec un choupin ?

– Oui, c'est la première fois, reconnut le laineux.

– Eh bien, apprenez qu'il n'existe pas de plus habile comédien ni de bête plus paresseuse que cette créature. Toujours il fera semblant de souffrir même si vous lui faites transporter une boîte d'allumettes. Attendez, donnez-moi vos bagages. »

Il saisit les sacs et les rangea sur le dos large et vigoureux du choupin. Lorsqu'il les eut solidement attachés, il recula pour prendre son élan et envoya sur l'arrière-train de l'animal un coup de pied qui le précipita en avant. Une minute après, le choupin trottait si rapidement que les voyageurs avaient de la peine à le suivre et qu'It'van dut le maintenir par le licol pour le ralentir et le guider.

Pour gagner la vallée d'Emeraude, ils empruntèrent le chemin de lisière, longeant la forêt toute jacassante de cris d'amour, d'appels et de menaces, univers fiévreux qui s'assombrissait lentement. Evariste et le Fondeur y jetaient de fréquents regards. Arrivé au double ruban encore goudronné où naguère It'van avait aperçu le clapatte et où il prévoyait de s'engouffrer un jour dans la jungle, le vieux laineux poussa un cri de joie :

« La voici ! s'exclama-t-il. Par le joyau dans le lotus ! C'est l'autoroute !

– L'autoroute ! Que voulez-vous dire ?

– Nous avons la chance d'avoir découvert des cartes d'autrefois. C'était ainsi que se nommait cette route dans les temps anciens. Nous en avons trouvé des traces dans le sud, mais la savane l'a presque entièrement mangée. Elle repose sous une couche de terre sèche et seule affleure par endroits cette crête métallique séparant les deux voies, épine dorsale qui trahit sa présence. Ici, les cultures qui ont stabilisé le sol et ce mur de végétation inextricable l'ont protégée des vents de poussière qui, plus au sud, l'ont engloutie. D'ailleurs nous... »

Il se tut comme s'il craignait de trop en dire. It'van, remarquant la réserve du laineux, haussa les épaules en souriant, puis, d'une voix qui se voulait indifférente :

« Savez-vous où elle conduit ? » lança-t-il.

Le Fondeur hésita.

« Elle conduit à une ville morte qui s'appelait Paris, finit-il par dire en baissant le ton comme s'il révélait un secret d'importance. C'est une cité fabuleuse qui fut autrefois un des berceaux de la civilisation ancienne. Aujourd'hui, elle est déserte et dévorée par la jungle, mais elle recèle des trésors inimaginables. Un jour, je vous en parlerai davantage, mais à présent j'observe que le soir tombe et qu'il nous faut nous hâter. Si proche est cette forêt que des fauves peuvent aisément jaillir de la lisière pour nous surprendre.

– Ne craignez rien, dit It'van. J'emprunte ce chemin tous les soirs depuis plusieurs années. Et il ne m'est encore jamais rien arrivé.

– Oh ! je n'ai pas peur. Je désire simplement que nous pressions le pas.

– Il n'a pas peur. Il n'a jamais peur, surenchérit Evariste d'une voix enflammée par l'enthousiasme. C'est l'homme le plus courageux que je connaisse. »

Ils se remirent en route. Le choupin poussait d'informes grognements, ponctués de plaintes bouleversantes. Au bout d'un moment, constatant que sa comédie demeurait sans résultat, il s'enferma dans un silence vexé. Le paysage peu à peu devenait moins sauvage. La forêt s'éclaircissait. Dans les déchirures de la végétation des rizières apparaissaient, gorgées d'eau d'irrigation et où les incendies du ciel se reflétaient. Puis, sous les hautes silhouettes des palmiers à sucre, surgirent les premiers villages, groupes de paillotes serrées peureusement les unes contre les autres, dressées sur pilotis et entourées de buissons d'épineux. La brise du soir apportait, avec l'odeur du jasmin et des hibiscus, le parfum des premiers feux où une cuisine pimentée mijotait. Dans les mares qui rougeoyaient, les crapauds-buffles avaient déjà entamé leurs conclaves d'ivrognes tandis que les grillons, affairés dans leurs menuiseries, sciaient sans répit. Au loin des clapattes gémissaient en chœur...

Ils atteignirent la falaise et descendirent dans la vallée où coulait – fraîche, lente, bordée d'arbres qui se penchaient sur elle – la rivière d'Emeraude. A côté d'un ancien barrage, des jeunes filles se baignaient. Dès qu'elles aperçurent It'van, elles l'interpellèrent à grands cris, l'invitant à plonger dans la rivière que le soleil touchait de ses dernières lueurs. Comme il esquissait un signe de refus en désignant les voyageurs qui l'accompagnaient, l'une d'elles courut à lui en secouant sa chevelure mouillée. Elle était à demi nue et portait, nouée autour des hanches, une étoffe soyeuse et humide qui exaltait ce qu'elle était censée dissimuler. Elle était d'une florissante beauté et ne devait pas avoir plus de seize ans. Ses seins qui se balançaient au gré de sa course rapide firent naître chez Evariste un trouble dont il rougit. Il se troubla encore davantage quand il vit le geste d'It'van : à peine s'était-elle arrêtée devant lui qu'il étendit la main, lui effleura le sein puis le lui soupesa carrément comme le font les jardiniers quand ils veulent évaluer le poids d'une goyave ou d'une papaye.

Se retournant vers Evariste et remarquant son étonnement, It'van éclata de rire :

« Ne soyez pas offusqué, finit-il par dire en reprenant difficilement son sérieux. Ce geste est chez nous une coutume : c'est ainsi que nous saluons les femmes dans la vallée d'Emeraude et montrons la joie que nous éprouvons à les rencontrer... N'est-ce pas, Anne ? » ajouta-t-il à l'adresse de la jeune fille.

Elle opina avec un sourire qui fit étinceler ses yeux, paisibles et bleus. Elle avait un beau visage bronzé que les cheveux mouillés – lisses sur les tempes – et l'eau lui humectant l'épiderme semblaient restituer à une vérité, à une pureté premières.

« Et moi-même... je dois..., bafouilla Evariste en détournant son regard.

– Oui, dit It'van, mais naturellement vous n'y êtes pas obligé. »

Elle s'approcha de lui et se tint légèrement penchée en avant comme si elle eût réclamé, au surplus, un baiser. Les yeux baissés, les talons joints, l'adolescent se tortilla, quêta l'avis du Fondeur qui observait la scène d'un air amusé et sans piper mot, puis se résolut à l'inévitable. Le corps de la jeune fille, quelques instants plus tôt, s'ébattait dans la rivière, si bien que le grain de sa peau en était durci. Mais le sein était doux. Il emplissait la paume d'Evariste qui avait l'impression de toucher, par une journée de chaleur et de soif, l'arrondi d'une jarre d'eau fraîche. Il vivait un songe dont l'arracha soudain la voix de leur guide :

« Ça suffit ! s'écria-t-il. La courtoisie n'exige qu'un bref contact. »

Il retira sa main à regret, tandis que la jeune fille pirouettait et apostrophait It'van :

« Tu les conduiras ce soir au mariage de mon père, n'est-ce pas ?

– Certainement, répondit-il. Je te le promets. »

Alors elle bondit, courut vers la rivière.

« Quelle... merveilleuse jeune fille ! Quelle féminité !... Quelle douceur ! Quelle générosité aussi ! s'exclama Evariste d'une voix rauque et qui muait. Elle nous a invités à un mariage ! Entendez-vous, Fondeur ? Elle nous a conviés à une cérémonie familiale !

– Oui, mais ce n'est pas un mariage comme les autres. Apprenez tout d'abord que le père d'Anne est ce Tanguy à qui vous venez rendre visite. Il est à la fois le fondateur et le chef de notre communauté. Sans lui la vallée d'Emeraude aurait été dévastée par les bandits du Sud. Il guerroie comme il respire et il sait toujours avec précision surprendre l'envahisseur. Pour nous, il est le garant de l'union entre le ciel et la terre et de son propre équilibre dépendent l'équilibre de la communauté, la fertilité du sol, l'abondance des eaux d'irrigation et le bonheur des habitants. Quant à son mariage, qui est, je le précise, un mariage fictif, il est lié à cet équilibre cosmique. Mais je me refuse à vous en dire plus. Vous assisterez ce soir à la cérémonie et je vous laisse le soin d'en tirer vous-mêmes les enseignements. »

Ils se remirent en marche derrière le choupin et ne tardèrent pas à arriver au village où flottaient des bannières.

« La fête se prépare, expliqua It'van. Le mariage de Tanguy sera dignement célébré. »

Toutes les maisons avaient été construites en bois et édifiées sur pilotis. Certaines avaient des façades ouvragées qui ressemblaient aux châteaux arrière des vaisseaux de haute mer. Des enfants se penchaient aux fenêtres en faisant pleuvoir des pétales de fleurs sur les passants. Par leurs portes, les bars soufflaient une haleine de bière au gingembre. On entendait des verres s'entrechoquer qui retombaient ensuite lourdement sur les tables. Des chanteurs ivres s'égosillaient. Ils arrivèrent au fortin et franchirent le fossé d'enceinte sur un pont-levis abaissé. Dans la cour intérieure que de multiples flambeaux éclairaient des hommes d'armes assis autour des feux conversaient. Ils étaient bardés de fer et portaient des casques surmontés de deux cornes de taureau.

It'van déchargea le choupin et le conduisit à l'écurie. Quand il revint, il déclara aux deux voyageurs qu'il allait « leur montrer quelque chose ». Il les précéda jusqu'à une butte, brillamment illuminée, où s'ouvrait un vaste trou circulaire, profond comme une cave. En son centre exact se dressait un mât d'une vingtaine de mètres de hauteur barbelé d'épines. Au sommet, une cassette de couleur verte était attachée. Quand ils se penchèrent sur le trou, ils aperçurent une masse écailleuse qui donnait de la queue contre les parois. C'était un varan, gigantesque reptile carnivore au dos hérissé de dards et qui faisait glisser hors de sa gueule une langue huileuse et cornue. Evariste interrogea It'van au sujet de ce monstre, mais celui-ci, refusant de répondre, leur indiqua une maison isolée, adossée à la palissade d'enceinte :

« Allons voir le roi », dit-il simplement.

La demeure de Tanguy ne se différenciait nullement des autres constructions que l'on pouvait apercevoir dans la cour de la forteresse. Seuls deux gardiens en armes placés sur les premières marches la distinguaient – et ils ne firent aucune difficulté pour les laisser entrer. Ils gravirent l'escalier, traversèrent la terrasse que des torches nombreuses égayaient et pénétrèrent dans le vestibule.

TANGUY ne reconnut pas tout de suite le Fondeur, ou plutôt il ne voulut pas le reconnaître. Le sage errant faisait partie pour lui d'un monde presque mort, d'un passé qu'il désirait oublier, époque de sa vie où il avait cru avec passion aux archipels et s'était préparé à les atteindre. Et puis un jour ses yeux s'étaient ouverts. Il avait compris que ces îles n'existaient pas; elles n'étaient qu'un séduisant mirage, un mensonge que le réel anguleux se chargeait de détruire. Alors, il s'était enfui. Il avait tourné le dos à ses dix ans de jeunesse perdue et était arrivé ici, épuisé et affamé, mais surtout affamé d'action. Il y avait combien de temps déjà ? Il ne voulait même plus compter : des décennies, disait-il. En tout cas, il avait réussi son entreprise. Quand il avait surgi dans la vallée d'Emeraude, ses habitants étaient à demi sauvages, vivant de la cueillette et de la chasse. On aurait pu les confondre avec des créatures de la forêt, tant ils étaient faméliques et furtifs, agités par des soubresauts de cruauté mais généralement peureux et détalant à la première menace. Ils se battaient entre eux, utilisant des sarbacanes que leurs mains fiévreuses avaient de la peine à tenir droites.

Il avait su leur parler, il les avait apaisés et rassemblés sous sa bannière. D'abord il les avait fixés au sol, les contraignant pour ainsi dire à l'agriculture. Ensuite, engageant quelques hommes de guerre, déserteurs ou bandits nomades, il avait apporté la sécurité aux Emeraldiens. Après maintes batailles, il avait fini par tailler en pièces les tribus de pillards enracinés dans la savane. Dès lors, la paix étant établie, la vallée prospéra et c'était chaque matin un plaisir pour Tanguy d'aller, sur le flanc de la colline, inspecter les rizières en terrasses où l'irrigation était si savamment organisée que l'eau claire semblait sourdre de toutes parts. Hommes et femmes, fourmis travailleuses et chantantes, moissonnaient ou repiquaient. D'autres, près de la rivière, s'adonnaient au décortiquage tandis que dans la bourgade des équipes serraient le riz en de soigneux ballots. Des caravanes l'acheminaient ensuite très loin jusqu'aux communautés florissantes des artisans de Rhénanie dont elles revenaient des mois plus tard avec leurs chariots bourrés d'objets manufacturés, textiles de Trèves, parfums de Cologne, meubles de Düsseldorf.

Oui, Tanguy avait triomphé. Il avait contraint la chaotique nature à se plier à ses vœux; il l'avait dominée. Il avait transformé un espace désordonné, une pauvre terre vouée à la broussaille en un lieu d'ordre et d'harmonie où la belle plante humaine pouvait s'épanouir. Et lui-même, le jeune homme d'autrefois, maigre et fébrile, qui errait en rêvant dans les rues de Marseille, s'était métamorphosé. Il lui suffisait à présent de se regarder dans un miroir pour le constater. Il était devenu un vieillard colossal à l'épaisse tignasse blanche, aux épaules si solides qu'il était en mesure de renverser en un clin d'œil un buffle en le saisissant par les cornes. La longue cicatrice qui lui bridait le nez et partageait ses lèvres en quatre bourrelets, loin de nuire à son aspect, le rendait encore plus formidable.

Quelle différence avec le Fondeur ! Lui n'avait pas changé et s'il était à présent ridé comme une vieille pomme, il était toujours aussi malingre, sec et ployant à la moindre secousse. Ce qui avait étonné Tanguy, ce qui l'avait même scandalisé (car il n'admettait pas que l'on persévérât ainsi dans l'erreur), c'était de le retrouver aussi idéaliste que dans le passé, aussi accroché à ses rêves de jeunesse, à ses chimères d'archipels qui formaient jadis, beaucoup plus que le riz ou la viande, leur quotidienne nourriture. Car ils ne mangeaient guère au temps de leur songeuse adolescence ! Il leur arrivait bien souvent de s'endormir le ventre vide, l'esprit digérant quelque lumineux concept.

Tanguy se souvenait maintenant de cette époque déraisonnable, quand ils se réunissaient dans une chambre pourpre après avoir placé, devant leur porte, une sentinelle qui pût les avertir si un espion du Bureau Populaire approchait. Ils se livraient d'abord à une méditation silencieuse puis aux conversations spirituelles. Alors les êtres s'enflammaient, brûlant d'un feu si pur que les paroles crépitaient, que les idées, aussitôt émises, rougeoyaient encore longtemps et qu'il suffisait, le lendemain, de souffler sur elles pour qu'à nouveau elles s'embrasent. Ils appartenaient à une communauté de laineux qui avaient fait vœu de pauvreté et de quête mystique. Il fallait s'explorer soi-même, descendre en soi, dans les régions souterraines, régions caverneuses, touffues, peuplées de monstres hideux; il fallait en gagner le centre, lumière rayonnante cachée dans les derniers replis de l'obscurité, pour ensuite remonter et s'accouder aux mystérieuses balustrades de l'âme. Surgissant de la brume, apparaissaient dans les lointains des archipels si beaux qu'on croyait défaillir, si radieux qu'il n'était pas possible de les contempler sans avoir envie de les atteindre et de se dissoudre dans leur splendeur. Commençait alors la quête, la vraie quête, la seule qui puisse accomplir l'homme et le pousser vers les métamorphoses de la verticalité. Tel était – grossièrement résumé et pour autant que Tanguy pût encore s'en souvenir – l'essentiel de la pensée laineuse.

Les laineux étaient de doux rêveurs, des idéalistes innocents. Pourtant le Bureau Populaire les traquait, et, quand il pouvait s'en saisir, les précipitait dans ses bagnes et les martyrisait. Pourquoi cette hargne, cette cruauté contre ceux qu'il appelait avec mépris des « songe-creux » et qu'il considérait volontiers comme fous ? C'est que le Bureau ne pouvait supporter l'existence d'une pensée différente de la sienne. Marseille était sa ville, la ville du Bureau Populaire, et seules les idées autorisées, préconisées, les idées revêtues de sa marque pouvaient librement s'y déployer. Quiconque était perverti par l'imagerie laineuse travaillait avec moins d'application dans les ateliers, secouait les chaînes qui l'appariaient à sa machine, et se mettait même – ô dernière disgrâce ! – à regarder par les fenêtres.

Or, pendant la saison humide, quand de grands ouragans passaient au loin sur la mer, des nuages tourmentés glissaient dans le ciel, îles vagabondes, archipels en mouvement qui appelaient la rêverie et semblaient conspirer avec les laineux. Et, pour peu que le soleil couchant versât sur leurs célestes falaises une grenadine qui les transfigurait, ces vaporeux paysages devenaient subversifs. Ces soirs-là, quand l'ombre et la lumière se fondaient en une parfaite, en une rayonnante harmonie, le Bureau eût volontiers censuré le ciel et proscrit les nuages. Ils avaient partie liée avec leurs ennemis, avec ces laineux qui obsédaient les maîtres froids de Marseille au point qu'ils avaient créé une police spéciale pour les découvrir.

Ceux-ci se dérobaient à leur recherche et vivaient dans la clandestinité. Extérieurement, ils semblaient en accord avec le système en usage et rien ne les distinguait de la « masse », pour employer un mot qui, dans les discours du Bureau, jouissait d'une faveur particulière. Ils avaient des métiers (fondeur ou parfumeur, par exemple), participaient à l'effort de production et ne manquaient aucune de ces réunions spontanées, prévues longtemps à l'avance, où les consignes venues d'en haut étaient non point discutées mais acclamées. C'est à peine si un observateur averti pouvait déceler au fond de leurs yeux une petite flamme dansante qui ne présageait rien de bon. Ainsi, devant la toute-puissance des autorités, ils ployaient l'échine autant qu'autrui. Leur seul acte de résistance consistait à se rassembler certaines nuits à l'insu de la police et à s'enflammer comme l'étoupe au contact les uns des autres.

C'était précisément ce que leur avait reproché Tanguy et qui avait motivé sa rupture avec la pensée laineuse : ils ne faisaient rien pour se dresser avec violence contre les bourreaux glacés, ils ne se révoltaient pas, ils acceptaient. Pour eux, le réel, le présent étaient négligeables et, s'ils y rencontraient des difficultés et des souffrances, ils les considéraient comme des obstacles sur le chemin des archipels. Or ces obstacles étaient indispensables à leur recherche, ne serait-ce que pour tremper leur courage et accroître leur désir d'aboutir. Le monde qui les entourait, avec ses périls et ses tourments, était le labyrinthe qui les conduirait vers le centre invisible, vers ces îles profondes dont ils sentaient, dont ils voyaient la rayonnante présence, comme celle du soleil derrière des volets clos. Et s'ils s'y égaraient, cela aussi était justifié, car pour trouver il fallait tout d'abord se perdre. Le Bureau – oui, même le Bureau – avait ainsi son utilité dans la quête laineuse puisqu'il obscurcissait le réel, effaçait les chemins, couvrait cette vie de ténèbres épaisses, ce qui par contraste rendait encore plus lumineuses les îles fortunées, archipel de beauté et de connaissance suprême. Ce qui contrarie ouvre, disaient les laineux, qui se risquaient parfois à ajouter : ce qui enclos libère.

Pour Tanguy, cette attitude menait tout droit à la résignation... A l'époque il haïssait le Bureau Populaire et ne pouvait physiquement supporter la présence de ces fonctionnaires aux yeux froids qui, parce qu'ils étaient morts à eux-mêmes, voulaient que tous les autres le fussent. Il avait essayé de lutter seul et mis le feu à plusieurs administrations puis, repéré, avait dû s'enfuir, plein de rancœur à l'égard de ses frères laineux qui ne lui avaient pas fourni l'aide qu'il avait espérée. Il est vrai qu'ils étaient des contemplatifs, ennemis de toute violence; ils n'approuvaient pas son action.

Bref, quand il était arrivé ici, dans la vallée d'Emeraude, Tanguy avait rayé définitivement de son esprit l'espoir d'accéder un jour aux désirables archipels. Des idées de sa jeunesse il n'avait conservé que celles ayant trait à la recherche de l'harmonie intérieure, à cet état d'union entre le haut et le bas, entre la nuit de l'âme et la lumière rationnelle du mental. Mais si les laineux n'envisageaient cette union que comme un premier pas vers une totalité encore supérieure (celle précisément qui permettait de voir puis d'atteindre les îles), Tanguy considérait comme une fin suffisante ce mariage entre les deux parties de l'être. Il niait qu'il y eût ce troisième étage dans l'homme, cette supraconscience qui le plaçait en état d'apercevoir les îles lointaines, comme d'une haute tour sur les rivages de la vie. Non seulement il le niait, mais en plus il jugeait cela ridicule, comme ces légendes à dormir debout que contait à sa fille la sorcière de lisière.

Et quand le Fondeur lui avait tout à l'heure à nouveau parlé des archipels, il n'avait pu s'empêcher d'éclater de rire, au risque de mortifier son vieil ami. Car celui-ci, quêteur infatigable, était encore sur la voie et ne désespérait pas de parvenir à ce qu'il avait recherché tout au long de son existence. Et même sa présence en cette nuit de festivité dans la vallée d'Emeraude ne s'expliquait point à l'évidence par le désir de renouer une amitié ancienne mais parce qu'il continuait sa marche et que le fortin se trouvait sur son trajet. Le Fondeur lui avait d'ailleurs demandé un entretien particulier et secret et, laissant son disciple en conversation avec It'van, l'avait suivi dans une pièce retirée. Là le vieux sage lui avait révélé son projet en le conjurant de n'en rien dire à quiconque. Le Fondeur voulait que Tanguy l'aidât à s'engager dans la forêt d'Iscambe, lui fournît des vivres, un guide, un nombre suffisant de choupins et tout ce qui était nécessaire pour atteindre Paris.

Le chef des Emeraldiens avait sursauté : atteindre Paris ? Mais c'était de la folie pure ! Le Fondeur n'avait aucune idée du caractère infranchissable de la forêt d'Iscambe, jungle si épaisse que parfois il fallait une journée entière pour parcourir ne serait-ce qu'une centaine de mètres. Et puis, dans cet amas de végétation en furie, parmi les marécages dont le vent poussait parfois jusqu'ici l'haleine méphitique, vivaient des monstres étranges, des abominations redoutables, résultats de ces embardées de la nature que les bombes avaient jadis provoquées. Le Fondeur n'y aurait pas encore introduit le bout de son nez qu'il serait déjà dévoré par des fauves cornus, velus, griffus, dont il ne soupçonnait pas l'existence. Quant à Paris, il n'était même pas sûr que cette cité fabuleuse fût réelle. Peut-être était-elle de la même étoffe vaporeuse dont les archipels laineux étaient constitués; autant dans ce cas-là vouloir étreindre un nuage.

Certes, Tanguy en avait entendu parler. Autrefois, quand il était arrivé dans la vallée d'Emeraude, deux ou trois vieilles femmes qui avaient recueilli les souvenirs d'aïeuls ayant connu des survivants de l'ancienne civilisation avaient discuté devant lui de cette ville gigantesque. Mais le Fondeur savait combien ces renseignements de deuxième ou troisième main devaient être manipulés avec précaution. Admettrait-on que Paris existât réellement et fût conforme aux descriptions qu'en donnaient ces vieilles dames (c'est-à-dire un entassement de palais, de tours de fer, d'immeubles croulant dans des catacombes végétales), le problème de sa situation exacte ne serait pas résolu pour autant et une expédition lancée à sa recherche aurait besoin de l'éternité entière pour y accéder. Le Fondeur avait souri à l'énoncé de cette affirmation.

« Non pas l'éternité, avait-il dit, mais pas plus d'un ou deux mois. Et cela grâce à cette carte ! »

Il avait glissé dans la sacoche suspendue à sa ceinture une main décharnée et sorti un vieux parchemin constellé de taches d'humidité.

C'était en effet une carte venue du monde anéanti où était consigné le tracé des pistes sillonnées jadis par les étranges chariots dont les carcasses rouillées enlaidissaient souvent les paysages bucoliques de la vallée d'Emeraude. Le document était si détérioré – moisi même – qu'il fallait s'y absorber longtemps pour repérer les linéaments rouges et jaunes des voies de communication. A l'endroit où celles-ci se croisaient, de petites taches grisâtres indiquaient sans doute la présence des villes mortes. Le Fondeur, étalant la carte sur une table, avait posé son index sur une tache plus importante que les autres.

« Voici Paris ! s'était-il écrié comme s'il fût déjà arrivé aux portes de la capitale engloutie. Dans les temps anciens, on la surnommait la Ville lumière. Elle est aujourd'hui la majestueuse cité des ténèbres, de la science secrète et du savoir antique.

– Ah ! oui ? avait persiflé Tanguy. Et comment comptes-tu atteindre cet amas de ruines ?

– Par l'autoroute, c'est-à-dire par cette piste que tu vois ici et qui est un peu plus large que les autres. It'van, ta sentinelle, nous en a indiqué tout à l'heure l'entrée à la lisière de la forêt d'Iscambe.

– Oui, je la connais. C'est une double piste séparée par un terre-plein et des rambardes métalliques, mais tu ignores sans doute qu'elle ne va pas au-delà d'une centaine de mètres. »

Le Fondeur s'était raidi.

« Par le joyau dans le lotus ! Que veux-tu dire ?

– Eh bien, simplement que la nature a dévoré ta voie d'accès. Tant d'années se sont écoulées depuis le grand retournement qu'il ne doit plus rien en subsister. La forêt d'Iscambe ressemble aux mâchoires d'un animal qui avale tout ce qui se présente, toi y compris si tu es suffisamment fou pour t'y risquer. Ecoute-moi, Fondeur. Je te conseille vivement de ne pas donner suite à ton projet. Si tu veux, tu peux parfaitement demeurer ici et créer un cercle de laineux. Je te donne une maison, je te nourris et tu siégeras au milieu de tes disciples attentifs, ne faisant tomber de ta bouche que des paroles éternelles. »

Le vieux sage avait secoué la tête.

« Mais, par le Dieu Trompette ! s'était soudain emporté Tanguy, ton entreprise est complètement folle et je devrais t'enfermer pour te contraindre à y renoncer. Par exemple, qui te prouve que cette tache sur ce vieux papier est bien Paris ? »

Le Fondeur avait fixé sur lui des yeux étonnés :

« Mais parce que c'est inscrit... Parce que c'est écrit en toutes lettres ! »

Tanguy s'était calmé.

« Ainsi tu es capable de déchiffrer l'écriture ancienne ! avait-il observé au bout d'un moment et avec une nuance d'admiration dans la voix.

– Oui, ce fut long et dangereux, mais j'y suis parvenu. Le Bureau continue à appliquer la peine capitale à quiconque essaie de traduire les documents de la civilisation morte. Leur traduction, leur interprétation, leur connaissance sont réservées au Bureau lui-même. Heureusement, un transfuge converti à la gnose laineuse m'a enseigné l'alphabet d'autrefois. C'est lui aussi qui m'a fourni quelques livres et cette carte qui va nous être si précieuse pour franchir la forêt et atteindre la ville de l'ancien savoir ! »

Tanguy avait soupiré.

« Mais pourquoi cette expédition? lança-t-il encore avec véhémence. Qu'est-ce qui t'attire tellement dans ce désert de ruines? As-tu à ce point le goût de la solitude que tu veuilles fuir les hommes et t'enfermer dans le tombeau de la civilisation défunte?

– Non, ce n'est pas cela, répondit le laineux. En allant vers Paris, je poursuis ma quête fondamentale, celle que naguère tu abandonnas. Apprends qu'au milieu de cet immense entassement de pierre gît le secret des archipels. Et je compte bien le découvrir.

– S'agit-il d'une carte marine? avait hasardé Tanguy d'une voix chargée d'ironie.

– Pas exactement, mais presque. En tout cas, parfumeur, je te demande de garder le silence le plus strict au sujet de tout ceci. Et même, si tu consens à nous aider, fais-le de façon dissimulée et nuitamment. »

Tanguy avait éclaté de rire.

« Vraiment, Fondeur, s'était-il écrié, tu te crois encore à Marseille. Ces précautions sont inutiles ici. Le Bureau est loin.

– Le Bureau Populaire est partout, avait corrigé le laineux. J'ai tout lieu de croire qu'il a décelé nos intentions et qu'il nous fait suivre. Certaines nuits, nous avons entendu, non loin de notre campement, le grincement d'un mystérieux chariot. Et j'ai rêvé plusieurs fois à un homme vêtu de noir : ma garde intérieure cherche ainsi à m'avertir.

– Tu n'as rien à craindre ici. Tu es sous ma protection.

– Je n'ai pas besoin de ta protection, j'ai besoin de ton aide. Es-tu décidé à nous l'accorder?

– Oui... Non... Peut-être... Ecoute, je vais réfléchir. L'amitié, le souvenir des années douces-amères que nous avons passées ensemble m'encouragent à te soutenir. Mais ton projet est si dément que t'aider c'est aussi t'envoyer à la mort. Sais-tu par exemple que si tu esquives les fauves, les serpents, les rats sauteurs, tu n'échapperas pas aux clapattes, créatures visqueuses, véritables limaces munies de mains et qui ont un talent particulier pour t'étrangler avec un collet ? Tu vas affronter des périls inimaginables, Fondeur, et tu n'es pas en état de le faire. D'une pichenette, je te casserais en deux, si je le voulais. »

Le laineux avait eu de la main un geste d'indifférence, comme s'il balançait derrière son épaule toutes ces mesquines considérations de sécurité. Parle toujours, semblait-il dire, jamais je ne renoncerai à mon projet. Tanguy avait soupiré :

« Bien, bien. Demain matin, en émergeant de ma nuit de noces, je te donnerai ma réponse. Cette nuit, pendant que j'étreindrai mon épouse au dur épiderme, j'y réfléchirai. Pour l'instant, laisse-moi me préparer. Il faut que je change de vêtements. Je te confie à It'van, mon fils adoptif. A propos, sais-tu qu'il a un projet similaire au tien et qu'il brûle de pénétrer dans cette jungle monstrueuse ? Quelle déraison ! Et qu'avez-vous tous à vouloir vous jeter dans cette gueule béante comme si vous désiriez follement vous y faire engloutir ? »

Plus tard, après que l'eut quitté le laineux et qu'il se fut revêtu d'une simple tunique de soie blanche, il pensait à cette attirance qu'exerçait sur certains caractères la sylve démoniaque. Etait-ce cela qu'on nommait : le sens de l'aventure ? Non, car Tanguy n'en était certes pas dépourvu, lui qui fût volontiers parti avec un petit détachement pour attaquer les villes sinistres où les deux corps de l'A.R.P. et de l'O.C.R.E. s'embrassaient et roulaient à terre en une lutte confuse. Lui aussi avait le tempérament aventureux, c'était évident, et toute sa vie en témoignait. Pourtant, il éprouvait à l'endroit de la forêt d'Iscambe une horreur grandissante.

Il n'en avait pas toujours été ainsi. Il se souvenait

qu'au début de son installation dans la vallée d'Emeraude la jungle n'était pas dénuée de charme, un charme lourd, un peu délétère et semblable à ces parfums entêtants dont usent les femmes chaudes, charnues et vieillissantes. Une fois, il avait fait quelques pas à l'intérieur et ressenti une émotion bizarre qu'il avait par la suite – et bien plus tard – jugée déplaisante.

« C'était comme si je m'étais retrouvé dans mon berceau, avait-il un jour expliqué à It'van. J'étais à nouveau un bébé tout nu, plissé, vagissant et réclamant sa mère dont le sein l'eût aussitôt apaisé. »

Il n'avait pas répété cet exploit tant l'avait marqué cette sensation si forte qu'il la considérait comme maladive, effet d'une puissance qui dérègle et déséquilibre. Ensuite, pendant que prospérait la communauté de la vallée d'Emeraude, des projets bien irréalistes l'avaient tourmenté. Il voulait défricher quelques hectares, en faire un espace nu, semblable à la savane, où l'homme pourrait porter la pioche et la bêche – et semer un riz dont les pousses vertes ondoieraient au soleil. Sur son ordre, qu'il avait dû réitérer (car les Emeraldiens parlaient à ce sujet de profanation), des équipes de bûcherons avaient attaqué la forêt à la hache. Les premiers corps s'étaient abattus en faisant trembler la terre. Bientôt, il avait fallu déchanter : derrière le rideau des arbres faciles, coulants et presque mous, était apparue une seconde ligne noirâtre aux troncs beaucoup plus durs et sur lesquels s'ébréchaient les haches précieuses. Les bûcherons découragés avaient rapidement laissé tomber leurs outils.

Alors, se saisissant d'une cognée, Tanguy s'était précipité et, torse nu, avait attaqué un de ces fûts ténébreux. Mais à peine lui avait-il porté les premiers coups qu'il avait ressenti un malaise foudroyant. Se retournant, il avait suscité l'épouvante chez les assistants qui s'étaient enfuis à toutes jambes. Plus tard, comme une âme charitable lui tendait un miroir, il avait failli s'évanouir en y voyant son visage. Sa face, gonflée et écarlate, avait doublé de volume. Sa cicatrice, qui s'ouvrait comme un sillon, semblait flotter sur sa peau tendue à l'excès. Mais ce qui l'avait horrifié, c'était l'état de sa lèvre supérieure : cachant la bouche, elle tombait en tablier jusqu'au menton, lui donnant un aspect simiesque, révélant le singe qu'il portait en lui. Sa physionomie n'était redevenue noble et humaine que deux jours après. Et encore sa fièvre avait-elle persisté longtemps, l'investissant par intermittence, l'abattant d'un seul coup sans le prévenir, « en un assaut déloyal », comme il disait.

Loin de le soumettre ou de provoquer en lui une morne résignation, cette mésaventure avait accru son hostilité pour cette jungle vénéneuse. Quand il y pensait maintenant, il devait reconnaître qu'il était fou à cette époque-là. Les succès qu'il avait remportés dans la savane, l'ordre, l'harmonie qu'il avait su imposer à la vallée d'Emeraude – ces réussites lui étaient montées à la tête au point que, tel un héros d'extraction divine, il n'était rien en ce monde qu'il ne se sentît capable d'accomplir. Cette forêt qu'il aurait dû déchiffrer, il voulait la défricher. Et, puisque le fer avait échoué, il fallait recourir au feu. Il attendit un vent du sud favorable. Quand il fut là, ce souffle des savanes, il alluma plusieurs foyers à l'orée de la sylve. Le résultat fut contraire à ses espérances. Aucun arbre ne brûla. Les flammes se trouvèrent happées à l'intérieur. Ce ne fut pas le feu qui dévora la forêt mais la forêt qui engloutit le feu, l'attirant, le couvrant, le cachant en de secrètes fournaises.

Des années plus tard, des flocons de fumée flottaient encore au-dessus du feuillage, souvenirs de la malheureuse agression dont Tanguy avait été l'auteur. Le plus grave était à venir : dix ans après cette tentative, un incendie brûla les paillotes aux toits de chaume du village et faillit même consumer le fortin.

Des témoins racontèrent qu'ils avaient vu une véritable langue de feu et comme une haleine embrasée jaillir soudain de la forêt et se jeter en nappe d'incandescence jusqu'aux premières habitations de la vallée d'Emeraude. On avait bien entendu reconstruit le village, en tâchant de l'éloigner un peu plus de la lisière menaçante – mais il suffisait d'un vent du nord plus vigoureux que les autres pour que l'inquiétude naquît à nouveau.

C'était ce que Tanguy reprochait principalement à la forêt d'Iscambe : tel un feu mystérieux qui couve, elle entretenait en lui un sentiment vague d'insécurité. Dans les moments les plus heureux de sa vie, quand il sentait vibrer l'accord entre lui et le monde, il apercevait tout au fond du sous-bois intérieur, hors de portée et protégée par l'épais feuillage, une petite flamme sautillante et moqueuse. Cette vision détruisait son harmonie intérieure. On ne pouvait se fier à cette forêt. Elle dissimulait tant de sauvagerie dans ses nocturnes replis qu'il convenait d'être toujours en alerte. Pourtant, il avait essayé de vivre en bonne intelligence avec elle. Après qu'il eut échoué à la vaincre par le fer et le feu, il avait interdit que l'on y touchât. La règle était simple : ignorez la jungle, disait-il à ses sujets; faites comme si elle n'existait pas.

Hélas ! il était difficile de tourner le dos à cette sylve exécrable : elle s'arrangeait toujours pour rappeler sa présence, massive, indestructible, comme celle d'une armée innombrable qui camperait éternellement à vos portes. Sans compter l'incendie qui avait calciné les anciennes maisons en bois de teck du village, la forêt était à l'origine d'une infinité d'ennuis, de gravité diverse, mais qui tous compromettaient le bon équilibre de la société émeraldienne. C'était par exemple l'invasion des criquets monstrueux, grands comme des sabots, et qui dévastaient régulièrement les rizières. C'était la nuée soudaine des crapauds qui, sans provoquer de dommages aux cultures, s'introduisaient partout jusque dans les demeures et dans les lits. C'était également les mygales, araignées énormes dont la morsure, sans être mortelle, donnait une fièvre qui renversait pour plusieurs jours l'homme le plus résistant. C'était aussi les vampires au vol clapoteux qui, la nuit, allaient sucer le sang du bétail. C'était enfin, au cœur de la saison des pluies, les millions de cafards qui envahissaient le village et qui craquaient sous le pied quand on marchait sur eux dans l'obscurité.

Cafards, vampires, mygales, crapauds et criquets : la forêt en était la fertile matrice. C'était elle qui envoyait vers la vallée d'Emeraude ces bêtes répugnantes, porteuses de maladie et dont l'existence était une souillure; elle aussi qui protégeait dans ses caves de végétation ces clapattes hurleurs qui troublaient par leurs plaintes la beauté mélodieuse des nuits et que Tanguy eût massacrés avec volupté.

Ces invasions détestables n'étaient pas les seules causes de l'animosité qu'il éprouvait à l'encontre de la forêt d'Iscambe. Il y avait, au regard de l'ordre social, des périls encore plus menaçants. Cette jungle maudite les suscitait. C'est ainsi qu'elle constituait pour les fugitifs, les traqués, les rebelles de tous poils, le refuge rêvé, le sanctuaire inviolable, véritable caverne des voleurs où les criminels pouvaient se retirer une fois leur coup accompli. Il était impossible de mettre la main sur quiconque dans cette immensité foisonnante. D'ailleurs, les soldats répugnaient à s'enfoncer dans ce labyrinthe où il était si facile de perdre son chemin et où l'assassin pouvait vous poignarder dans le dos presque sans risques. Les bandits n'avaient pas à s'éloigner beaucoup du village. Il leur suffisait de se dissimuler dans la forêt, à quelques mètres de la lisière, pour être hors d'atteinte des hommes d'armes qui les poursuivaient. Et la vallée d'Emeraude aurait dû être depuis longtemps ravagée par la coalition des canailles si la forêt d'Iscambe ne s'était montrée impartiale, dévorant, engloutissant aussi bien le hors-la-loi que le juste. Les bandes qui s'étaient formées sur le flanc même du village et qui avaient trouvé asile dans la jungle s'étaient peu à peu dissoutes dans l'océan végétal. Il fallait être un forban particulièrement endurci pour supporter de vivre et de dormir dans ces profondeurs chaotiques, au milieu des fauves et des clapattes. En général, les rebelles perdaient rapidement leur sang-froid et leur jugement : ils finissaient soit par s'entr'égorger, soit par s'égarer dans les méandres de la forêt, soit même par se faire surprendre en plein jour dans la rue principale du village.

Dès qu'il pénétrait dans ces souterrains verdâtres, sous le couvert de ces arbres colossaux, parmi les grands banians chevelus et les fougères arborescentes, l'homme commençait à perdre la raison. On eût dit qu'il déposait à l'orée son bon sens et le peu de principes qui lui restaient : il abdiquait tout empire sur lui-même.

La forêt était le lieu où l'on transgressait le plus volontiers les interdits. L'adultère n'était admis chez les Emeraldiens que dans le cadre de la fête annuelle dite « des épousailles du roi », celle-là même qui allait se dérouler cette nuit et dont les préparatifs emplissaient la cour du fortin d'une joyeuse rumeur de vaisselle entrechoquée. En dehors de cette occasion, il était sévèrement condamné : hommes et femmes infidèles risquaient d'être lapidés par la population transformée en bourreau. Mais encore fallait-il, pour que cette punition s'exerçât, être pris sur le fait. Or les couples irréguliers, se soustrayant à la vigilance populaire, allaient abriter leurs coupables amours sur des lits de mousse, dans le sein protecteur de la forêt d'Iscambe. Là, tandis que chantaient les grands toucans casqués, que les insectes bourdonnaient sans répit et que le soleil versait à travers les feuilles son or en fusion, des corps nus s'étreignaient au pied des arbres, telles des racines apparentes et mouvantes. On racontait même – transgression suprême – que des incestes y avaient été perpétrés.

Ces crimes abominables, cet asile offert à tous les coupe-jarrets de la vallée, ces invasions d'insectes et de bêtes, ces risques d'incendie, ces arbres aux émanations empoisonnées – tout cela aurait dû susciter chez les Emeraldiens, à l'endroit de la forêt d'Iscambe, un éloignement, une répulsion, une horreur légitimes. Ils auraient dû éprouver pour cette jungle funeste le même dégoût que l'on ressent pour tout ce qui est nocturne et ne peut être expliqué ou contrôlé. Ils auraient dû vivre dans l'oubli de la forêt, porter leurs regards vers les libres espaces de la savane où tout était visible, où les invasions pouvaient être décelées longtemps à l'avance. Il n'était rien qui pût surprendre dans ces plaines franches, dans ces collines dénudées, dans ces immensités limpides que seuls des vents de poussière se hasardaient parfois à obscurcir. Voilà le monde qu'aimait Tanguy et c'était vers ces steppes qu'il regardait.

Mais il devait reconnaître qu'il était presque le seul à réagir ainsi dans la vallée. Même s'ils craignaient d'y pénétrer, ses sujets s'approchaient volontiers de la forêt. Certains choisissaient de faire la sieste à la lisière, prétendant que les rêves qui hantaient alors leur sommeil étaient de nature à la fois plus profonde et plus éclairante. Chaque jour, les femmes allaient cueillir les hibiscus qui habillaient l'orée de la jungle d'une étoffe pourpre et flottante. Il s'était trouvé des mères pour oser accoucher à l'exacte frontière de la sylve, la tête et les épaules dans la végétation et le ventre à l'extérieur. Il y avait plus grave : la forêt d'Iscambe était l'objet d'un culte clandestin. A l'époque des moissons, des paysans allaient secrètement sacrifier une brebis à l'entrée de cette piste que le laineux avait baptisée du nom d'autoroute. Ils attachaient l'animal à un piquet et attendaient qu'un fauve vînt le dévorer, instant qu'ils saluaient de loin d'un vibrant concert de prières.

Pour les habitants de la vallée d'Emeraude, la forêt était sacrée. Les forces démoniaques qu'elle contenait, il fallait se les concilier pour ne pas être écrasé par elles. Cette forêt aux multiples essences était d'essence divine, un divin qui n'était point seulement le Bien mais aussi le Mal en leur nécessaire conjonction. Elle était la grande âme du monde, à la fois monstrueuse et belle, cruelle et généreuse – elle était l'inférieur et le supérieur.

Voilà ce que Tanguy pouvait de moins en moins accepter, cette foi en un être supérieur qui englobait la totalité de la vie et dont les hommes n'étaient que les instruments aveugles. Il aurait voulu défricher cette croyance, il aurait voulu la déraciner ou porter l'incendie dans ses branches.

Et en ce moment où, immobile sur sa terrasse de bois sombre qu'éclairent les torches aux flammes qui palpitent, il regarde dans la cour du fortin le peuple en liesse, en ce moment lui vient une colère étrange : il voudrait bastonner tous ces songe-creux, ces adorateurs de forêts, ces découvreurs d'archipels inexistants qui habillent le réel d'inutiles oripeaux parce qu'ils se refusent à le contempler dans sa nudité. Et soudain il comprend pour la première fois ces fonctionnaires du Bureau qui à Marseille pourchassent les rêveurs et interdisent la méditation. Ils appartiennent, ces bureaucrates, à l'administration de la réalité, ils sont les fonctionnaires du monde, un monde sans soubassements ni étages, un monde horizontal sans forêts et sans profondeurs et que la science rationnelle peut illuminer de ses explications convenables.

Alors, en cet instant où il tourne le dos aux idées qui ont enivré sa jeunesse, il prend la décision contraire à celle que le laineux impatient a réclamée de lui : il ne l'aidera pas à explorer la forêt d'Iscambe, il ne lui fournira ni vivres ni choupins, il lui interdira de pénétrer dans ce... dans ce cloaque. Et dès demain il lui ordonnera de quitter la vallée d'Emeraude où sa présence ne peut apporter que le trouble et l'irréalité. Et s'il persiste dans son projet, si on l'aperçoit à la lisière, eh bien, il n'hésitera pas à l'enfermer jusqu'à ce qu'il renonce et abjure.

Cette décision est certainement heureuse, car elle l'apaise. La visite du laineux et de son disciple ne lui a pas été agréable. Non seulement elle lui a remis en mémoire une période qu'il désire oublier – sa jeunesse gaspillée en vaines spéculations – mais en plus elle s'inscrit dans un ensemble de petits phénomènes inquiétants qui tous concourent à lui faire perdre sa légendaire assurance, à amollir le dur métal de ses certitudes. Par exemple, il ne comprend plus sa fille et il sent bien qu'elle lui échappe. Elle est son unique enfant et le seul prolongement de la femme qu'il a jadis aimée et dont les cendres sont éparpillées dans la forêt sur la colline des morts... Dans la vallée d'Emeraude les morts ne retournent pas à la terre : ils sont brûlés sur un bûcher de bois de santal; leurs cendres rassemblées en un petit sac d'étoffe sont suspendues à la flèche d'une vigoureuse arbalète. La corde vibrante expédie le trait au-dessus de la jungle. Dans cet élan s'ouvre le sac de soie qui saupoudre alors la végétation. C'est une coutume que Tanguy aurait volontiers interdite : s'y fût-il décidé qu'il se serait heurté à trop forte opposition. Car il ne règne pas sans partage dans la vallée d'Emeraude. Souvent ses décisions ne recueillent pas l'unanimité et ses projets sont battus en brèche.

C'est ainsi que sa fille n'approuve pas le mariage qu'il a prévu pour elle. Ô ce regard noir qu'elle fixe sur lui et dont le dur éclat l'exaspère ! Comment lui expliquer la nécessité de cette union avec le maître des steppes : arracher la vallée à l'emprise de la forêt, aux puissances obscures, à cette confusion sombre et retentissante, tourner cette civilisation vers les libres espaces des plaines. Le maître des steppes serait son successeur. Il unifierait en un seul royaume le monde des bergers à celui des agriculteurs, il soustrairait les Emeraldiens à cette fascination de la jungle, à cet ascendant des ténèbres que révélaient leurs caractères irrationnels, leurs actions imprévisibles : en leur ouvrant un univers clair et déboisé, il jugulerait le mystère et leur donnerait la paix définitive.

C'était à l'évidence le projet le plus sage qu'il eût jamais conçu – et pourtant sa fille ne semblait guère désireuse d'y souscrire. En s'opposant à ses plans, elle se conduisait en complice de la jungle. En prenant le parti du désordre, elle trahissait son père.

Il avait aussi d'autres sources de tracas et la principale était la cérémonie de ce soir, ces fameuses « épousailles du roi » que la population de la vallée attendait avec impatience. Il s'en serait bien passé, mais toute défaillance de sa part aurait suscité chez les Emeraldiens la désapprobation, voire la révolte. C'était avec les rites funéraires une des rares coutumes qu'il eût trouvées ici en arrivant. Pour régner, il avait été obligé de s'y soumettre. Au début, à l'époque de son grand courage où il osait pénétrer dans la forêt, il s'y livrait sans arrière-pensées et il étreignait avec vigueur son épouse d'un soir. Ensuite, au fil des ans, cette étreinte avait suscité chez lui d'abord de la lassitude puis successivement de l'ennui, du dégoût et enfin une répulsion inexprimable. D'ailleurs – comme si elle avait senti cette répugnance – sa compagne passagère avait changé. Tendre et même amoureuse dans les premiers temps, elle était devenue indocile et agressive. Lors des épousailles de l'année précédente, elle avait enfoncé dans ses épaules ses griffes acérées. Deux ans auparavant, déjà, elle l'avait légèrement mordu à la jambe. Ajoutées aux égratignures provoquées par sa peau rêche et presque épineuse, ces violences n'étaient pas de nature à le rassurer ce soir qu'il allait – comme chaque année à la même date – renouveler ses noces.

Cette fois-ci, il prendrait certaines précautions et il ne pénétrerait pas désarmé dans la chambre d'amour.

Il rebroussa chemin, alla décrocher dans la salle du trône un poignard qu'il passa à sa ceinture puis revint sur la terrasse. Là-bas, dans la cour, il voyait la table royale étinceler de tous ses feux comme un vaisseau en fête dans un port ténébreux. Il aperçut It'van et sa chevelure blonde qui formait autour de sa tête une couronne. Il vit le Fondeur et son disciple. Tous les invités – étrangers et notables de la vallée – étaient présents. Tous, sauf un, car une chaise demeurait inoccupée. Ce n'est que lorsqu'il s'approcha de la table qu'il prit conscience de la scandaleuse absence de sa fille.

LONGTEMPS après le départ d'It'van et des deux étrangers, Anne était restée à se baigner dans la rivière. Ses compagnes l'avaient quittée. Déjà une lune énorme et blanche avait jailli au-dessus de la jungle, comme née dans un de ses mystérieux replis et précipitée vers les hauteurs. Elle argentait les arbres, transformait en lait l'eau fracassée du barrage, poudrait le chemin du fortin. Des oiseaux de nuit approfondissaient le silence de leurs lointains clairons bouchés. Quelque part, un clapatte sanglotait dans un buisson. Tout était beau, paisible, étrange, sacré...

Pourtant Anne n'éprouvait que tristesse. Elle aurait voulu demeurer toute la nuit au bord de la rivière d'Emeraude à écouter son murmure, à la voir se dédoubler d'une autre rivière de brume, âme flottante, long voile qui traînait sur les eaux. Mais son père avait exigé sa présence à la cérémonie. L'homme que Tanguy lui destinait participerait au banquet. C'était le chef des bergers de la plaine, dont la communauté prospérait à une vingtaine de kilomètres de la vallée, vers le sud, dans les steppes raclées par le vent. Cet homme, on le disait gigantesque et brutal, se soûlant à la bière et dormant sur un matelas de fumier. Par ce mariage, qu'il tramait pour l'année suivante, Tanguy voulait sceller l'alliance entre les deux communautés. Ainsi les agriculteurs émeraldiens et les pasteurs des plaines pourraient non seulement se défendre contre les entreprises de l'O.C.R.E. et de l'A.R.P., mais en plus envisager une expédition commune et libératrice vers les grandes cités tragiques de la Loire où les deux organisations se dévoraient l'une l'autre.

Anne résisterait jusqu'au bout au projet paternel. Elle ne connaissait pas ce berger et n'avait aucune envie d'aller vivre dans les plaines desséchées, pays jaune où la poussière tourbillonnait. Et puis... Et puis elle aimait It'van et ne pouvait imaginer son existence avec un autre homme que lui.

Elle avait grandi à son côté, participé à ses jeux, assisté à l'éclosion de cette âme droite et noble dont elle était la seule peut-être à connaître l'envers obscur, sauvage, souterrain. Parfois, quand il ne se savait pas observé, elle le regardait et voyait affleurer sur son visage cet être second avec lequel il prétendait vivre en harmonie mais dont il ignorait encore les secrètes et violentes passions. Souvent, en un mystérieux sourire, la lèvre supérieure se retroussait sur les canines, révélant une nature carnassière, une énergie de fauve entravé.

Il n'y avait pas que cela : Anne devinait en lui, outre une indicible douceur, un désir héroïque d'accomplissement, une vocation à aller au-delà des limites humaines, vers la libération complète et les nouvelles certitudes. La grandeur d'It'van résidait principalement dans cette partie encore ignorée de lui-même que ses expressions parfois trahissaient. Cet être second, cette nature profonde, Anne savait qu'elle lui était favorable : les regards d'It'van ne pouvaient mentir et il y avait en eux un élan vers elle, une prière, un espoir. Aussitôt – comme une herse qui tombe – les scrupules reprenaient le dessus. Soudain It'van se souvenait qu'Anne pouvait être considérée comme sa sœur et que Tanguy, son bienfaiteur, avait formé, concernant le destin de sa fille, d'autres projets. Alors il lançait une plaisanterie ou lui tournait simplement le dos. Pour mieux la tenir à l'écart, il faisait mine de ne pas la prendre au sérieux. Dès qu'elle essayait de lui parler gravement, il s'esclaffait.

Bien qu'elle fût consciente de l'artifice, Anne était chagrinée par une telle attitude, oui : chagrinée et désarmée. Elle avait essayé naïvement de le rendre jaloux, mais sans résultat visible. Ce soir encore, quand elle avait offert sa poitrine au jeune étranger, acceptant un contact plus durable qu'il n'aurait dû l'être, It'van ne semblait pas en avoir pris ombrage. Certes elle continuerait à faire les yeux doux à ce voyageur dont l'aspect physique n'était guère engageant, mais elle doutait d'émouvoir It'van par ce moyen. Il l'avait même certainement percé à jour.

Ainsi Anne se désespérait. Dans sa situation, elle regrettait de n'avoir personne à qui se confier. Elle n'avait point d'amie véritable, peut-être en raison d'un caractère farouche et d'une certaine propension à la solitude qui la tenaient éloignée des jeunes filles de son âge. D'ailleurs, elle craignait leur bavardage et il n'en était aucune qui trouvât grâce à ses yeux. Quant à son père, il n'était pas question de s'ouvrir à lui. Une fois, elle avait tenté avec prudence d'avancer quelques arguments contre ce projet d'alliance avec le maître des steppes. Tanguy ne l'avait pas laissée aller plus loin que la première phrase : il l'avait renvoyée en tonitruant, pestant à grands cris contre la légèreté des femmes.

Le chef des Emeraldiens n'était pas un mauvais homme et il n'éprouvait que tendresse à l'égard de sa fille. Mais pour lui la sécurité de la vallée, le bien de la communauté constituaient la valeur suprême qui primait toutes les autres. Or, ce bien et cette sécurité passaient par cette union entre le roi des bergers et sa propre fille. Quand Tanguy avait pris une décision, il était bien rare qu'il revînt sur elle : il s'y maintenait et tout devait s'incliner, sinon il tirait l'épée et partait en guerre. Non, Anne ne pouvait songer à avouer son trouble à son père, ni à lui parler de son amour pour It'van. Quoiqu'il eût pour lui une affection paternelle, il n'aurait pas hésité à l'exiler.

La seule personne à qui elle pouvait parler de ses douloureux problèmes était la vieille Agrippale, mais elle vivait dans un vallon éloigné, à une demi-journée de marche du fortin. Elle avait piètre réputation et Tanguy voyait d'un mauvais œil ses séjours répétés chez celle qu'il appelait « une sorcière de lisière ». Il est vrai que la maison d'Agrippale – une maison en pierre des temps anciens – se dressait juste à la frontière de la forêt d'Iscambe. Une partie même de la demeure était noyée dans la végétation, formant ce qu'elle nommait « ses chambres intermédiaires ». Elle semblait n'éprouver aucune crainte devant cet engloutissement dans une jungle exaspérée : au contraire, elle avait établi ses quartiers dans les pièces qui s'aventuraient au sein de la sylve. Elle recevait les visites dans un salon clair et bien aéré situé sur le devant, mais elle vivait et dormait à l'arrière, marchant sur un sol soulevé par les racines et ne pouvant ouvrir des volets où la forêt s'appuyait de toute sa verdoyante épaule.

Agrippale était extrêmement âgée. On disait qu'elle avait dépassé cent ans et qu'elle avait connu son aïeul, lequel était né dans les temps anciens et avait survécu à l'année terrible, aux bombes, aux catastrophes et aux vents de poussière. Il était mort depuis longtemps déjà, mais elle continuait à transmettre le souvenir de cette époque crépusculaire où le monde avait basculé sur son axe, où le soleil avait déserté le ciel pendant vingt-quatre heures, où la vieille civilisation avait disparu presque totalement.

Elle restait curieusement attachée à ces souvenirs et c'est pourquoi elle continuait à vivre dans cette vieille baraque délabrée, parmi des meubles aux noires échines, des tentures en loques et des objets inexplicables. C'est ainsi qu'elle laissait dans sa cuisine une armoire de métal, haute comme un homme, recouverte d'une peinture blanche qui s'écaillait et dont elle disait qu'elle servait jadis « à fabriquer du froid » et à conserver les aliments. C'était à ce meuble que son grand-père avait dû la vie sauve. Elle racontait que dès les premiers signes de la catastrophe il s'était enfourné là-dedans chaudement vêtu et n'en était sorti que plusieurs jours après.

Elle n'avait pas davantage touché, et pas admis qu'on y touchât, au vieux véhicule qui rouillait devant la façade, sorte d'énorme boîte roulante contenant des squelettes de fauteuils. Du reste, de telles carcasses n'étaient pas rares dans la vallée Emeraude. Pour peu que l'on déboisât, on était presque sûr d'en découvrir. Généralement, on arrachait les portières, on peignait sur elles des gueules d'animaux et on les utilisait comme boucliers dans les combats. Puis on se hâtait de détruire ces épaves, les jugeant disgracieuses.

Ce n'était point pour contempler ces reliquats d'une civilisation morte qu'Anne allait rendre visite à la vieille Agrippale mais à cause de l'atmosphère magique qu'elle y trouvait toujours et qui était due pour une bonne part à la proximité de l'ensorcelante forêt. A l'exemple d'It'van et au contraire de la plupart des habitants de la vallée d'Emeraude, Anne n'éprouvait point de crainte sacrée devant cette jungle infinie, mais plutôt un désir de connaissance, une surprenante volonté d'exploration. La vieille Agrippale, qui ressemblait à une sorcière cassée en deux, avait consenti un jour à l'emmener dans sa principale chambre intermédiaire. Marchant en traînant les savates dans un long couloir obscur, elle avait sorti des poches de son tablier plusieurs clefs qui avaient servi à ouvrir une porte noire. Elle s'était ensuite effacée pour laisser pénétrer Anne dans une grande pièce qui avait jadis constitué le vestibule véritable de la maison, car on voyait, outre un escalier qui montait vers les étages, une entrée monumentale et béante qui donnait sur le sous-bois.

Par cette porte ouverte à deux battants la végétation entrait en masse : liane qui se convulsait sur le marbre du sol, liseron qui s'accrochait aux murs, formant une molle et mouvante tapisserie, racine qui immisçait entre deux dalles un coude noueux, herbe qui poussait dans la moindre blessure de la pierre. Et, comme un visiteur intimidé qui hésiterait à s'enfoncer plus avant dans une demeure inconnue, la végétation cessait, abandonnant la place au minéral. Ainsi à la confusion et à l'insurrection des plantes succédaient la géométrie des pierres, l'ordonnancement anguleux des blocs. C'est à peine si, çà et là, un lichen niché dans une fissure rappelait le règne dont il était issu : rugueux ou lisse, le calcaire étalait sa présence compacte, ses formes simplifiées, alignées et rassurantes, sa calme évidence d'argument définitif.

Anne s'était avancée jusqu'à cette subtile frontière où les deux univers se départageaient, semblant s'arracher l'un à l'autre – et elle avait aussitôt éprouvé une impression de bien-être, d'harmonie et de complétude. De même qu'au crépuscule, entre la nuit qui vient et le jour qui s'en va, il existait une seconde mystérieuse et sereine, instant de suprême immobilité à la fois éphémère et éternel, où la lumière et la ténèbre s'intégraient, s'unifiaient l'une à l'autre – de même en cette chambre intermédiaire il y avait un lieu d'équilibre, un point vers lequel convergeaient les deux éléments contradictoires pour s'y rassembler et s'y épouser, endroit où le végétal semblait se muer en pierre et la pierre en végétal et où la maison devenait la forêt et la forêt la maison.

Comme la vieille Agrippale l'observait de ses yeux exorbités, branlant la tête et chuchotant des phrases sibyllines au sujet de « nains qui allaient peut-être venir », Anne s'était extirpée de cette bienfaisante sensation d'harmonie pour marcher vers la porte, seuil véritable de la sylve, passage vers les mondes ignorés. Son regard avait plongé dans les épaisseurs bleues du sous-bois où des insectes vibraient inlassablement et où, venu d'en haut, un rayon de soleil vidait sa bourse, éparpillant sur le sol de luisantes pièces d'or. Elle aperçut les fûts gigantesques des arbres qui s'enfonçaient dans la terre, le plafond lointain de leurs frondaisons, les lianes emmêlées qui en tombaient comme les cordages mous et absurdes d'un navire brisé par un naufrage. A l'angle d'un tronc et d'une branche maîtresse, des milliers d'orchidées balançaient leurs tiges au gré de quelque indicible soupir des profondeurs, formant un balcon fleuri où flottaient, tels des pétales aériens, des papillons qui avaient la couleur rose des vieilles porcelaines. Elle s'était encore avancée, se tenant à présent sur le pas de la porte, regardant droit devant elle, vers le cœur bourdonnant de la jungle.

C'était la première fois qu'elle voyait l'intérieur, le dedans de la forêt d'Iscambe, et il lui semblait contempler le revers mystérieux du réel. Jusqu'à présent, elle n'avait vécu qu'à la surface. Maintenant, au seuil de cette crypte sans borne, elle entrevoyait le monde secret des causes. Mais existait-il une logique dans ce chaos ?

Alors – et comme en réponse à la question qu'elle se posait – elle aperçut le sentier. Bien qu'il fût aux trois quarts envahi par l'herbe, elle le distingua. Il partait de la porte même où elle se trouvait, sinuait entre les troncs, s'engouffrait dans une tourmente de broussailles, réapparaissait sur une butte, virait derrière un rocher et s'engloutissait dans les profondeurs.

« C'est le sentier des nains », murmura la vieille Agrippale d'une voix aphone.

Elle lui raconta que jadis, aux temps bienheureux de sa jeunesse, des nains venaient régulièrement lui rendre visite dans cette chambe intermédiaire. Ils lui confiaient des histoires de la forêt, lui parlaient de leurs épuisants travaux de mineurs et l'interrogeaient sur la vallée d'Emeraude. Et puis ils avaient brusquement cessé de venir, à la fin de son adolescence, quand elle avait commencé à les regarder de haut, les jugeant peu présentables et surtout si petits, si ridiculement petits. La façon dont ils étaient vêtus la faisait parfois rire aux larmes. Ils étaient si mal fagotés avec leurs bonnets rouges, leurs pauvres pantalons qu'ils ne retiraient même pas pour dormir, leurs vieilles mitaines et leurs tricots troués. Et si sales aussi – il fallait bien le dire. Après chacune de leurs visites, elle devait nettoyer le sol maculé de boue et brûler de l'encens pour chasser une vague odeur d'étable, de cuir et de célibataire négligé. Il arrivait aussi que leur comportement laissât à désirer. Pour leur ultime venue, ils s'étaient amenés en état d'ivresse et avaient dansé la sarabande dans la chambre intermédiaire. L'un d'eux, un petit gaillard vigoureux, bas sur pattes, poilu comme un singe et qu'on nommait « le Menteur » à cause de sa faconde, avait tellement sautillé qu'il en avait perdu et oublié sa chaussure. Qu'ils dansent, passe encore ! Mais qu'ils chantent d'une voix éraillée des airs graveleux à faire rougir la chaste jeune fille qu'elle était alors, voilà ce qu'elle n'avait pu supporter. Elle les avait pris par les épaules et poussés dehors.

Ils s'étaient éloignés sur le sentier en titubant et elle ne les avait jamais plus revus. Au début, elle n'en avait conçu nul regret : après tout, ils étaient sales et débauchés. Et puis ils ne faisaient pas sérieux et elle avait d'autres soucis dans la vie que ces confuses histoires de forêts. Mais bien plus tard, une fois sa jeunesse enfuie, elle s'était mise à déplorer leur absence et à trouver un charme puissant au souvenir des légendes qu'ils lui contaient jadis. Alors, elle avait entrepris de les attendre. Elle voulait les revoir avant sa mort. Elle était sûre qu'ils reviendraient.

Cette certitude qu'elle affirmait avec force, en montrant le poing, venait de faits assez étranges qu'elle avait remarqués en contemplant, au fil des ans, le sous-bois du seuil de cette porte. Tout d'abord ceci : au moins une fois dans l'année le sentier était entretenu par des mains inconnues qui le désherbaient, le débarrassaient des broussailles et des ronces qui ne tardaient pas à l'envahir. Ces mains répandaient sur lui une sorte de gravier. A plusieurs reprises, la nuit, elle avait entendu le grincement de la brouette qui acheminait ce matériau. Un matin elle avait même repéré la trace des roues sur la terre humide, accompagnée de l'empreinte de petits pieds. Ce n'était pas tout. Elle avait trouvé un jour, au seuil de la chambre intermédiaire, un de ces petits bonnets rouges qu'elle jugeait naguère ridicules et dont la vision, aujourd'hui, l'emplissait d'aise. Enfin, un soir de beauté où la forêt semblait se réjouir, elle avait entendu, apporté par une brise attiédie, l'écho lointain et comme réverbéré d'une chanson à boire.

Oh ! bien sûr, elle aurait pu s'élancer sur le sentier, aller à leur rencontre, les découvrir et les supplier de lui pardonner. D'ailleurs, le fait même que le chemin fût entretenu n'était-il pas une sorte d'invite ? Mais elle n'avait jamais pu s'y résoudre. Elle avait toujours éprouvé de l'angoisse à l'idée de pénétrer au sein de cette jungle, dans ces immensités, dans ces solitudes caverneuses dont on ignorait jusqu'où elles se poursuivaient. Certes, elle vivait à la lisière et, pour ainsi dire, en communion étroite avec la forêt. Mais elle savait qu'il suffisait de quelques pas pour s'en affranchir, quitter la chambre intermédiaire pour gagner le clair salon, s'accouder à la fenêtre et embrasser en un seul regard l'ordre géométrique des rizières et les grands espaces de la savane où le vent courait en liberté et sans rencontrer d'obstacles. Ce qu'elle craignait principalement dans l'idée de s'engager avec résolution sur le sentier des nains, c'était de s'enliser dans la végétation au point de ne plus pouvoir rebrousser chemin. L'eût-elle désiré vraiment que son âge, sa fatigue et, pour tout dire, sa décrépitude l'eussent empêchée de mettre son projet à exécution. Aussi préférait-elle attendre le retour des nains. Deux objets lui permettaient de patienter. Comme Anne l'interrogeait sur la nature de ces « objets », elle était allée à un placard et en avait sorti le bonnet (le fameux bonnet) et la chaussure que le Menteur avait jadis oubliée un soir d'ivresse.

Anne avait été vivement intéressée par cette chaussure. Ses dimensions dénonçaient une galoche d'enfant. Pourtant ce n'en était pas une : elle ne plagiait pas le brodequin des grands à des fins de sensiblerie, elle était véritablement un soulier d'adulte, soulier ferré à la semelle renforcée, qui devait sonner clair sur les chemins pierreux – ou crisser sur les sentiers recouverts de gravier. C'était un bel objet comme savent en fabriquer des artisans qui s'accomplissent et se métamorphosent dans leur travail. Le brandissant, l'élevant devant ses yeux, Anne l'admirait. Sans doute, la vieille Agrippale dut-elle craindre que la jeune fille ne le subtilise, car elle le lui arracha de ses doigts crochus, le serra sur sa poitrine comme une relique et se hâta de le ranger dans le placard.

Ainsi s'acheva la première visite de la chambre intermédiaire. Il y en eut d'autres par la suite, car Anne éprouvait, à regarder le labyrinthe végétal de l'intérieur et avec la sécurité que lui offraient les murs épais et la possible retraite dans des pièces moins aventurées, elle éprouvait une sensation d'enchantement, une plénitude qui la comblait. Voilà pourquoi elle séjournait si fréquemment chez la vieille Agrippale et non point pour y trouver oreille attentive ou âme compatissante. La « sorcière de lisière », si elle consentait parfois à l'écouter, bondissait sur le moindre mot qui pût la ramener à son délire, à cette attente presque séculaire des petits messagers de la forêt.

« Autant confier mes secrets à cette rivière », songea Anne qui, assise sur la berge, réfléchissait, tandis que, venant du fortin, une musique étouffée se faisait entendre, échos lointains de la fête qui s'y poursuivait. « It'van, je t'aime », soupira-t-elle. Puis, plus fort : « It'van, je t'aime ! » Et enfin, criant d'une voix aiguë d'enfant coléreux et plaintif : « It'van, je t'aime ! »

En amont du barrage, la rivière était noire à présent et laquée par la lune. Elle coulait paisible et sombre – et comme close sur ses rêves ténébreux. Elle coulait et soudain s'écroulait, s'ouvrant sur de bouillonnants secrets d'écume, livrant au regard une âme blanche et si lumineuse qu'elle en éclairait les rives de son feu mouillé. « It'van, je t'aime ! » répéta Anne. Puis, tout à coup : « Rivière, je t'aime ! » Alors trembla et s'enfla la rivière d'Emeraude, accourant en masse se briser sur le barrage, s'y fracassant en chutes de nacre et secouant sa crinière de buée. « Forêt, je t'aime ! » En cet instant, il semblait à Anne que son amour pour It'van n'était que l'avant-poste et comme la chambre intermédiaire de l'amour sans limites qu'elle portait au monde et à cette grande âme frissonnante qu'elle sentait autour d'elle et dont It'van, la rivière, la forêt même n'étaient que les beaux visages différents.

Elle se releva, enleva le tissu humide qui ceignait ses hanches, jeta sur ses épaules une longue cape de cotonnade sous laquelle elle restait nue et s'engagea sur le chemin qui conduisait au fortin. Maintenu à son cou par une simple lanière, son vêtement flottait derrière elle en un claquant sillage d'étoffe. Une brise aux mains chaudes courait sur son corps, effleurant les sommets, s'engouffrant dans les vallées, créant des nids de fraîcheur aux aisselles. Et soudain – née de cette soie sensuelle – une impression bizarre s'empara de la jeune fille. Ses contours, ses propres contours se dissolvaient, ou plutôt reculaient. Il lui semblait grandir énormément, s'accroître à un tel point que son corps finissait par englober la savane, la jungle infinie, le ciel et la terre. Elle devenait si vaste qu'elle contenait tout, y compris les cités ruinées et fumantes des bords de la Loire, les commandos qui s'y affrontaient en d'âpres et sanglantes batailles, les grandes villes mortes assoupies dans la forêt et dont les clapattes semblaient les pitoyables porte-voix.

Une idée lui vint qui la fit frémir : derrière ce désordre, cette diversité, ces destructions innombrables, derrière cette disharmonie apparente, un ordre était en mouvement, de même que le fléau ébranlé d'une balance revient vers son point d'équilibre. En une latence ineffable l'harmonie était présente au cœur de la disharmonie.

Anne était en proie à une sensation ailée, une joie qui accordait le monde entier à elle. Elle saurait triompher de tous les obstacles. Elle réduirait à néant le projet de son père et réussirait à conquérir l'amour d'It'van. Elle s'élancerait aussi sur le sentier des nains, les retrouverait et parviendrait à se concilier leur amitié et leur protection. En cet instant, il lui semblait avoir atteint le sommet d'elle-même. Un bonheur puissant brûlait dans sa poitrine.

Et tout à coup, enthousiasme, certitudes, assurances nouvelles, visages souriants du futur, tout se fissura et s'écroula. La brise qui, une minute plus tôt, la caressait lui parut glacée et elle s'emmitoufla frileusement dans les plis de sa cape. Alors les arbres s'agitèrent de façon menaçante. Les chauves-souris-lucioles s'engloutirent dans leurs feuillages et s'éteignirent. La rivière conspira, la lune elle-même blêmit. Qui avait provoqué cette fêlure soudaine, ce renversement, cette inversion complète ? Elle s'arrêta et prêta l'oreille.

Derrière son dos, elle entendit le roulement d'une charrette lourdement chargée. Elle se retourna.

A une centaine de mètres, tiré par deux choupins, un véhicule bâché surgit de l'abri des arbres. Précédant l'attelage de plusieurs pas, un homme s'avançait, éclairé par la lune qui chapeautait sa tête chauve. Il était de haute taille et d'une cadavérique maigreur. Ses vêtements – un long surplis noir qui corsetait sa poitrine – étaient ceux d'un étranger. A en juger par la poussière qui farinait ses traits, il avait dû marcher longtemps dans la savane. Plus il s'approchait et plus Anne avait peur. Elle aurait pu lui tourner le dos et s'enfuir mais demeurait étrangement clouée au sol. Il vint à elle en souriant d'un sourire qui était plaqué et comme peint sur son visage. Quand il fut arrivé à sa hauteur, il s'arrêta et se mit à l'examiner silencieusement et en se frottant les mains. Il avait des yeux qui pétillaient d'un feu glacé au fond de leurs orbites, des lèvres si minces qu'elles étaient imperceptibles, un menton osseux qui se terminait en pointe. Large au niveau des pommettes qu'il avait proéminentes, son visage était triangulaire comme la tête d'un insecte.

« Qui... Qui êtes-vous ? Que me voulez-vous ? » dit Anne en ne reconnaissant pas sa propre voix.

LE front soucieux de Tanguy apparut aux Emeraldiens comme un signe de mauvais augure. Oh ! quelle mine sombre arborait le roi en cette soirée de fête ! Qui étaient les responsables de ce visage de cuir, de ces mornes expressions, de ces regards qui évitaient ceux – lumineux et attentifs – de ses sujets ? Le vieux laineux et son disciple lui avaient-ils apporté des nouvelles déprimantes ? Non, la cause de la royale préoccupation était l'absence de la jeune princesse Anne. Les raisons de cette absence étaient évidentes : tout le monde connaissait le projet d'union entre le glapissant maître des steppes et la fille de Tanguy. Et tout le monde comprenait pourquoi s'était dérobée la tendre, la rêveuse créature.

A la table principale trônait, risible et pétaradant, Odoacre, roi des plaines et des troupeaux, barbare si repoussant qu'on l'eût volontiers logé à l'écurie. Il avait une bouche bien trop grande pour sa face et des cheveux qui évoquaient à la fois la broussaille et le crin. Agé d'une trentaine d'années, son esprit n'était pas plus développé que celui d'un enfant de sept ans. Son rire (si l'on pouvait qualifier de rire ces hurlantes saccades), son rire révélait non point la bassesse mais la simple bêtise. Et son royaume de pasteurs fût certainement allé à vau-l'eau si le ciel ne lui avait donné les deux conseillers grisâtres qui le flanquaient présentement, hommes aux yeux couleur de plomb, dont les adroits calculs avaient agrandi les domaines de ce monarque hébété. Et sans doute une bonne part des préoccupations de Tanguy venait-elle aussi du spectacle affligeant offert par ce prétendant, si difficile à imaginer serrant dans ses bras de gorille le rayonnant trésor de chair qu'était la princesse.

Il fallait reconnaître également, pour expliquer ce front plissé de soucis, que le caractère de Tanguy avait subi au fil des années une succession d'inquiétantes détériorations. Noble et harmonieux dans le passé – à l'époque où il était encore marqué par l'enseignement laineux reçu à Marseille – il était devenu mesquin et sauvage. Rien pourtant dans l'histoire de la vallée d'Emeraude ne justifiait une telle évolution. La prospérité était à présent établie et il n'y avait plus de graves périls dans les plaines où jadis s'assemblaient les pillards. Quant à l'O.C.R.E. et à l'A.R.P., leurs expéditions conquérantes avaient reçu de tels coups qu'il n'y en aurait pas d'autres avant longtemps. Au dire des caravaniers qui parcouraient l'Europe, les Emeraldiens formaient la communauté la plus stable et la plus sage que l'on pût trouver à des centaines de kilomètres à la ronde. Rayonnante aurait dû être l'humeur de Tanguy, or c'était exactement le contraire qui s'était produit : il s'assombrissait de plus en plus, devenait irritable et entrait dans de grandes colères pour des vétilles.

Il en était de même pour les principes qui avaient présidé à la naissance puis au triomphe de la communauté : la simple sagesse aurait exigé leur maintien et leur consolidation. Quand Tanguy était arrivé dans la vallée d'Emeraude, il prêchait l'harmonie intérieure, ce qu'il appelait l'intégration. L'homme devait unir en lui les puissances contraires du vital et du mental. Les zones les plus obscures et les plus inférieures devaient être non point repoussées et tenues à distance, mais acceptées et dominées. Tout, y compris ces forces nocturnes et bestiales qui sommeillent comme des dragons dans les cavernes de l'être, tout devait se ranger dans l'axe et contribuer à l'équilibre. A l'occasion des cérémonies et par un comportement symbolique, on exprimait ce désir d'union et de communication entre les divers degrés de l'esprit humain. Pareil à l'arbre, l'homme, si fier de son feuillage et de ses fruits, ne devait point renier ses racines qui s'enfonçaient dans la nuit de la terre, racines noires et boueuses, semblables à des reptiles et dont la force garantissait l'éclat des frondaisons et la beauté du chant des oiseaux qui les habitaient. Pour être magnifique et mélodieux par en haut, il fallait être obscur et convulsé par en bas. La seule loi était d'abolir les droits de douane, d'établir, entre ces deux extrémités inverses, la communication nécessaire et le libre passage pour les convois d'image.

Les cérémonies dont il avait jadis et pour la plupart imposé l'usage – et qu'il présidait alors avec enthousiasme – il n'y assistait plus à présent qu'avec nonchalance et ennui. Parfois, il s'endormait au milieu des fêtes d'initiation. L'on eût dit que ces rites étaient désormais pour lui dénués de sens. Les raisons de ce changement d'attitude demeuraient énigmatiques pour les Emeraldiens et, quand un fait leur paraissait inexplicable, il l'attribuait aussitôt à la forêt. Pourquoi Tanguy se montrait-il si différent de ce qu'il avait été ? C'était à cause de la forêt. Pourquoi s'était-il tant assombri depuis quelques années ? Pourquoi lui naguère si vivant devenait-il parfois aussi morne et comme pétrifié ? La vieillesse ? Non, la forêt.

Elle avait sur tous les hommes de mystérieux pouvoirs. Oh ! certes, il était loisible de mener grand tapage dans les plaines, dans ces libres espaces où l'orgueil et une illusoire volonté se déployaient comme le vent, mais on ne pouvait s'affranchir de la sylve. On avait beau lui tourner le dos, la méconnaître et même l'oublier, on lui restait attaché par une corde invisible. Elle vous guidait, elle était la mère du destin. C'était elle au bout du compte qui prenait les décisions, décisions qui avaient force de loi. C'est pourquoi tous les Emeraldiens étaient inquiets des changements intervenus dans le caractère de Tanguy : ils pouvaient signifier pour eux la fin d'une époque heureuse. Peut-être la forêt allait-elle mettre un terme à cette traditionnelle bienveillance qui avait permis l'épanouissement extraordinaire de la communauté – peut-être allait-elle assaillir et engloutir la vallée ?

On regardait Tanguy qui venait, avec des yeux lourds et pensifs, de prendre place à la table royale, face à la fosse où l'attendait son écailleuse fiancée; on le regardait comme si l'on avait pu déchiffrer une réponse sur ses traits tourmentés, sur ce visage clos que nul sourire n'égayait. Normalement, sitôt le roi installé à sa table lumineuse, toutes les autres tables devaient s'éclairer en même temps, chaque convive étant tenu d'allumer et de brandir une torche. Or ceci fut fait avec retard, comme si l'on répugnait à donner le signal des réjouissances. Un orchestre de violes et de tambourins fit entendre une musique froide et qui parut sans joie aux convives. Puis les premiers mets furent servis.

Dans les grandes occasions – cette fête en était une – la cuisine se faisait à l'étouffée. On creusait des trous dans le sol où l'on plaçait, avec des pierres chauffées à blanc, les denrées à cuire. Ces fours étaient rebouchés. Viandes, patates douces, fruits de l'arbre à pain : tout mijotait dans le flanc généreux de la terre. Cette méthode donnait de succulents résultats et, en évoquant ces festins exceptionnels, les Emeraldiens se pourléchaient. Mais, en de rares circonstances, la terre sabotait un art culinaire si raffiné : trop humide, elle enveloppait les mets d'une fumée abondante qui finissait par altérer leur goût, ou alors faisait monter de ses profondeurs un air vicié, remugle qui imprégnait les aliments et détruisait leur saveur.

C'est ce qui se produisit ce soir-là, au grand désespoir des cuisiniers qui firent retentir leurs semelles vengeresses sur le sol. Tous les plats furent gâtés par l'odeur venue des espaces inférieurs, relents d'en bas qui corrompirent des mets délicats d'une senteur de feuilles mortes, de punaises et de champignons pourris. Tanguy les repoussa avec dégoût. Se levant, il gagna la fosse d'où montaient des sifflements, ceux du grand varan femelle qui l'attendait.

Les spectateurs furent frappés par la promptitude et la démarche décidée du roi. Ordinairement, c'était à minuit qu'avait lieu l'annuelle descente dans la chambre d'amour et voici qu'aujourd'hui le rite s'accomplissait à onze heures du soir. Loin d'être le signe de l'ardeur, cet empressement de Tanguy était plutôt celui de son hésitation, de sa peur inavouée et inavouable. C'était parce qu'il craignait de défaillir et de prendre la fuite que le roi renonçait à tout atermoiement et abrégeait la cérémonie. Depuis la tombée de la nuit, il était la proie d'un pressentiment informe et pour la première fois il appréhendait ces étreintes sans douceur. Alors, pour se maîtriser, pour se prouver à lui-même qu'il était capable de vouloir ce qu'il ne voulait pas, il avançait l'heure de ses épousailles.

« Mais que va-t-il faire ? s'était enquis Evariste en se penchant vers It'van, son voisin de table.

– Il va pénétrer dans la fosse et passera la nuit avec sa fiancée.

– Vous voulez dire avec ce... ce..., balbutia le disciple du laineux.

– Oui, avec ce reptile. Mais venez, allons assister au saut dans les profondeurs. C'est un moment important de la cérémonie. »

Ils se levèrent et, imitant les convives qui accouraient en brandissant des torches, ils s'approchèrent du trou vers lequel le roi s'inclinait. La lune était énorme et brillante – si peu éloignée aussi que de blancs nuages en dérive semblaient la frôler. Eclairées par les torches, les cuirasses luisaient dans l'entrebâillement des capes. Les visages étaient graves. Tous les spectateurs observaient un absolu silence. Une rumeur assourdie venait de la forêt voisine : brise qui ruisselle et murmure dans les labyrinthes du feuillage, douleur lointaine d'un clapatte, hurlement d'une bête égorgée par un fauve. Etait-ce la lumière étrange de cette lune poudreuse, le grésillement des torches ou l'immobilité crispée de cette foule qui attendait le saut libérateur ? Quelque chose de magique était en suspens dans la cour du fortin et l'on eût dit que derrière les pages de l'air, sur le seuil de l'autre monde, des êtres invisibles étaient accoudés dont le sort dépendait également de la célébration de ce mystère.

« Oh ! regardez ! chuchota tout à coup Evariste. Le roi s'est muni d'un poignard. Aurait-il peur de sa fiancée ?

– En effet, reconnut It'van à voix basse. C'est la première fois qu'il s'arme ainsi. Et je ne sais pour quelles raisons... Mais chut ! Il va sauter ! »

Tanguy sauta et l'on vit son immense silhouette tomber, droite comme un pieu, au fond du trou. Alors, les Emeraldiens poussèrent des clameurs et penchèrent leurs torches pour éclairer la fosse.

Debout, la main posée sur la poignée de sa dague, le roi regardait le grand varan étendu qui dardait dans sa direction une langue fourchue, suintante et véloce. Entre eux, le mât se dressait, axe central recouvert d'épines et qui semblait être le troisième personnage de la scène et comme l'essieu d'une roue mystérieuse. La foule s'écarta : des gardes apportaient des planches et en couvrirent la fosse, formant le plafond de la chambre d'amour. Ainsi, tout ce qui allait se passer pendant la nuit dans ce lieu clos et souterrain serait dérobé aux regards. Hérissé de pointes, dépassant de plusieurs mètres le niveau du sol, le mât était le tronc d'un jeune arbre ébranché au sommet duquel le sac en étoffe verte était suspendu. Evariste le désigna :

« Quelle est son utilité ? demanda-t-il.

– Au lever du jour le roi devra escalader le mât, expliqua It'van. Il devra écarter les planches et progresser, à la force de ses bras et de ses jambes, jusqu'au faîte. Arrivé là-haut, il s'emparera du sac, l'ouvrira et en éparpillera le contenu dans la foule.

– Et que contient-il ?

– Des pièces d'or, des bijoux, des nominations à des postes d'autorité plus divers colifichets symboliques. »

It'van se tut et se retourna. Des coups puissants ébranlaient la porte du fortin que l'on avait refermée pour le déroulement de la cérémonie. Des gardes allèrent l'ouvrir et l'on vit apparaître un chariot bâché tiré par deux choupins au harnachement bizarre. Le précédant, Anne, emmitouflée dans sa cape, marchait à côté d'un étranger de haute taille, vêtu de noir, au crâne chauve et au sourire métallique. En le voyant, Evariste poussa une exclamation.

« Qu'y a-t-il ? demanda It'van.

– Cet homme !... Oh ! cet homme ! balbutia le jeune laineux.

– Eh bien, qu'est-ce qu'il a ? C'est un étranger, voilà tout. Il vient comme vous de la savane.

– Oui, mais je l'ai déjà vu... Où était-ce ? Je ne sais. En tout cas, je n'ai pas besoin de fermer les yeux pour sentir les vibrations négatives qui émanent de lui. Cet homme est terrible. Il nourrit les plus funestes projets. Oh ! il faut que j'aille avertir mon maître ! »

Evariste bondit et se mit à chercher le Fondeur parmi la foule jacassante des Emeraldiens. Il finit par le découvrir au milieu d'un groupe de jeunes gens qui l'écoutaient. Il lui fit signe de le suivre et It'van les aperçut qui s'éloignaient vers la palissade d'enceinte.

La fête allait vraiment débuter à présent. Déjà les manteaux tombaient et les cuirasses étaient jetées dans un angle du fortin. Des jongleurs faisaient le saut périlleux autour d'un feu. Un orchestre de xylophones et de tambours battait au tympan de la nuit. Des femmes aux joues roses et aux robes dénouées dansaient sur le plafond de la chambre d'amour. Des couples marchaient vers les ténèbres complices.

« C'est étrange, se dit It'van, cette fête n'est pas comme elle devrait être, je sens quelque chose de contraint, de pénible. Et puis il y a ce poignard suspendu à la ceinture du roi. Et quoi encore ?... Ah ! oui, cet homme au visage de cire et dont le surgissement préoccupe tellement les deux laineux qu'ils conspirent là-bas, à l'écart de la fête... »

« N'es-tu pas de mon avis ? demanda-t-il à Anne qui s'approchait de lui.

– En principe, je suis toujours de ton avis, remarqua-t-elle avec un tendre sourire, mais cela ne te dispense pas de me préciser de quoi il s'agit.

– De cette soirée. Il me semble qu'elle est moins réussie qu'à l'accoutumée. On dirait que les gens se forcent à être joyeux. Leur joie sonne creux, tu me comprends ? Je sens une faille dans cette fête. »

Anne se rembrunit.

« C'est vrai, dit-elle, il y a une faille et pas seulement dans la fête elle-même. Tout est brusquement devenu différent, tout s'est assombri. Tu as une explication ?

– Oui, quelque chose en trop, un poignard peut-être. Quelque chose ou bien quelqu'un... A propos, qui est cet homme ?

– Lequel ?

– Celui qui t'accompagnait.

– Lui ? C'est un médecin itinérant. Il vient du sud et gagne sa vie en proposant ses soins et ses remèdes. Je l'ai rencontré tout à l'heure au bord de la rivière. Les poches de son habit sont bourrées de fioles et son chariot est une pharmacie ambulante. Il prétend pouvoir guérir toutes les maladies.

– Es-tu malade pour t'intéresser ainsi à lui ? »

« Oui, je suis malade, eût-elle envie de répondre, malade d'amour et tu en es à la fois la cause et le remède, ô It'van ! »

« A propos, ajouta le jeune homme, tu connais Evariste ? C'est le disciple du laineux, celui qui tout à l'heure semblait avoir oublié sa main sur ta poitrine. Eh bien, il est certain d'avoir déjà vu ton médecin quelque part. Pour lui, c'est un homme dangereux, cruel même. Qu'en penses-tu ?

– Je suis incapable de définir quelqu'un aussi rapidement. En tout cas, j'ai ressenti en marchant à côté de lui une sorte de malaise général : c'est à peine si mes jambes me portaient. Tu sais, je crois qu'il y a des êtres dont le simple voisinage nous vide. Ils dévorent notre énergie par leur seule présence, ils captent à leur usage le flux vital qui nous parcourt. Ce sont des vampires et je pense que l'étranger est un des ces hommes-là.

– Tu en connais d'autres ?

– Non... Oh ! non ! »

Si, elle en connaissait un autre mais ne pouvait en parler à It'van : il s'agissait du roi, son père. Depuis peu, elle éprouvait, à converser avec lui ou à se tenir à ses côtés, une fatigue qui la rendait exsangue, qui la faisait presque crouler au sol. On eût dit que d'un seul coup il pompait toute son énergie. Alors elle restait devant lui sans arguments, baissant la tête. Pourtant, dans les années de son enfance, il était capable de répandre sur elle tant de douceur quiète et rassurante, de joie et d'amour qu'elle se sentait comme un enfant de lumière ! Son père avait changé, elle devait en convenir, et ce n'était point le vieillissement qui était en cause mais... Mais quoi ? Elle n'aurait su le dire. Simplement Tanguy rayonnait autrefois et il y avait autour de lui comme une clarté palpable : à présent semblait l'envelopper une grisâtre vapeur, celle que soulève un souffle dans les cendres d'un feu éteint.

Elle porta son regard vers la chambre d'amour. Suivant le rythme de la musique, des femmes se tordaient, se convulsaient en se frottant sur le bois de l'axe sacré. La tête renversée en arrière, elles fixaient avec des yeux hallucinés le sac vert, fruit unique et désirable suspendu à son sommet. Pauvre père ! Toute la nuit, du fond de sa fosse, il entendra le choc des pieds nus au-dessus de lui. Et, pendant que festoieront ainsi les autres, il se livrera à la noire, à la reptilienne étreinte...

It'van lui saisit soudain le bras :

« Ecoute, dit-il. Tu n'entends rien ? »

Elle prêta l'oreille.

« Si, la musique, finit-elle par dire, la musique, les rires et les conversations.

– Non, derrière ce brouhaha, tu ne distingues rien ? »

Elle se fit plus attentive encore.

« Oui, dit-elle au bout d'un moment. J'entends autre chose que je suis incapable d'identifier. On dirait un immense, un ténébreux soupir. »

C'était un tumulte vague, comme la respiration de la mer au long des plages ignorées. Et la rumeur s'enflait, traînante et caverneuse, s'approchait d'un seuil où elle criait un lointain message puis refluait jusqu'à devenir presque inaudible, comme le bourdonnement d'un insecte au fond des chambres de la nuit.

« C'est la forêt d'Iscambe, prononça gravement It'van. Tu la reconnais ? Ce n'est pas sa voix habituelle. C'est vrai : il ne s'agit pas d'une agitation de surface, d'une brise de lisière, mais du mugissement même de ses profondeurs, de la palpitation de son cœur éloigné. Ce n'est pas la première fois que je l'entends s'exprimer de cette façon-là, je veux dire avec cette voix rauque... »

Il se tut et se retourna. Quelqu'un venait de hurler son nom dans la foule. C'était Evariste qui cherchait ainsi à attirer son attention. Il était si fluet qu'il dut batailler ferme pour se frayer un chemin jusqu'à eux. Au passage, il faillit même se faire renverser par un couple de danseurs. Il surgit enfin, voûté, les joues creuses et les mains serrées l'une contre l'autre.

« It'van, mon maître désire... », commença-t-il.

Apercevant Anne, il s'interrompit et rougit aussitôt.

« Pardonnez-moi, je ne savais pas que vous étiez là. »

Il s'excusait comme s'il venait de proférer une obscénité de nature à scandaliser les jeunes filles. Puis, portant sa main à son menton, à la fois pour se donner une attitude méditative et cacher le bouton qui déparait sa physionomie, il informa It'van du vif désir de son maître d'avoir avec lui une conversation « privée et secrète ». A l'entendre, il s'était produit « un événement inopiné » qui bouleversait tous leurs projets et nécessitait « un orage de décisions rapides et concrètes ». Il jeta sur Anne un bref regard pour surprendre l'effet de ces fortes paroles, puis, indiquant une direction derrière lui :

« Il vous attend dans la remise aux chariots, dit-il.

– Suis-je conviée également ? » demanda Anne.

Evariste se mordit les lèvres.

« Non, finit-il par balbutier. Mon maître..., je veux dire le Fondeur... ainsi nommé parce que jadis il unissait entre eux des métaux d'espèce différente... préfigurant ce qu'il fait aujourd'hui... je veux parler de l'union des contraires dans le creuset... le creuset majestueux de l'âme humaine... Mon maître souhaite s'entretenir seul à seul avec It'van.

– Ainsi votre présence à vous n'est pas indispensable non plus », remarqua la jeune fille.

Evariste en convint. Anne fit un bond en avant, lui saisit la main et l'entraîna parmi les danseurs. Il eut toutes les peines du monde à suivre le rythme de la musique. De toute évidence, c'était la première fois qu'il se risquait à danser. Quoique ses jambes fussent raides comme des piquets et qu'il frappât le sol sans souplesse, sa tête était ballottée de tous côtés comme celle d'un guignol. Son visage était empourpré et de ses yeux écarquillés il semblait observer Anne avec stupéfaction. Celle-ci dansait avec une visible volupté. Paupières closes, bouche entrouverte, gardant la taille fixe et faisant se mouvoir ses hanches, elle était la musique plus qu'elle ne la suivait. Parfois s'écartaient les pans de sa cape flottante et son corps nu et cuivré apparaissait. Si le jeune laineux la regardait dans ces moments-là et qu'elle surprît ce regard, elle lui souriait, ce qui, constata It'van, équivalait à un encouragement. Sur la piste, parmi les autres danseurs, Anne et Evariste formaient un couple étrange d'abord parce que la bure dont celui-ci était revêtu jurait avec les vêtements magnifiques et légers des Emeraldiens, et aussi parce qu'ils n'étaient manifestement pas faits l'un pour l'autre : « Ils s'accordent comme une cafetière et un oiseau des îles », murmura It'van en souriant.

A vrai dire, il éprouvait une certaine satisfaction des ridicules du jeune laineux. Eût-il été plus séduisant qu'il en aurait conçu une sorte de jalousie, oh ! bien légère sans doute ! Il n'aurait pas aimé non plus qu'Odoacre, le roi des steppes, fût agréable à regarder et d'esprit distingué. Cela signifierait-il qu'il était amoureux de la jeune princesse ? Non, non, mille fois non ! Elle était trop réelle à son goût, trop... présente. Il ne pouvait aimer que ce qui était inaccessible, lointain et semblable à ces châteaux de vapeur que forment, au fond des cieux exaltés du soir, les nuages. Parfois, quand il se sentait attiré par elle, il lui suffisait de voir rouler sur son front une goutte de sueur pour que se dissipe cet attrait éphémère...

Une dernière fois, il regarde Anne et il lui semble que tout en dansant et sous ses paupières mi-closes, elle le cherche et l'observe. « Elle est à l'affût de mes réactions, songe-t-il. Elle serait bien contente de déceler sur mes traits des signes d'irritation, les crispations de la jalousie. Je ne suis pas dupe. Elle peut montrer son corps à qui elle veut, cela m'indiffère complètement. » Il hausse les épaules et s'en va.

Pour gagner la remise aux chariots où l'attend le philosophe errant, il doit passer devant la chambre d'amour. Etendus de tout leur long sur le plancher, des couples enivrés s'étreignent sans pudeur. It'van pense à l'autre étreinte, au corps à corps bestial et à ces rugueux baisers qui doivent s'échanger maintenant au fond de la fosse, dans ces profondeurs sombres, terreuses et humides, semblables au cœur moite de la forêt d'Iscambe. De ce hideux amour puis de l'ascension du roi dépend, disent les Emeraldiens, l'équilibre du cosmos tout entier. Le miracle aura-t-il lieu encore une fois ?

It'van se penche et colle son oreille à un interstice du plancher. Il entend des grattements légers de griffes sur la terre suivis d'un souffle vague. Il reste une minute ainsi à écouter intensément, puis, ne percevant plus rien, il se relève et gagne la remise.

Alors, pénétrant dans cette haute cabane qui sent la paille et le vieux cuir et où de rares lanternes versent une parcimonieuse lumière, le premier spectacle qui s'offre à ses yeux est celui du chariot de l'étranger. Sans doute de négligents valets viennent-ils tout juste de le conduire ici, car – pressés de se plonger à nouveau dans les tourbillons de la fête fiévreuse – ils n'ont pas pris la peine de dételer les plaintifs choupins. Il regarde ces mornes animaux et ne peut s'empêcher de sourire de leur expression vaniteuse : on croirait un couple de souverains recevant un courtisan. Ils ont l'air de dire : vous nous voyez encore attachés à nos brancards, eh bien, ce n'est pas dû à l'étourderie d'une valetaille méprisable mais à notre constant désir d'être toujours prêts. Les observant, It'van songe à une locution populaire en usage dans la vallée d'Emeraude et qui affirme ceci : « Tel maître, tel choupin. » Il y a une grande part de vérité dans ce proverbe; c'est ainsi que les gueules floues de ces deux bovidés, dont les yeux glacés semblent morts, évoquent le visage fantomatique du médecin itinérant, leur maître. Examinant ces tristes bêtes qu'il aimerait foudroyer de coups de pied, il tombe en arrêt devant un détail surprenant : leur harnachement, dont il a tout à l'heure déjà noté la bizarrerie. Une large sous-ventrière, véritable caleçon de cuir, comprime la partie mâle de leurs organes sexuels comme si l'on a désiré interdire sa possible érection.

« Obvier à la nature », prononce tout à coup une voix derrière lui.

It'van se retourne. Le vieux laineux est là, tenant dans ses bras son gros sac de voyage.

« Obvier à la nature, répète le Fondeur d'une voix solennelle et grave, c'est l'idée fixe des hommes du Bureau; plus qu'une indication, c'est une signature. Cet étranger est de toute évidence un homme du Bureau. D'ailleurs, je crois savoir de qui il s'agit. C'est Blanc-Pétral, le chef des blagoulets, c'est-à-dire des sbires, spécialement envoyé à notre poursuite afin de nous empêcher de pénétrer dans la forêt d'Iscambe et d'atteindre Paris.

– Paris ? Cette ville morte dont vous m'avez parlé ce soir ?

– Oui, dans ses ténèbres gît le soleil de la connaissance suprême. Il suffit de le ramasser, et faites-moi confiance : nous le ramasserons. Mais il faut d'abord échapper au Bureau et je compte sur vous pour nous y aider.

– Je le ferai volontiers si c'est dans mes possibilités, dit It'van. Mais d'abord expliquez-moi ce qu'est le Bureau et pourquoi il vous traque. »

Le Fondeur soupire, pose son sac à terre, s'assied sur lui et, retroussant sa tunique de laine sur de maigres mollets poilus :

« C'est une longue histoire, dit-il, mais il est important que vous l'écoutiez, ne serait-ce que pour vous encourager à la prudence. »

Le philosophe se met à parler, d'une voix chargée d'émotion. Et pendant toute la durée de son monologue les choupins font entendre de petites interjections méprisantes et désapprobatrices, les papillons de nuit se cognent aux lanternes tandis qu'au-dehors la fête ne semble s'alanguir que pour s'exaspérer à nouveau, par flambées brutales et inattendues.

Afin de comprendre le Bureau, disait le laineux, il fallait se reporter à la catastrophe qui avait jadis anéanti le monde ancien. Celui-ci était mort de l'oubli de ce principe originel : pour s'accomplir lui-même, l'homme doit vivre dans la verticalité et transfigurer en spiritualité lumineuse ce qui est le puissant chargement des ténèbres. En réalité, l'être humain n'était pour la force lovée dans les profondeurs et qui cherchait à remonter vers le haut promontoire d'où elle était jadis tombée que le lieu de passage essentiel et comme le défilé obligatoire avant d'accéder aux univers ensoleillés du divin.

Mais au fil des siècles l'homme s'inventa des religions qui, par leur obsession tatillonne du péché, non seulement jetèrent le discrédit sur l'aspect nocturne de l'être mais aussi refoulèrent cette énergie en ascension. La civilisation oublia que, comme naît chaque jour le soleil du ventre fécond de la nuit, la lumière est déjà présente au cœur des ténèbres. Pourtant il y eut plus grave encore : à force d'écraser et de nier les mondes inférieurs, l'homme en vint à nier les univers supérieurs.

Dès lors, il ne lui fut plus loisible de vivre qu'au

pauvre niveau du mental et la seule lumière qu'il reconnut fut celle – froide, artificielle, maussade – de la Raison. Or la Raison déraisonne quand elle n'est pas irriguée par le bas et interpellée par le haut. Si elle reste solitaire, comprimée à son seul étage, elle s'emballe et devient folle. Elle se mue en bureau, en bourreau. La peur de l'inconnu, de l'irrationnel, la conduisit à barrer le passage à tout ce qui n'était pas elle. Et le plus étrange était que les hommes continuaient à appeler progrès ce qui n'était que décadence et éloignement de la tradition. Et ils nommaient aussi accélération de l'Histoire l'accélération normale et naturelle d'une pierre que l'on jette dans un précipice. A l'extrémité de cette chute, le choc vint, la fatale catastrophe.

Sur le monde soi-disant civilisé tombèrent des bombes conçues par la Raison industrieuse, des bombes étranges qui détruisaient la vie en épargnant la matière. C'est pourquoi des villes entières furent préservées, débarrassées de leurs habitants, villes fantômes, dépenaillées et silencieuses dont les ruines se peuvent voir aussi bien dans les steppes et les savanes que dans les profondeurs verdâtres des jungles infinies – la seule différence étant que ces cités désertes avaient été mieux conservées dans la forêt (dans les plaines les vents les disloquaient et les recouvraient d'une terre où croissait à présent une herbe pâle).

La vie ne fut pas anéantie : de vastes régions furent épargnées par les bombes, enclaves heureuses où la civilisation ancienne subsista. Marseille était l'un de ces lieux bénis où un Dieu pourtant terrible et destructeur sembla suspendre ses coups. Aucune bombe n'y fut lancée et les miasmes toxiques venus des cités voisines furent dispersés par des vents providentiels et puissants. En outre, les raz de marée qui avaient noyé ailleurs les villes côtières s'y révélèrent beaucoup plus cléments : quelques vaguelettes tout au plus qui montèrent jusqu'aux premières collines. Bref, une fois passée l'épouvante, la société à nouveau s'organisa. Derechef l'or circula de main en main – toujours les mêmes mains. Et, comme le veut la règle sempiternelle, les riches s'enrichirent tandis que les pauvres s'appauvrissaient. Une foule d'esclaves s'acheminait chaque matin vers des ateliers qui les expulsaient au soir, fourbus, l'âme recroquevillée, vers des logis interchangeables, pauvres niches où s'affalaient des corps exténués.

Pour lutter et s'entraider, ces esclaves créèrent une association, véritable bureau de combat et de bienfaisance dont les pouvoirs s'accrurent rapidement comme s'accroissaient ses dimensions et son assise. Au début le Bureau Populaire ne comptait qu'une poignée de permanents chargés d'expédier les tâches d'écriture et de collecter les cotisations. Puis ces permanents se firent plus nombreux et plus diversifiées aussi leurs attributions. Le Bureau se mit à régler des différends, à arranger des mariages, à s'occuper du ravitaillement, à construire des immeubles. Il en vint même à mettre sur pied sa police et son armée, à créer des ateliers d'armement. Qui dit police dit prison : quiconque émettait le moindre doute sur la bonne gestion du Bureau se trouvait rapidement entre quatre murs.

A la longue, il n'y eut plus aucune force en état de résister à la toute-puissance de l'organisation : Marseille devint la ville du Bureau Populaire, personne n'y pouvait respirer sans son autorisation. Il possédait tout, y compris les usines vers lesquelles se traînait chaque matin un peuple d'esclaves à l'échine courbée. Pourtant – chose remarquable – il continuait à gloser interminablement sur les idéaux qui avaient présidé à sa création : entraide, justice pour les opprimés, lutte contre les profiteurs. Les hommes du Bureau employaient d'ailleurs et imposaient un langage étrange et comme en suspens puisqu'il ne recouvrait rien de réel, vocable abstrait à la fois flottant et pénible. Ils employaient sans cesse des mots comme justice ou liberté alors qu'ils étaient les premiers exploiteurs et les premiers geôliers. Ils parlaient d'avenir radieux alors que le futur s'assombrissait de plus en plus. Le ciel se couvrait à nouveau des mêmes nuages qui avaient provoqué l'immense catastrophe – et les mêmes bombes menaçaient à nouveau d'exploser.

La méfiance du Bureau était extrême pour tout ce qui était obscur, irrationnel, magique. Il fallait contraindre l'individu à vivre dans le deux-pièces cuisine de son mental, l'empêcher de s'explorer lui-même et de découvrir – une fois la trappe soulevée – les palais merveilleux, palais aux richesses insoupçonnées qu'il suffisait de parcourir une seule fois pour ramener à la clarté du jour de surprenantes œuvres d'art : sémaphores à visage d'ange, libellules chantantes, griffons, dieux anciens et oubliés qui prenaient aussitôt la parole pour vous confier les messages de l'éternité. Un tel individu soudain conscient du caractère innombrable de ses domaines – satrapies, fiefs, sultanats, principautés – devenait naturellement indifférent aux enseignements du Bureau. Il n'était plus contrôlable. Il émigrait sans bouger.

C'était ce que le Bureau ne pouvait accepter. Il ne voulait pas régner sur une société d'hommes libres mais sur la masse. En clouant l'individu à son mental, en l'empêchant de communiquer avec les autres niveaux de lui-même, il en faisait sa créature. Tous ceux qui encourageaient l'homme à se tourner vers son être profond étaient les ennemis du Bureau. L'artiste par exemple, qui ouvrait les univers cachés, utilisait les images scandaleuses que lui chuchotaient ses rêves et transmuait en beauté la subversion des abîmes, était désigné comme anormal et voué à la camisole.

Pour les maîtres de Marseille, il y avait pire que les artistes, c'étaient les laineux. Ceux-ci étaient vraiment traqués et martyrisés, car leur audace ne connaissait point de bornes : non seulement ils affirmaient que le vrai chemin était celui des profondeurs et que pour monter il fallait aussi descendre, mais en plus ils proclamaient l'existence d'un monde supérieur, sorte d'outre-Bureau épandu au-dessus des têtes, archipels de beauté que le mystique pouvait contempler une fois sa quête accomplie. Plus grave encore : ils révoquaient en doute l'idée admise selon laquelle l'homme marchait vers une période d'harmonie et de bonheur social où seraient satisfaits ses besoins et ses aspirations. Ils disaient que l'âge d'or était non point devant mais derrière nous. L'homme croyait avancer, il reculait. Ressaisir la Tradition occultée, tâcher de redécouvrir au-delà du moutonnement des siècles, des guerres et des catastrophes les termes mêmes de la Révélation oubliée, c'était à quoi s'employaient les laineux.

Dès lors, pour les hommes du Bureau, il n'y avait plus qu'une conduite à tenir à leur encontre : leur coller résolument la pointe de l'épée sur la gorge. Mais quelles gorges ? Une gorge laineuse ne se reconnaissait pas immédiatement. Il fallait un regard sans cesse en éveil et un infini discernement, car ces mystiques tournés vers l'intérieur d'eux-mêmes savaient montrer au-dehors l'insoupçonnable façade d'un visage bureaucratique. Une police particulière fut donc créée qui se répandit jusque dans les bas-fonds de la société marseillaise. Son nom : la blagoulette. Son arme : le rire.

Il s'agissait, avec un air décent et grave, de pénétrer dans les groupes, puis, de la façon la plus furtive et la plus hypocrite, de susciter l'éclosion des plaisanteries. Alors le blagoulet, tout en gardant une figure sérieuse et en semblant ne s'y livrer que du bout des lèvres, y allait de sa propre histoire, gaudriole soigneusement choisie et qui en appelait d'autres. Ensuite, par une subtile montée du comique, il échauffait encore l'atmosphère, racontait de spriri-tuelles bouffonneries, multipliait les observations narquoises et les traits d'esprit. Lorsque l'ambiance devenait magnétique, il abandonnait le ton égayé du badinage et sortait les histoires qu'il tenait en réserve, anecdotes ébouriffantes qui faisaient se gonfler les rates et se déployer les gorges. Puis il renchérissait, amenait l'auditoire jusqu'à ce point de fusion où, à force de se pâmer et de se tordre, il perd conscience du monde extérieur et oublie toute prudence. Alors le blagoulet faisait sonner l'irrésistible carillon de son rire, à la suite de quoi il n'y avait plus pour l'écouter que des êtres pantelants, sans ressort et livrés à sa dévotion.

Et le rire cessait d'un seul coup. Sur son visage tombait – tel un store sur une fenêtre – l'expression farouche de la curiosité policière. De brèves questions étaient lancées auxquelles il était immédiatement répondu avec exactitude et d'une voix mourante. Dans l'emportement, dans l'ivresse de l'hilarité, l'homme avait, sans qu'il le sût, anéanti ses défenses. Les murs de sa forteresse intime s'étaient abattus sous les éclats d'un rire dévastateur. Non seulement il révélait les secrets les plus soigneusement gardés, mais en plus il dévoilait son indicible nature.

Telle était la méthode utilisée par les burlesques blagoulets pour découvrir les laineux. Mais ceux-ci, à une ou deux exceptions près, ne se laissèrent pas surprendre. Avertis de cette nouvelle stratégie, ils mirent au point une tactique salvatrice. Elle consistait à faire mine de suivre l'enchaînement des facéties puis, au moment où l'hilarité était à son comble, à lancer une histoire d'une tristesse extrême, récit d'agonie ou réflexion sur les cimetières. C'était jeter un torrent de glace sur une eau bouillonnante, c'était noyer le groupe dans des tourbillons de vapeur qui, lorsqu'ils s'étaient dissipés, laissaient voir sur le visage consterné du blagoulet un retroussis, une contraction des traits qui sur lui attirait le regard. Dans sa hâte à revenir aux plaisanteries antérieures, dans son acharnement à reprendre le cours de ses bouffonneries, il ne pouvait empêcher ses phrases de tomber à plat et ses yeux inquiets et fureteurs de trahir sa nature de blagoulet.

Bref, quoique séduisante et assez efficace dans ses débuts, cette méthode fut abandonnée et l'on recourut à des façons d'agir plus traditionnelles telles que la délation organisée, la torture, la surveillance des lieux publics et la trahison récompensée. Humiliés par le souvenir de leurs échecs, les blagoulets devinrent graves, très graves. Ils en vinrent même à considérer le rire comme l'indice d'un esprit rebelle et antibureaucratique. Quiconque riait devant eux riait d'eux. La drôlerie, l'hilarité furent par eux réputées obscènes et si dans leurs activités policières ils étaient contraints de manifester de la gaieté ou du plaisir ils le faisaient avec si peu de naturel que leur sourire semblait un rictus et comme une pièce rapportée sur leur visage.

« C'est exact, remarqua It'van qui ne put s'empêcher ici d'interrompre le Fondeur. Quand ce... ce médecin itinérant a surgi dans la cour du fortin tout à l'heure, il grimaçait plus qu'il ne souriait. Croyez-vous que cela soit suffisant à prouver qu'il est un blagoulet ?

– Blanc-Pétral est plus qu'un blagoulet : il est le chef même de ce corps sinistre. Et de par ses hautes fonctions il siège au comité directeur du Bureau Populaire. Il est l'un des douze dirigeants de l'organisation et non le moins influent, je vous assure. D'ailleurs, le fait même qu'il ait été envoyé sur nos traces montre combien ils se sentent menacés par la découverte véritable des archipels.

– Les archipels ? s'étonna It'van. Il n'y a pas d'océan dans la forêt d'Iscambe, pas d'océan et donc pas d'îles... »

Le Fondeur eut de la main un geste d'apaisement :

« Patience, dit-il, je vous expliquerai. Mais auparavant je voudrais vous fournir une seconde preuve du caractère ambigu de ce soi-disant médecin itinérant. Prenez simplement la peine de fermer la porte et de tirer le verrou. »

It'van s'empressa, mais à l'instant où il allait clore le battant il aperçut dans l'entrebâillement une scène qui l'immobilisa. Odoacre, le roi des steppes, le grotesque fiancé de la princesse Anne, était assis à la table royale et observait les danseurs. Ses deux conseillers aux yeux gris l'avaient quitté, mais quelqu'un semblait les avoir remplacés. Debout derrière lui et penché sur son épaule, le chef des blagoulets – dont la silhouette maigre et longiligne évoquait une noire tarentule – chuchotait à son oreille des propos qui paraissaient émouvoir grandement la brute. Suivant la direction de son regard, It'van aperçut, parmi les danseurs, le couple formé par Anne et le disciple du laineux.

Evariste semblait avoir perdu toute mesure : il était déchaîné et comme entré en transe. On voyait son visage écarlate monter et descendre au-dessus de la foule. Dansant comme un acrobate, il bondissait si haut qu'on l'eût dit parfois sur le point de s'envoler. Et c'était maintenant au tour de la jeune fille de le regarder avec stupéfaction. Elle était si étonnée qu'elle n'esquissait pas le moindre geste de défense quand, revenant sur terre, il la saisissait dans ses bras et la serrait sur sa chétive poitrine avant de rejaillir à nouveau vers les hauteurs.

C'était eux qu'Odoacre fixait avec une visible et croissante colère. Il donnait du poing sur la table et tâchait de prendre des mines terrifiantes. Qu'avait-il à leur reprocher ? Il y avait quelque chose de franchement comique dans l'attitude de ce véritable singe humain qui, dans son comportement vis-à-vis d'Anne, se considérait déjà non tant comme un prétendant que comme un époux – alors même qu'il n'avait jamais échangé une parole avec la princesse. Le chef des blagoulets cherchait-il à encourager cette jalousie prématurée ou voulait-il au contraire la modérer ? A bien l'observer, It'van ne pouvait douter qu'il s'efforçât d'attiser le feu de cette colère enfantine. Mais dans quel but ? se demanda-t-il.

Il n'eut pas le temps de s'interroger sérieusement à ce sujet car le Fondeur, derrière son dos, l'apostrophait :

« Par le joyau dans le lotus ! s'impatientait-il. Condescendrez-vous à fermer cette porte ? »

Il soupira, repoussa le battant, fit jouer le verrou puis se retourna.

« Mais que faites-vous ? » s'écria-t-il aussitôt à l'adresse du laineux.

Celui-ci venait de dénouer la lanière qui maintenait attachée la bâche du chariot. Et déjà, plongeant ses bras à l'intérieur, il attirait vers lui un ballot lourd et encombrant. Avec une force que son corps débile n'aurait laissé supposer, il tira le chargement et le jeta à terre. Dans le choc, la caisse s'ouvrit et des objets métalliques se répandirent sur le sol en terre battue. It'van se pencha.

On aurait dit des fusils à en juger par les gâchettes et les canons qu'ils comportaient – mais il ne s'agissait pas de fusils : la forme en était différente. Ils étaient trop neufs et trop fraîchement graissés pour des reliques de l'ancien temps.

« Ce sont des mitraillettes, dit le Fondeur. Vous savez ce que c'est ?

– Non.

– Des armes à feu d'un genre particulier. Si l'index presse et s'attarde sur la détente, le chargeur se vide en quelques secondes. Toutes les armées et les polices du Bureau en sont équipées. Et les ateliers de Marseille les fabriquent en grande quantité. »

S'agenouillant à côté du jeune homme, le laineux entreprit de ranger à nouveau les mitraillettes dans la caisse.

« Etrange cargaison pour un docteur errant, remarqua It'van.

– Oui, et douloureuse médecine qui nous est à

coup sûr destinée. Il nous faut prendre des mesures de prévention.

– Vous pourriez soustraire à ces armes une pièce essentielle.

– Non, cela ne servirait à rien, observa-t-il en replaçant le couvercle de la caisse. Je pense qu'il vaut mieux nous enfuir en profitant de la fête et de l'obscurité.

– Vous avez l'intention de rebrousser chemin ?

– Au contraire ! Nous voulons hâter le pas, aller de l'avant et nous introduire dans la forêt d'Iscambe.

– Quoi ? Cette nuit même ? s'étonna It'van. Mais vous êtes fous ! Une telle expédition se prépare. Pardonnez-moi, mais ce n'est pas avec vos robes de bure et vos bonnes paroles que vous éloignerez les fauves. Il faut vous équiper, vous armer et vous munir des vivres nécessaires à un long séjour dans la jungle.

– Pour notre équipement nous avons un choupin, des couvertures et des ustensiles de cuisine. Et en plus, vous le savez, une carte routière des anciens temps. Quant aux armes, à part une courte épée chacun, nous n'en portons jamais. D'ailleurs nous n'avons pas peur des fauves. Et en ce qui concerne les vivres, le divin y pourvoira. Pourquoi souriez-vous ?

– La forêt d'Iscambe est une cave obscure, une fosse nocturne et marécageuse. Et je me demande si le regard divin, l'œil rayonnant du ciel pourra percer un tel amas d'ombre...

– N'en doutez pas, car le divin ne doit pas être cherché au-dehors mais en nous, au centre de nous-mêmes. Et son regard est notre regard. C'est par nos yeux qu'il voit le monde...

– Peut-être, peut-être, concéda It'van, mais une chose me choque dans vos propos. Vous prétendez ne pas craindre les fauves, ce qui est l'indice d'un courage exceptionnel, car je ne connais personne qui pénétrerait profondément dans la forêt d'Iscambe sans être habité par l'épouvante. Même moi, qui fréquente sa lisière depuis des années, je n'y entrerai pas sans frissonner. Alors, comment expliquez-vous que des âmes si rudes prennent la fuite devant le premier blagoulet venu, fût-il le chef de cette police redoutable ?

– Pour deux raisons, oui, pour deux raisons », répliqua le Fondeur.

Il prit la caisse, la souleva sans efforts apparents et la rangea à l'intérieur du chariot. Puis, effaçant les traces de son effraction, il s'expliqua :

« Tout d'abord, Blanc-Pétral ne s'est certainement pas aventuré seul à notre poursuite. Et ce n'est pas un blagoulet mais des dizaines de blagoulets que nous devrions affronter si nous nous attardions ici.

– Comment ? s'inquiéta It'van, vous voulez dire que...

– Oui, ils sont dans les parages et ils attendent un signe de leur chef pour accourir.

– Mais alors, c'est un danger pour la vallée tout entière ! Il nous faut patienter jusqu'à l'aube et avertir Tanguy lorsqu'il émergera du lit boueux de ses noces ténébreuses. Grâce au roi, dont l'intelligence manœuvrière est sans égale, nous infligerons de tels coups à la blagoulette qu'elle regagnera en hâte l'œuf bureaucratique qui lui donna naissance. »

Le Fondeur, qui examinait le chariot, se retourna.

« Aucun risque, dit-il sèchement. Et c'est la seconde raison de notre hâte. Le roi ne nous aidera pas. Savez-vous ce qu'il fera ? Il accueillera les blagoulets et se rangera de leur côté.

– Comment pouvez-vous affirmer une chose pareille ? s'indigna It'van. Le roi n'a rien d'un bureaucrate, le rite de ce soir en est la preuve. Epouser un reptile, voilà qui n'est guère rationnel. Il s'agit d'une cérémonie magique et... »

Le vieux laineux l'interrompit :

« Le roi, dit-il, subit cette cérémonie, il n'y participe pas.

– Peut-être avez-vous raison sur ce point. Tanguy a en effet beaucoup changé depuis quelques années. Mais il demeure votre ami et il vous aidera. »

Il se tut et prêta l'oreille aux rumeurs de l'extérieur.

« Vous avez remarqué ? chuchota-t-il, on dirait que la musique a cessé. »

C'était vrai : un silence étrange s'épaississait au-dehors, silence que déchirèrent soudain des clameurs enragées et les bruits caractéristiques d'un pugilat. Peu à peu le tumulte se rapprocha, ainsi que le piétinement de la foule qui devait encercler les combattants. Les Emeraldiens prisaient fort ce genre de distractions belliqueuses, aussi prodiguaient-ils avec impartialité des encouragements aux deux adversaires. Ceux-ci étaient proches à présent au point que devenait nettement perceptible le choc des phalanges sur les visages.

It'van s'élança :

« Je vais voir », dit-il en marchant vers la porte.

A peine l'eut-il ouverte qu'un corps plié en deux fut projeté à l'intérieur et, dans un tourbillon de paille et de poussière, roula presque sous les museaux flasques des choupins. Ebahi, It'van reconnut Evariste. Son vêtement était retroussé jusqu'aux cuisses laissant voir une sorte de caleçon long en drap dont la vision en d'autres circonstances aurait excité son hilarité. D'un geste presque féminin, l'adolescent rabattit l'étoffe sur ses genoux, hocha une tête furieuse où le nez ensanglanté figurait l'emblème rouge de la colère, darda sur la porte un regard d'une férocité extrême, se releva et bondit vers l'extérieur. Un instant plus tard, la lutte avait repris, qu'accompagnaient le grognement des combattants et les cris de joie des spectateurs.

It'van sortit à son tour et ne fut guère étonné en apercevant l'adversaire du jeune laineux. Evariste affrontait Odoacre, le roi des steppes, dont la silhouette le surplombait comme l'ours le lapin. Si disproportionné paraissait le combat qu'It'van fut sur le point d'intervenir – et déjà il s'avançait quand une main le retint. C'était celle du Fondeur.

« Laissez-le faire, dit-il à voix basse.

– Mais il va le massacrer ! s'offusqua le jeune homme.

– Je ne crois pas... Le serpent va lui venir en aide.

– Le serpent ?

– Regardez ! » commanda le laineux.

Et de fait Evariste semblait avoir recouvré sa présence d'esprit et esquivait avec une certaine grâce le poing énorme de la brute. Au début, il s'était laissé surprendre par l'agression imprévue du barbare. Il dansait, les yeux clos, avec Anne quand un coup formidable l'avait envoyé à plusieurs mètres de la piste. A demi assommé, il avait réussi à se relever mais n'était pas resté longtemps debout : une nouvelle et furieuse bourrade l'avait renversé. Cette fois-ci, avant de se redresser, il avait attendu que s'apaisent à la fois la douleur et les vibrations mourantes du choc. Et quand il avait sauté sur ses pieds il était prêt à la parade. Par ses reculs successifs, il était parvenu à attirer le rustaud jusqu'à la remise aux chariots. Là, adossé à la longue cloison de bois, il pensait être en mesure d'offrir à Odoacre une résistance farouche. Mais – alors qu'il allait contre-attaquer – il avait aperçu, parmi la foule qui l'entourait en brandissant des torches, la jeune princesse Anne, qui, courbée en avant et les mains en porte-voix autour de sa bouche, l'encourageait.

« Evariste ! criait-elle. Tapez-lui dessus ! Assommez-le ! »

Que la princesse l'appelât par son prénom et surtout qu'elle le pressât d'abattre celui dont It'van lui avait tout à l'heure révélé qu'il était l'époux à elle destiné, voilà qui l'avait tant surpris et ravi et même bouleversé qu'il avait jeté à la jeune femme un regard brûlant. Certes, à en juger par ce qui suivit, il aurait pu faire l'économie de ce regard. Le poing-boutoir, le poing-sabot du berger avait percuté son menton avec tant de force qu'il avait fait une entrée aérienne à l'intérieur de la remise, combattant ailé qui n'avait touché terre que pour rejaillir à nouveau, précipité en avant par l'indignation et la soif de vengeance.

En cet instant l'animait aussi un sentiment moins héroïque : la vanité. Quoi ? La créature la plus somptueuse que l'on pût trouver au nord de Marseille dansait avec lui, l'appelait par son prénom comme si entre eux des relations intimes s'étaient depuis longtemps établies et l'encourageait à cogner sur le monarque qui osait prétendre à sa main (une main dont Evariste avait apprécié en dansant la féminine douceur) ! Quoi ? La fille du roi de la vallée d'Emeraude avait besoin d'un bras vigoureux pour écraser celui qui aspirait à sa couche, et à qui faisait-elle appel ? A lui, Evariste, surnommé « le boutonneux » par les jeunes filles dans l'atelier où il travaillait naguère à Marseille, lui qui n'était pas fils de roi mais de préposé aux poubelles, lui qui dans la ville du Bureau n'était pas employé à des tâches nobles, à des occupations guerrières, mais à déclouer sans trêve des planches avec des tenailles qui lui écorchaient les paumes. Il se montrerait digne d'une telle confiance. Il était prêt à aller jusqu'à l'extrémité de ses forces.

Et le voici qui bondit à présent hors de la remise et se présente sans crainte devant Odoacre. Le visage chaotique du roi des steppes est à moitié dissimulé derrière ses poings. Il attend pour frapper le moment favorable. Evariste se penche, tend vers lui un menton qu'Odoacre a tout à l'heure poinçonné et où il a comme battu monnaie. Le moment est venu : les yeux du roi des steppes le perçoivent, en informent son cerveau qui ordonne au bras droit de se détendre. Le bras se détend, mais le menton d'Evariste n'est déjà plus là. Le bras gauche part à son tour, le poing va vers la cible mouvante. A l'instant où il s'en approche, la cible semble se reculer puis se disperser dans les airs. Le berger a bu trop de bière de gingembre : emporté en avant par le coup qu'il vient de donner, il tourne sur lui-même. Alors, un petit poing le frappe comme un bec en bas à gauche au niveau du rein. C'est une simple pichenette, mais elle lui fait mal et – surtout – elle accentue son mouvement giratoire et le fait à nouveau tourbillonner. Pas pour longtemps toutefois : un petit pied judicieusement placé frôle sa cheville. Odoacre se renverse, il tombe comme un arbre qui s'abat et si malencontreusement que son visage frappe le sol à l'endroit même où une bouse de choupin étale sa blafarde bouillie.

Il se relève en blasphémant, essuie de la manche de sa tunique l'immondice qui a souillé ses traits, puis s'avance à nouveau et ses poings se tendent vers Evariste. Celui-ci sautille, se déploie et se déchaîne – entre en transe. Et tout en bondissant autour du roi des steppes, il comprend que la danse l'a libéré, faisant tomber les mystérieuses parois qui, à l'intérieur même de l'être, contrarient l'échange entre le clair et l'obscur, entre l'aigle et le serpent – pour parler comme le Fondeur. Non seulement, Evariste a la sensation d'être lui-même à tous les niveaux, mais en plus il lui semble avoir épousé une force inconnue qui sommeillait au fond de la cave ténébreuse et que précisément la danse a réveillée. Son poing, semblable à la tête épanouie du cobra, frappe et frappe le visage niais où la sueur, le sang et la bouse de choupin composent un répugnant mélange. Odoacre lance de tous côtés ses bras pour tenter de saisir l'agile adolescent, mais en vain. Chaque fois, il lui échappe, se retire et comme la vague revient à l'assaut.

Emportés par le combat, les deux adversaires roulent aux quatre coins de la cour. La foule des spectateurs accompagne ces mouvements, formant autour d'eux un vivant anneau de chair qui, au gré de la bataille, tantôt s'écarte et tantôt se rétrécit. Et c'est sur le plafond de la chambre d'amour qu'enfin ils s'ancrent, martelant les planches de leurs pas précipités, tournant autour du mât hérissé d'épines.

Soudain, Evariste, rassemblant ses forces, porte une attaque foudroyante : faisant mine de passer à droite de l'axe, il passe à gauche, lance un cri puissant qui pétrifie Odoacre et poignarde de son pied nu la panse clapotante du roi des steppes. Celui-ci s'effondre en arrière et – étendu sur le sol – presse de ses mains son ventre douloureux. Puis il se relève en secouant la tête, tâche d'apercevoir Evariste à travers les gouttes de sueur qui lui picotent les yeux, l'aperçoit enfin et se précipite en avant comme un taureau. Il se rue, les mains tendues, vers la silhouette sautillante. Il croit cette fois-ci pouvoir la saisir, mais un obstacle qu'il n'a pas vu se dresse devant lui : le mât qu'il heurte du front et avec tant de force qu'il l'ébranle et le fait vibrer. Le choc l'assomme. Evanoui, il demeure quand même, au long d'une étrange seconde, debout et penché en avant, les bras écartés et les yeux globuleux – puis il s'abat comme un sac de cendres.

Si imprévue est cette victoire que la foule étonnée reste muette. Elle est sur le point d'éclater en clameurs quand, dans le silence épais, monte une voix enrouée, une voix de tristesse et de malaise qui vient d'en dessous, des profondeurs de la fosse, où souffre un monarque oublié.

« Le roi ! Notre roi ! Ecoutez-le ! »

Le murmure passe parmi les spectateurs qui reculent, découvrant le plafond circulaire, espace magique où le valeureux Evariste lui-même s'immobilise et écoute. Etaient-ce les vastes dimensions de la fosse, la lassitude du roi ou les planches qui empêchaient les paroles de s'amplifier et de prendre leur envol ? La voix de Tanguy semblait à la fois affaiblie et caverneuse et pareille aux chuchotements étouffés qui, certains soirs, sourdent des sépulcres d'autrefois, voix incertaine et tremblante, presque posthume.

« Que vienne enfin l'aurore qui me délivrera de toi, dit-elle, que viennent les cris aigus de l'engoulevent et la rosée du matin et les frissons des premières brises, que tombent du ciel les étoiles éteintes : il n'en est point de plus consumée que mon cœur, astre mort qui ne clignote même plus à l'intérieur de ma nuit. Jadis, ô varan, tu m'accueillais sur ton ventre délicat et j'introduisais en toi un sexe plus dur que l'acier, plus raide que l'orgueil, plus enraciné que le banian. Je t'épousais vraiment et nous ne faisions plus qu'un, ô partie reptilienne de moi-même. Tu étais l'animal des marécages et des profondeurs, créature de la ténèbre, âme rampante et collée à la terre. Et moi, roi de la vallée, j'étais le conscient monarque, habile au jeu des idées, prompt à lancer sur tous les objets du monde le filet tendu de mes réflexions. Tu étais la nuit, j'étais le jour; j'étais le soleil, tu étais la lune. Nous vivions en harmonie et mes plus belles pensées venaient de toi comme ces rêves lumineux qui naissent au cœur de l'obscurité : mais sans moi tu n'aurais pu leur imposer un ordre, non plus que les exprimer. J'étais ton chef, ta tête, ton jumeau logique. Et puis tout se rompit. On nous sépara, on nous décapita. Pourquoi ? »

Un instant, la voix se tut comme si elle attendait une réponse. Mais il n'y en eut pas : le varan et la foule restaient silencieux et les seuls bruits perceptibles étaient, plaintes lointaines et confuses, les soupirs d'étoffe de la forêt d'Iscambe.

Alors, assourdie, presque moribonde et comme celle d'un spectre au fond des coulisses d'un théâtre, s'éleva encore la voix du monarque :

« Parce que la tête avait fini par se prendre pour la totalité, le goulot pour la bouteille tout entière. Plus vaniteux qu'un paon, le mental s'était mis à se regarder, à s'admirer avec le sourire guindé de l'arrogance. Il n'éprouvait – je n'éprouvais plus que mépris pour le monde chaotique des instincts et des intuitions, peut-être parce que je craignais d'apprendre de lui une vérité que je ne voulais pas entendre. Ainsi, l'union se brisa et tu te retiras, ô reptile, ô femme crevassée. Et l'univers aussitôt se décolora, perdit cette poésie qui le transfigurait et l'approfondissait, devint aigre et désaccordé comme un chant qui a révoqué son harmonie. A présent, je suis descendu vers toi, ô varan, pour mimer à nouveau les gestes d'autrefois, mais tu restes glacé. Nous sommes définitivement séparés l'un de l'autre. Et c'est ce dont je souffre. Et c'est ce dont je meurs. »

It'van qu'affectait cette confession sortit de la foule et s'éloigna. Il y avait dans ces aveux inattendus venant du fond de la fosse une lucidité tragique semblable à celle d'un homme qui va mourir. Ordinairement, le roi était réservé, secret même – et il était bien difficile de lui arracher une confidence. Et voici que devant le peuple rassemblé il lâchait tout, sincérité soudaine qui inquiétait It'van.

Aussi fut-ce avec soulagement qu'il aperçut devant lui, se dirigeant vers le portail ouvert du fortin, le chef des blagoulets. « Je vais le suivre, se dit-il, je vais espionner l'espion et ainsi je bâillonnerai les sombres pressentiments qui m'habitent. » Sans même jeter un regard derrière lui, Blanc-Pétral s'en allait d'un pas furtif. Avec son corps malingre perché sur ses grandes pattes, on eût dit, au milieu du chemin plâtré de lune, un cousin marchant sur un mur blanc. Quand il eut franchi le pont-levis, il s'engagea dans la direction du village.

Il fallut bien des efforts au Fondeur pour convaincre Evariste de la nécessité d'un départ immédiat. Celui-ci, après son combat avec Odoacre, était comme hébété :

« J'ai deux dents qui branlent », répétait-il.

C'était le seul argument qu'il pût servir au vieux laineux dont l'impatience ne faisait que croître.

A la vérité, la pensée d'Evariste tournait autour de l'image « rayonnante » de la jeune princesse. Oh ! de quelle béatitude ne lui était-il pas redevable ! Grâce à elle, il se sentait comme emporté au plus haut niveau de lui-même, jusqu'à ces terrasses d'extase où le monde apparaît avec de plus somptueuses couleurs. Il était si amoureux qu'il en bafouillait, riait quand il fallait se montrer grave et plissait le front quand le Fondeur badinait. La princesse s'était retirée à présent – « pour dormir », avait-elle dit à Evariste après avoir noué et dénoué autour de son cou le collier frais et parfumé de ses bras. Elle avait même posé sur sa joue – martelée tout à l'heure par le poing du roi des steppes – un rapide baiser de ses lèvres humides. « Oh ! je ne me laverai plus à cet endroit-là, s'était incontinent promis le jeune homme, je veux marcher sur les chemins de la vie en gardant pour l'éternité sur mon visage le signe de l'illumination amoureuse. »

Mais une idée étrange l'avait visité : le signe était intérieur, ce qu'il avait vécu était pur événement de l'âme. Il portait en lui, dans le fortin du dedans, une princesse au doux sourire qui l'avait fait entrer dans la danse. Elle avait soulevé la trappe qui conduisait vers d'insoupçonnées richesses d'émotion, elle l'avait pour ainsi dire révélé à lui-même.

Le Fondeur qui l'observait en hochant la tête devait reconnaître qu'un changement bizarre s'était produit chez son disciple. Par exemple, les gestes d'Evariste, si maladroits et si anguleux dans le passé, trahissaient une harmonie soudaine, une plénitude que son combat victorieux contre Odoacre ne suffisait pas à expliquer. L'on eût dit que son corps, qu'il portait naguère comme cette robe ample, terne et sans grâce dont il était revêtu, avait pris des formes et des couleurs inattendues qui le rendaient plus seyant et presque élégant. Son enveloppe physique avait eu des zones mortes et comme dans une maison ces chambres poussiéreuses où l'on ne va jamais – et voici que tout à nouveau se rafraîchissait, se revivifiait, voici qu'il habitait son corps jusqu'au petit doigt oublié du pied gauche, voici qu'il se montrait à toutes les fenêtres.

En temps ordinaire, le Fondeur s'en fût félicité, bien qu'il sût parfaitement que son enseignement philosophique n'était pas la cause directe de cette révolution de l'être – mais la vie ne sécrétait-elle pas le meilleur enseignement possible ? En temps ordinaire, oui, le Fondeur eût longuement commenté, à l'usage de son disciple, les aventures de cette journée. D'une lame tranchante, il eût fait éclater le noyau de chaque instant pour montrer l'amande cachée qu'il contenait. Ensuite, il eût glosé sur les liens ineffables qui reliaient entre elles ces amandes, véritable gravier sur le chemin des archipels.

Mais l'heure n'était plus aux discours. La blagoulette – noire et perfide – était sur leurs traces et il fallait partir avant qu'elle ne rassemblât ses forces pour les frapper.

« Mais... le roi ! observa Evariste.

– Au diable, le roi ! » s'écria le Fondeur d'une voix emportée qui ne lui était pas habituelle et où l'on décelait une sorte de rancune.

Il s'était fait beaucoup d'illusions au sujet de Tanguy, illusions que la conversation de ce soir avait heureusement dissipées. Il comprenait à présent pourquoi Tanguy avait fui les cercles laineux de Marseille. A l'époque il leur avait reproché de ne pas avoir de mains. « Vous êtes très beaux, vous êtes très purs, disait-il, mais vous n'avez pas de mains ! » Il s'abusait lui-même, car ce qui l'avait fait fuir la fraternité laineuse n'était point tant son désir d'activité que sa crainte de voir le soleil spirituel illuminer ses profondes oubliettes. Il y avait en lui des choses qu'il préférait laisser dans l'obscurité, souvenirs informes, vieilles haines recuites et refoulées, petits varans dont il valait mieux préserver le paisible sommeil. Quant à ses mains, ses fameuses mains, il s'en était surtout servi pour se boucher les yeux !

Bref, il fallait partir avant que le roi ne sortît de sa fosse, car le Fondeur était persuadé qu'il s'opposerait à leur entreprise.

« Et It'van, hasarda Evariste, ne vaut-il pas mieux attendre son retour ? Je l'ai vu tout à l'heure qui suivait Blanc-Pétral à bonne distance. Tous deux ont quitté la forteresse...

– Nous ne devons compter que sur nos propres forces. Nous n'avons pas le temps d'attendre. Il faut profiter de l'absence du blagoulet, de l'ivresse des gardes et de l'immobilisation temporaire du roi. »

Evariste se résigna, mais, comme il chargeait le choupin qu'il était allé quérir à l'étable, il posa au vieux laineux d'une voix qui se voulait indifférente la question qui lui tenait à cœur :

« Nous... nous reviendrons ?

– Oui, oui, nous reviendrons, je te le promets. Et

tu pourras parler avec qui tu voudras et aussi longtemps que tu le désireras. Tu seras un autre homme, plus mûr, plus accompli. Peut-être même auras-tu certains pouvoirs.

– Des pouvoirs ? Quels pouvoirs ?

– Par exemple celui d'attirer à toi la personne de ton choix et de l'illuminer à ton contact.

– Mais c'est de la sorcellerie !

– Non, nullement. Bien entendu, il ne faut pas abuser de ces possibilités. Mais elles surgissent d'elles-mêmes quand on est engagé sur la voie des archipels. En t'extirpant de ce monde matériel pour regagner ta vraie patrie, tu soumets entre tes mains ce que tu viens de dépasser.

– Alors, je pourrai... je veux dire... n'importe qui... Peut-être même une jeune fille inaccessible...

– Oui, absolument. »

Evariste se recula, prit son élan et donna un coup de pied dans l'arrière-train du choupin. Celui-ci, après avoir poussé le cri aigu d'une dignité offensée, se mit à filer droit devant lui, traversant la cour du fortin, renversant des tabourets et galopant à une telle vitesse que les deux laineux s'essoufflèrent à le rejoindre.

La fête était achevée à présent. Des musiciens dormaient, la tête sur leurs instruments. Autour d'un feu, des couples alanguis écoutaient un barde qui, au son d'une guitare songeuse et sommeillante, racontait une histoire de passion, de serment brisé, de bataille et de mort. Sur le toit de la chambre d'amour une femme dansait, solitaire et sans musique, les yeux fermés, attentive à elle-même. Plus loin, un homme pleurait en caressant un chien. A la porte du fortin, les gardes en cuirasse, vautrés à même le sol, cuvaient leur bière. La lune arrachait de lumineux éclats à leurs casques renversés. Il n'y avait pas une seule sentinelle dans les guérites et les deux laineux passèrent sans être aperçus. Ils marchaient sur la pointe des pieds comme s'ils craignaient que le bruit de leurs pas ne réveillât les dormeurs. Quand ils furent au-dehors, sur l'esplanade blanche, ils poussèrent un soupir de soulagement.

« Nous ne sommes pourtant pas en territoire ennemi, remarqua Evariste.

– Oui, mais l'ennemi n'est pas loin. Je crois sentir son odeur.

– Les blagoulets ont-ils une odeur ?

– Oui, ils sentent le vieux chiffon, l'intérieur des tiroirs de bureau et le hangar désaffecté. »

Ils traversèrent le village avec prudence. Celui-ci semblait assoupi. Le toit des paillotes se détachait sur le ciel illuminé par la lune, où les étoiles scintillaient avec modestie et où des mouchoirs de nuages dérivaient sans hâte. Tout était silencieux : c'est à peine si l'on entendait le battement d'un store sur le rebord d'une fenêtre, le lent balancement des palmiers-éventails et les jappements d'un chien rêveur. Ils arrivaient au bois d'eucalyptus qui les engloutit dans sa caverne parfumée. Ils n'y voyaient goutte et tâtaient le sol du pied.

« Nous n'avons même pas une torche, déplora Evariste. Comment allons-nous faire dans la forêt d'Iscambe ?

– Nos âmes embrasées seront des flambeaux, ironisa le Fondeur. Mais tais-toi, ajouta-t-il soudain avec inquiétude. N'entends-tu rien ? »

Ils firent silence.

« J'entends un pas, plusieurs pas, chuchota Evariste au bout d'un moment.

– Marchons ! Allons de l'avant ! » intima le Fondeur d'une voix précipitée.

Ils s'élancèrent en poussant devant eux le choupin qui protestait. Quelques instants plus tard, ils sortaient du bois et s'avançaient à découvert sur le chemin blanc qui longeait la rivière d'Emeraude. Dépêchez-vous, dépêchez-vous, semblait murmurer le cours d'eau de sa petite voix d'écume et de galet. Les deux laineux filaient bon train mais au bout d'une dizaine de minutes ils durent s'arrêter, hors d'haleine.

« On les a certainement semés, dit Evariste.

– Pas sûr, pas sûr. Tiens, regarde. »

Derrière eux, au détour du chemin, un homme de haute taille venait de surgir qu'accompagnait un choupin lourdement chargé.

« Mais c'est It'van ! » s'écria le disciple.

Il tenait son arc dans sa main et vint à eux avec un sourire moqueur. La lune dorait ses cheveux.

« Vous avez peur de moi, dit-il, pour courir ainsi comme des gazelles ou des singes effarouchés ? »

Le Fondeur protesta qu'il croyait être pourchassé par des blagoulets.

« A propos, ajouta-t-il, il paraît que vous avez chassé le chasseur, espionné l'espion. Qu'avez-vous appris d'important sur le compte de Blanc-Pétral ?

– Eh bien, tout d'abord que vous aviez raison à son sujet. Il ne s'est pas aventuré seul sur vos traces. »

Et It'van raconta qu'il avait suivi le chef des blagoulets jusqu'à une maison située un peu à l'écart du village et appartenant au noble Hincter, le plus riche commerçant et le notable le plus influent de la vallée d'Emeraude. Il était allé directement à la porte de derrière et avait frappé sur un rythme qui ressemblait fort à un code. Le noble Hincter lui-même était venu ouvrir. C'était un personnage mielleux et gluant, dur avec ceux qui étaient sous ses ordres mais ridiculement servile avec ses égaux ou ses supérieurs. Le négociant avait multiplié les courbettes devant Blanc-Pétral puis l'avait conduit de l'autre côté du jardin, jusqu'à un long entrepôt situé au bord de la rivière.

En plus de son commerce d'épices, le noble Hincter était le chef des caravanes. C'était lui qui expédiait le riz de la vallée aux quatre coins de l'Europe.

Il avait même une sorte de petite armée personnelle, celle précisément qui devait assurer la sécurité des transports. Dans ses entrepôts, il stockait les biens reçus en échange dans les communautés étrangères. Avant toute distribution aux Emeraldiens, il pouvait disposer d'une certaine partie de ces stocks et il choisissait naturellement les meilleurs produits, les étoffes les plus rares, les épices les plus recherchées qu'il revendait ensuite avec un profit considérable.

Le commerçant avait ouvert la porte de la baraque et allumé quelques lanternes à l'intérieur. Pendant qu'il s'affairait pour éclairer l'entrepôt, It'van avait fait le tour du bâtiment. De l'autre côté, juste au bord de la rivière dont le bruit couvrait celui de ses pas, il avait découvert une autre porte, fermée à clef celle-là, et dont la partie supérieure était vitrée. Il lui avait suffi alors de renverser une vieille caisse au rebut, de se hisser sur elle pour avoir une vision panoramique de l'intérieur de l'édifice.

C'était une grande salle encombrée de sacs, de tonneaux et de ballots d'étoffe. Le chef des blagoulets la parcourait à pas lents. Cet homme avait un aspect fantastique, surtout à la lueur rouge et dansante des lanternes; visage blême et sec, corps disproportionné, bras trop longs, jambes maigres, genoux cagneux, il semblait un cadavre revenu à la vie. Son ombre projetée sur les cloisons exprimait sa nature profonde d'araignée et ses mains minutieuses, qu'il frottait l'une contre l'autre, paraissaient tricoter une toile si fine qu'elle en était invisible.

Il s'était arrêté dans un angle de la salle devant une vingtaine de barriques, les avait examinées puis – tout à coup – s'était mis à leur parler comme si elles avaient eu des oreilles. De l'endroit où il était, It'van n'avait pu comprendre ce qu'il leur disait, car le tumulte de la rivière étouffait les paroles de Blanc-Pétral. Toutefois, s'il ne pouvait entendre, il pouvait voir et ce qu'il avait vu était surprenant. Les barriques avaient commencé à osciller, à trembler, à s'entrechoquer. On aurait dit que Blanc-Pétral les éveillait à la vie. Puis leurs couvercles, mus de l'intérieur, s'étaient soulevés et de chaque tonneau une silhouette blanche, minérale, lunaire, avait surgi en se dépliant et se déployant. Si étrange était ce spectacle qu'It'van, croyant rêver, avait eu besoin d'un certain temps pour identifier ces créatures blanchâtres : des blagoulets qui avaient été acheminés jusqu'à la vallée d'Emeraude dans ces tonneaux de poudre de riz. C'étaient les chariots du noble Hincter qui les avaient sans doute transportés ici, voyage dont le confort avait dû laisser à désirer car sitôt sortis de leurs tonneaux ils avaient poussé des gémissements et marché en tous sens pour se débarrasser de leurs ankyloses.

« Vous n'allez pas vous apitoyer sur eux ! s'écria le Fondeur. Dites-moi plutôt comment vous avez compris qu'ils étaient des blagoulets ? »

Ils ressemblaient tous à leur chef, expliqua It'van. Chacun d'eux était la poudreuse réplique de Blanc-Pétral. Ils avaient le même visage osseux, la même silhouette à la fois démesurée et bancale. Ils portaient la même redingote, extrêmement serrée à la poitrine, qui leur donnait une véritable taille de guêpe. Quand ils eurent recouvré l'usage de leurs membres et atténué leurs douleurs dorsales, ils s'étaient mis à se frapper les uns sur les autres avec les battoirs de leurs mains, faisant jaillir en nuage la poudre de riz dont ils étaient couverts.

« Combien étaient-ils ? » s'informa le vieux laineux.

Une vingtaine en comptant leur chef, ce qui représentait déjà une troupe considérable, surtout si on ajoutait à ce chiffre la cinquantaine de soldats formant l'armée privée du noble Hincter. Bref, le péril était en la vallée, car ce n'était pas seulement les deux laineux qui étaient menacés mais toute la communauté émeraldienne en la personne de son roi. Il était bien évident, en effet, que le noble Hincter n'avait aidé les blagoulets qu'à la condition que ceux-ci lui prêtent main-forte en échange. Que voulait le chef des chariots du roi ? Tout simplement prendre la place du monarque lui-même. Son ambition était connue, excepté de Tanguy qu'abusaient ses protestations de fidélité et l'attitude obséquieuse qu'il affectait en sa présence. Quiconque attirait l'attention du roi sur l'insécurité et les calculs inavouables de ce courtisan se voyait aussitôt accuser de jalousie et même de complot contre l'harmonie de la communauté.

Tanguy avait toute confiance dans son chef des chariots, d'autant que celui-ci encourageait ce qu'il y avait de plus maladif chez le roi : sa haine de la forêt d'Iscambe (« cette honte végétale », comme il disait). Il avait promis de mettre la main sur un certain poison chimique fabriqué uniquement en Germanie orientale et qu'il suffisait de répandre à la base des troncs pour obtenir l'effondrement des plus vigoureux géants de la jungle. Cette promesse avait mis Tanguy en joie (« Effondré ? En êtes-vous bien sûr ? – Oui, effondré, démantibulé, en charpie. ») Cette perspective était captivante et le roi imaginait chaque jour cet « effondrement » : les arbres dépérissant, s'amollissant et, pour finir, se couchant sur le flanc, tels des animaux qui agonisent – la forêt entière jonchant le sol en une masse indistincte et pourrissante de troncs enchevêtrés, de feuillage mort, masse en décomposition qui serait le tombeau des clapattes, ces enfants criards et désolés dont les plaintes retentissaient jusque dans la tête même du monarque – oui, la forêt entière aplanie et enfin réduite au silence.

Bien entendu, le noble Hincter n'avait pas encore montré au roi le moindre flacon. Chaque fois, quelque événement inopiné contrariait sa livraison, soit que les laboratoires qui le fabriquaient eussent manqué temporairement de l'élément essentiel entrant dans sa composition, soit que le chariot le transportant se fût trouvé dévalisé par les bandits, soit qu'une erreur déplorable eût été commise dans sa fabrication, erreur qui le rendait inopérant et de nature à fortifier la forêt plutôt qu'à l'abattre. Le noble Hincter ne cherchait rien d'autre qu'à se rendre indispensable et à bercer le roi d'un espoir qu'il pouvait faire miroiter à l'instant opportun, quand il désirait une nouvelle charge ou un accroissement de ses pouvoirs.

« En un mot, il faut agir », résuma It'van.

Dès l'aube, quand Tanguy renaîtra hors de sa fosse, il l'informera de ce qui se trame contre lui. Il dénoncera la collusion existant entre le « noble » Hincter et la perfide blagoulette. Et il n'hésitera pas à montrer au roi les armes contenues dans le chariot du soi-disant médecin itinérant. Mais en attendant, il fallait parer au plus urgent et assurer le salut des laineux dont la quête trouvait un écho favorable dans son esprit à lui It'van. Particulièrement ce mot, employé ce soir par le Fondeur, ce mot : archipels, parole mystérieuse et qui avait longuement résonné en lui comme s'il eût fait vibrer au passage les cordes profondes de l'instrument intérieur. C'est pourquoi il était décidé à les aider.

Pour commencer, il s'était introduit dans les étables du roi et s'était emparé du meilleur choupin qu'elles contenaient, c'est-à-dire du moins sensuel et qui n'allait pas à tout bout de champ – ou à tout bout de forêt – s'arrêter pour se reconquérir et s'emboîter en lui-même. Il était allé aussi visiter les cuisines et il en avait ramené suffisamment de riz, de gingembre et de poisson sec pour que les deux quêteurs pussent assurer leur subsistance pendant au moins un mois. En outre, il allait de ce pas les accompagner, en suivant la lisière, jusqu'à l'entrée de ce chemin que le Fondeur avait baptisé du nom de... Comment l'avait-il appelé déjà ?

« L'autoroute, c'est-à-dire l'A6, dit le vieux laineux, selon ma carte routière. »

L'A6 ? Bien, il les mènerait jusqu'à l'entrée de l'A6 mais il n'irait pas plus loin. Et ils pouvaient le supplier à genoux, il ne céderait pas, il n'entrerait pas avec eux dans la forêt. Non, non, en aucune manière, et que les choses soient dites une bonne fois pour toutes. Certes, ce n'était pas l'envie qui lui manquait, car depuis longtemps il songeait à changer d'existence, celle qu'il menait dans la vallée d'Emeraude ne répondant pas à ce désir de métamorphose, de renaissance qui l'habitait et le faisait souffrir, comme d'un arbre qu'on empêcherait de croître. Et la forêt d'Iscambe était précisément le lieu où il lui semblait qu'une telle renaissance pût s'opérer. Et d'ailleurs elle lui était favorable, il en était convaincu : on pouvait même dire qu'elle l'attendait. Mais pas cette fois-ci, non : pas cette fois-ci. Tanguy avait été son bienfaiteur et il ne pouvait songer à l'abandonner à l'heure du danger.

Bien entendu, il était possible de tout justifier et au cas bien improbable où il suivrait les laineux, laissant le roi se débrouiller seul avec la blagoulette, il ne serait pas en mal de trouver une excuse. Depuis un certain temps, le roi l'évitait, semblant n'éprouver aucun plaisir à son commerce, peut-être parce qu'il flairait en lui quelque chose de forestier et même d'arboricole : It'van avait commis l'imprudence de lui avouer un jour son ambition de pénétrer dans la sylve et d'atteindre ses limites, celles de la jungle comme les siennes propres. Depuis, il le regardait d'un œil plus froid et avec une tension étrange, comme si, en sa compagnie, il restait sur ses gardes, comme si It'van fût quelqu'un dont il fallait se méfier.

Aussi bien sa reconnaissance ne s'adressait-elle pas au roi actuel – morne, froid, pétrifié – mais au Tanguy de jadis, celui qui l'avait recueilli et élevé et auquel il devait ces doctrines laineuses de l'éveil à soi-même dont il brûlait à présent de récolter les fruits gonflés et succulents. Oui, c'était au Tanguy de sa jeunesse qu'il portait allégeance et non au monarque d'aujourd'hui que le Fondeur avait senti prêt à collaborer avec le Bureau, roi infirme du rêve, traître à son propre développement et qui haïssait l'ombre, le mystère et la forêt aventureuse. A quoi bon ces commentaires ? Ils étaient futiles. Sa décision était prise, son choix irrévocable : il n'accompagnerait pas les laineux à Paris, la ville morte, centre véritable et occulte de la forêt, pôle dont il sentait la lointaine présence derrière l'horizon immense de la jungle. Mais il était temps de partir ! Bientôt, le soleil allait se lever...

Ils se remirent en marche. It'van avait pris la tête du groupe et avançait à grands pas sur le chemin sinueux. Bientôt, ils quittèrent le bord de la rivière et gravirent le flanc de la falaise sur le sentier en lacet qu'ils avaient emprunté dans l'autre sens à la tombée de la nuit. Evariste qui marchait derrière les choupins ne pouvait s'empêcher de se retourner pour jeter sur la vallée des regards de nostalgie. Là-bas, à l'intense clarté lunaire, il apercevait la forteresse émeraldienne, ses murailles et ses hautes tourelles de bois sombre. Il voyait même, sur le chemin de ronde, étinceler le casque d'un veilleur sans doute sorti tout juste de son ivresse et rappelé à ses devoirs.

« Veille sur la princesse endormie, avait-il envie de crier à la lointaine sentinelle, veille sur Anne ! Et au moindre danger sonne de l'olifan ! Cuirassée de miel et faisant claquer les étendards du désir inapaisable, l'armée de mon amour sortira de la forêt et viendra couronner les collines ! »

Il se retournait si souvent pour contempler la rivière laiteuse, le village au toit de chaume, la forteresse vernissée de lune, qu'il se laissa distancer et que le Fondeur, impatienté, le héla. It'van avait déjà atteint le sommet de la falaise. Il y avait à cet endroit une maison en pierre de l'ancien temps, maison à un étage, au toit effondré.

Les Emeraldiens qui auraient pu remettre à neuf et s'approprier ces vieilles demeures ne le faisaient jamais. D'abord, parce qu'elles avaient mauvaise réputation. On disait que l'haleine empoisonnée des bombes était restée dans les placards et imprégnait les murs. On disait aussi que des entités étranges avaient élu domicile dans les croulants édifices, fantômes, ectoplasmes, souvenirs des hommes d'autrefois. En outre, il y avait une raison – matérielle et réaliste celle-là – à ce refus d'habiter ces bâtiments, dont certains auraient pu faire des logis convenables. C'est que ces maisons n'étaient plus adaptées aux conditions climatiques régnant dans la vallée d'Emeraude. Les murs étaient trop épais et construits pour endurer froidure. Le climat avait été inversé au moment du grand retournement et c'était à présent de la chaleur dont il fallait se prémunir. Les habitations légères des Emeraldiens étaient beaucoup mieux conçues avec leurs cloisons de bois disjointes, leurs terrasses, leurs mille ouvertures où pouvaient s'engouffrer les brises du soir. Voilà pourquoi ces anciennes demeures restaient désertes et vouées aux déjections des passants. Même les enfants craignaient d'aller y jouer, effrayés qu'ils étaient par l'obscurité accumulée dans leurs recoins où l'absence bâillait de sa bouche noire et édentée.

Aussi It'van fut-il étonné en apercevant à une des fenêtres du premier étage se pencher un visage qui se retira aussitôt.

« Qui êtes-vous ? » cria-t-il immédiatement.

Pour toute réponse, il entendit un pas descendre l'escalier en hâte et vit la silhouette d'un homme jaillir au-dehors, se précipiter dans les fourrés, atteindre le sentier un peu plus bas, bousculer un des choupins qui obstruait la voie, passer devant Evariste et disparaître dans la direction de la vallée.

« Qui était-ce ? demanda le Fondeur.

– Il portait la tunique bleue des conducteurs de chariot, dit pensivement It'van. C'était un des hommes de Hincter, sans doute posté ici en sentinelle. Je crois que nous sommes repérés et que la blagoulette va être informée de votre départ. Il s'agit à présent de faire vite. Ordonnez à votre disciple de presser le pas. »

Poussant les choupins devant eux, piquant leurs énormes croupes avec une baguette de bouvier, ils se mirent à courir sur le chemin blanc. Sur l'eau tremblante des rizières se reflétait la lune pleine et pâle.

A un détour de la route, ils aperçurent, noire et silencieuse, la forêt d'Iscambe. Ses arbres, casqués d'acier par l'astre des nuits, semblaient des guerriers gigantesques alignés et attendant quelque mystérieux signal pour partir à l'assaut – armée si nombreuse que son front paraissait se perdre là-bas, à l'horizon qui poudroyait. Nulle plainte de clapatte, nul clabaudement de singe, nulle brise dans l'orgue des grands feuillages caverneux, simplement le cri rêveur et unique d'un oiseau de nuit. Si étrange, si sacré était ce silence que le choc des casseroles sur le dos des choupins semblait sacrilège et qu'à voix basse le Fondeur gronda Evariste de ne pas les avoir mieux arrimés.

Celui-ci courait en regardant la lisière que le chemin longeait. C'était plus qu'une orée, plus qu'une lisière, c'était un mur : le mur même de la nuit. « Ainsi, nous y voilà ! » se disait-il. Tout à l'heure, après qu'il eut fait mordre la poussière au roi des steppes, il s'était senti capable de tout affronter. Atteindre Paris avec l'aide d'une carte et en suivant la piste toujours déchiffrable d'une vieille autoroute lui semblait un jeu d'enfant et presque indigne de lui. N'était-il pas adoré des princesses ? N'avait-il pas réussi, lui si fluet, à faire plier les genoux à une brute colossale ? Après tout, cette forêt n'était qu'une forêt, c'est-à-dire un rassemblement d'arbres, un bois un peu plus grand que les autres, voilà tout. Mais à présent qu'il se trouvait au pied du mur, qu'il le suivait même sans le perdre des yeux, comme s'il eût craint un sauvage et sombre jaillissement, à présent il était la proie d'un sentiment qui le faisait frissonner. Evariste était effrayé.

« Que suis-je venu faire ici ? se disait-il. Et je n'ai même pas dix-huit ans. »

Il reprochait maintenant au Fondeur de l'avoir embarqué dans cette aventure. Le vieux fou l'avait séduit avec ses promesses d'épanouissement extraordinaire, ses histoires de corps astral et d'éternité de l'âme, ses visions d'archipels. Il faut dire qu'il menait à Marseille une existence si bornée qu'il s'était jeté à corps perdu à travers la première ouverture dans les cloisons de sa vie. Et maintenant qu'il était sur le point de basculer dans l'expédition irrémédiable, au sein d'un chaos inconnu dont il entrevoyait l'inquiétante frontière, maintenant il regrettait jusqu'à sa vie bornée d'autrefois. « Mon café au lait, se disait-il, mon café au lait, qui me rendra mon café au lait dans ma petite chambre ? » Il n'était plus temps de revenir en arrière. Si puissante que fût son envie de tout planter là et de détaler vers les libres savanes, une idée le retint et le persuada de poursuivre ce qu'il avait entrepris. « Si je m'enfuis, se dit-il, It'van informera la princesse de ma défaillance. Le héros qu'elle a vu en moi deviendra un lâche. Au contraire, si je m'engouffre profondément dans la forêt – ce que jamais homme ne fit – mon souvenir rayonnera dans sa mémoire. Il est bien possible qu'elle se décide alors – ô extase, ô béatitude infinie – à m'attendre. »

Les réflexions d'Evariste furent interrompues par un cri de joie du Fondeur :

« Nous sommes arrivés ! s'exclama-t-il d'une voix triomphante. Voici l'A6. »

Evariste sentit sous ses sandales une surface plus résistante et plus uniforme : celle du vieux macadam qui subsistait encore par plaques.

« Nous n'allons pas nous mettre en route aussitôt, dit-il.

– Si, précisément et sans attendre.

– Mais... je n'ai pas dormi... J'ai sommeil...

– Eh bien, tu dormiras mieux la nuit prochaine. Il n'y a plus d'atermoiement possible. La blagoulette doit savoir à présent que nous sommes partis. Elle va se lancer à notre poursuite et tenter de nous saisir ici même. Il nous faut disparaître. »

Le Fondeur s'approcha d'It'van et lui posa la main sur l'épaule.

« Merci, pour tout ce que vous avez fait, lui dit-il. Sachez que vous êtes digne de nous accompagner sur le chemin des archipels. Oui, vous possédez en vous une âme qui est en mouvement, qui veut s'agrandir, qui veut s'affranchir des liens qui la retiennent à la matière obscure..., à la prison opaque du corps. O It'van ! Va vers le monde limpide. Deviens un quêteur d'absolu. Mets ton pied sur la voie !

– Où sont... Où sont ces archipels ?

– Sur l'autre versant, derrière les demeures d'Occident, reprit le laineux d'une voix mystérieuse. C'est le pays de la lumière dorée. Tout y est plus beau, plus suave, plus transparent. O It'van, viens avec nous !

– Je ne puis, dit le jeune homme en baissant la tête, non, je ne puis. Je vous ai expliqué pourquoi. »

Le Fondeur insista encore, puis, voyant qu'il ne parviendrait pas à le convaincre de les suivre, il haussa les épaules et se tourna vers la jungle. Là où l'A6 s'introduisait dans la forêt, les arbres formaient un véritable porche végétal qu'éclairait la lune oblique. Sa blanche et poudreuse clarté pénétrait de quelques mètres seulement dans l'ouverture, allumant une touffe d'herbe, flambant sur un caoutchouc aux feuilles qui miroitaient, soulignant d'un doigt d'anthracite les crevasses sur le revêtement de la route. Et soudain, après les derniers coups d'épée de la lune, commençait la nuit obscure, ombre qui parut si totale à Evariste qu'elle lui semblait être la ténèbre de la ténèbre.

« J'appelle cela le noiroir, dit le Fondeur en réponse à la pensée de son disciple. C'est l'essence du noir et sa vérité profonde. C'est la couleur caverneuse qui se tient derrière la couleur apparente. En son centre, dans l'obscur de l'obscur, le noiroir est si fort, si orageux, qu'il se renverse et devient lumineux, enflammé et rayonnant. C'est ce que les laineux nomment : le soleil des ténèbres. Ainsi, écoute-moi : chaque chose ici-bas contient son pur contraire.

– La peste soit du vieux radoteur ! » chuchota Evariste à l'adresse d'It'van.

Il voulait montrer au jeune Emeraldien qu'il n'était pas, qu'il ne pouvait être le disciple obéissant de quiconque. Certes, il allait suivre le Fondeur, mais il gardait son autonomie et sa liberté de pensée. Il était bien possible qu'un jour leurs chemins divergent.

« Et comment comptez-vous nous éclairer dans ce... noiroir ? lança-t-il à voix haute au vieux laineux, sur un ton ironique.

– Eh bien... Je pense que... A mon avis... »

De toute évidence, la question l'embarrassait. Parfois, il se sentait bien démuni devant des difficultés d'ordre matériel. Il était intrépide mais peu pratique. D'ailleurs, le monde des réalités sensibles n'était pour lui qu'une surface poreuse et légère, paravent trompeur derrière lequel transparaissait une autre réalité, la seule qui méritât d'être prise au sérieux. Aussi eut-il encore une fois recours à la haute sagesse :

« De même que le divin filtre partout à travers la nature, de même il n'est point de sous-bois assez profond que le soleil ne réussisse à éclairer peu ou prou. Ainsi nous dormirons la nuit et marcherons le jour.

– Oui, mais maintenant ! insista Evariste. Le char

du soleil est encore remisé dans les enclos nocturnes. Comment allons-nous avancer dans le noiroir ? »

Le Fondeur eut soudain une idée qui le fit crépiter.

« Regardez ! dit-il joyeusement en indiquant la crête métallique séparant l'A6 en deux voies. Regardez ! j'ai étudié les livres et je sais que les anciens appelaient ça une glissière de sécurité. Je crois qu'elle ne s'interrompt jamais. Même si les plaques de revêtement disparaissent, il nous suffira de toucher du doigt cette providentielle épine dorsale pour ne point quitter le chemin. Ainsi c'est une chance que... »

It'van l'interrompit.

« J'ai pensé à cela tout à l'heure en pillant les cuisines, dit-il. Il y a mieux que... – comment avez-vous dit ?... – cette glissière de sécurité que le feuillage pourrissant a peut-être engloutie. »

Il ouvrit une sacoche suspendue au flanc d'un choupin et en sortit deux torches résineuses qu'il alluma. Il les plaça dans les mains des laineux, puis, poussant les deux hommes vers l'entrée de la forêt :

« Maintenant, allez-y, dit-il. Le noble Hincter connaît ce lieu et ses valets sont sans doute à proximité. »

Tirant les choupins derrière lui, le Fondeur s'engouffra résolument dans le noiroir. Sa torche faisait, au-dessus de lui, se mouvoir des ombres étranges. La forêt était silencieuse, comme abasourdie. Avant de lui emboîter le pas, Evariste qui tremblait d'excitation s'approcha d'It'van.

« Je vous prie de communiquer ceci à la princesse... », commença-t-il sur un ton à la fois officiel et convulsé.

Puis il s'arrêta, interdit et cherchant ses mots.

« Oui, que dois-je lui communiquer ? »

Le jeune laineux prit son élan et d'un trait :

« Dites-lui que je reviendrai. Dites à Sa Hauteur,

à Sa Beauté Majestueuse, simplement ceci : le seigneur Evariste vous informe qu'il reviendra.

– Je le lui dirai », promit It'van.

Du porche de la forêt où palpitait une falote lumière vint la voix du Fondeur :

« Le vieux radoteur communique ceci au seigneur Evariste, disait-elle. Sans angoisse ni vergogne, il doit suivre son maître à présent.

– C'est terrible, soupira le jeune laineux à l'intention d'It'van. C'est terrible ! Il est capable de lire dans les pensées d'autrui. Que faire ?

– Ne pensez plus à rien, suggéra It'van.

– Facile à dire ! »

Il se retourna, gonfla ses poumons comme s'il allait pénétrer dans un air raréfié, puis, brandissant très haut sa torche, il partit dans la direction du sous-bois. « Facile à dire, oui, facile à dire, se répétait-il en marchant. Comment peut-on ne penser à rien quand votre esprit est la proie de l'image la plus merveilleuse qui se puisse concevoir, celle d'une jeune fille aux joues roses ? Une jeune fille ! Quelle expression... parfaite. Il y a tout dans ces mots, le grain de la peau, la fraîcheur d'une petite main et la profondeur d'un regard où l'ombre à la lumière se mêle. Une jeune fille ! Les laineux prétendent qu'au mitan de la nuit le divin descend parfois sur la terre, transfigurant tout ce qu'il touche jusqu'à l'eau qui prend alors une saveur particulière et enivre les âmes altérées. Il me semble ce soir avoir bu de cette eau magnifiée... Ou plutôt je suis moi-même une jarre remplie d'eau lustrale. D'ailleurs, je ne sais plus rien, j'oublie tout, j'ai perdu la tête, marchons. »

Debout, à l'entrée de l'autoroute, songeur et déçu, It'van regardait s'éloigner les deux petites flammes des aventuriers spirituels. Bientôt, elles disparurent dans la végétation et il ne les vit plus. Dans le silence étouffant de la forêt – silence si profond qu'il en devenait vacarme – le bruit des pas était encore audible. Les laineux devaient fouler un épais tapis de feuilles mortes, mais ils avançaient vite à en juger par la rapidité avec laquelle le bruit allait décroissant. Arriva le moment où il n'entendit plus rien. Deux hommes, deux quêteurs (« Deux enfants perdus », murmura It'van) s'étaient introduits dans la jungle et voici qu'à la lisière, dans le monde clair, ne subsistait d'eux pas même l'effluve de leur passage : un souvenir qui déjà décline et comme au fond d'un miroir un reflet qui se disperse. La forêt sur eux s'était refermée : pénétrer en elle, c'était comme mourir. « Mourir à soi-même, se dit It'van, mourir au monde clair, aux espaces dénudés du mental et à la pensée limpide. » Il en ressentit soudain une telle angoisse que de toutes ses forces il appela les laineux.

« Evariste ! cria-t-il. Fondeur ! Où êtes-vous ? »

Vint la réponse confuse et déjà lointaine :

« Ici ! I-ci ! »

Un instant plus tard, It'van réitéra son cri. Les répondes furent si affaiblies par la distance qu'elles semblaient un soupir du vent aux rideaux de la nuit ou la plainte incertaine d'un enfant dans les dernières chambres. Bientôt, cela aussi s'anéantit et il n'y eut plus d'ici, il n'y eut plus que le là-bas et comme l'autre rive du réel où les voyageurs, ces pèlerins de l'âme, avaient déjà abordé.

It'van soupira et se mit en route dans la direction de la vallée d'Emeraude. « C'était l'occasion de ma vie, se disait-il en suivant le chemin, et je ne l'ai point saisie. » Il regardait autour de lui le paysage des bosquets de palmiers à sucre et des rizières. Là, une petite mare, là, une paillote s'y reflétant et, dans chaque terrain cultivé, un petit autel aux esprits protecteurs. Quel ennui ! et comme tout cela lui paraissait répétitif et sans rien qui répondît à la soif ardente dont il était consumé : connaître le monde, se connaître soi-même et se métamorphoser, accéder à ce que le Fondeur avait appelé « les hautes terrasses de l'âme », immenses balustrades d'où on pouvait voir ce qui se cachait et s'accomplissait à notre insu, les lois mystérieuses de l'univers.

Des bruits nouveaux attirèrent son attention : cris légers des oiseaux, premiers appels des singes dans leurs auberges de feuillage, faibles grésillements d'insectes sur le parvis des arbres. Telle une dormeuse qui s'étire et soulève ses paupières, la forêt, lentement, s'éveillait.

Mais à côté des bruits de la jungle – musique si familière à ses oreilles qu'il en connaissait toutes les notes – il distinguait d'autres sonorités plus inquiétantes et qui n'appartenaient pas au monde de la forêt. C'étaient des claquements bizarres, comme au bord de la rivière le son du battoir des femmes sur le linge mouillé, claquement réguliers et qui s'accompagnaient d'un léger cliquetis. Il se tint sur ses gardes et avança avec prudence. Il fit bien : à un coude brutal de la lisière le danger surgissait, noir et au pas cadencé.

Formant un carré compact, le ventre battu par les mitraillettes au chargeur recourbé, les pans de leurs sombres redingotes volant aux brises, chauves, osseux et grimaçants, les blagoulets venaient vers lui. Certes, ils ne l'avaient pas encore aperçu, mais ils marchaient d'un pas si déterminé (et qui claquait avec violence sur le sol sonore du chemin) qu'ils n'allaient pas tarder, dans la grise et rose lumière de l'aube, à l'entrevoir. Ils étaient à une centaine de mètres encore et It'van prit avec témérité le temps de les étudier.

Blanc-Pétral était des leurs, les précédant sur la voie mais sans arme, lui, les bras croisés sur la poitrine et réfléchissant. Le haut du corps avec le visage absorbé dans sa funeste songerie était celui d'un penseur – le bas avec ses immenses pattes et ses pieds bottés qui frappaient le sol en harmonie parfaite avec les autres blagoulets, le bas était mécanique et militaire. Où allaient-ils ? se demanda It'van.

Il ne mit pas longtemps à trouver la réponse. Une dizaine de choupins, plusieurs valets d'Hincter et deux chariots bâchés suivaient les sbires du Bureau. Si considérable était cet équipement qu'il n'y avait pas de doute possible : la blagoulette était lancée sur les traces des deux laineux. Elle aussi allait s'introduire dans la forêt d'Iscambe et gagner Paris en empruntant la vieille autoroute. Peut-être Blanc-Pétral voulait-il lui-même mettre la main sur ce qui était l'objet mystérieux de la recherche du Fondeur, ce savoir antique, cette parole perdue qui ouvrait l'accès aux archipels – ou bien ne désirait-il simplement que s'emparer des deux incorrigibles rêveurs ? Dans les deux cas il fallait agir et vite. Les laineux n'avaient pas plus d'une demi-heure d'avance sur leurs poursuivants. Certes, la blagoulette était trop lourdement équipée pour prétendre avancer rapidement, mais il suffisait, par exemple, qu'Evariste dormît un peu trop longtemps dans la journée pour qu'ils fussent rejoints.

« Je vais les avertir, se dit It'van, je vais m'engouffrer à mon tour dans la jungle, les rattraper, les informer du péril, puis je reviendrai en arrière pour aller prêter main-forte et sans retard à Tanguy, mon bienfaiteur. Il ne s'agira que d'un raid, un aller et retour si rapide que le noble Hincter, qui a dû armer sa garde avec une partie des mitraillettes de Blanc-Pétral, n'aura pas la possibilité de tenter quoi que ce soit contre le roi. »

It'van s'élança et sans être remarqué dans la lumière encore timide du jour. Il courait au long de la frontière immédiate et ombreuse de la jungle et recevait sur son visage l'haleine humide et fraîche du sous-bois. Quoique l'heure fût périlleuse, It'van éprouvait une jouissance particulière à respirer cet air que l'aube arrache aux grandes forêts, souffle délicat et comme innocent que bientôt alourdissent et altèrent les chaleurs d'un soleil trop vif. Cela sentait la lampe de chevet d'une petite fleur, les pétales tout juste éclos d'un feu de mousse, le parfum des commencements et des matins de jeunesse – cela sentait l'aurore.

Il courait sans se retourner, la tête légèrement penchée en avant, l'arc à la main et le carquois suspendu à l'épaule. Avec ses cheveux blonds et sa jaune tunique, il semblait lui-même être une floraison mobile et dorée de l'immense forêt. Et si tout à l'heure les hommes du Bureau ne l'avaient point aperçu, c'était peut-être parce qu'il semblait appartenir à la jungle et qu'il se confondait avec elle.

Bientôt, It'van vit devant lui l'entrée de l'autoroute, bouche de la sylve aux lèvres entrouvertes. Avant d'y entrer, il s'arrêta sur le terre-plein où les paysans de la vallée célébraient un culte interdit. Il éprouvait une émotion étrange et son cœur martelait sa poitrine. Il se sentait au bord d'une découverte inimaginable – et qu'il pressentait pourtant ! Et soudain ce fut comme s'il avait déjà vécu cet instant des milliers de fois, comme si des milliers de fois il s'était trouvé dans la lumière douce et bleue de cette aube enchantée, à la frontière de cette jungle qui l'appelait. Car elle l'appelait, la forêt, il n'en pouvait douter : en cette seconde précise retentissait en son cœur éloigné le cri insistant de la Nostalgie.

C'était ainsi que les Emeraldiens nommaient cet oiseau que personne n'avait jamais vu, oiseau secret et qui chantait toujours à grande distance. Etait-ce une huppe, était-ce un flamour ? Ou bien même un de ces insectes géants dont la nature, jadis troublée par les bombes, avait peuplé la jungle en formation ? Oh ! peu importait ! Peut-être n'était-ce qu'un vieux crapaud malade, hurlant de douleur dans une flaque de boue, mais son cri de cuivre, au-dessus du lac étale et symphonique de tous les violons de la forêt, invitait au voyage les âmes inquiètes et désolées. Mais pas tout le monde, non ! Et c'est pourquoi les habitants de la vallée d'Emeraude attribuaient à cet oiseau une valeur presque sacrée. Certains l'entendaient tous les jours. D'autres, jamais. Une seconde particularité donnait à cet oiseau – ou crapaud, peu importe ! – un caractère légendaire et magique : son chant s'adressait directement à celui qui le percevait. Il croyait entendre dans ce cri doré rouler les syllabes de son nom, il croyait être appelé par l'oiseau des lointains !

It'van l'écouta longtemps, trop longtemps ! La blagoulette se rapprochait tandis que dans la forêt, sur l'autostrade ruinée, s'éloignaient les laineux qu'il devait rejoindre. Au-dessus de lui, dans le ciel clair à présent, le grand soleil blond qui avait jailli par-dessus la jungle n'avait pas réussi à occulter la lune, si bien que le deux astres se faisaient face, l'œil du jour semblant dialoguer avec la reine de la nuit. Et c'est en gardant en lui cette vision, en l'expédiant dans ses profondeurs, qu'It'van pénétra dans la forêt.

Il eut l'impression de pénétrer dans une haute demeure des anciens temps : les arbres étaient de majestueuses colonnes soutenant un éloigné plafond de feuillage. Partout le noiroir subsistait, enténébrant le sol d'un plancher de houille, s'accumulant en de mystérieuses cavités et faisant couler son encre épaisse à la base des troncs. Le reste était verdâtre et moussu, fond d'une rivière lente. L'autoroute n'avait pas été entièrement absorbée par la forêt. Dans la clarté indécise et mouvante – semblable à celle que distillent les crépuscules orageux – sa large travée était nettement perceptible : la végétation s'y modérait, deux talus en marquaient les limites. En son centre, arête de métal, courait la glissière de sécurité hors de son amas de feuilles mortes. Partout ailleurs régnait la confusion, la jungle épaisse, mur de végétation si compact qu'il semblait infranchissable. It'van demeura plusieurs minutes immobile à contempler cet immense temple de feuillage où se répandaient les odeurs d'un encens trop riche. Il hésitait encore, comme s'il eût senti que, sitôt engagé sur la voie, il ne reviendrait pas en arrière et abandonnerait Tanguy à son fatal destin. Mais il reviendrait, ne serait-ce que pour Anne ! Ce dernier argument le convainquit : de toute façon, il rebrousserait chemin, il ne pouvait laisser la jeune fille entre les doigts poisseux du noble Hincter ! Une heure tout au plus, deux peut-être, et il serait de retour l'épée à la main dans la vallée d'Emeraude. Il entendait déjà derrière lui, venant de l'autre côté de la lisière, le pas sonore des blagoulets, le grognement des choupins et les roues grinçantes des chariots. Il lui fallait partir. Vite ! Sans retard !

Il s'élança sur l'A6, foulant d'un pied rapide les feuilles mortes qui recouvraient le macadam. Une telle masse de végétation entourait l'autoroute de tous côtés qu'on l'eût dite souterraine – chemin d'en dessous et du dedans, semblable à cette voie intérieure, nocturne et menacée, qui conduit à la connaissance.

Au début, à marcher dans ces ténèbres, au milieu de la forêt silencieuse, Evariste n'avait jamais eu aussi peur de sa vie. Les torches qui grésillaient en agitant leurs flammes en tous sens semblaient elles-mêmes épouvantées. Elles ne délimitaient que deux îlots de lumière au centre d'un océan d'obscurité, œufs de clarté minuscules qui, par contraste, rendaient la nuit plus totale et plus inquiétante. Quoique la forêt fût encore endormie, des bruits furtifs étaient perceptibles : petits animaux qui détalaient en hâte et, surtout, bêtes rampantes dérangées dans leur sommeil et qui s'éloignaient.

Des serpents, avait dit le Fondeur, comme si cette précision était de nature à rassurer son disciple. Des serpents ! Les laineux en avaient rencontré beaucoup pendant leur voyage. Mais une chose était de les voir en plein jour et une autre de soupçonner leur présence dans l'ombre. Certes, comme l'avait souligné le Fondeur, les reptiles, avertis par les vibrations des pas sur la route, se bornaient à décamper. Mais il pouvait s'en trouver un dont le sommeil fût si profond que même la pesante démarche des choupins ne réussirait pas à l'éveiller. Alors ? Alors le risque était grand de poser le pied sur lui.

Voilà ce qui effrayait Evariste et pourquoi il avançait de façon bizarre, un peu à la manière des crabes, progression oblique qui l'épuisait. Parfois, imaginant ou croyant voir devant lui quelque cobra endormi là où il n'y avait qu'une branche morte, il bondissait en criant au-dessus de l'obstacle illusoire, suscitant l'effroi des choupins et la colère du Fondeur.

« Evariste, le grondait-il, comment peux-tu être aussi craintif ? »

Hé, hé ! craintif, oui, il était craintif en ce moment (après avoir déployé, il faut le reconnaître, un courage inouï devant le roi des steppes), mais le « maître », le sage, le philosophe illuminé n'était point rassuré non plus. Evariste en avait eù la preuve quand ils s'étaient trouvés nez à nez avec... avec l'immonde, avec la spongieuse créature. Oui, nez à nez, devant eux, au bord de l'autoroute, avec une sorte de petit homme, pas plus grand qu'un enfant, qui dormait debout. Brève fut la vision, car l'entité s'était éveillée. A la lueur des torches, les laineux avaient eu le temps de distinguer le corps noirâtre et huileux, les oreilles bien trop grandes, les yeux globuleux et rouges et ces sortes de bulles liquides et savonneuses qui lui coiffaient le sommet de la tête. La bouche s'était ouverte sur une langue étrangement collée à la mâchoire inférieure et le cri avait éclaté, éclatant, plaintif et qui semblait s'être achevé en une pluie de pétales noirs. Le Fondeur avait fait un bond de côté, lâchant la torche qui s'était éteinte en tombant sur le sol.

« Par le supra-mental ! s'était-il écrié. Par le joyau dans le lotus ! »

Quand Evariste s'était approché en brandissant son flambeau, le... la chose s'était enfuie. Le vieux sage avait perdu toute sagesse en cherchant sa torche à quatre pattes et en proférant des malédictions dont Evariste préférait ne pas se souvenir. Mais, quand le Fondeur eut retrouvé sa lumière, il avait durement tancé son disciple pour sa traînante démarche et sa

« peur contagieuse ». Qu'est-ce que c'était ? avait demandé le jeune homme. Le Fondeur s'était à nouveau emporté. Comment pouvait-il le savoir ? De toute sa vie, il n'avait rien vu de semblable. Et ce cri, hein, hein ? Quel cri ! Il pensait toutefois qu'il s'agissait peut-être d'un de ces clapattes dont Tanguy lui avait parlé ce soir, créature dangereuse selon le roi et qui la nuit vous étranglait en vous passant un collet autour du cou.

Voilà qui n'était point fait pour rassurer Evariste. Il se pencha pourtant vers l'endroit où un instant plus tôt le clapatte se dressait. « Regardez ! » s'écria-t-il. Il y avait dans la terre deux trous noirs, profonds d'une dizaine de centimètres et où le monstre avait dû enfouir ses pieds. Il devait dormir enraciné dans la terre, avait observé le jeune homme. Puis, levant sa torche au-dessus de sa tête, il avait examiné les environs. Pas le moindre clapatte en vue. Alors, ils s'étaient remis en marche, jetant parfois, au-dessus de leur épaule, des regards qui interrogeaient l'obscurité. A plusieurs reprises, il avait semblé à Evariste entendre quelqu'un marcher derrière eux, bruits de pas si étranges qu'on les eût dits produits par des pieds en éponge. Ces bruits s'étaient éloignés et il avait fini par penser à autre chose.

Des cris jaillissaient à présent au-dessus de leur tête : dans l'invisible voûte de feuillage le peuple ailé ouvrait les yeux et le bec. Puis cette voûte – lentement – devint visible, figurant de lourds nuages végétaux où nichait une lumière discrète et comme hésitante. En bas, dans le sous-bois, la nuit demeurait que trouaient avec peine les torches à demi consumées. Inaltérable paraissait l'obscurité des profondeurs, au point que les laineux se demandèrent avec inquiétude si le jour allait descendre de son haut bivouac de feuilles.

Il descendit pourtant, s'extravasant et suintant avec douceur du dôme où d'ineffables brises soupiraient. Il bruina autour des voyageurs, les enveloppant d'une poudre lumineuse. Il s'écoula enfin et c'était merveille de le voir se répandre en empruntant les mystérieux vaisseaux de l'air, veines et artères dont cette soudaine irrigation révélait l'existence – comme si la lumière fût le sang doré de la forêt.

Alors – compagnons et suivantes de cette lumière dont les flèches en or tremblaient sur la cible des troncs – de petits oiseaux, véritables moineaux d'aquarelle, descendirent. Le Fondeur eut en cet instant une réaction qui stupéfia Evariste. Il s'arrêta de marcher, écarta les bras, leva vers le haut cette vieille tête burinée qu'il avait frottée sur tous les obstacles de la vie et se mit à gazouiller avec la voix claire, presque féminine, d'un enfant qui s'éveille. Et, comme si les oiseaux eussent compris ce langage frais jaillissant d'une gorge usée, ils vinrent tourner autour du laineux en une noria de somptueuses couleurs. Sortant du ballet, l'un d'eux se jucha sur la chevelure blanche du vieillard. D'autres se perchèrent sur ses mains ouvertes, d'autres encore sur ses épaules. Le spectacle était flamboyant.

C'était ce genre d'actions imprévues qui réconciliait Evariste avec la dure existence qu'il menait dans l'ombre de son éducateur spirituel. Celui-ci, il fallait le reconnaître, n'était pas ce genre de prophète toujours sublime dont parlaient les vieux livres d'initiation. Il lui arrivait bien souvent d'être un peu – comment dire ? – un peu ridicule.

Il avait même des manies qui semblaient s'être accrues avec l'âge et l'interminable célibat, manies qui accentuaient les difficultés de la vie commune.

C'est ainsi qu'il avait – on ne sait pourquoi – horreur de l'eau. Sur le ton un peu pompeux qu'il employait pour proférer des vérités d'ordre spirituel, il affirmait avec une assurance impudente que l'eau était une substance dangereuse pour l'épiderme. A la suite de quoi il ne se livrait jamais à aucune ablution, se bornant à se nettoyer chaque matin avec de petites pierres ponces dont il avait un grand choix dans les poches de sa robe de bure. Si râpeuses que fussent ces pierres, elles ne remplaçaient pas l'eau et le savon. Et le résultat le plus clair de cette manie peu hygiénique était d'envelopper le guide spirituel d'une odeur qui n'avait rien à voir avec celle – suave – qui, dit-on, se dégage des prophètes en méditation.

Ces défauts eussent été rédhibitoires aux yeux d'Evariste s'ils n'avaient été compensés par des actions de grâce et des extases presque aériennes. Semblable à un soleil dans un lourd ciel orageux qui entrouvre les paupières des nuages pour illuminer la terre d'un rayon bref et puissant, le divin effleurait le Fondeur par à-coups ou, pour mieux dire, par secousses. Dans ces instants-là, il semblait que son âme entrât en ébullition et qu'elle débordât au-dehors comme d'un récipient trop petit. Alors il se dépouillait de sa pesanteur et, astre satellite, renvoyait sur son entourage la lumière qu'il recevait, moments de joie supérieure où tout se justifiait et où même le chaos révélait son ordre caché.

Etait-ce en raison de ces rares mais suprêmes instants de communion avec le divin ? En tout cas, le Fondeur disposait de certains « pouvoirs » dont il n'abusait pas – sauf peut-être quand il était éméché. C'est ainsi qu'un soir à Marseille, où il s'était enivré d'alcool de riz au point que son nez semblait une lanterne, il avait provoqué un scandale dans le plus chic restaurant de la ville. Cet établissement qui s'appelait « La lumière de la Fonction Publique » était un lieu obscur et morne où dînaient en silence des bureaucrates guindés et comme enfermés dans l'étoffe empesée de leurs redingotes. Le patron, un vieux sbire à la retraite, avait refusé de servir les deux laineux sous prétexte que leur tenue n'était pas adéquate, en un mot qu'ils n'étaient pas « de mise » dans un lieu fréquenté par les Contrôleurs de Distribution et même par des Distributeurs de Contrôle.

Alors le Fondeur, qui avait faim, était entré dans une violente colère, d'autant plus violente qu'elle était silencieuse. Et Evariste avait soudain assisté à un spectacle incroyable : de toutes les tables des dîneurs les plats s'étaient envolés comme des oiseaux, avaient traversé la salle pour venir se poser devant le Fondeur en s'entrechoquant et en se renversant. Et les assiettes avaient suivi à tire-d'aile, vidant leur contenu sur la table des laineux, formant un innommable ragoût dans lequel le maître avait plongé des mains d'affamé. Ils avaient été obligés de prendre la fuite, très vite, avant que la police du Bureau ne fît son apparition.

Il faut reconnaître que le Fondeur avait commis là une erreur et qu'il aurait pu s'abstenir de ces facéties inutiles. La blagoulette avait reniflé sa présence et entrepris mille démarches pour retrouver celui qu'elle appelait « l'homme aux pouvoirs ». Certes, elle n'était pas parvenue à mettre la main sur lui, mais au moins avait-elle réussi à découvrir sa piste. Et elle ne l'abandonnerait pas de sitôt : il était bien possible qu'elle s'engouffrât à son tour dans la forêt d'Iscambe. C'était une éventualité que pour sa part Evariste jugeait tout à fait vraisemblable.

Il s'en ouvrit au Fondeur qui regardait, avec des yeux extasiés, s'éloigner dans le sous-bois les oiseaux-mouches aux somptueuses couleurs. Il eut un geste de la main qui signifiait « ne trouble pas ma joie ». Puis il revint sur terre et se tourna vers son disciple.

« Cela n'a aucune importance, déclara-t-il. Les blagoulets n'iront pas loin. Ils ne sont tout simplement pas faits pour affronter les difficultés de la voie. Il leur manque la lumière et l'appel d'en haut. Car s'il faut descendre pour monter il faut également monter pour descendre... Du reste... à mon avis... ils ne monteront ni ne descendront jamais : ils sont bloqués à leur niveau comme tous ceux qui ignorent la verticalité. Ainsi ne crains rien : le chemin les rejettera loin de lui comme une monture qui se cabre ! »

Il hocha la tête puis, le visage tendu, se lança en avant en frappant avec force le sol de son pied comme pour prendre possession du chemin. Evariste qui tirait les choupins lui emboîta le pas.

C'ÉTAIT une chose réellement curieuse que d'observer Blanc-Pétral, songeait Aloysius, le vérificateur. Le visage du chef de la blagoulette était remarquable non tant par ce qu'il exprimait que par ce qu'il n'exprimait pas. Une face close, pour ainsi dire, un visage où nulle émotion ne venait jamais s'inscrire, même pas ce frémissement presque imperceptible des idées et des projets que lui, Aloysius, le meilleur espion du Bureau, savait saisir et interpréter.

Certes la besogne était rude. N'eût été l'avantage qu'il comptait en tirer – le poste de Blanc-Pétral à la tête de la blagoulette – il ne se fût pas engagé dans cette expédition. Mais le maréchal Acier, le mou, l'adipeux maréchal Acier avait tant insisté pour qu'il s'y mêlât, faisant étinceler le surcroît d'honneurs qui allait lui échoir s'il réussissait, qu'Aloysius – ravagé d'ambition – avait fini par obtempérer.

Bien entendu, il savait que le maréchal était menacé et qu'au Bureau Populaire un clan puissant tâchait de déboulonner sa statue vieillissante, clan dont Blanc-Pétral était précisément l'inspirateur. Mais le maréchal n'était pas aussi déclinant que ses adversaires l'imaginaient. C'est ainsi que ce sacré vieux renard avait manœuvré de telle façon que Blanc-Pétral s'occupât en personne des deux laineux en fuite, cela afin de l'éloigner de Marseille et de lui laisser le temps de liquider, au sein même du Bureau, toute opposition organisée.

Par la suite, le maréchal s'était ravisé et même inquiété. L'arrestation d'un complice des laineux, celui qui leur avait fourni les cartes nécessaires à leur cheminement, avait permis de connaître le but de la pérégrination des deux fous : cette cité légendaire dont on disait qu'elle avait été un des centres de l'ancienne civilisation. Alors, craignant que Blanc-Pétral n'atteignît lui aussi Paris et ne mît la main sur des secrets technologiques d'importance – par exemple, cette fameuse fission de l'atome dont on parlait à mots couverts dans les cercles dirigeants – il avait fait appel à Aloysius pour le surveiller.

Aloysius, qui était heureusement inconnu de Blanc-Pétral, était un de ces « vérificateurs » clandestins dont usaient fréquemment les autorités du Bureau pour s'espionner elles-mêmes. Non seulement, il devait savoir observer et se taire, mais en plus il était tenu de se fondre dans le groupe environnant, d'en intégrer les manies et jusqu'à l'aspect extérieur, choses qu'il avait toujours réussies parfaitement. Cette fois-ci, cependant, il ne se sentait pas à l'aise, avait commis deux ou trois impairs et craignait que Blanc-Pétral n'eût par lui sa méfiance éveillée.

La vérité était que, quoiqu'il désirât devenir leur chef afin de siéger de plein droit au Bureau Populaire, il n'aimait pas les blagoulets. Il y avait en eux quelque chose de... d'anormal, une cruauté qui lui déplaisait profondément. A force de changer d'identité, il avait semblé au vérificateur ne plus avoir de nature propre et de pensée autonome. Il croyait que sa personnalité errante était informe, comédien qui adoptait complètement les caractères des types qu'il incarnait. Eh bien, il se trompait. Ce qui s'était passé le mois précédent dans cette ville de la Loire qu'avait prise d'assaut l'armée n° 21 du Bureau lui avait fait comprendre qu'il avait une nature propre et qu'elle se différenciait grandement de celle des blagoulets.

Cette ville en ruine et malmenée par des vents de sable était tenue par des bandes d'enfants qui jouaient à la guerre plutôt que de combattre sérieusement. Ils n'avaient offert à l'armée 21 qu'une sorte de résistance esthétique, avec des gestes grandiloquents et des actes de bravoure inutiles. Pied-de-Biche, le général en chef de cette armée qui avait pour mission de suivre Blanc-Pétral et de gagner la forêt d'Iscambe dont elle devait occuper toute la lisière, avait confié aux blagoulets le soin d'interroger les enfants prisonniers.

Les sbires s'étaient – oui, c'était bien le mot – rués à la tâche, précipités sur ces innocentes créatures comme sur des proies dont avaient besoin leurs organismes pour survivre. Et pendant toute une nuit, nuit affreuse trouée de cris et de plaintes, ils avaient coupé des mains, arraché des sexes comme on déracine des arbustes, tailladé des poitrines et des cous. Aloysius admettait que l'on torturât à condition de le faire dans un but bien précis, celui d'obtenir des renseignements dont pût bénéficier la cause mille fois sacrée du Bureau Populaire. En l'occurrence, les blagoulets n'avaient même pas questionné ces enfants dont certains – tout blonds, tout bouclés – n'avaient pas plus de huit ans.

Parmi ces monstres, il y en avait deux qui s'étaient particulièrement acharnés en cette orgie sanglante, c'était ceux – squelettiques, sombres, convulsés et semblant les archétypes de la mort – qu'on appelait les jumeaux. Etaient-ils vraiment jumeaux? Impossible de le savoir tant ils s'offusquaient de la moindre question personnelle, vous regardant alors d'une façon menaçante, tâtant du doigt le fil de leurs couteaux. Pour les différencier, on les nommait l'un l'égorgeur et l'autre le désongleur. Ils avaient cette nuit-là si abominablement œuvré que leurs redingotes étaient couvertes de sang et qu'à l'aube leurs visages hagards étaient ceux d'hommes sur le point de tomber ivres morts. C'était à cause d'eux, à cause de l'égorgeur et du désongleur, qu'Aloysius avait commis son premier « impair », erreur que Blanc-Pétral avait aperçue. Confronté à cette boucherie dont les jumeaux étaient les auteurs, il avait été incapable de réprimer un dégoût si profond qu'il avait vomi devant eux, réaction qui avait provoqué un regard étrange du chef de la blagoulette, comme si pour la première fois il remarquait sa présence. Le vérificateur avait prétexté quelque mauvaise digestion, un estomac délicat et l'eau malsaine qu'il avait bue dans la journée. Ces arguments n'avaient guère convaincu Blanc-Pétral, à en juger par l'inquiétant sourire qui avait alors gercé son visage.

Par la suite, il y avait eu d'autres dissonances, bien légères sans doute, mais dont l'accumulation n'avait pas manqué de renforcer les soupçons naissants de celui qu'il était venu surveiller. Par un étrange retournement de la situation, c'était lui qui à présent se sentait observé. Oui, il allait devoir redoubler de prudence et se montrer plus blagoulet encore que les blagoulets.

C'est ainsi qu'en cet instant où, sur le parvis de la sylve, la troupe attend l'allocution de son chef – c'est-à-dire l'ordre du jour – pour s'élancer sur la piste des fuyards, en cet instant où les valets de Hincter qui viennent de rebrousser chemin s'éloignent vers la vallée d'Emeraude où ils attendront – pour le faciliter – l'assaut de l'armée 21, en cet instant le vérificateur plonge convulsivement sa main dans sa poche pour toucher le gri-gri qu'il y dissimule : un chapelet des temps anciens, lointain cadeau de sa mère et talisman qui ne le quitte jamais. Entre ses omoplates, il croit sentir les regards conjugués de l'égorgeur et du désongleur qui sont immobiles derrière lui. Blanc-Pétral leur a-t-il demandé de veiller sur lui ? Dans quel but ? Le soupçonne-t-il de vouloir s'enfuir ? Il se trompe. Tout au long de ses vingt ans de carrière, Aloysius n'a jamais déserté, allant toujours jusqu'au bout de sa mission. Cette fois-ci encore, il pénétrera les ténébreux desseins du factieux.

Il en a déjà percé à jour au moins un et l'a noté sur ses tablettes : Blanc-Pétral désire s'enfoncer dans la forêt, sur la route de Paris. Il n'y a point d'autres explications à son étrange comportement. Maintes fois, dans les dernières semaines, il aurait pu arrêter ces deux fous inoffensifs qui, parce qu'ils portaient des robes de bure, se prenaient pour des sages. Cette nuit même, il pouvait le faire. Il disposait de tous les hommes qu'il désirait et jusqu'aux trois mille fantassins de l'armée 21 qui campaient à proximité, à une dizaine de kilomètres plus à l'est, ceux-là même qui ce matin s'apprêtaient à envahir la vallée d'Emeraude. Eût-il procédé à cette arrestation que, devant les instances dirigeantes du Bureau, il aurait été dépourvu d'arguments pour expliquer son incursion dans la forêt d'Iscambe.

En vérité, la poursuite des deux laineux n'est qu'un alibi pour Blanc-Pétral. Son but unique, sa destination invariable est Paris, la ville morte. Que veut-il y faire ? Quel secret cherche-t-il à y découvrir ? Aloysius se promet d'obtenir toutes les réponses à ces questions : il vérifiera, oui, il vérifiera à en perdre haleine, cela afin de continuer à mériter le titre de premier vérificateur du Bureau Populaire.

Ainsi, Aloysius s'interroge et affermit ses résolutions tandis que Blanc-Pétral, d'une voix monotone, entreprend d'informer la noire blagoulette de l'ordre du jour : s'engager dans la jungle, se saisir promptement des laineux afin de...

« Afin de les couper en morceaux ! » s'exclament d'un même élan l'égorgeur et le désongleur.

Un sourire de poupée apparaît sur le visage de leur chef.

« C'est exactement cela », dit-il d'un ton morne.

Puis, se tournant vers la forêt :

« En avant ! » lance-t-il avec vigueur.

Tiré par des choupins amaigris, les chariots s'ébranlent. Derrière eux marche la colonne policière : on dirait qu'elle enfonce d'invisibles portes. La brise s'est tarie qui tout à l'heure chantonnait comme un ruisseau sur les galets de feuillage. La forêt tout entière semble retenir sa respiration.

Bientôt les laineux purent éteindre leurs torches, le jour se répandant partout et ruisselant des frondaisons. La forêt était traversée de cris étranges qui déchiraient la vibration sourde et continue des insectes. On aurait dit des appels de guetteurs au sommet des forteresses menacées. Puis ces cris cessèrent et ils pénétrèrent dans une zone silencieuse où la clarté elle-même déclina. Des arbres touffus mais noirs et comme momifiés formaient au-dessus de leurs têtes un écran presque impénétrable aux rayons du soleil. Le revêtement de l'autoroute, dissimulé ailleurs sous une couche épaisse de terre et de végétation morte, apparaissait maintenant à nu mais tout suintant d'une humeur visqueuse sur laquelle glissaient les sandales des deux hommes. Des traits de peinture étaient visibles qui partageaient en deux chacune des voies. Une lumière irréelle baignait ce paysage de catacombes, lumière qui semblait sourdre des arbres : on eût dit qu'ils étaient phosphorescents. S'approchant, Evariste aperçut en effet sur leurs troncs des plaques de couleur jaune dégageant une lueur vague de feu follet. Des particules de la même substance flottaient dans l'air, poudre dorée qui allait et venait au gré d'un vent mou et indécis... Nulle bête, nul insecte n'étaient visibles, sinon un lourd papillon, gros comme une chauve-souris, qui traversa l'autoroute devant eux en un vol exténué.

Evariste poussa un cri.

« Regardez, maître ! lança-t-il. Le chemin a disparu. Il n'y a plus d'autoroute ! »

Devant eux, l'A6 s'arrêtait net, butant sur un énorme talus où des arbres monstrueux s'enracinaient, arbres appartenant à la même espèce que les autres mais encore plus momifiés et plus sombres. Une odeur douceâtre se répandait alentour, parfum de musc et de corruption sucrée qu'il n'était pas possible de respirer sans écœurement.

« Maître ! Qu'allons-nous faire ? interrogea Evariste.

– Passer outre ! s'écria le Fondeur, qui ajouta plus bas : Quand la voie est trop bien tracée, je m'égare. »

Ils escaladèrent le talus en traînant derrière eux les choupins qui protestaient. Quoique la terre fût humide et grasse, rien n'y croissait, à l'exception de ces arbres noirs et immobiles qui semblaient se nourrir de la désolation générale.

« Tâchons de rester dans l'axe de l'autoroute, dit le vieux laineux. Ainsi nous la retrouverons aisément. »

Sa voix résonnait, caverneuse au milieu de cette nature muette, comme frappée de stupeur.

« Et quand je pense que nous n'avons même pas emporté de boussole ! soupira Evariste.

– Pour celui qui chemine vers le divin, il n'est point besoin de boussole, clama le Fondeur. Non, ni sextant ni boussole : sur le cadran de son âme l'aiguille indique la même direction de lumière, celle du haut mariage et de la fusion avec le principe créateur ! »

« J'étais sûr qu'il allait divaguer », se dit Evariste.

La chaleur devenait de plus en plus lourde, l'odeur musquée se renforçait. Les particules dorées se multipliaient et zigzaguaient, semblables à ces étoiles que l'on voit en écrasant ses yeux avec le poing. Ils durent, pour progresser, franchir ou contourner plusieurs arbres morts, sans doute abattus par la foudre. Quand ils sortirent de cet enchevêtrement, ils s'arrêtèrent désorientés.

« Je... ne vois plus très bien... où nous sommes et où est l'axe, dit le Fondeur d'un air préoccupé. Le maître doit recourir au disciple. Dans quelle direction devons-nous diriger nos pas, Evariste ? J'ai peur de tourner en rond.

– Qu'indique le cadran de votre âme ? lança le jeune homme avec emphase.

– Eh bien..., obstinément... La lumière divine... Mais dans cette obscurité, dans cette forêt sans chemin, je me sens perdu. A moins que... »

Il se tut un instant, observant avec intensité un point devant lui. Et tout à coup, d'une voix triomphante :

« La voilà, la voilà bien !

– Quoi donc ?

– La lumière du supra-mental, celle de l'Absolu Indifférencié ! Elle brille au fond de la nuit ! Elle nous guide au sein des ténèbres ! »

De sa main tremblante, couverte de taches de rousseur et où les veines saillaient, il indiquait une direction. Evariste se retourna. En effet, à travers les feuillages, s'apercevait une étoile de clarté rayonnante, petit chiffon de lumière vers lequel ils se remirent en marche. La progression fut difficile. Leurs fronts suaient dans la fournaise. S'accroissait aussi l'odeur de tubéreuse écrasée, parfum usé, passé et de la couleur de ces papillons de nuit qui se dissimulaient dans les plis d'un rideau.

Les choupins renâclaient de plus en plus. Ils tiraient sur leurs longes, ouvraient leurs gueules molles et dardaient au-dehors une langue absurde et pâle. Pour les encourager, Evariste dut frapper leurs croupes à plusieurs reprises, si fort, avec sa baguette, que le Fondeur intervint :

« Doucement, hé ! Doucement ! En tapant sur ces animaux androgynes, tu accables un pur symbole, celui de l'union des contraires. »

Le vieil homme marchait à grands pas. L'obscurité, peu à peu, se dissipait. A la clarté renaissante du jour apparaissaient encore plus fantastiques ces particules en suspens qui formaient maintenant des ruisseaux aériens, évanescents et jaunes. Enfin, la forêt cessa si brusquement qu'ils en furent aveuglés et battirent des paupières. De même que le noiroir se renverse et – par son excès – devient lumineux, de même dans les profondeurs de la lumière une ténèbre secrète est cachée.

Alors retentit la voix du Fondeur :

« Par le joyau dans le lotus ! s'écria-t-il. Qu'est-ce que cela ? »

Devant eux s'étendait une clairière circulaire, presque entièrement occupée par un cratère conique aux parois de sable dur, où nulle végétation ne croissait.

« Peut-être un entonnoir de bombe, suggéra Evariste. Il y en a de semblables dans les savanes de Bourgogne. »

Tout au fond, au centre du cratère, ils aperçurent quelque chose d'énorme et de coloré.

« Oui, un entonnoir de bombe, tu as peut-être raison, dit le Fondeur. En tout cas, cela expliquerait la masse de terre qui recouvre aujourd'hui l'autoroute et qui a été projetée par l'explosion. Oui, une bombe ou bien une météorite. Je préférerais croire à une pierre merveilleuse tombée du ciel. Regarde tout au fond. Mais c'est une... »

C'était un nœud de couleurs ardentes, rouge et mauve et violet : on eût dit une bouche et comme les lèvres de la terre. Pourtant elle était surélevée au-dessus du sol et Evariste entrevit, à la faveur de ses mouvements, une sorte de long tube verdâtre qui soutenait sa masse embrasée. « Une tige, pensa-t-il. Une bouche sur une tige. »

« Mais c'est une fleur ! s'exclama le vieux laineux en tapant dans ses mains. Et une fleur si grande que l'on pourrait presque y loger. Je me demande si... Oh ! regarde ! Je comprends maintenant d'où venaient ces particules dorées. »

La fleur lâchait son pollen dont s'emparait une brise tourbillonnante. La poudre montait en spirales qui, arrivées au niveau du sol, se dénouaient et s'engouffraient dans la forêt en javelots de lumière. Portée par le vent ascendant, montait aussi cette odeur de courtisane moite et charnue qui incommodait Evariste au point qu'il tirait le Fondeur par la manche pour l'encourager à décamper. Celui-ci, fasciné par le spectacle de cette fleur géante et solitaire, pria son disciple d'attendre encore un instant.

« La nature est le seul et véritable livre saint, dit-il. Tout est signe pour qui sait voir. Oui, tout est langage sacré pour le voyant. Tiens, regarde. Regarde cet oiseau. »

Le jeune homme leva la tête. A une centaine de mètres du cratère un grand oiseau, sans doute un milan, planait en décrivant de vastes cercles qui le rapprochaient insensiblement de l'abîme. Evariste ne put le contempler longtemps. Etait-ce la foudroyante lumière du soleil, ou cette odeur ocre et malsaine que la fleur diffusait ? Il se sentait soudain fébrile et entendait battre à ses tempes un lancinant tambour. Puis il n'entendit ni ne vit plus rien : un rideau noir lui tomba sur les yeux et il bascula en avant. Si le Fondeur ne l'avait retenu en le saisissant par la capuche de sa robe, il eût dégringolé dans les profondeurs, roulant sur la pente jusqu'à la fleur aux lèvres béantes.

Quand il se réveilla, quelques minutes plus tard, il était étendu à même le sol, au bord du cratère, et le Fondeur, penché sur lui, hochait la tête.

« Eh bien, eh bien, maugréait-il. Tu m'en as fait une peur. Tiens, respire ce mouchoir. Je l'ai imprégné de baume du tigre. C'est ce que j'utilise quand mes idées sont en désordre. »

Et de fait, à respirer ce morceau d'étoffe, Evariste se sentit tout de suite mieux. L'image d'Anne vint le visiter. Il vit sa gorge, ses yeux clairs, son visage, les ailes de son nez qui palpitaient au souffle des émotions successives, il vit son menton. « Diable, diable, elle a un menton », se disait-il. Il ne savait pourquoi l'idée qu'elle eût un menton, comme tous les mortels, lui paraissait admirable. Il se releva en souriant, complètement revigoré, et put se remettre en marche. Tirant les choupins, les deux hommes entreprirent le tour du cratère. Le mouchoir collé sur le nez, le disciple demanda à son maître pourquoi il n'était pas incommodé par la senteur de corruption qui montait de la fleur géante.

« Hé, hé ! dit le Fondeur. Peut-être parce que ma propre odeur me protège, formant autour de moi une cuirasse olfactive.

– Une cuirasse qui attire les insectes. Et notamment les puces et les cafards, remarqua Evariste, qui s'empressa d'ajouter pour devancer une tirade métaphysique : Oui, oui, je sais, puces et cafards sont également des créatures du divin, au même titre que, par exemple, les oiseaux. »

Il se tut un instant, puis, d'une voix inquiète :

« A propos d'oiseau, lança-t-il, qu'est devenu le milan ? »

Pour toute réponse, le vieux laineux indiqua du doigt la fleur au fond du cratère.

« Comment ? Que voulez-vous dire ? s'enquit Evariste.

– Regarde et comprends ! » prononça son compagnon sur un ton majestueux et en haussant les épaules.

Evariste s'arrêta, regarda le fond de l'entonnoir et comprit. Il aperçut dans la conque formée par les pétales deux ailes grises qui s'agitaient hors d'une visqueuse substance dorée. Un instant encore, puis les ailes disparurent et ne surnagea plus qu'une plume, une simple plume, semblable au chapeau d'un homme sur des sables mouvants.

« Par le joyau dans le lotus ! s'écria Evariste. Elle l'a englouti ! Oh ! maître ! ajouta-t-il en se tournant vers le Fondeur. Vous prétendez que toute chose en ce monde est un signe et comme un poteau indicateur pour les chercheurs d'archipels. Alors que signifie cela ? »

Le vieux laineux parut désarçonné par la question de son disciple. Il se croisa les bras et, après un moment de silence :

« Oui, que veut dire cela ? cria-t-il soudain d'une voix éclatante. Que veut-dire cela ? Hein ? Question opportune, n'est-ce pas ? »

Puis, plus sourdement et en baissant la tête avec une mine dépitée :

« Eh bien, je ne sais pas », reconnut-il.

Evariste sentait en lui, derrière sa glotte, la boule chaude d'une explication.

« Peut-être que nous portons en nous une fleur semblable, hasarda-t-il. Oui, une fleur carnivore qui est capable d'avaler et de dissoudre toutes nos possibilités d'envol spirituel. Et le cratère est à l'image du monde souterrain qui nous habite. Si nous perdons pied sur le rebord, nous risquons fort d'être dévorés. N'est-ce pas cela, maître, dites-moi ?

– Peut-être, prononça le Fondeur sur un ton à la fois condescendant et vexé. Peut-être, mais je te conseille d'abandonner une seconde ces hautes spéculations pour m'aider à retrouver l'axe.

– Quel axe ?

– Celui de l'autoroute, moinillon ! N'oublie pas que nous avons perdu la voie.

– Elle est là, dit Evariste avec une assurance surprenante et en indiquant une direction.

– Par le joyau dans le lotus. Comment le sais-tu ?

– Je ne le sais pas, je le sens, voilà tout. »

Le Fondeur plongea dans ses yeux un regard étonné.

« Bien, nous allons t'obéir, finit-il par soupirer. Il faut toujours mettre la tête du chat dans son incongruité. »

Il n'y eut pas d'incongruité : en s'introduisant dans la forêt à l'endroit indiqué, ils n'eurent qu'à parcourir une centaine de mètres pour retrouver l'autoroute. Debout sur la butte qui la surplombait, ils la regardèrent avec amour.

« Comme elle est belle, l'A6 ! » dit Evariste.

Elle figurait à leurs pieds un long serpent étendu et les feuilles mortes qui la recouvraient semblaient des écailles. Les frondaisons des tuy-tils, des fromagers et des hauts braballes formaient au-dessus d'elle le toit en mouvement d'une charmille que le soleil poignardait de ses dagues multiples et qui saignait en fines gouttelettes de lumière. Çà et là des lucarnes de ciel bleu béaient dans le feuillage qui ouvraient sur le sol, à l'extrémité de leurs doigts de poussière, de grands yeux d'or.

Les deux laineux reprirent leur progression sur le tapis bruissant. A chaque pas il leur semblait arracher un soupir à l'autoroute, rythme berceur qui endormait Evariste. Le jeune homme était fatigué. Et, quoique la fleur fût loin à présent, il avait l'impression de respirer encore son lourd parfum de femme chaude et fanée. Il était dans cet état de lassitude qui, loin d'obscurcir la sensibilité, la ravive et l'exalte. Dans l'interminable aquarium du sous-bois où la mousse donnait au tronc des arbres le bulbeux aspect des algues molles, dans ce monde aux teintes sourdes, chaque trait de lumière perçait un vieux vernis et faisait exploser les couleurs. Elles révélaient soudain leur nature secrète ! Le pourpre livrait sa vibrante âme de cuivre, le vert son émeraude enfouie et rayonnante, le jaune son rapide cavalier sur les plates-formes dorées des nuages. Tout existait autour d'Evariste et tout signifiait. Et quand il se baissait pour creuser la couche de feuilles mortes le macadam nu surgissait : l'autoroute était vivante.

Parfois d'anciennes guimbardes, tas de ferrailles mortes, encombraient le parcours. Et il arrivait à Evariste d'entrebâiller une portière, de prendre place sur la banquette effondrée qui vomissait un vieux crin, ramenant ainsi le véhicule à la vie par sa seule présence.

« Dépêchons-nous ! Dépêchons-nous ! criait le Fondeur en tapant sur le pare-brise obscurci et verdâtre.

– J'arrive ! J'arrive ! »

Il tournait le volant en tout sens, faisant grogner sous le capot des mécanismes endormis. Puis il s'extirpait, courait vers son maître et posait des questions qui suscitaient un embarras profond.

« Pourquoi l'autoroute a-t-elle deux voies ? demandait-il par exemple.

– Eh bien..., commençait le Fondeur en se raclant la gorge... Eh bien, je ne me souviens plus... Je crois qu'une voie était empruntée par les personnes de qualité... L'autre par le commun, par le populaire.

– Ce n'est pas mon avis. Regardez plutôt. »

Evariste amenait le vieux laineux auprès d'un véhicule qui barrait la chaussée gauche.

« Que lisez-vous là ? disait-il en désignant l'avant.

– *ROLLS-ROYCE,* déchiffrait le Fondeur à haute voix.

– Et que voyez-vous là ? » ajoutait-il en montrant la figure de proue.

C'était l'image superbe d'une femme ailée tendue vers un but rayonnant.

« Bien, suivez-moi à présent. »

Franchissant la glissière de sécurité, il conduisait son maître jusqu'à un autre véhicule nommé *PEUGEOT* et dont le symbole sculpté à l'avant était celui d'un lion rugissant.

« Eh bien, qu'en concluez-vous ?

– Je... Je ne vois pas. Je ne sais pas, reconnaissait le Fondeur sur un ton accablé.

– Pourtant, c'est tellement évident ! s'écriait Evariste avec enthousiasme. Le lion est le symbole éternel et solaire du principe masculin. Quant à la femme, c'est la femme, ni plus ni moins. Autrement dit, la voie gauche était empruntée par les femmes et la voie droite par les hommes. D'ailleurs, observez que sur la voie gauche les pancartes de signalisation sont à l'envers, c'est-à-dire retournées, tandis que sur la voie droite elles sont à l'endroit. Ces détails expriment l'opposition des deux principes, leur lutte et leur caractère contraire, mais aussi leur désirable unification. Et je ne serais pas étonné si à Paris les deux voies se rejoignaient, n'en formant plus qu'une, majestueuse et parfaite, au bout de laquelle, sans doute, se lèveront les brillants archipels. N'êtes-vous pas de mon avis, ô maître ? »

Le Fondeur grommela quelque chose au sujet de « bavardages inutiles » puis, foudroyant Evariste de son regard :

« Celui qui sait ne parle pas, dit-il. Celui qui parle ne sait pas. »

Soudain, fixant un point derrière le dos de son disciple, il se raidit et poussa un cri léger.

« Qu'y a-t-il ? demanda le jeune homme.

– Là-bas, dit le vieux laineux en indiquant une courbe de l'autoroute, je viens d'apercevoir un clapatte. Peut-être s'agit-il du monstre de ce matin. Il nous suit. Il nous a emboîté le pas.

– Croyez-vous qu'il soit dangereux ? Il me semble si plaintif, si désespéré !

– Le désespoir est le père de la violence. En tout cas, il ne faut pas nous laisser approcher. Ainsi nous dormirons à tour de rôle et dans des endroits bien protégés.

– Justement, maître ! J'ai sommeil. Ne serait-il pas possible de dormir une ou deux heures ?

– Tu parles toujours de dormir alors que précisément tu cherches l'éveil. Quelle inconséquence... Bien ! Bien ! Je t'autorise à t'assoupir pendant deux heures. Il nous faut simplement découvrir un lieu approprié. »

Ils le trouvèrent au bord de l'autoroute, à quelques centaines de mètres de là. C'était un édifice des temps anciens entouré d'une vaste esplanade cimentée et où d'étranges bornes métalliques se dressaient. Pour rejoindre ce bâtiment, il fallait quitter l'autoroute proprement dite et emprunter une courte et étroite piste secondaire que le Fondeur qualifia – non sans une certaine emphase – de « bretelle ».

« Nous sommes sur la bretelle, quelle belle bretelle ! répétait-il avec cette satisfaction orgueilleuse qu'engendre la certitude du savoir.

– Eh bien, maître, puisque vous avez lu les livres d'autrefois, expliquez-moi l'usage de ces silhouettes de métal qui semblent avoir un visage et qui vont par deux. »

Le Fondeur, qui, de toute évidence, connaissait la réponse et la retenait sous sa langue, toisa son disciple.

« Station-service, finit-il par dire comme on crache un petit noyau.

– Station-service ? Je ne comprends pas.

– Il y a beaucoup de choses sur cette terre que tu ne comprends pas, bougre de moinillon. Une station-service était un lieu où, par l'intermédiaire de ces bornes métalliques, l'on distribuait la boisson nécessaire aux véhicules.

– Une fontaine, alors ?

– Oui, si tu veux, une sorte de fontaine. »

L'esplanade avait été dévorée par la végétation. Des arbres avaient pris racine jusqu'à l'intérieur du bâtiment et troué le toit de leurs chefs forcenés. Des lianes s'accrochaient et s'emmêlaient aux frondaisons, formant des hamacs géants ou des nids pour de grands oiseaux reptiliens. Un ruisseau d'orchidées coulait sur un vieux mur où des insectes en ripailles s'affairaient. Un écureuil effarouché détala avec des cris pointus. Et tout autour, ce qui semblait à Evariste le souffle d'un infini mystère : la forêt qui respirait de tous ses poumons de feuillage.

Le jeune homme frappa le sol cimenté de sa sandale. Il sonnait creux : on eût dit qu'une grande âme nocturne et caverneuse était étendue sous la terre. Devant lui, verdâtres et toutes suintantes d'humidité, deux bornes se dressaient avec leurs visages vitrés et poussiéreux. Evariste les débarbouilla de la manche de sa robe. Apparurent, sur l'une et sur l'autre, deux yeux et une bouche où des chiffres étaient inscrits. Puis, arrachant les plaques de mousse qui les recouvraient :

« Que lisez-vous là ? » demanda-t-il à son maître.

Le Fondeur se pencha.

« Sur l'un je lis : *ESSENCE.* Et sur l'autre : *SUPER.*

– Des idoles, murmura le jeune homme, oui, des idoles, ou Evariste n'est plus Evariste ! »

Puis, se tournant vers son compagnon :

« Eh bien, je ne suis pas de votre avis ! proclama-t-il avec une telle force dans le sépulcral silence que des oiseaux effrayés s'envolèrent.

– Comment ? Que veux-tu dire ?

– Tout simplement que cet endroit n'était pas une station-service, mais un temple ! »

Le vieux laineux fit éclater son rire de perruche.

« Un temple ! s'écria-t-il. Le seigneur Evariste, comme il s'intitule lui-même sans que l'on sache exactement sur quel champ de bataille il a gagné ce titre de noblesse, le seigneur Evariste qui prétend tout savoir déclare que cette station-service est un temple. Peut-on apprendre de la bouche même de Votre Majesté, de Votre Hauteur Bénéfique, sur quoi elle se fonde pour affirmer une telle énormité ? »

Le jeune homme demeura impassible. Désignant du doigt ces prétendues fontaines à carburant :

« Je me fonde sur ceci », dit-il avec le plus grand sérieux.

Puis, montrant le sol :

« Et sur cela », ajouta-t-il.

Le vieux laineux se pencha et se mit à regarder à ses pieds avec une expression ironique.

« Qu'est-ce qu'il y a là ? Je ne vois rien là ! Du ciment et des touffes d'herbe, et c'est tout !

– Vous m'avez dit vous-même si souvent qu'il fallait briser la carapace de l'apparence, faire tomber le voile de l'illusion pour que surgisse sous sa coquille l'amande ineffable de la vérité ! J'applique le système que vous m'avez vous-même enseigné et que vous appelez... – comment déjà ?... – l'arithmétique..., non, l'herméneutique spirituelle. Je vous dis que sous ces touffes d'herbe et sous ce sol cimenté s'étend tout un monde souterrain, immense caverne obscure qui est le symbole des profondeurs de l'âme humaine.

– Mais ce n'est pas une caverne ! objecta le Fondeur. Il s'agit tout bonnement des citernes qui contenaient autrefois le carburant.

– Non ! Ce ne sont pas des citernes, insista Evariste. C'est notre âme sombre et tourmentée, c'est la fosse du varan et les mille étages de cave qui se prolongent sous le logis étroit de notre conscience. Quant à ces bornes, elles sont porteuses du plus haut message qui ait jamais été adressé à l'homme. Car le mot essence est sacré. Il signifie tout bonnement, comme vous dites, l'âme de l'âme ou si vous voulez le soleil des ténèbres, ce noyau de lumière irradiante, immergé dans les tréfonds de l'obscurité et qui est une parcelle du divin enfermée dans le cachot de notre corps. Quant au super... »

Pressant ses mains sur sa poitrine creuse, comme pour contenir le flot torrentiel qui la traversait, Evariste s'interrompit.

« Quant au super, reprit le vieux laineux avec un

sourire moqueur, il s'agit de supra-mental, je suppose ?

– Oui, clama le jeune homme d'une voix triomphante, c'est la superconscience, c'est l'océan de lumière du divin vers lequel l'essence doit faire retour pour aboutir à l'unité majestueuse du bas et du haut. Que descende le super et que monte à sa rencontre l'essence – et qu'ils se rejoignent en une rayonnante étreinte, formant... euh... formant... »

Il se tut un instant, hors d'haleine, puis, désignant les grandes pancartes suspendues au-dessus de chaque couple d'idoles métalliques et qui portaient, au centre d'un cercle bleu, la même inscription en lettres rouges :

« Qu'y a-t-il d'écrit là ? » demanda-t-il à son maître.

Le Fondeur plissa les paupières :

« *TOTAL*, déchiffra-t-il. C'est le mot *TOTAL* qui est répété ici. Il s'agit probablement de la marque du...

– Taisez-vous ! cria Evariste, hors de lui. Nous sommes ici dans une enceinte sacrée, celle du Dieu Total, image de l'harmonie suprême, de l'union des bas-fonds obscurs avec les hauteurs brillantes. C'est lui désormais que je veux adorer et non point votre... Absolu Indifférencié ou vos archipels abstraits.

– Mais tout ceci est faux, mon pauvre moinillon. Cet endroit n'est pas un temple, c'est un garage. Et ces idoles sont des pompes à essence...

– Eh bien, même si c'est faux, c'est vrai ! proclama Evariste d'un air buté.

– Oh ! et puis j'en ai assez, reprit le Fondeur avec un haussement d'épaules. Je n'ignore pas que le disciple doit se rebeller contre son maître et se poser en s'opposant à lui. Mais je croyais que tu ne déclencherais les hostilités qu'une fois arrivé à Paris. Nous avons encore tant de chemin à faire ensemble ! Par exemple, il va falloir traverser les montagnes sauvages du Morvan puis ces plaines interminables que les hommes d'autrefois nommaient « le bassin parisien ». Aussi te conseillerai-je d'économiser tes forces. »

Il pénétra dans le bâtiment en tirant les choupins derrière lui. Un instant plus tard il appelait Evariste.

« Tu peux dormir ici, lui dit-il en désignant une banquette sur laquelle il avait jeté une couverture. Je viendrai te réveiller dans deux heures, ajouta-t-il.

– N'avez-vous pas envie de vous reposer également, maître ?

– Non, je ne suis pas fatigué... Et puis j'ai vu..., il m'a semblé repérer quelque chose d'étrange... là-bas... sur l'autoroute... peu après la bretelle...

– Le clapatte ?

– Non, une maison suspendue dans le feuillage, une maison de l'ancien temps. J'ai cru voir des fenêtres. Bien entendu, il peut s'agir d'une illusion. Nous devons sans cesse nous méfier des trompeuses réalités du monde sensible. N'ai-je pas été abusé par mes sens, ces sentinelles ivres qui campent derrière mes yeux ? C'est ce que je vais aller vérifier. »

Quand le Fondeur l'eut quitté, Evariste s'abandonna au sommeil à côté des choupins qui grommelaient des protestations de plus en plus molles et étouffées. Presque aussitôt un rêve vint le visiter. Sortant d'un cabaret, il s'immobilisait et contemplait le paysage. Il apercevait devant lui de hautes montagnes et un chemin montant en lacet vers un col escarpé au sommet duquel une pancarte se dressait où le mot *Total* était nettement visible. De l'endroit où Evariste se tenait le chemin lui semblait effondré, effrité et si périlleux qu'il valait mieux renoncer à l'idée de s'y engager. Or, par une vision fugitive à l'intérieur même du rêve, il lui apparut qu'il se trompait. Cette voie, tout en n'étant pas tout à fait sûre, était néanmoins praticable. C'est ainsi que ce qu'il prenait pour des effondrements n'était en réalité que des illusions d'optique dues à sa situation inférieure. D'ailleurs, sortant derrière lui du cabaret, Anne surgissait qui lui saisissait la main et l'attirait sur le chemin. Quand il se réveilla, il était dans une telle joie qu'il se mit incontinent à agacer les choupins en dansant autour d'eux, suscitant par ses tourbillons une meuglante et veule indignation. Mais dans ses mouvements il heurta au passage un objet enfoui dans l'épaisse poussière qui recouvrait le sol – et fut précipité à terre. Il se releva en pestant, frottant son coude endolori et regardant ce qui avait provoqué sa chute.

C'était une boîte de métal, sans doute une antique boîte à outils. A l'intérieur, il trouva une paire de tenailles et quelques clous tordus. « Après tout, le Fondeur a peut-être raison, se dit-il. Ce bâtiment était un simple atelier, à moins que l'on pût considérer ces tenailles comme un objet rituel. » Il les examina et s'aperçut qu'elles fonctionnaient encore. Un peu rouillées peut-être et ayant besoin de quelques gouttes d'huile, mais elles avaient traversé les siècles sans grands dommages. Leurs dents se refermaient encore avec un claquement sec qui remit en mémoire à Evariste ses mornes années d'apprentissage dans une fabrique marseillaise où il arrachait des clous à des planches. Il était sur le point de jeter avec dégoût cet outil dans un angle de la pièce quand une voix étrange, à la fois proche et lointaine, s'éleva :

« Non, ne fais pas ça, garde cet objet, il te sera utile. »

Evariste en fut si surpris qu'il obéit et rangea les tenailles dans sa poche. Puis, sursautant, il courut dehors dans l'espoir d'apercevoir celui qui avait parlé. Mais il n'y avait personne à l'extérieur et il dut se rendre à l'évidence : c'était en lui-même que la voix avait retenti. Quand il avait retrouvé l'axe perdu de l'autoroute, c'était cette voix qui, au fond de lui, avait parlé. « Là-bas, avait-elle dit, près du grand arbre penché et tout droit dans la direction du soleil. » Etait-il possible qu'il y eût en lui un guide intérieur, un maître caché dont les conseils et l'enseignement avaient commencé tout juste ce matin, à l'instant même où il pénétrait dans la forêt ? Il se promit d'être attentif désormais à cette voix du dedans et même de l'interpeller, de susciter ses interventions et de lui obéir aveuglément. Mais comment l'appeler ? Il regarda les idoles métalliques et la réponse lui vint si naturellement sur les lèvres qu'il la crut, encore une fois, suggérée par l'interlocuteur secret.

« Essence du Dieu Total, dit-il, oui, essence du Dieu Total : c'est ainsi que tu te nommes et c'est ainsi qu'à l'avenir je t'invoquerai. »

Alors, observant devant lui les grandes bornes droites comme des pierres levées, remarquant aussi la poudroyante lumière qui les auréolait de gloire, il sut qu'il ne s'était pas trompé et qu'il était vraiment dans un lieu sacré, un espace où le ciel rejoignait la terre et où les profondeurs obscures épousaient un monde supérieur et rayonnant. Et même si le Fondeur avait raison et si cette construction avait vraiment été – comme il disait – une station-service, cela n'avait pas d'importance, elle était devenue un vibrant sanctuaire dédié à la Totalité mystique, un temple voué à l'Union des contraires, à l'indispensable jonction du haut et du bas. Sous ses pieds il sentait la présence des cuves, âme nocturne où l'essence du Dieu Total était contenue, perle brillante au fond de la mer profonde. Et, levant la tête, il voyait pleuvoir du ciel, à travers le filtre épais du feuillage, les gouttes raffinées du super – rendues encore plus lumineuses par leurs trajets contrariés au sein touffu des frondaisons. La jonction avait lieu là, sous l'armure des idoles médianes et médiatrices, à l'intérieur même de ces pompes vouées au rassemblement, à la synthèse, à l'Union. Si l'on en doutait encore, il suffisait de voir comment, sur le flanc de chacune d'entre elles, un tuyau d'acier s'enfonçait dans une fente appropriée, image de la fécondation spirituelle et du mariage des principes opposés. Oui, c'est cela même, absolument et par le joyau dans le lotus, comme disait le Fondeur, ou bien... Ou bien Evariste n'était plus Evariste !

L'esprit en proie à un tourbillon de pensées, le jeune homme alla chercher les choupins dans le bâtiment principal du temple. Ils étaient assoupis. Les halant derrière lui comme deux barques à demi échouées, il quitta le sanctuaire en empruntant ce que le vieux laineux avait appelé une bretelle. Il avait dû dormir moins de deux heures, songea-t-il, sinon serait venu le secouer le guide spirituel. Chaque fois, le Fondeur se faisait une joie de le tirer du sommeil. Il est vrai que le vieil homme dormait peu, étant sujet à des insomnies longues et fréquentes au cours desquelles il s'ennuyait, si bien qu'il se réjouissait de réveiller son disciple, l'accablant de toutes les hautes réflexions qu'il avait conçues pendant la nuit.

Mais où était, ce... ce vieux toqué ? De quoi lui avait-il parlé déjà ? Ah ! oui, d'une maison dans les arbres. Poussant les choupins à grands coups de sandale, Evariste s'engagea sur l'autoroute. Au bout de quelques mètres, le jeune homme comprit ce que le Fondeur avait voulu dire quand il avait parlé d'une maison suspendue dans le feuillage. Devant lui, mais à une certaine distance, un bâtiment enjambait l'autoroute comme une arche, construction dont le haut était noyé dans la végétation et dont seule la partie inférieure était visible, quoique dévorée par des plantes grimpantes. Puis, dans l'encadrement d'une fenêtre, apparut le Fondeur qui se mit à pousser des grands cris à l'adresse d'Evariste.

« Qu'avez-vous ? » demanda celui-ci, mettant ses mains en porte-voix.

Le vieil homme, comme un orateur fou sur sa tribune, hurlait et faisait de grands gestes frénétiques. Puis un mot se détacha de ce chaos sonore, le mot « fourmi ».

« Fourmi ? s'interrogea Evariste. Que veut-il bien dire par là ? Serait-il attaqué par des fourmis ? Il n'en a pourtant pas l'air. » Le jeune homme s'arrêta, tandis que les choupins, impavides, poursuivaient leur route. C'est alors qu'il entendit un bruit étrange, frottement semblable à celui d'un archet sur la corde molle et détendue d'un violon. En cet instant aussi, les paroles du Fondeur l'atteignirent :

« Attention... Prends garde... Derrière toi ! »

Evariste se retourna et, quand il vit ce qu'il y avait derrière lui, sa première réaction fut de douter du témoignage de ses sens. Fermant les yeux, il se souvint de la réflexion de son maître au sujet des « sentinelles ivres » et du peu de crédit qu'il fallait parfois leur accorder. Mais quand il rouvrit les paupières la... la chose était toujours là et il fut frappé par une telle épouvante qu'au lieu de s'enfuir il demeura immobile et comme hypnotisé. L'animal – l'abominable monstre – le regardait de ses prunelles noires et vitreuses. Immenses, recourbées, semblables à de longues herbes qui rêvent au vent, ses antennes flottaient puis s'agitaient en d'inquiétants sursauts, avant de reprendre leurs mouvements doux. De part et d'autre de la bouche, se rejoignant devant elle, les mandibules cisaillaient l'air en claquant, avec un bruit d'éventail qui se referme. C'était une horreur inacceptable, noire et cuirassée, aux six pattes poilues, au thorax bombé et à l'abdomen démesuré qu'achevait un noir aiguillon où le venin suintait. Une fourmi, oui, une fourmi noire, une guerrière, mais si gigantesque qu'elle aurait pu transporter plusieurs hommes sur son dos. Si effrayé qu'il fût, Evariste évalua à quatre mètres la distance séparant l'extrémité du dard des meurtrières mandibules. « Est-ce possible ? » murmura-t-il. N'était-il pas encore dans le garage en train de rêver ? Il s'enfonça les ongles dans les paumes, se mordit la langue, se donna un coup de poing dans la poitrine. Non, il ne rêvait pas et il allait devoir s'enfuir. S'enfuir ? Oh ! non, pas du tout. Il ne voulait pas s'enfuir. L'idée même de tourner le dos au monstre et donc de le quitter des yeux lui était insupportable. Il fallait l'affronter en raison d'une absolue nécessité : il n'y avait rien d'autre à faire.

Ainsi Evariste se tenait debout et crispé, les bras écartés, les jambes légèrement pliées, prêt à bondir.

La fourmi se rua sur lui avec une telle vélocité que le jeune homme eut tout juste le temps de sauter de côté, qu'il entendit les mandibules claquer à ses oreilles et qu'il sentit une des antennes toucher sa joue. Ce contact froid et noir, ce baiser de brindille vivante suscita en lui une telle répugnance qu'il fut saisi de convulsion et qu'il se mit à bafouiller des injures.

« Tu m'as touché là où une princesse m'embrassa... Je vais te le faire payer ! » cria-t-il.

Il sortit du fourreau la courte épée qu'il portait suspendue à la ceinture et la brandit dans la direction de l'insecte. Celui-ci se mit à tourner lentement autour du jeune homme, les yeux fixés sur lui – noires soucoupes – les antennes recourbées comme cannes à pêche vers leur prise, les mandibules ouvertes en mâchoires de tenailles.

« Tu cherches à m'impressionner ? continuait Evariste. Tu n'y réussiras pas. J'en ai maté de plus puissants que toi et qui étaient même des rois. Toi, tu n'es que la reine des gourdes ! »

Les antennes tressaillaient à chaque mot, semblant les analyser et les comprendre.

Une voix tomba du lointain feuillage :

« Evariste ! criait le Fondeur. Abandonne tout et viens ici !

– Non, je ne reviendrai pas, hurla-t-il, hors de lui. Je vais lui arracher les yeux. D'ailleurs... »

D'ailleurs, le moment était venu. La fourmi tournait la tête, cherchant à localiser le Fondeur, abandonnant momentanément son adversaire du regard. Evariste plongea en avant, roulant sur le matelas de feuilles mortes. La fourmi était si haute sur pattes qu'il put aisément lui passer sous le corps, sentant au passage les longs poils du thorax le frôler. Tenant son épée à deux mains, il la leva de toutes ses forces vers le haut. Il sentit se rompre la chair chitineuse et son arme s'enfoncer dans l'abdomen. Un liquide blanchâtre et gluant lui tomba dans les cheveux. Il tira son épée et bondit hors de portée du dard qui se tournait vers lui. Quand il se fut redressé, il vit l'insecte se retourner et lui présenter son arrière-train. Puis il se cambra, se courba comme une mante religieuse et, de l'extrémité de l'aiguillon, expulsa un flot d'acide formique qui jaillit en geyser et retomba en lourde flaque sur Evariste. Le visage en feu, le jeune homme poussa un cri de douleur. « Mon Dieu ! Mon Dieu Total, pourvu que je ne sois pas aveugle ! » Il rouvrit les paupières – qu'il avait heureusement gardées fermées – et ce fut pour voir l'insecte se retourner à nouveau et bondir sur lui, cisailles ouvertes.

Chose étrange, il lui sembla en cet instant que cette... abomination arrivait à un autre et que c'était un autre qui allait avoir la gorge tranchée par les mandibules. Oui, il se désintéressait de toute cette affaire. Et c'est d'un cœur paisible qu'il vit distinctement la masse noire s'élever devant lui. Il eut même le temps d'observer le changement intervenu dans les yeux de l'insecte : noirs quelques secondes plus tôt, ils étaient devenus verdâtres et semblables à des groseilles à maquereau. « Comme c'est bizarre, se dit-il, des groseilles à maquereau ! »

Puis il reçut en pleine poitrine le choc des deux pattes antérieures et s'effondra en arrière.

IT'VAN était debout et regardait, au fond de l'entonnoir de sable dur, le calice mauve et son déploiement de pétales.

Il faisait une chaleur d'étuve.

Ses genoux flageolaient, ses tempes battaient, la sueur ruisselait sur son front.

Point de feuillage et point d'ombre ici : dans l'abîme du ciel la fleur embrasée du soleil agitait ses pétales de lumière, interpellant l'autre fleur, celle d'en bas, violette et sombre – bouche et floraison de la terre obscure.

It'van était fasciné.

Il se penchait, il se courbait en avant, il lui tendait les mains... Vertige.

Ainsi c'était cela – oui, elle était, cette fleur, le centre maladif de la forêt, le puits fiévreux d'où montaient ces odeurs de corruption lasse, semblables aux parfums exténués d'une vie depuis longtemps abolie... Il avait commencé à les respirer ce matin, quand il était entré dans la jungle. Encens trop riche, avait-il pensé. Oui : trop riche et même trop... mou... Emanation des marécages du souvenir, oh ! ces vieux marais de la mémoire où pourrissent les anciens fruits d'or... Lui qui courait au début avait peu à peu ralenti sa marche..., oublié ses promesses les plus solennelles... Tanguy... Anne... La menace qui pesait sur la vallée d'Emeraude... Les laineux qu'il fallait prévenir... Les blagoulets qui marchaient en rang et dans un cliquetis de mitraillettes... Tous ses projets, toutes ses idées s'étaient dissociés comme s'émiettaient et se pulvérisaient les rayons du soleil en franchissant la chair verte des coupoles de feuillage. Il lui semblait que rien de ce qu'il avait conçu dans les pays clairs, à l'extérieur de la forêt, n'était recevable et monnayable ici dans cette ombre enclose – non, rien de ses anciennes idées n'avait plus cours dans cette autre lumière, sous la voûte éblouie des grands arbres : il lui fallait vraiment abandonner ses vieux habits, renoncer à la présomption, aux « certitudes indéracinables » et à tout cet équipement de la pensée, lourds sacs de voyage qui pèsent aux épaules d'une âme en métamorphose. Tout ce qui appartenait à la clarté mentale était ici récusé par les noirs magistrats de l'ombre, devenait aussitôt caduc, privé de sens ou d'importance, révoqué et détruit.

Et, marchant sur la vieille autoroute ruinée, passant sous d'anciens ponts dont tabliers et rambardes étaient perdus là-haut dans les frondaisons luxuriantes, It'van essayait en vain de reformer des idées qui se dérobaient aussitôt, frappées d'inexistence, laissant la place à une eau étale, parcourue de frémissements erratiques – frissons sur la peau d'un cheval noir. Alors de ce nocturne étang, faussement immobile et dont la surface semblait griffée par en dessous, jaillissait soudain le visage ruisselant de la jeune morte... Et It'van ralentissait encore sa marche, bredouillait un juron, trébuchait, vacillait – et finissait par tirer de son fourreau le coutelas suspendu à sa ceinture.

Dans ses moments de solitude, sur la colline du guet, il avait pris l'habitude de converser avec cette arme qui donnait à ses questions de scintillantes réponses. Et il lui semblait parfois qu'un vieil esprit l'écoutait au fond du métal, âme de la lame dont les reflets éphémères dessinaient en de rares instants la silhouette attentive et rabougrie.

« Ecoute-moi, écoute-moi bien, disait-il en avançant avec lenteur dans la forêt fiévreuse, tandis qu'oiseaux et insectes composaient autour de lui la plus somptueuse des symphonies sylvestres... Cette jeune morte dont le visage humide vient de surgir des profondeurs ne m'est pas inconnue. Je l'ai vue si souvent dans mes rêves depuis mon enfance que toutes ses expressions me sont familières, de la colère impétueuse à la tendresse angélique. Tout dépend, je crois, de la lumière qui palpite autour d'elle. Parfois ses contours me paraissent nets, durs, anguleux – alors je sais que ses paroles seront farouches et ses gestes impérieux. Elle est terrible dans ces instants-là, le sais-tu ? C'est la femme noire, destructrice et sauvage, aux lèvres empourprées de sang. Mais parfois aussi elle se meut dans une lumière diffuse qui abolit ses contours et donne à son visage la douceur d'une lampe dans les maisons du crépuscule. Alors c'est une vision céleste qui m'envahit tout entier et me coupe du monde extérieur... »

Tombée du feuillage, une écharde du soleil fit étinceler la lame.

« Comment ? Que dis-tu ? Qui est cette... jeune morte ? Eh bien, je le sais : elle est ma mère. Non, non, je ne l'ai jamais connue. Du moins je ne m'en souviens pas... »

Une autre question étincela sur le métal.

« Comment m'apparaît-elle aujourd'hui ? Tu veux dire : dans quelle lumière ? Un soir d'orage dans les jardins... Un rêve moite au fond du lit de la fièvre... C'est ainsi qu'elle m'apparaît aujourd'hui : vénéneuse, empoisonnée, écarlate... »

Il rangea le poignard dans son fourreau. « Vénéneuse, songea-t-il, oui, pesante, étouffante. Elle m'écrase, la jeune morte, elle m'empêche d'être moi-même. Immensément penchée sur le berceau de ma vie, elle voudrait m'interdire de grandir. C'est elle qui obstrue les canaux de mon âme et contrarie le flot naturel de mes émotions... Je suis son tombeau ! » A ce point de sa songerie, It'van s'arrêta et resta un long moment immobile. Autour de lui, la forêt semblait lasse et molle, agitant avec peine ses lourds éventails de feuillage. Dans le clair-obscur du sous-bois bruinait une matinée d'or, écume empoussiérée d'un jour d'été au fond d'une salle d'archives. Et peut-être se fût-il couché à terre, les genoux sur la poitrine, et endormi dans la forêt comme en un œuf, si une croissante rumeur ne l'avait rappelé à l'ordre.

Les blagoulets se rapprochaient en poussant de grands cris. Comme des enfants qui descendent la nuit dans une cave ténébreuse, ils faisaient pour se rassurer le plus de bruit possible. It'van entendit même des coups de feu : sans doute devaient-ils tirer sur tout ce qui bougeait. Il fallait rejoindre les laineux, se dit-il faiblement. S'il n'y avait eu cette urgence, il serait volontiers resté à l'endroit où il était, attendant le passage des hommes du Bureau et se livrant à eux. Vraiment son état et ses réactions étaient bien différents de ce qu'il avait imaginé avant de pénétrer dans la jungle. Il avait cru pouvoir avancer avec enthousiasme dans la forêt – oui, avec enthousiasme, jubilation même et tout entier tendu vers les indispensables métamorphoses. Or c'était tout le contraire qui s'était produit : loin de progresser vers une transformation profonde, il lui semblait avoir reculé. Tout ce qu'il y avait en lui de dur, de résistant, toute cette charpente intérieure paraissait se dissoudre peu à peu dans la fournaise. Dans sa tête pataugeaient de vieilles pensées molles...

Il repartit pourtant, essayant de marcher rapidement, créant un tel vide en lui qu'il ne se posa nulle question quand l'autoroute disparut et qu'il dut cheminer sous les grands arbres noirs, dans cette caverne obscure et malodorante. Il surgit enfin dans la clairière, au bord de l'entonnoir, quelques minutes seulement après que les laineux y furent passés.

Il aperçut même sur la terre sablonneuse la trace de leurs sandales. Eût-il pressé le pas en cet instant qu'il les aurait rattrapés, d'autant que les quêteurs, ignorant qu'ils étaient poursuivis, marchaient sans hâte.

Mais le spectacle de cette fleur gigantesque, palpitante et mauve, dressée au fond de cette dépression conique et lançant de tous côtés ses monstrueux pétales, ce spectacle l'immobilisa, le pétrifia même à un tel point que – l'eût-il désiré – il n'aurait pu s'arracher à cette funeste contemplation.

Fleur d'abîme... Hantise... Corruption lourde... Orchidée violette... Floraison des profondeurs fiévreuses... Coupe et calice du retour... Bouche du passé... Quand It'van rouvrit les yeux, il roulait avec une croissante vitesse sur la pente irrémédiable. Il tendit désespérément les mains, cherchant quelque chose à quoi se raccrocher, touffe d'herbe, buisson, branche ou corniche. Mais il n'y avait rien, non : il n'y avait rien. La pente était glissante et comme vernissée. Et tout en bas, œil embrasé au fond d'un cratère éteint, la fleur s'inclinait vers lui, faisant follement claquer ses pétales. Et il tombait, il roulait, il bondissait tandis qu'une odeur de coquillage desséché montait vers lui et l'enveloppait, puanteur si forte qu'à nouveau il perdit connaissance.

Quand il se réveilla, il baignait dans un liquide chaud, d'une douceur indicible, liquide doré et bienfaisant dans lequel il lui semblait se dissoudre. Les pétales s'étaient rabattus et refermés, formant au-dessus de sa tête qui à peine émergeait de cette eau chaleureuse le toit d'une tente violette que transperçaient les rayons d'un soleil enchanté. Il se sentait si bien qu'il voulait mourir, oui, mourir pour renaître et mourir encore. Ses pieds touchaient un sol mou et brûlant, semblable au fond d'un marécage, vase vivante où béait une autre bouche dont il effleura la lèvre de son talon. A quoi bon résister, lutter, souffrir, marcher sur des chemins qui de toute manière conduisaient au même entonnoir et à cette fleur mauve qui vous engloutissait avec une douceur bouleversante ? A quoi bon s'épuiser alors qu'il était si facile de se laisser glisser au sein bienheureux de la grande tubéreuse intermédiaire ? Oui, à quoi bon ? Alors, il se donna, il s'abandonna... Etreinte, baisers : oh ! ces caresses sur tout son corps alangui !

ÉVARISTE était tombé sur le dos et cette chute lui sauva la vie : les mandibules, au lieu de lui sectionner le cou, se refermèrent sur l'épée qu'il brandissait devant lui, en un geste instinctif de défense. Alors, il vit cette chose incroyable : l'épaisse lame d'acier se tordre comme si elle eût été en fer-blanc. La fourmi, plutôt que de poursuivre son avantage, s'acharnait sur l'épée, la pliait en tous sens avec une férocité de fauve enragé. Evariste se faufila entre ses pattes et quand il put se relever l'insecte venait de briser en deux l'arme de dur métal et se tournait à nouveau dans sa direction. Les yeux fixes, inexpressifs et froids, étaient braqués sur lui. La bouche s'ouvrait, montrant une petite langue pointue. Les antennes convergeaient, se touchaient puis s'écartaient. Le liquide blanchâtre tombait de son abdomen en larges gouttes de crème. « Elle va... à nouveau... attaquer. Et je n'ai plus d'arme. A moins que... » Sa main palpa l'objet qui pesait dans sa poche. Non, il n'était pas complètement désarmé : cette paire de tenailles pouvait lui être utile ! Il l'extirpa de sa robe, lança son bras en arrière et le rabattit avec violence en avant.

Le projectile frappa la fourmi entre les yeux. Evariste vit distinctement la carapace chitineuse se cabosser, se creuser comme de la tôle. Une seconde plus tard, l'insecte avait plié ses deux pattes antérieures, agenouillé, baissant la tête, figurant quelque indicible prière au moment suprême. Puis, rames soudain abandonnées par le rameur qui s'affale, les antennes encore droites un instant plus tôt tombèrent de part et d'autre en accents circonflexes. La fourmi s'effondra. Ses mandibules mordirent désespérément les feuilles mortes. Sa bouche s'ouvrit, libérant un long chuintement, vieux soupir noir et déjà caduc. Dernière tension, dernier effort : elle se renversa sur le dos. Ses pattes s'agitèrent, comme si elles foulaient le sentier invisible, puis s'immobilisèrent en une position énigmatique.

Evariste s'approcha. Antennes de remplacement pour le voyage nocturne, les deux branches des tenailles pointaient hors du front défoncé. Il les saisit et les extirpa, ramenant de blanchâtres débris. « Essence du Dieu Total, merci. Merci, âme de l'âme, Dieu personnel intérieur, Force brillante lovée au sein du noiroir, ô Totalité future : je te dois la vie. » Et tout à coup le frappa au cœur une joie si chaude et si puissante que – brandissant ses tenailles – il se mit à sauter en l'air et à danser autour de l'insecte mort. « J'ai gagné, se disait-il. J'ai triomphé du monstre tapi dans la forêt profonde et sa dépouille gît devant moi. Ah ! si Anne pouvait l'apprendre, c'est à deux mains qu'elle ouvrirait les pans de sa robe pour m'accueillir sur son abdomen... Je veux dire sur son ventre, ventre si délicat que rien en ce monde ne peut lui être comparé – sinon ces nuages du soir qu'un soleil oblique frôle de ses doigts de cuivre. »

La voix du Fondeur le tira de son extase sautillante :

« Evariste ! criait-il. Rejoins-moi immédiatement. Il peut y en avoir d'autres. »

C'était vrai. Le vieux toqué avait raison : il pouvait effectivement y en avoir d'autres. Le regard du jeune laineux erra sur l'inextricable fouillis végétal qui bordait l'autoroute. Là, entre les herbes hautes, il lui sembla distinguer le reflet sombre d'une cuirasse de guerrière. Il crut entendre un claquement de mandibule, un soupir étouffé, un piétinement...

Il s'enfuit à toute vitesse, rattrapant les choupins qui n'avaient rien vu et tournaient vers lui leurs gueules molles et placides. Il les conduisit en hâte jusqu'à l'entrée du bâtiment et leur fit grimper avec peine un escalier tournoyant et poussiéreux. Le Fondateur l'attendait au milieu d'un désert de tables et de banquettes renversées. Marchant sur le sol cimenté, Evariste entendait ses pieds crisser sur des débris d'assiettes.

« C'était une auberge, n'est-ce pas ? interrogea-t-il.

– Un restauroute, corrigea le vieux laineux. C'est du moins ce qu'affirment toutes les inscriptions que j'ai déchiffrées ici.

– Un restauroute ? Qu'est-ce que c'est qu'un restauroute ?

– Mais je ne sais pas ! Pourquoi es-tu sans cesse en train de me questionner ? C'est une époque déjà si lointaine ! Si tu veux, je peux te répondre ce que tu désires entendre, à savoir que c'était un lieu où les pèlerins dégustaient des nourritures spirituelles.

– Maître, ne vous moquez pas, ne me tournez pas en dérision ! » gémit Evariste en s'approchant.

Le Fondeur fit un bond en arrière.

« Par le joyau dans le lotus ! Tiens-toi éloigné de moi ! s'écria-t-il.

– Mais... pourquoi ?

– Comment pourquoi ? Tu n'as donc pas de narines ? Tu sens mauvais, tu empestes la fourmi ! »

Evariste secoua la tête :

« Ce n'est pas avec vos pierres ponces que je me débarrasserai de cette souillure. Je me laverai aussitôt que j'aurai trouvé de l'eau. D'ailleurs... »

Il s'interrompit. Le Fondeur venait de pousser un cri léger.

« Qu'avez-vous ? demanda Evariste.
– N'entends-tu rien ? »

Le jeune homme prêta une oreille attentive. Au bout d'un instant il distingua – dominant la rumeur vague et continue de la forêt – un bruit étrange et lointain : on aurait dit un... un clapotement.

« Ça clapote ! lança-t-il.
– Oui, admit le vieux laineux. Ça clapote. On peut même dire que ça trotte, que ça cahote, que ça gigote. »

Ecartant du pied une vieille chaise qui encombrait le passage, il gagna l'autre fenêtre, celle qui donnait dans la direction de Paris. Evariste le suivit, s'y accoudant comme à la rambarde d'un pont.

Au-dessus d'eux – mais si proche qu'ils pouvaient le toucher en tendant la main – le feuillage étalait son vivant ciel de lit. En dessous – tel un fleuve à deux voies – coulait l'A6 vers un but sans doute rayonnant, essence et âme brillante de la forêt. Le regard ne pouvait aller loin : derrière de verticaux barreaux de lumière l'ombre verte s'accumulait, obscurcissant peu à peu les lointains de l'autoroute. Et c'était de cette ténèbre vague et presque sous-marine que venait l'inquiétant et régulier clapotis. Les yeux grands ouverts, Evariste tentait de percer du regard la nuit verdâtre. Etait-ce une illusion ? Il lui semblait apercevoir quelque chose. Le bruit grandissait. De simple rumeur au début, il s'était transformé en brouhaha puis en caverneux battements, comme si des milliers de pieds bottés eussent foulé le tuf de terre et de feuilles mortes qui recouvrait la chaussée.

Alors il commença à distinguer... à voir l'inimaginable..., l'indescriptible. Il se demanda au début si le macadam n'avait pas été soulevé par en dessous comme une étoffe, tanguant sur il ne savait quel fourmillement souterrain. Puis il crut à des vagues innombrables chapeautées d'écume, toute une mer houleuse qui déferlait dans leur direction. Mais non..., décidément non... Ce n'était pas une invasion liquide mais des vagues solides qui s'avançaient en moutonnant. Un troupeau gigantesque !

« Des bêtes, dit Évariste. Des bêtes étranges... Inconnues !

– Non..., des insectes ! s'écria le Fondeur. Des insectes géants. J'aperçois une forêt d'antennes. Par le lotus ! Quel tintamarre ils font !

– Oh ! maître ! Ce sont des fourmis sans doute. »

Le vieillard plissa les paupières.

« Je ne crois pas, finit-il par dire au bout d'un moment. Je ne crois pas. Il me semble que leur tête est de couleur rouille tandis que le reste de leur corps est aussi blanc que celui des asticots. Des fourmis bicolores, ça n'existe pas. Je me demande si... »

Il s'interrompit et – écarquillant les yeux – se pencha en avant. L'immense troupe venait d'atteindre cette partie de l'autoroute où une lumière en colonnades tombait, avec abondance, d'un feuillage moins touffu, tachetant d'or d'énormes têtes cuirassées.

« Des termites ! Oui, ce sont des termites ! » hurla le Fondeur d'une voix triomphante comme s'il y avait là matière à se réjouir.

Evariste tira son maître en arrière :

« Ne criez pas si fort ! chuchota-t-il. Ils peuvent nous entendre. Et puis cachez-vous. Ils sont capables de nous voir. »

Le vieil homme haussa les épaules.

« Moinillon, dit-il à voix basse, tu ignores ce détail important : créatures du monde souterrain, les termites sont aveugles.

– Pas tous, objecta Evariste. Certains ont des yeux et je vous conseille de vous mettre à l'abri de leurs regards, à moins que...

– A moins que quoi ?

– A moins que nous filions.

– Et où veux-tu filer ?

– Vers la vallée d'Emeraude, suggéra le jeune homme d'une voix joyeuse.

– Non, il n'est pas question de revenir en arrière.

– Alors, allons au moins nous réfugier dans le sanctuaire du Dieu Total, temple du confiant abandon. L'essence et le super nous protégeront.

– Non, je préfère rester ici », décréta le Fondeur.

Le vieil homme coula un regard par la fenêtre.

« A présent, tais-toi, ordonna-t-il. Les termites arrivent. Mais qu'est-ce donc que cela ?... Oh ! oh ! Voilà qui est tout à fait é-ton-nant. »

Evariste se leva et, se dissimulant dans l'angle de la fenêtre, observa à son tour. Devant lui, à une centaine de mètres, c'était un infini pullulement, une foule, une houle de monstrueux insectes en marche, océan cuirassé, mandibulé, nasuté – une multitude aux pétioles qui tanguaient, aux pattes énervées et crissantes et aux antennes dressées, comme ajoncs sur le bord d'un étang. Des centaines, oui, des centaines et même des milliers de termites velus, branlus, aux têtes en seringues, en grabauds, en curnules, des milliers de termites craviphères qui estébaient leurs crakis, ondulaient, bignaient, clafoutaient et strattaient sans relâche. De cette masse crapotante montait jusqu'aux narines des laineux une odeur de vieille outre, de glaise noire, de cave et de champignonnières. En première ligne, précédant de plusieurs longueurs le peuple des soldats et des ouvrières, marchaient trois énormes guerriers dont la taille devait certainement dépasser les cinq mètres, trois gros boutards hirsutes et cuirassés. L'un était armé d'une tête démesurée en forme de tromblon, l'autre de mandibules évoquant par leur aspect la pince unique et rouge des crabes des cocotiers, le troisième montrant au bout d'un arrière-train mafflu et disproportionné un aiguillon si étincelant qu'on l'eût dit de métal.

L'objet de l'extrême étonnement du Fondeur était le petit homme – l'homme minuscule – assis en cornac sur le dos du termite mandibulé, créature qui ne devait pas être plus haute qu'une bouteille et dont les traits respiraient une surprenante arrogance. Vêtu d'un pantalon à carreaux, d'un surplis de coutil, il arborait un bonnet rouge et des bottes de cuir. Dans ses mains, qu'il avait petites et blanches, il tenait avec un soin particulier un petit flacon de parfumeur. Qui était-il ?

« Un lutin, prononça doucement le vieux laineux, un lutin ou bien un farfadet. En tout cas, un de ces homoncules qui, dit-on, abondent dans la forêt d'Iscambe. »

Le plus étrange sans doute était que ce nabot – cette petite chose – fût le chef de cette armée de colosses innombrables. Qu'il commandât – qu'il régnât même sur cette masse en mouvement – on n'en pouvait douter : maints détails l'indiquaient. De temps à autre, par exemple, on le voyait se retourner et observer son corps de bataille d'un regard attentif – ce regard à l'affût qui est aussi celui du tailleur à l'essayage quand il cherche le possible défaut. Mais il n'y avait point de dissonances. Les termites avançaient dans un ordre parfait, par rangées régulières et au pas. Alors le petit homme se retournait derechef et l'on voyait, sous son surplis, son bréchet se gonfler de contentement et son visage qu'une barbe noire entourait rayonner de satisfaction.

Quand il fut passé sous l'arche du restauroute et que les trois impressionnants mastodontes furent arrivés à la hauteur du corps sans vie de la fourmi, le lutin leva sa petite main grasse et la colonne – la colonne tout entière avec ses milliers d'individus – s'arrêta net comme si elle avait buté sur un mur. Il n'y eut aucun flottement, non, pas la moindre collision : chaque termite parut se pétrifier sous la brève injonction. Le lutin (ou le farfadet, peu importe !) se laissa glisser à terre et, les mains derrière le dos, pensif, réfléchissant, vint tourner autour de l'insecte mort et renversé. Soudain, sans que rien eût laissé prévoir ce geste de fureur, il prit son élan et donna un coup de pied au cadavre. Coup trop violent à l'évidence et dont il n'avait pas mesuré la force car il se fit mal sur l'épaisse cuirasse de l'insecte et – tout grimaçant – dut regagner à cloche-pied sa monture. Renfrogné, un pli amer à la bouche, il grimpa sur son termite en s'accrochant aux antennes. Puis, après avoir à nouveau placé sur ses genoux le précieux flacon, il fit de la main un geste qui remit incontinent toute l'armée en branle.

Du haut de leur perchoir, les deux laineux regardèrent avec fascination défiler en dessous d'eux les milliers et milliers d'insectes en marche. Quand l'arrière-garde eut disparu au loin – telle, avec ses antennes dressées, une armée de lanciers qui s'éloigne – quand le bruit du piétinement colossal eut été, peu à peu, recouvert par les sonorités rêveuses, riantes et presque parfumées de la forêt, les deux quêteurs secouèrent la tête comme s'ils sortaient d'un songe.

« Repartons vers Paris », prononça le Fondeur.

Un peu plus tard, marchant à nouveau dans la direction de la cité des ténèbres et de la connaissance secrète, Evariste dit à voix basse quelque chose qui étonna son compagnon.

« Comment ? Répète. J'ai mal entendu, dit le Fondeur.

– Je me demande où est It'van, claironna le jeune homme.

– Mais il a regagné la vallée d'Emeraude, comme il nous l'avait annoncé. Il voulait organiser la lutte contre Hincter et les blagoulets.

– Non, justement, dit Evariste en s'arrêtant, en fermant les yeux et en tournant la tête derrière lui.

– Justement quoi ?

– Justement... Il me semble qu'il nous a suivis et qu'il n'est pas loin de nous à présent... »

IT'VAN s'enfonçait lentement vers le cœur de la fleur... Un pied avait pénétré dans le trou noir. Des sucs acides commencèrent à le digérer, mordant son épiderme avec une telle force qu'il poussa un cri et retira en hâte sa jambe, l'arrachant à cette succion douloureuse. Il n'était que temps : déjà ses narines pénétraient dans le liquide. Un instant encore et il aurait perdu derechef connaissance. Dégrisé, il regarda autour de lui. Mon Dieu, que faisait-il ici dans cette affreuse pestilence ? A la surface du liquide flottait un objet étrange qu'il saisit de ses mains poisseuses. Il l'examina.

C'était une plume, une belle et longue plume de rapace, aigle ou milan. Aussitôt, dans sa conscience nouvellement déployée, montèrent des images d'envol, d'ailes battantes, de départ, de jaillissement hors du nid natal vers la lumière du ciel. Sa main, dans le mielleux liquide, se referma sur le manche de son poignard. Il l'extirpa de son fourreau, le leva au-dessus de sa tête et se mit à en lacérer la cloche de pétales qui l'isolait. La fleur parut deviner ses intentions. Elle se contracta soudain, se recroquevilla comme un poing qui se referme. It'van eut tout juste le loisir d'avaler une énorme gorgée d'air. Le liquide précipité vers le haut par le brutal rétrécissement du calice l'engloutit et le retourna. Mais cette contraction ne dura pas longtemps : les muscles végétaux se relâchèrent aussitôt et It'van, aspiré par une force prodigieuse dans le trou noir, pénétra, tête la première et les yeux fermés, dans la tige comme dans le corps dressé d'un serpent.

Une seconde plus tard une douleur insupportable le brûlait tout entier, l'embrasait, le frappait de mille stylets acérés : les viscères de la fleur venaient d'entreprendre de le dissoudre totalement pour l'absorber ensuite. Il lança son couteau en avant d'un geste fou – le sentant s'enfoncer dans ce qui lui parût être un capitonnage de muqueuses, puis percer un tissu fibreux, toucher une cloison, la traverser et jaillir enfin au-dehors, à l'air libre. En un instant, une brèche fut taillée dans la tige par où s'écoula le liquide en bouillonnant. Tout le calice se vida et bientôt It'van sentit qu'il pouvait à nouveau respirer et ouvrir les yeux. Elargissant la brèche à grands coups de poignard furieux, il put se frayer un passage vers l'extérieur.

Il roula au sol et demeura immobile, le visage contre la terre. Il crut entendre derrière lui un étrange soupir. Puis ce fut toute la fleur qui lui tomba sur le dos. Le choc violent sur sa nuque, l'odeur dégagée par la défunte corolle en cet instant, le contrecoup de la terreur qu'il venait d'éprouver, tout cela lui fit perdre à nouveau connaissance.

Sans doute resta-t-il longtemps inconscient, car lorsqu'il se réveilla la luminosité du ciel avait changé. Le soleil, sur son invisible tige, se penchait déjà vers son déclin. Mais autre chose s'était également modifié. Quoi donc? se demanda It'van en tâchant de dissiper les brumes de son esprit. Ah! oui, il n'était plus seul. Derrière lui quelqu'un marchait en grommelant et piétinait le sol caillouteux. Qui était-ce? il aurait voulu se retourner, mais il en était incapable. Et impossible aussi de crier : la fleur lui laissait à peine le loisir de respirer. Il se sentait comme cloué au sol par l'énorme calice. Soudain, il éprouva une sensation d'un agrément extrême : le poids qui l'écrasait se faisait lentement plus léger. On tirait sur son fardeau, oui, quelqu'un s'acharnait et s'épuisait à remorquer la fleur avec des « Ho-hisse ! » retentissants.

« Bagrou-Grouba ! Quel gâchis ! cria tout à coup la voix. Ah ! là, là, là ! Quelle salade ! Tiens, il bouge. Pas possible ! En voilà un qui l'a échappé belle ! »

Les pas se rapprochèrent et, dans le champ de vision d'It'van qui demeurait le visage contre le sol, pénétra le plus extraordinaire personnage qu'il eût jamais rencontré. C'était un homme si petit qu'il ne devait pas être beaucoup plus haut qu'une bouteille. Sous le bonnet rouge qui lui coiffait la tête, le visage qu'une barbe noire entourait exprimait une certaine suffisance compliquée d'une sévérité hautaine. Entre les épais sourcils un pli barrait le front, suggérant l'imminence d'une crise de colère. Sa nuque était rejetée en arrière et de son menton en galoche il donnait fréquemment ce que les militaires appellent des « coups de bouc », mouvements qui accentuaient encore l'impression de majesté méprisante se dégageant de ses attitudes. De sa petite main nerveuse, il pianotait sur un flacon vide qu'il portait sous le bras.

« Eh bien, retournez-vous ! finit-il par dire sur un ton condescendant, comme s'il s'adressait à un enfant intimidé. Vous n'allez tout de même pas rester toute la journée à vous prélasser ainsi. J'ai autre chose à faire qu'à observer votre sommeil, le savez-vous ? Sa Grâce Monstrueuse m'a confié une mission d'une extrême importance...

– Sa... Grâce... Monstrueuse ? balbutia It'van en écarquillant les yeux.

– Oui, je veux parler de Blancheboudine, la célèbre lourdaude, la pondeuse la plus rapide de toute la forêt, celle qui... »

Le petit homme s'interrompit tout à coup, puis, haussant les épaules et secouant la tête :

« Vous ne pouvez comprendre, ajouta-t-il. Bornez-vous à vous lever. Mon escorte nous attend. »

It'van se redressa avec difficulté, se retourna et réussit à s'asseoir. Il se sentait recru de fatigue. A côté de lui gisait la fleur dont les pétales commençaient à jaunir et à se dessécher. Le plus étrange était qu'elle n'avait plus d'odeur.

« Votre escorte, dit It'van machinalement et en pensant à autre chose. Vous avez donc une escorte ?

– 14504, répondit la minuscule créature.

– 14504 ? Que voulez-vous dire ?

– Que notre escorte se compose de 14504 cantinières et soldats. Les soldats pour nous défendre et les cantinières pour nourrir les guerriers du contenu de leurs jabots. D'ailleurs, regardez. Vous en voyez une partie d'ici. »

De son petit bras tendu il indiquait le haut de l'entonnoir. It'van leva les yeux. Il lui sembla tout d'abord que des roseaux innombrables avaient poussé sur le rebord du cratère, des roseaux très souples que le vent pliait dans leur direction. Puis, sous les roseaux, il aperçut des espèces de... superstructures mouvantes et de couleur rouille. L'une d'elles agitait une sorte d'énorme pince d'un rouge plus vif.

« Mais ce sont des..., balbutia It'van, des... des insectes.

– Des termites, corrigea le petit homme. Oui, ce sont des termites. Et ne me regardez pas avec ces yeux étonnés. Vous n'en avez jamais vu de semblables, je le sais. Mais c'est aussi parce que nous ne sortons jamais de la forêt. Ces êtres fragiles ne peuvent supporter une trop longue exposition aux ardentes épines du soleil. C'est d'ailleurs une des raisons pour lesquelles nous devons nous hâter. On s'impatiente là-haut.

– Eh bien, qu'attendez-vous ? Allez-y. Vous pouvez parfaitement me laisser seul à présent. Je ne vais pas tarder à retrouver l'intégralité de mes forces. »

Et de fait It'van se sentait beaucoup mieux. Toute

oppression avait disparu. Et s'était dissipée aussi l'angoisse éprouvée depuis ce matin, depuis qu'il avait pénétré dans la jungle nocturne et chaotique. Une douleur légère subsistait cependant, celle de son épiderme enflammé par le bain dissolvant. Il examina sa peau. Comme c'était étrange ! Il lui semblait qu'une vapeur dorée, une phosphorescence vague l'enveloppait et palpitait autour de lui, émanation pareille à celle qui entoure la flamme des chandelles.

La voix du petit homme le fit sursauter :

« Il n'en est pas question, s'écriait-il en gonflant son buste minuscule et en renversant la tête en arrière dans une attitude de méprisant défi, il n'en est pas question ! Vous allez venir avec nous. Vous allez nous accompagner à la termitière et expliquer vous-même à Blancheboudine les raisons de mon échec.

– Votre échec ? Quel échec ? Et qui est Blancheboudine ?

– C'est Sa Grâce Monstrueuse, c'est la reine des termites. Elle m'a confié une mission essentielle pour sa santé et, par voie de conséquence, pour celle de la termitière. Il fallait que je lui rapporte dans ce flacon un peu de cet ambre, de cette liqueur de lune que la fleur contenait. Or vous avez mis à mort notre fournisseur et je vais revenir bredouille et tout tremblant auprès de Sa Majesté Répugnante. C'est pourquoi je vous demande de nous accompagner à la cour afin d'éclairer Blancheboudine sur les motifs de notre infortune.

– Mais c'est impossible, petit homme !

– Petit homme ? s'indigna son interlocuteur en se rengorgeant. Petit par la taille, peut-être, mais grand par l'esprit et la connaissance.

– Bien... Bien, monsieur le lutin... Je vous disais que... »

A nouveau, It'van fut interrompu par une objection criarde :

« Un lutin ? Où êtes-vous allé chercher ça ? Je ne

suis pas un lutin, je suis un marmouset. Vous comprenez ? Un mar-mou-set ! »

It'van tendit dans sa direction une main apaisante.

« Ne vous énervez pas et pardonnez-moi. Je viens tout juste d'entrer dans la forêt et je suis très ignorant... Je voulais simplement vous dire que je ne puis vous suivre. J'ai en effet d'autres obligations. N'en soyez pas fâché, mais je suis contraint de décliner votre invitation.

– Impossible ! lança le marmouset en brandissant le flacon vide. Vous allez venir avec nous à cause de cela. Et si vous résistez je dispose de certains moyens pour vous convaincre. Par exemple, ceux-ci. »

Il tourna le dos à It'van et fit un geste en direction de l'immense armée qui couronnait l'entonnoir. Là-haut toutes les mandibules s'ouvrirent comme des cisailles. Il y eut un instant de silence chargé d'une tension extrême. Puis le petit homme rabattit sa main vers le bas : alors toutes les mandibules se refermèrent en même temps en un gigantesque claquement de mâchoire. Le marmouset se retourna en souriant et en hochant la tête.

« Etes-vous toujours décidé à nous résister ? »

It'van se mordit les lèvres. N'avait-il pas montré aujourd'hui, en triomphant de la fleur vorace, qu'il était capable d'affronter des dangers exorbitants ? Peut-être, mais se battre contre des milliers d'insectes aussi grands que des buffles de labour, c'était une bataille dont il risquait de ne pas sortir vainqueur.

« Me garderez-vous longtemps ? finit-il par dire.

– Non, non. Tout juste le temps de convaincre Sa Hideur Impressionnante. Et nous vous raccompagnerons à l'endroit où vous désirez aller. Où voulez-vous aller, à propos ?

– A Paris, dit It'van.

– C'est trop loin pour nous, mais nous pouvons parfaitement vous déposer sur l'autoroute du Soleil.

– L'autoroute du Soleil ? C'est ainsi que vous appelez l'A6 ?

– Oui, on dit autoroute du Soleil ou autoroute du Sud, les deux expressions sont acceptées. Mais que tenez-vous là ? » ajouta-t-il en désignant le poing fermé, le point crispé d'It'van.

Le jeune homme ouvrit la main.

« Une plume, dit-il, une simple plume. »

Oui, c'était une simple plume, mais elle lui avait sauvé la vie. S'il ne l'avait aperçue, flottant à la surface du liquide, il serait certainement mort à l'heure qu'il est, englouti dans le sein chaleureux de la mauve orchidée de la dépression, la fleur qui dissout et dissocie : il la rangea avec le poignard, à l'intérieur même du fourreau. Il s'empara aussi de son arc et de son carquois que la fleur en mourant avait recrachés. Considérant le marmouset :

« Je suis prêt à vous suivre », dit-il.

Le petit homme parut un moment intimidé et se balança sur un pied. Il reprit rapidement toute sa superbe et c'est d'une voix claironnante qu'il ordonna à It'van de s'agenouiller.

« Vous voulez monter sur mes épaules, c'est cela ? »

L'homoncule reconnut que telle était bien son intention. Il aimait à se jucher sur les points élevés, expliqua-t-il.

It'van se baissa, le saisit comme on le fait avec un enfant et l'installa sur ses épaules. Le petit homme avait une odeur de terre humide et de vieux cuir. Ses pieds bottés et minuscules lui encerclaient le cou. Pour ne pas tomber, il se tenait de ses deux mains à l'épaisse chevelure blonde. Le jeune homme entreprit son ascension.

Il progressait sans hâte, d'abord parce qu'à chaque pas il risquait de déraper sur la pente dont le sable s'effritait, et ensuite parce que la vision de cet alignement de monstres l'intimidait. Têtes hérissées d'armes, antennes dont les pointes étaient baissées vers lui, brillantes carapaces : les contours de cette multitude se détachaient sauvagement sur le bleu du ciel. Soudain de ce front imposant et bardé de chitine coula une rumeur torrentielle, crissements et bourdonnements, tapotements et claquements, longue palpitation faite de clapotis et de tringlis, de roulis et de groulis : ça grondait, ça grallait, ça gravalait – le tout formant un vacarme grandissant qui mit les nerfs d'It'van à rude épreuve.

Si sonore était ce brouhaha qu'il dut crier pour se faire entendre par le marmouset :

« Mais qu'est-ce qu'ils ont ? Qu'est-ce qu'ils ont donc ?

– Ils vous acclament, hurla le petit homme à son oreille. Ils vous applaudissent car vous avez triomphé de la fleur. Vous l'avez vaincue en combat singulier.

– Ils ne l'aimaient pas ?

– Non, beaucoup sont morts ici, avalés par cette sacrée engloutisseuse. Ils vous en remercient au nom de leurs compagnons défunts mais surtout ils saluent en vous le courage du héros solitaire. Je crois que vous avez conquis leur estime. »

« Il faut que je me montre digne de leur admiration, pensa It'van, à aucun moment ils ne doivent se douter combien m'épouvantent leurs terribles physionomies. Il me semble être en plein cauchemar mais marchons, allons hardiment de l'avant. » Ainsi, s'éloignant du centre poignardé – de cette bouche mauve qu'il avait définitivement refermée – It'van s'élevait en direction de la circonférence cuirassée et en liesse. Il marchait à présent à grands pas et avec une mine altière, voyant grossir les têtes difformes aux luisantes cascatules. Et plus il marchait et plus se redressaient les longues antennes des insectes, semblables à des mâts innombrables, mâts de navires à quai et côte à côte. Déjà, il distinguait les différences entre les termites. Certains étaient monstrueux, guerriers énormes, dépassant les cinq mètres et lourdement blindés, aux yeux étranges et verts qui saillaient hors de leur carapace comme ceux des écrevisses. D'autres étaient aveugles mais hauts sur pattes, cavalerie légère à l'armement simplifié mais toujours redoutable. D'autres enfin étaient désarmés et portaient sous le poitrail – pendant sous la tête – le garde-manger sphérique de leurs jabots : c'étaient les ouvrières-cantinières aux visages placides et interchangeables, petits monstres charmants dont les dimensions étaient bien moins impressionnantes que celles des guerriers, leurs voisins.

Quand il fut arrivé à quelques mètres du rebord, It'van marqua un arrêt : devant lui la vivante muraille était si compacte et si hérissée qu'il hésitait à s'y frayer un chemin.

« Allez tout droit ! lui cria le marmouset qui avait senti son hésitation. Vous n'avez rien à craindre. »

En effet, il n'y avait rien à craindre : quand le jeune homme mit le pied sur le terre-plein de sable dur, la multitude s'écarta, laissant libre une allée qu'il parcourut avec lenteur et entre deux haies frémissantes. A son extrémité, et non loin des grands châteaux verdoyants de la forêt, trois gigantesques termites les attendaient. Sur l'un d'eux – doté de mandibules si imposantes qu'elles égalaient par leur longueur celle du corps tout entier, de la pointe de l'abdomen à la bouche petite et noire – le marmouset ordonna au jeune homme de se jucher. Quelle émotion, quel irrépressible mouvement de dégoût, quand, pour la première fois, et afin de prendre appui sur elle, sa main effleura la carapace chaude, rugueuse et qui cloquait. Quelle répugnance aussi – quel soulèvement de cœur devant ces antennes annelées comme un enfilage de mauvaise verroterie rougeâtre ! Il doutait, il doutait vraiment d'être en état de s'installer sur le dos d'un tel monstre, dans cet odeur de terrier et de fondrière qui l'entourait. Il s'y résolut pourtant, s'accrochant à d'étranges petites lamelles de chitine que le marmouset appela du nom de « trappettes » (« Tenez-vous aux trappettes ! » cria-t-il).

Une fois qu'il eut pris place confortablement et en pliant les jambes au sommet de la tête du termite, il se sentit tout de suite mieux, d'abord parce qu'il avait triomphé de sa faiblesse et de sa nausée passagères, ensuite parce que sa position n'était pas sans agrément. De son poste, il distinguait en effet tous les détails de cette immense armée qui, à l'évidence, commençait à souffrir de la chaleur et attendait les ordres du petit homme.

« Descendez-moi de là-haut, dit celui-ci à It'van, et installez-moi à côté de vous, nous converserons, ce qui rendra moins ennuyeux le voyage jusqu'à la termitière. »

Quand le marmouset eut posé son séant à la droite d'It'van, il se mit à remuer étrangement des lèvres. Les trois énormes insectes virèrent alors majestueusement de bord et s'engagèrent dans la direction du septentrion. Derrière eux – mais à une certaine distance comme le tout-venant de la flotte derrière un vaisseau amiral – s'ébranla, massive et par rangées profondes, l'armée. Cette foule immense qui s'avançait vers la forêt et l'ombre fraîche marchait sur le sable dur dans un bruit de crissement, de sifflement et de broiement. Quand la troupe se fut engouffrée dans le sous-bois, ces sonorités devinrent plus caverneuses, plus graves et pareilles au bruit de la mer au fond des grottes de corail. Si joyeuses étaient ces créatures de la nuit de retrouver la ténèbre du sous-bois qu'elles se mirent à exhaler de longs et harmonieux soupirs et à marcher avec un entrain manifeste.

« Ils sentent la termitière, dit le marmouset. Ils accélèrent le pas.

– Est-ce loin encore ? demanda It'van.

– Nous y serons au coucher du soleil, mais... mais... »

Il s'interrompit en considérant le jeune homme.

« Bagrou-Grouba ! finit-il par s'écrier. Je savais que cela produisait ce genre d'effets. Mais, vous, je puis vous garantir que vous avez dépassé de loin la mesure.

– Qu'est-ce qu'il y a ? Qu'est-ce que j'ai ?

– Eh bien, regardez-vous ! »

It'van baissa les yeux.

« Mon Dieu ! soupira-t-il avec stupéfaction et inquiétude. Qu'est-ce encore que cela ? »

Dans la demi-obscurité de la forêt son corps était phosphorescent, lumineux même. Une buée dorée et flottante poudroyait autour de lui.

« Bagrou-Grouba ! répéta le marmouset. Vous êtes devenu un homme luisant, un porte-lumière, un flambeau vivant.

– Est-ce à cause de... de cette fleur..., de ce liquide que vous vouliez recueillir ?

– Oui.

– Oh ! alors c'est bien simple. Je vais me plonger dans le premier cours d'eau que nous traverserons. Et je me frotterai la peau jusqu'à ce que cette humeur s'en aille.

– Cela ne servira à rien, objecta le petit homme. Cette phosphorescence n'imprègne pas la surface de votre corps physique, mais l'autre peau.

– Quelle autre peau ?

– Votre second épiderme. Celui, impalpable et invisible, qui recouvre votre deuxième corps, cette seconde nature que nous, marmousets, nommons corps subtil ou corps astral.

– Est-ce à dire que je vais garder toute ma vie sur moi cette sorte de vêtement solaire ?

– Oui, en quelque sorte. Oui », reconnut l'homoncule.

Cela présentait un certain nombre de désagréments dont celui d'être visible dans l'obscurité n'était pas le moindre. Mais il y avait des avantages très nets, celui par exemple d'être toujours rayonnant (ici le marmouset ne put s'empêcher de pouffer) et d'attirer à soi les voyageurs perdus dans la forêt comme la fenêtre éclairée d'une paillote. En un mot (et ici le petit homme redevint sérieux), il était devenu un être de lumière, une âme scintillante au fond de la nuit. Cette imprégnation lumineuse n'était-elle pas la trace manifeste et comme l'écume dorée de sa victoire, oui, de son triomphe sur la fleur d'en bas et la dissolution fleurie ? Et ne devait-il pas arborer son auréole comme le héros sa couronne, c'est-à-dire comme le signe d'une maîtrise et d'une autorité nouvelles ? Bref, sans compter les avantages de cette imprégnation dans le simple domaine médical, on pouvait affirmer que...

– Dans le domaine médical ? Que voulez-vous dire ?

– Eh bien, les diagnostics sont beaucoup plus faciles à dresser. Ces organes malades à l'intérieur du corps physique sont trahis par l'altération locale des couleurs du corps subtil. En outre, les affections graves entraînent une modification générale de la luminosité, de la teinte et même de la forme de l'aura, transformation qui équivaut à une véritable signature de la maladie. C'est pour cette raison que j'ai monté cette petite expédition. Je voulais m'emparer d'un peu de ce liquide qui a failli vous absorber afin de le répandre sur l'affreux visage de Blancheboudine et sur son thorax corseté. J'aurais pu ainsi connaître la nature de ses souffrances et, peut-être, les réduire.

– La reine est malade ? demanda It'van.

– Oui, la reine est malade », expliqua le marmouset après avoir poussé un profond soupir. Il conviendrait d'ailleurs d'ajouter : malade et irascible, l'irascibilité et le mauvais caractère étant bien entendu la conséquence d'un mal profond dont lui, le docteur Khô-Khô, s'acharnait à trouver la cause.

– Vous vous appelez Co-Co ? s'enquit le jeune homme, suscitant aussitôt l'explosion du marmouset.

– Non, pas Co-Co ! Non, pas Co-Co, vous dis-je ! » tonna-t-il en fermant le poing.

Puis, se dressant de toute sa minuscule hauteur sur la carapace du termite et faisant fleurir vers It'van ses lèvres en cul de poule :

« Je m'appelle Khô-Khô », corrigea-t-il.

Ensuite, se rasseyant, il expliqua à It'van que son vrai nom était Khôkhôbaratocarato, nom trop long à l'évidence et qu'il avait fallu raccourcir. Certes son nom tout entier, prononcé avec une certaine intonation et dans son exacte totalité, ce nom avait quelque chose d'éclatant. Il était révélateur des hautes connaissances et de l'esprit brillant de son propriétaire. Il avait fallu sacrifier les plus belles syllabes, celles-là même qui chatoyaient et écumaient comme les naseaux d'un cheval en pleine course – il avait fallu les sacrifier, les termites étant malheureusement incapables de prononcer ce nom magnifique.

« Les termites parlent ? » s'étonna It'van à haute voix.

Oui, les termites parlaient, ils avaient un langage, continua le docteur Khô-Khô. Il fallait avoir des oreilles intérieures pour le comprendre. Quant à le parler, cela demandait un certain temps d'apprentissage car il s'agissait d'un bond du dedans. Pour résumer l'opération à accomplir, c'était comme sauter en l'air pour saisir une branche : il fallait que l'esprit... se... se... Le marmouset cherchait le mot.

« Se branche ! » hasarda It'van.

Oui, se branche, c'était exactement cela. Il suffisait de se brancher pour que la langue des termites – langue de la nuit profonde et des galeries obscures – surgisse des eaux comme un continent englouti. Il est vrai que les marmousets avaient un don particulier pour les langues. C'est ainsi que lui, Khô-Khô, avait parlé l'oiseau quand il habitait Paris...

« Vous avez habité Paris ? »

Oui, mais il y avait bien longtemps et d'ailleurs il ne voulait pas évoquer ce passé douloureux. Le docteur Khô-Khô, médecin de l'illustre Blancheboudine, désirait oublier le Khô-Khô d'autrefois, celui qui parcourait les grandes avenues moussues de Montparnasse et dormait au milieu des places verdâtres, à peine troublé par les grands fauves qui descendaient boire à la rivière. Non que son séjour dans la ville morte eût été complètement malheureux – il avait même éprouvé des moments de bonheur intense au milieu de ces solitudes – mais il y avait eu un accident et... « et, Bagrou-Grouba ! » Ce passé était bien lourd à porter, surtout pour un petit marmouset qui avait pour ainsi dire tout perdu. Du reste il pensait sérieusement que la mémoire était une calamité et qu'elle ligotait l'être humain, l'empêchant de se développer harmonieusement et d'atteindre le pur sommet de lui-même. Oui, toute mémoire était... horrible qui clouait le marmouset à l'accompli et au révolu. Ah ! pénétrer dans ce réseau de liens, de lianes, et de souvenirs, et tout briser à grands coups de mandibules. Oui, tout rompre jusqu'à ces sublimes portraits intérieurs d'un être tendrement aimé : voilà ce qu'il fallait faire, voilà ce qui devait être fait si l'on voulait aller de l'avant, sur le chemin de lumière.

It'van regardait le docteur Khô-Khô avec étonnement. Bien que le petit homme conservât cette mine sévère exigée, semble-t-il, par l'importance de ses fonctions auprès de la reine Blancheboudine, une larme coulait sur sa joue. Gêné par le spectacle de cette souffrance, It'van détourna les yeux.

Ils étaient arrivés au sommet de la butte qui dominait l'A6 et les trois termites composant l'avant-garde entreprirent de descendre avec douceur sur l'autoroute. Pour ne point glisser en avant, le jeune homme fut obligé de suivre l'exemple du marmouset et de se retenir à une antenne. Il sentit sous ses doigts la vivante tubulure qu'animaient parfois de soudains tressaillements, ceux d'un tuyau d'arrosage quand l'eau y court en saccades. Chose étrange, il finit par ne plus éprouver de dégoût pour sa monture. Et pour s'obliger à l'accepter il se livra à un petit exercice de courage. Il s'agissait de glisser la main en dessous d'une de ces trappettes auxquelles tout à l'heure il s'était accroché pour mieux monter sur le termite. Par ces ouvertures sortait une vapeur légère qui se dissipait aussitôt : on devinait, sous ces lamelles vaguement sonores, un épiderme chaud et spongieux. Il hésita un instant puis engouffra sa main dans l'ouverture. Il sentit une peau douce, semblable à celle qui recouvre le ventre d'un faon.

Le plus curieux fut la réaction de l'énorme termite. Il se mit à gravaler tendrement et même à grabouiller de la façon la plus burlesque.

« Ah ! si vous continuez, s'écria le docteur Khô-Khô, vous allez certainement vous en faire un ami. Ces redoutables guerriers capables de cisailler plusieurs fourmis géantes en un seul coup de mâchoires adorent se faire chatouiller sous leur cuirasse.

– Comment s'appelle-t-il ? demanda It'van.

– Lui ? C'est Crochetête et certainement le plus fougueux de nos soldats. Il mesure sept mètres si l'on compte ses mandibules. Quant à son âge, il va sur ses treize ans, ce qui sans être la vieillesse est déjà un âge mûr pour les termites. »

Les deux autres guerriers qui les encadraient étaient armés de façon différente. Celui de droite, nommé Souffleur, avait une tête en forme de seringue. Au dire du marmouset, il avait été conçu pour projeter sur l'ennemi des flots de liquide résineux que sécrétait une glande située au sommet du crâne, là où chez l'homme est placé le cerveau. Les grandes fourmis s'emberlificotaient dans cette sorte de confiture et, dès lors, n'étaient plus que des proies faciles pour Crochetête ou pour Gros-Cul.

Gros-Cul était l'autre termite, celui qui marchait à

leur gauche et arborait à l'extrémité d'un abdomen démesuré un luisant aiguillon, véritable lance dont la pointe était si effilée qu'elle devait pouvoir transpercer n'importe quelle cuirasse. Le contraste entre le dard terrifiant, qui provoquait à lui seul la déroute de l'ennemi, et le visage tendre, presque humain, aux yeux en amandes, à la moustache en broussailles et à la barbichette en pointe, ce contraste avait de quoi surprendre. Selon Khô-Khô, Gros-Cul avait un cœur d'or, une sensibilité à fleur de carapace et une émotivité peut-être excessive.

C'est ainsi que dans la garde royale, à laquelle appartenaient les trois gigantesques guerriers, sitôt qu'un termite éprouvait une blessure morale, c'était auprès de Gros-Cul qu'il allait chercher le réconfort. Celui-ci prenait sur lui, absorbait pour ainsi dire les souffrances de l'autre et se mettait à gémir de façon déchirante, grinçant de toutes ses trappettes et faisaient pleurer les frouchards de son thorax – à la suite de quoi s'éloignait le quémandeur, non point délivré mais apaisé, abandonnant Gros-Cul à un désespoir qui ne lui appartenait pas.

Une telle participation aux souffrances d'autrui épuisait naturellement le pauvre termite dont l'ardeur guerrière, après de semblables séances, avait tendance à décliner. Du reste, quand s'annonçait une guerre, Crochetête et Souffleur montaient la garde autour de Gros-Cul, interdisant l'approche aux traîne-antennes (les traîne-antennes étaient les tourmentés, les torturés, ceux-là précisément dont l'angoisse était si forte qu'ils n'étaient même plus en mesure de redresser leurs antennes). Ils veillaient sur Gros-Cul non seulement parce qu'ils avaient besoin de lui, mais aussi parce qu'ils l'aimaient comme on aime un compagnon héroïque et fort mais au cœur trop tendre.

Tous trois formaient un tout indissociable et – quoique de caractères fort dissemblables – un ensemble harmonieux. Si Gros-Cul était le doux poète cuirassé, Souffleur était un cœur simple, obéissant et qui toujours remplissait avec exactitude et célérité les missions les plus périlleuses. Il était le meilleur des mélassiers de la termitière. Son artillerie nasale pouvait stopper net une armée de fourmis. Dardant son énorme curnule, il s'enfonçait comme un coin dans les premières lignes et, quand il avait trouvé la position favorable, se mettait à asperger tout ce qui bougeait, peggant les fantassins ennemis, les embalavant d'abondance, les engluant et les marouflant jusqu'à ce qu'ils soient collés au sol comme des mouches dans une assiette de miel. Souffleur ne se posait nulle question sur les origines du cosmos ou la finalité de la vie. Il avait coutume de dire qu'à trop réfléchir on expulsait moins loin son liquide. Sa devise était : « Plein la gueule pour pas un rond. »

Bien différent était Crochetête, qui avait guerroyé dans toutes les clairières, vieux boutard des batailles nocturnes et des combats de galeries. Ah ! le sacré croqueur de pédoncules ! Il n'aimait rien tant que de prendre l'ennemi à revers et de surgir sur son flanc. Pour lui – quelles que fussent la nature et l'importance du danger – il y avait toujours moyen de le tourner et de faire son apparition derrière son abdomen : oui, il y avait toujours un chemin de traverse et il n'était point d'encerclement sans faille ni d'enclave sans issue. Ses mandibules, qu'il transportait devant lui avec une évidente fierté, étaient l'arme la plus redoutable qui se puisse imaginer dans les guerres d'insectes. Leur énormité, jointe à leurs crocs dentelés et à cette couleur rouge vif qui attirait sur elles le regard, provoquait la terreur chez l'ennemi. Et pourtant Crochetête ne s'en servait qu'avec une extrême délicatesse et, pour ainsi dire, une nonchalance de spécialiste. Il vous sectionnait le pétiole à l'endroit précis où il devait l'être et sans gestes inutiles. Dans les plus farouches combats il se comportait non tant en guerrier qu'en chirurgien, toujours maître de lui, claquant des mandibules avec subtilité et un raffinement aristocratique.

Le marmouset les aimait tous les trois, mais quand il voyageait il se sentait peut-être davantage en sécurité sur Crochetête que, par exemple, sur Gros-Cul qui fondait en larmes à la première scène un peu émouvante et dont la sensibilité pouvait être à l'origine de Dieu savait quelle aventure.

It'van interrompit le petit homme :

« Ont-ils une... un... je veux dire une..., bredouilla-t-il en butant sur le mot.

– Un bourrechou ? Vous voulez dire : ont-ils un bourrechou ?

– Oui, reconnut It'van avec embarras, c'était ce que je voulais dire.

– Eh bien, alors, appelez un bourrechou un bourrechou, Bagrou-Grouba ! Non, ils n'ont pas de bourrechou, ni bourrechou ni cavanou.

– Cavanou ?

– Oui : cavanou. C'est ainsi que les heureux marmousets appelaient jadis le sexe féminin. Quant aux guerriers termites, ils n'ont rien de semblable. Là où ils devraient avoir quelque chose, c'est plat comme la main : ces redoutables soldats n'ont point de sexe. »

It'van écoutait avec un intérêt passionné ce que lui expliquait le docteur Khô-Khô. Tout cela était si étonnant, si merveilleux qu'il avait l'impression de rêver. C'était sans doute pour cette raison qu'il éprouvait un bien-être tel qu'il n'en avait jamais ressenti de semblable dans le passé. Pour cette raison, oui, et pour une autre également : il avait triomphé de la fleur d'abîme. Elle était à jamais fermée, la mauve engloutisseuse. Désormais, il pouvait aller de l'avant sans courir de risques sur ses arrières. A présent, il pouvait véritablement s'aventurer.

Devant lui, l'autoroute ouvrait son infinie caverne de feuillage menant à la grande ville morte dont il imaginait déjà les ruelles dans le noiroir, les horloges arrêtées sur une heure ancienne et les branlantes demeures au bord des avenues sépulcrales. Maintenant, c'était d'un tout autre œil qu'il regardait l'A6. Une lumière plus douce baignait la vieille autostrade engloutie. A croire que le soleil – oblique à présent – avait renoncé à percer de ses dards obstinés la couverture végétale, choisissant, plutôt que la colère, la tendresse, la caresse paisible sur les vertes mamelles de la jungle. Alors, au lieu de frapper la ténèbre, ses rayons l'acceptaient et s'introduisaient par les soupiraux du feuillage en larges flaques débonnaires, se mêlant, s'unissant à l'ombre pour former un nouvel état plus affable et plus diffus, à la fois sincérité claire et mystère obscur : clair-obscur...

En It'van une conscience lumineuse versait sur les nocturnes méandres de l'âme ses rayons de vieux cuivre, établissant entre les deux camps de l'être des relations nouvelles empreintes de douceur et de tolérance. Et l'A6 semblait au jeune homme le lieu de cette union, le sous-bois ébloui du cœur et comme le secret parloir où se préparaient de plus hautes libérations.

A la tête de l'immense colonne de termites dont la caverneuse rumeur montait jusqu'aux voûtes des grands arbres, It'van s'enfonçait sans peur dans la forêt et avec une exaltation croissante. Il aurait voulu être en état d'exprimer ces sensations aériennes qui le traversaient, mais cette joie était indescriptible et les mots se dérobaient. « Bagrou-Grouba ! » finit-il par s'écrier en désespoir de cause. Puis, toisant Khô-Khô qui le regardait bouche bée :

« A propos, dit-il. Que signifie cette interjection et d'où vient-elle ? »

Bagrou et Grouba étaient les fondateurs légendaires du défunt peuple des marmousets, expliqua le petit homme.

« Défunt ? Pourquoi défunt ? Votre existence n'est-elle pas la preuve que votre peuple existe encore ? »

Le minuscule docteur resta un instant silencieux,

puis son front se plissa, ses paupières s'abaissèrent, des larmes roulèrent sur ses joues, douleur silencieuse beaucoup plus impressionnante que s'il eût exhalé de grands cris. Eut-il honte de se montrer ainsi en spectacle ? Se rassérénant, ce fut d'une voix sévère, métallique et glacée, qu'il raconta au jeune homme la désolante histoire des marmousets.

Ceux-ci formaient jadis, dans un Paris presque désert et envahi par la jungle, un petit peuple heureux et qui ne cherchait nullement l'extension de ses domaines. Ils vivaient en bonne intelligence avec les animaux de la forêt, fût-ce les plus féroces, car ils étaient les seuls médecins de la jungle. Ils connaissaient les secrets des plantes et pouvaient guérir jusqu'aux plus teigneux, aux plus scrofuleux des singes. La communauté entière, c'est-à-dire la totalité du peuple marmouset, s'était installée dans une tour de cinquante-huit étages située sur la colline de Montparnasse. Plût au ciel qu'ils eussent choisi une autre demeure, car la tour, qui avait sans doute été édifiée sur des carrières, s'écroula par une nuit d'orage où le vent l'avait malmenée. La grande majorité des marmousets furent ainsi anéantis en un bref instant.

Les survivants, une centaine tout au plus dont il faisait partie, lui, Khô-Khô, avaient réussi à s'échapper par les parkings souterrains et les étranges tunnels dont les profondeurs de la terre étaient percées. Choqués, bouleversés par l'événement au point qu'ils en avaient oublié toute prudence, ils quittèrent la ville de la catastrophe pour se diriger vers le sud en empruntant précisément cette autoroute. Ils n'allèrent pas loin : peu après la bretelle de Fontainebleau, ils furent attaqués par d'innombrables bataillons de fourmis qui les décimèrent et les dévorèrent en une seule journée.

Khô-Khô ne dut la vie sauve qu'à l'intervention presque miraculeuse d'une colonne de guerriers termites. Il n'y eut point d'autres survivants, de cela il était sûr – pour autant que l'on pût être sûr de quelque chose sur cette terre. Depuis, il vivait chez les termites, ses sauveurs, mais il ne se passait pas une seule journée sans que sa mémoire lui représentât les scènes horribles auxquelles il avait assisté et les visages de ses amis marmousets défunts. Et aussi celui d'une certaine marmouse morte dans l'écroulement de la tour et dont le frais sourire le hantait encore. Il en pleurait, il en sanglotait chaque matin. Des années et des années étaient passées et il ne comptait plus les poils blancs dans sa barbe noire. Il aurait dû accepter, se résigner à l'irrémédiable. Peut-être même aurait-il dû s'intégrer complètement au monde des termites. Ceux-ci étaient en mesure de faire apparaître sur lui, dans leur chambre de métamorphose, cuirasse chitineuse ou antennes. Eh bien, non, il préférait rester tel qu'il était : le dernier des marmousets.

« Oui, je suis le dernier des marmousets ! » s'écria-t-il soudain en écrasant une larme sur sa joue.

Le dernier, l'ultime, le sceau final de ce peuple dont l'origine se perdait dans la nuit des temps. Savait-il ce que signifiait cette expression terrible : être seul au monde ? Bien entendu, il cohabitait dans la termitière avec plus d'un million d'insectes, qui tous étaient ses amis et éprouvaient pour lui une tendresse qui crépitait dans leurs antennes. Eussent-ils été un milliard de millions qu'il n'en aurait pas moins ressenti – surtout le matin au réveil – une impression d'extrême solitude, un vide affreux autour de lui comme si le monde eût été un désert. Le jeune homme – au fait, comment s'appelait-il ? « It'van » dit It'van. It'van (va pour It'van !) – pouvait-il se mettre à sa place un instant et imaginer calmement une terre sans femmes ? Car c'était bien là le problème : son bourrechou avait beau se bourrechouffler, c'était toujours en vain car il n'était point de cavanou où s'introduire en un de ces magnifiques coups de reins dont il était jadis coutumier.

« Et les naines ? suggéra It'van en posant sur l'épaule de son petit compagnon une main qui se voulait consolatrice. J'ai entendu dire qu'il y avait des naines dans la forêt. »

Ah ! les naines ! Parlons-en, des naines ! D'abord, elles étaient trop grandes pour lui, atteignant jusqu'au double de sa taille. Et même s'il avait trouvé parmi ces grandes perches un cavanou conforme à ses dimensions, il eût été encore dans l'incapacité de bourrechouffler, tant lui déplaisait leur physionomie hautaine (au nom de quoi, grands dieux !) et leurs visages goitreux et lippus. Et puis, pour parler franchement, il n'aimait pas non plus leur odeur. Car It'van n'était pas sans savoir que les nains fouillaient sans cesse le sol à la recherche des précieux minerais qu'il contenait, notamment ce fabuleux orichalque dont les veines éparses constituaient selon eux le squelette mystérieux de la terre. Cette manipulation quotidienne des métaux avait fini par imprégner leur épiderme d'une désagréable odeur de forge et de marmite rouillée, parfum qui n'avait rien de bourrechoufflant, il pouvait le garantir !

Non, non, il priait It'van de ne plus mentionner devant lui cette déplaisante perspective. Il aurait préféré encore s'unir à une plante, ou même à un arbre comme le faisait à Paris l'ogre du jardin du Luxembourg.

« L'ogre du jardin du Luxembourg ? » s'étonna It'van.

Ce fut au tour du docteur Khô-Khô d'être surpris. Comment ? It'van ne connaissait pas cette histoire ? Mais de quoi parlait-on dans le pays des hommes ? L'ogre était célèbre dans toute la forêt d'Iscambe, ne serait-ce que parce que ses fils y clamaient sans trêve leur détresse dans tous les fourrés. Mi-humains, mi-végétaux, ils étaient ces clapattes lamentables dont It'van avait certainement entendu la plainte, pauvres créatures que la parole eût sans doute délivrées s'ils avaient été en mesure de triompher du silence imposé par leur père.

It'van était abasourdi par les révélations du marmouset. Ainsi ces clapattes qui harcelaient de leurs sanglots la vallée d'Emeraude étaient des sortes d'arbustes criards et mobiles ? Il comprenait à présent le sens d'un détail remarqué à leur sujet par un paysan de la vallée : aussitôt qu'un clapatte s'arrêtait, avait-il raconté à It'van, il essayait d'enfoncer dans la terre ses jambes spongieuses – exactement comme si elles eussent été des racines. Il aurait voulu en apprendre davantage sur les clapattes, mais, à l'instant où il était sur le point d'interroger le docteur Khô-Khô, celui-ci se retourna pour considérer l'immense colonne qui les suivait.

« Vous les entendez ? dit-il. Ils claquent des mâchoires et gargouillent de toutes leurs papsilles. »

Le marmouset avait raison. Les termites en marche produisaient à présent une rumeur différente, clappant de la langue, tonguant, chuintant et zunguant. Les trappettes trappettaient. Les clabaudières clabaudaient. De chaque termite émanait une sonorité nouvelle, jusqu'à Crochetête qui se mit à faire siffler ses antennes dans les airs en les rabattant comme des fouets.

« Mais qu'est-ce qu'ils ont ? s'inquiéta It'van. Ils sont fatigués ?

– Non, ils ont faim, expliqua Khô-Khô. Ils demandent à s'arrêter pour manger. »

D'un geste de la main suivi de quelques mots silencieux adressés aux termites télépathes, le petit homme stoppa l'armée tout entière. Et aussitôt le repas s'organisa d'une façon qui surprit grandement It'van : une seule cantinière nourrissait plusieurs soldats en les embrassant sur la bouche, baiser nourricier qui les remplissait d'aise et d'un aliment finement broyé sur la nature duquel le marmouset ne fit point mystère : de la cellulose.

« Mais attention ! précisa-t-il : du bois tiré d'un

arbre mort, car nous avons le respect des choses vivantes, à l'exception, bien entendu, de ces sales lèche-culs de fourmis, créatures pour qui nous n'éprouvons pas la moindre pitié. Mais venez, ajouta-t-il, descendons, allons faire quelques pas pendant que l'armée se restaure. »

Ils se laissèrent glisser à terre, libérant Crochetête qui, après avoir agité furieusement ses mandibules, se précipita vers la cantinière affectée aux trois principaux guerriers de la garde royale. Il arriva trop tard : déjà Souffleur avait plongé l'énorme carafe de sa tête vers la nourrice et s'était saisi goulûment de sa bouche. Crochetête essaya de le pousser, puis, comme l'autre résistait, il fit craquer ses trappettes avec véhémence. Cependant, une petite ouvrière aveugle s'était approchée de Khô-Khô, le frôlant de ses antennes.

« Ah ! enfin ! s'écria le marmouset, la voici ! Eh bien, si vous permettez, je crois que je vais manger un morceau.

– Comment ? gémit It'van avec un frisson de dégoût, vous allez vous aussi... ?

– Eh oui. Vous y voyez un inconvénient ? »

Et le petit homme expliqua que rien n'était plus pratique ni plus agréable que cette manière de se nourrir. La petite ouvrière était réservée exclusivement à son service. Elle absorbait divers aliments dont le marmouset raffolait puis les rangeait en son jabot comme en un placard. Là, dans ce garde-manger naturel, elle se livrait à des manipulations qui avaient deux buts : d'abord conserver les mets en les cuisant au moyen d'humeurs sécrétées par la paroi glandouillaire, ensuite les réduire grâce à des poils en forme d'hélice qui vibrionnaient sans répit. En outre, elle ne manquait pas d'avaler quelques brins d'herbe parfumée, giclette, serpolette ou même coriandre, condiments dont le dosage était un secret jalousement gardé. Le résultat était une bouillie délicieuse qu'elle dégorgeait à la demande et dont il recommandait vivement la consommation à It'van. Et si celui-ci pensait qu'on lui servait chaque jour le même brouet, il était dans l'erreur. Pussepuline (elle s'appelait Pussepuline) n'aimait rien tant que de varier à l'infini ses compositions culinaires. Cela allait du ragoût de têtes de fourmis au jus de vers de terre, en passant par des crèmes de pétales de roses. A propos, qu'allait-elle lui servir aujourd'hui ? Voyons voir.

Il approcha sa bouche de celle – noire et dépourvue de lèvres – de l'ouvrière. It'van se détourna avec dégoût et ferma les yeux. Quand il les rouvrit, le marmouset exprimait à grands cris une satisfaction voisine de l'extase.

« Ah ! Oh ! Voilà qui est tout à fait... sublime. De la purée de morille, n'est-ce pas ? Me trompé-je, Pussepuline ? Avec de l'ail sauvage, une pincée de rakakort ? Un peu de cervelle de singe, humm ? »

Les mains derrière le dos, marchant avec lenteur, It'van s'éloigna de quelques mètres. Une certaine inquiétude l'habitait. Comment allait-il se nourrir ? Avec nostalgie, il pensa à toutes les bonnes choses dont il avait cette nuit bourré les sacs des laineux : lard, poisson sec, riz et même cette délicieuse saumure qui relevait si agréablement le goût de chaque aliment. Il lui fallait à tout prix les rejoindre. Mais pouvait-il s'échapper ? Il jeta un coup d'œil derrière lui, rencontrant le regard attentif et amical de Gros-Cul. Non, il ne pouvait ni ne voulait. Il désirait aller jusqu'au bout de l'aventure, connaître l'illustrissime reine Blancheboudine. Et même plier le genou devant Sa Grâce Répugnante, reine des galeries profondes et monarque du monde souterrain.

Il fit demi-tour et revint vers le docteur Khô-Khô qui avait achevé son repas.

DES biscuits secs, du riz arrosé de saumure de poisson, c'est ce dont les laineux se délectèrent ce soir-là. Ils avaient élu domicile dans un autre poste à essence, garage ruiné situé à l'écart de l'autoroute et qu'Evariste s'obstina à décrire comme étant « un lieu sacré, un temple, une station du haut service ». A l'entendre, il n'y avait plus aucun doute à ce sujet, sa conviction était faite. Et les objections du Fondeur étaient accueillies avec un haussement d'épaules.

« Par le joyau dans le lotus ! insistait le vieil homme. Comment peux-tu déraisonner ainsi ? Ne voix-tu pas que cet établissement appartenait à la compagnie Shell ? C'est écrit en toutes lettres. »

Avec un sourire méprisant, Evariste désignait le symbole plusieurs fois répété sur les idoles métalliques, coquillage rayonnant, semblable à un soleil englouti au fond des mers.

« A la déesse Shell, corrigeait-il d'une voix âpre, divinité du sens caché, déité de la perle secrète, grande maîtresse de l'herméneutique. C'est elle qui nous enseigne à soulever la coquille du réel pour découvrir la vérité enfouie. C'est elle aussi qui nous montre le chemin du dedans, vers les trésors immergés dans les eaux noires. Je me la représente comme... »

Le Fondeur l'interrompit d'un ton badin :

« Oui, comment la vois-tu, au fait ? lança-t-il avec un large sourire. Est-ce une huître, une moule, un bigorneau ? »

Evariste le foudroya du regard et d'un terrible :

« Cessez, maître ! Vous blasphémez ! »

Puis, avec douceur et d'une voix songeuse :

« Je la vois comme... comme une jeune fille à demi nue, sortant des eaux et accourant vers moi. Ses cheveux sont mouillés. Sa peau est frissonnante. Elle est l'image même de notre féminité cachée, insultée, découragée. Il faut laisser la déesse Shell jaillir des eaux, car c'est elle, ou plutôt c'est de Shell, que nous obtiendrons la perle.

– La perle ? Quelle perle ? Oh ! et puis j'en ai assez ! »

Et le Fondeur se détournait de celui qu'il appelait « son insensé disciple ». Il aurait voulu trouver les arguments de nature à réduire à néant ces idées si étranges, mais les mots mouraient sur ses lèvres comme si le Dieu Total ou la déesse Shell fussent personnellement intervenus pour l'empêcher de parler. Et puis – chose encore plus incroyable – le Fondeur constata dans les jours qui suivirent que la réalité s'empressait de donner raison à Evariste. Dès qu'ils pénétraient dans un poste à essence, c'était pour y découvrir aussitôt un profond symbole qui encourageait le jeune homme à persévérer dans son délire : au bout d'une dizaine de jours de cette expédition sur l'A6, sur cette voie obscure qui était aussi l'autoroute du Soleil, la « pensée métaphysique » d'Evariste (pour reprendre sa propre et orgueilleuse expression) était parfaitement au point – jusqu'aux hiérarchies divines qui étaient situées avec une extrême précision.

Au sommet, principe solaire et générateur, trônait le Dieu Total, « l'absolu Absolu », comme disait l'adolescent. Eternel, immatériel, indifférent : c'est ainsi qu'il apparaissait à ce jeune prophète de l'hydrocarbure. Quoiqu'il se reflétât partout (et avec quelle vigueur ! quelle aveuglante lumière !), il n'était point concerné, point modifié par l'agitation des humains, de même que le soleil n'est pas affecté par le trouble qu'un passage de canards peut causer à son reflet sur l'eau d'un lac.

En dessous venait « la Trinité Sainte » formée par la déesse Shell, le dieu Antar et le dieu Esso. Ce dernier, symbolisé par un tigre féroce, représentait l'aspect destructeur du divin, son immense force contenue qui d'un seul coup pouvait tout ravager. Rien, en vérité, ne résistait à ce fauve royal, aux crocs dégoulinant de sang, et qu'une fureur sacrée déchaînait parfois sur les humains – non, rien ne lui résistait, sauf peut-être le tranquille, l'assuré dieu Antar, le constructeur, le régénérateur, le rédempteur. Son sigle était un rectangle que deux diagonales divisaient en quatre parties, symbolisant la paix, l'extrême harmonie du chiffre 4, son équilibre imperturbable. Noir dans sa partie basse, le carré s'éclaircissait vers le haut, indiquant nettement sa vocation unificatrice entre le supérieur et l'inférieur, le céleste et le souterrain, le super et l'essence.

En dessous de cette Trinité apparaissait celui qu'Evariste nommait « le mobile dieu Mobil », cheval ailé et rouge, messager sacré, symbole des intuitions brillantes qui, soudain, mettent l'homme en rapport avec son essence divine, lui communiquant en un éclair ordres et conseils prodigués par le rayonnant soleil central. Venaient ensuite toute une série de déités mineures souvent obscures et chtoniennes. Ainsi Castrol, déesse noire et huileuse, soustrayant aux hommes leurs sexes d'un coup de mâchoires, symbolisant l'aspect négatif et meurtrier du principe féminin. Ainsi le dragon AGIP, noir et crachant le feu, gardien farouche des trésors de la connaissance secrète. Ainsi Elf, le virevoltant, le tireur de barbiche, le chatouilleur, le snob sautillant, le tentateur qui déroule sous les yeux de l'homme les étoffes illusoires du monde matériel.

Mais plus dangereux que ce séducteur frivole dont le piège peut aisément être évité par le quêteur, pourvu que soit ferme son désir d'aboutir, plus terrible qu'AGIP, le foudroyant, ou que la sombre Castrol, la grande châtreuse, plus puissant même qu'ESSO, le dieu Tigre, se dressait BP, le grisâtre BP dont le nom, selon Evariste, signifiait à la fois Brouilleur de Piste et Broyeur de Pensée. Il était l'ennemi principal, l'adversaire désigné du dieu Antar et de Mobil, le messager divin. Car c'était lui qui empêchait de monter et de descendre l'échelle, lui qui Barricadait les Portes, Bloquait les Passages, Balayait les Plumes, Bétonnait les Poitrines et Bâillonnait la Poésie. Pour établir le Blocus de la Patrie intérieure il Brisait les Pompes subtiles de l'âme, celles qui font couler dans la conscience claire l'eau limpide et rafraîchissante venue des profondeurs. Il était le Boulet de Plomb qui maintenait l'homme rivé à son mental, contrariant ses désirs d'envol et de connaissance, interdisant toute exploration de la cave et toute conquête du grenier. Pour mieux assurer son règne de petitesse, il jetait entre les mains de ses victimes des idées minuscules, froides et déracinées, idées qu'il fallait réduire encore en les triturant, en les coupant en morceaux pour les analyser, avec pour seule perspective une impossible synthèse, un rassemblement bancal, une totalité boiteuse : BP était vraiment un Branleur de Poux, oui, un Bâcleur Perfide et un Besogneux Penseur. Il contraignait l'homme à tourner en rond dans la cellule anguleuse de sa raison raisonnante, lui soufflant de pauvres réponses à de pauvres questions, lui imposant la compagnie de ses trois suppôts aux visages blêmes nommés Angoisse, Absurde et Solitude. Et si d'aventure une de ces grandes idées aux ailes pourpres parvenait, en dépit de tous les barrages, à se frayer un chemin jusqu'à lui, alors BP fondait sur elle et, au lieu de l'étrangler, il la décomposait, il la désacralisait, il l'analysait.

« Hé, hé ! ironisa le Fondeur quand Evariste lui eut dévoilé sa conception du mal. Voici une opinion intéressante et qui me convient parfaitement. Le diable est celui qui obstrue, qui empêche la communication entre les différents plans de l'être. Non seulement il s'oppose à la descente dans l'univers touffu et obscur de l'âme, mais, en plus, il est le Bureau de Police impitoyable qui monte la garde devant les archipels et poursuit les contrebandiers de l'absolu. On pourrait alors définir le mal comme étant l'anti-verticalité. »

A partir de ce jour, le vieil homme se mit à poser sur son disciple – son disciple « inspiré », comme il commença à l'appeler – un regard bien différent de celui dont il le gratifiait dans le passé. Non qu'il fût complètement convaincu par les discours à la fois péremptoires et incandescents d'Evariste (il lui arrivait même la nuit sous sa couverture de rire aux larmes de toutes ces billevesées), mais du moins voyait-il certains avantages à cette religion créée de toutes pièces et que son jeune prophète ne tarda pas à nommer « l'essentialisme ».

Tout d'abord, elle permettait aux doctrines laineuses de se poser sur quelque chose de tangible, des symboles vivants, barreaux d'une échelle qui montait vers les univers supérieurs. Car la spiritualité laineuse était avant tout une philosophie, une sagesse, une conception de la vie et du monde. Elle n'avait point de temples, par exemple – ou plutôt l'univers entier était pour elle un temple unique dont chaque homme était le célébrant. Il lui manquait précisément ce qui aurait pu établir son succès définitif auprès des peuples dominés par le Bureau, il lui manquait la chair. C'est-à-dire les rites, c'est-à-dire les spectacles, c'est-à-dire les lieux sacrés.

L'essentialisme fournissait tout cela et la pensée laineuse pouvait aisément se mouvoir et prospérer en son sein. Elle pouvait vraiment être la perle brillante à laquelle renvoyait la coquille de la déesse Shell. Ne parlait-on pas d'ailleurs au sujet de la perle de son « orient »? Eh bien, la philosophie laineuse serait l'Orient de l'essentialisme, c'est-à-dire en même temps son éclat et son aurore. Du reste, cette religion ne contredisait nullement la spiritualité du Fondeur et de ses semblables. Il fallait en effet que l'essence se mêlât au super, image de l'union sainte du Haut et du Bas que l'homme devait opérer en lui-même pour accéder, pour se fondre dans le Dieu Total, lequel selon le sage errant était « incontestablement » de nature « archipélagique ».

Bref, le Fondeur se prêta tout à fait aux premiers rites exigés par son disciple – mais pouvait-il encore l'appeler son disciple ? Il fit plus que s'y prêter : il en rajouta, à la surprise d'Evariste qui pensait que la conversion de son ancien maître ne serait pas chose aisée. Celui-ci était tout le premier à s'effondrer devant les pompes à essence du dieu Antar, pliant le genou avec empressement, voûtant le dos, courbant la tête devant ce qu'il fallait bien appeler des idoles métalliques. Il se livrait même à des simagrées que d'aucuns auraient pu considérer comme des pitreries grotesques, se saisissant de l'embouchure des tuyaux suspendus au flanc des idoles et les braquant d'abord sur son front (« siège du mental ») et ensuite sur son cœur (« siège de l'âme et de l'essence rayonnante »), tandis que ses lèvres psalmodiaient une prière inventée sur-le-champ.

Et peu à peu son comportement changea : lui qui au début exagérait sa piété afin d'en démontrer secrètement l'absurdité et de se moquer de ce nouveau rituel – riant même sous cape devant les pompes quand son disciple ne l'observait pas – finit d'abord par ne plus rire du tout en présence des idoles et ensuite par manifester à leurs pieds une ferveur croissante. Ce qu'il avait dans les premiers jours nommé des garages et des postes à essence devint progressivement des « autels sacrés » ou des « stations du divin-service ». Et il suffisait qu'Evariste parlât un peu fort dans une de ces « saintes enceintes » pour qu'aussitôt, d'un index sévère posé sur sa bouche, le Fondeur le rappelât à l'ordre et à la décence.

De telles attitudes finissaient par lasser Evariste, lequel soupçonnait fortement le Fondeur de s'être emparé de son système à seule fin de restaurer sur lui son ancienne emprise, en un mot de redevenir pour le jeune homme le maître qu'il avait cessé d'être. Il écoutait le vieux laineux avec une attention déclinante, car de plus en plus sa pensée s'envolait vers la vallée d'Emeraude et la « merveilleuse » jeune fille dont le souvenir, plusieurs fois par jour, le visitait. Et de fait, elle était merveilleuse, oui, le terme était approprié, non seulement à cause de l'éclat de sa beauté, mais aussi parce qu'il y avait eu dans leur rencontre quelque chose de surnaturel. Quand elle avait surgi des eaux assombries par le crépuscule, image de la déesse Shell, de l'âme féminine immergée dans les ténèbres et jaillissant soudain, quand elle avait couru vers lui, il lui avait semblé, oui, la reconnaître, comme si elle eût appartenu à sa parenté mystérieuse.

Cependant, les deux hommes continuaient à avancer sur l'A6, se rapprochant de Paris avec une extrême lenteur. Non qu'ils fussent paresseux sur la voie, mais leur progression était rendue laborieuse par certains obstacles qui surgissaient de façon inopinée.

C'est ainsi que le matin du cinquième jour l'autoroute disparut sur le rebord d'une vallée, le pont qui la lui faisait franchir s'étant écroulé. Ne subsistaient plus de l'ancien viaduc qu'une douzaine de piliers à demi détruits mais dont la présence avait au moins l'avantage d'indiquer aux laineux-essentialistes leur direction.

Ils descendirent donc dans la vallée, s'engouffrant

dans une végétation si abondante et si enveloppante qu'elle semblait liquide, oui, un liquide vert, une liqueur qu'on aurait presque pu boire : des arbres mous, une forêt molle et caoutchouteuse dont la masse s'accroissait au fur et à mesure qu'ils gagnaient les profondeurs. Leur pénétration était d'une relative simplicité : de leurs deux mains tendues devant eux ils écartaient arbres et branches élastiques qui, aussitôt après leur passage, venaient reprendre en sifflant leurs attitudes primitives. Et sans doute auraient-ils réussi à traverser rapidement la vallée, s'il n'y avait eu les choupins. Ceux-ci, qui étaient imperturbables en temps ordinaire – ne désirant rien tant que d'apparaître indifférents au monde extérieur – avaient manifesté une peur, un tremblement qui les faisaient coulouler d'une voix étrangement plaintive. A un certain moment, ils refusèrent carrément d'avancer : ils se tenaient immobiles en hochant leurs têtes roses et stupides, regardant les laineux avec leurs gros yeux de gélatine. Evariste dut les battre et les battre encore pour les convaincre à marcher, suscitant des couloulements de plus en plus déchirants.

« Par le Dieu Total ! s'écria le Fondeur. Ces bêtes sentent quelque chose, une présence maléfique. Tenons-nous sur nos gardes. »

Ils prêtèrent l'oreille. Dans la forêt silencieuse, écrasée par la chaleur, ils entendirent, venant du fond de la vallée, un cri bizarre et plusieurs fois répété : « Martuk ! Martuk ! » De leur vie, les laineux n'avaient entendu un cri semblable : on eût dit qu'il jaillissait d'une gorge caoutchouteuse ou d'une énorme valve qui palpitait. Un instant, ils balancèrent à poursuivre leur descente, se demandant s'ils n'allaient pas refluer vers l'autoroute rassurante et tâcher de trouver, pour franchir la vallée, un chemin moins hasardeux. Mais le Fondeur qu'affectait tout retour en arrière affirma sur un ton de sérénité douteuse qu'il ne fallait pas être impressionné par la réaction de ces nigauds de choupins.

« Mais... ces cris ? » objecta Evariste.

Le vieil homme haussa les épaules.

« Un oiseau, probablement. Une espèce de... de merle. »

Comme s'il eût voulu prouver le bien-fondé de ses dires par une détermination redoublée, il se rua en avant en tirant avec force sur les longes. Il y eut encore quelques « Martuk ! » puis les cris cessèrent, remplacés par le rafraîchissant murmure d'une rivière. En bas, la végétation était moins touffue, laissant de grandes prairies à découvert où l'on apercevait encore de vieilles clôtures effondrées. Le cours d'eau apparut, bavard et bondissant, montrant sa chair verte par les trous de sa robe d'écume. Des saules croissaient sur ses bords qu'Evariste observa d'un œil anxieux. Comme le Fondeur l'interrogeait, il indiqua du doigt les branches fraîchement sectionnées, le liquide gluant qui humectait les troncs et le feuillage arraché comme s'il eût été à demi dévoré par une bouche gigantesque.

« Une tornade, probablement, dit le vieux sage d'une voix déclamatoire. Oui, une tornade, un coup de vent ou bien même la foudre tombée du ciel. »

Ils trouvèrent un gué un peu plus loin, franchissant la rivière sur les blocs d'un pont écroulé. De l'autre côté, adossé à une sorte de petite colline de terre rouge – éminence dénudée et luisante – un village de l'ancien temps alignait ses maisons branlantes et fissurées, aux murs recouverts d'une mousse qui suintait. Ils s'engagèrent dans la rue centrale, vaguement gênés par le noir regard de ces demeures aux yeux vides. A en juger par les blessures de la pierre, des combats avaient dû avoir lieu ici. Les impacts de projectiles se concentraient autour des portes et des fenêtres, marquant à l'évidence, selon le Fondeur, la haine qu'avait éprouvée l'ancienne civilisation pour tout ce qui ressemblait à des ouvertures :

« Une civilisation de l'enclos, disait-il avec une emphase professorale, un monde muré par le Bétonneur de Passage, par le Briseur de Perspectives, par le Bourreau de la Plénitude. »

Evariste ne l'écoutait que d'une oreille distraite. Toute son attention était requise par un phénomène qui ne laissait pas de l'étonner : le vieil asphalte encombré de gravats et de tuiles était recouvert d'une viscosité glissante, semblable à ce lait gluant que dégorgent les tiges de certaines graminées. D'où pouvait venir ce liquide qui imprégnait jusqu'aux murs des maisons et que l'on voyait ruisseler sur les pentes des toits défoncés ? Il n'y avait nulle réponse à cette question, même pas une de ces fragiles hypothèses dont le Fondeur était pourtant prodigue. Le vieil homme était fatigué. Indiquant de la main le soleil qui déclinait, arrachant un dernier éclat à une vitre poussiéreuse et brisée, faisant reluire la colline rouge qui fermait le village, il décréta qu'il était temps de trouver un gîte.

Ils élurent domicile dans la maison la mieux conservée, une noble demeure qu'entourait un broussailleux jardinet et dont une plaque apposée sur le seuil révélait qu'elle avait appartenu à un notaire.

« Qu'est-ce que c'est qu'un notaire ? demanda Evariste.

– Le contraire d'un tonnerre », répondit le laineux, qui voulait couper court à toute explication.

L'intérieur était sombre et sépulcral : cela sentait la cave humide et le trou à rats mais aussi une odeur plus subtile, le parfum d'un passé aux aguets dont les orbites creuses semblaient vous observer à travers les fentes des boiseries. Ils arrachèrent des vieux rideaux de velours qui avaient nourri dans leurs replis des générations d'insectes, faisant pénétrer à foison dans la pièce obscure les lueurs fauves d'une journée moribonde.

« Je dormirai ici », dit le Fondeur en désignant un antique divan dont les déchirures montraient des ressorts.

Puis, comme il posait son séant sur sa couche, faisant gronder le vieux sommier, Evariste s'était dirigé vers la fenêtre et accoudé à la rambarde de fer forgé. Et soudain il avait sursauté en poussant un cri.

« Qu'est-ce qu'il y a, moinillon ? avait demandé le Fondeur. Que vois-tu d'inquiétant ?

– La... colline rouge, la colline !

– Eh bien ? Qu'est-ce qu'elle a, la colline ?

– Elle a bougé ! Elle a changé de forme ! »

Le vieux laineux se leva et vint s'accouder auprès de son disciple.

« Tu es fou ! finit-il par dire après avoir observé le haut tumulus rougeâtre. C'est une simple illusion causée par le soleil couchant. D'ailleurs, as-tu jamais vu une montagne se retourner dans son lit ? Songe plutôt à allumer un feu. Nous allons préparer à dîner.

– Qu'y a-t-il au menu ? s'informa l'adolescent.

– Riz chaud, saumure et poisson sec.

– Encore !

– Oui, encore. Tu préférerais peut-être des escargots ou un cuissot de rhinocéros ? »

Après le dîner, Evariste se mit en quête d'un lieu où dormir. Levant au-dessus de sa tête une torche embrasée, il grimpa un escalier de pierre. A l'étage, il découvrit une mignonne petite chambre avec un lit étroit où de vieux draps achevaient de s'effilocher. Des tableaux noirâtres étaient suspendus au mur; son flambeau vint les rajeunir, ramenant à la vie des couleurs mortes. On y voyait des femmes d'autrefois courant parmi les pâquerettes, des personnages glabres et sérieux, la main posée sur des livres. A en juger par les débris de papier peint collés sur les cloisons, la chambre avait été celle d'une jeune fille, impression confirmée par le contenu des penderies : rubans, colifichets, robes en haillons y étaient entassés.

Evariste essaya d'imaginer cette créature des temps anciens : des cheveux châtains, des yeux clairs, une peau bronzée, des fruits lourds gonflant un corsage entrebâillé. Non ! C'était l'image d'Anne qui venait à la rescousse.

Il soupira et s'étendit sur le lit. Au-dessus de sa tête, le toit avait partiellement disparu, si bien qu'au travers de cette plaie de la toiture, il pouvait voir un ciel jonché de constellations, ciel nocturne et pur que n'enténébrait aucun nuage. Le meunier divin y avait répandu, à larges poignées, sa farine d'étoiles. De quelle graine, se demanda Evariste, de quelle mystérieuse céréale avait-on tiré ce froment de lumière ? Et à nouveau le frappait cette impression maintes fois éprouvée au spectacle de la nuit posée sur la terre comme une coupe renversée, impression d'un immense corps scintillant qui avait été divisé, pulvérisé et éparpillé à l'infini. Parfois, il croyait même entendre les doux gémissements de cet être primordial démembré, dispersé aux quatre coins de l'univers – et qui soupirait après un désirable rassemblement. Le monde était en pièces, il était en loques, il était en charpie ! Et que ce fût la nuit qui le lui révélât, c'était ce qui émerveillait Evariste. Sans la nuit il était impossible de savoir combien était éclatée, émiettée, la chair originelle. Oui, sans les ténèbres il n'était point de lumière et en toutes choses c'était l'ombre qui éclairait.

Alors, regardant le champ de bataille du ciel, le jeune homme sentit monter en lui – venue des galeries profondes, souterraines de son être – une pensée surprenante, une pensée si étrange et si étrangère qu'il l'attribua aussitôt au guide intérieur, à ce maître caché qui lui avait déjà fait tenir plusieurs messages par le cheval rouge et ailé du dieu Mobil. Et cette pensée était celle-ci : l'éparpillement du monde n'était point sans remèdes non plus que sa chute sans rémission. Placé au carrefour unique de l'univers, là où toutes les voies divergeaient, l'homme était le nœud central où se livrait la guerre décisive. Il tenait entre les mains tous les fils de l'écheveau et il n'en avait pas conscience ! Mais qu'il rétablît en lui l'harmonie, qu'il entrât en communication avec tous les territoires de son être, qu'il fît disparaître les Barrières de Perdition, les Barrages Pénibles, laissant couler hors de son âme le fleuve torrentiel et inépuisable de la vie, et c'était le cosmos tout entier qui commençait à se rassembler. Oui, il était l'unificateur cosmique et le lieu de passage obligatoire pour la Force en expansion qui ralliait son point d'origine. Et il suffisait qu'un homme pénétrât dans la forêt obscure, sur la vieille route oubliée, pour qu'à grands cris les dieux accourussent au balcon, se penchant aux balustrades du ciel et observant sa progression salvatrice. Oui, qu'un homme s'engageât sur le chemin du dedans, en quête de lui-même et de son essence divine, et c'était à tous les étages que l'on retenait son souffle !

Manipulant cette pensée bizarre qui faisait dépendre les dieux de l'action solitaire des hommes, Evariste finit, après avoir éteint son flambeau, par s'assoupir. Il ne dormit pas longtemps : l'entrée bruyante du Fondeur dans sa chambre le réveilla en sursaut. Le vieillard brandissait une torche. Son visage était pâle, ses gestes saccadés.

« Ecoute, cria-t-il à son disciple. Tu entends ces barrissements ? Ils m'empêchent de dormir. »

Le jeune homme tendit l'oreille.

« Martuk ! Martuk ! criait-on, non loin de là, dans la nuit profonde.

– Où sont les choupins ? demanda Evariste.

– Je les ai fait rentrer dans la maison. Ils ne tenaient pas en place. »

Le Fondeur alla regarder à la fenêtre, ne vit rien

et revint se plaindre au milieu de la pièce. Ils avaient, selon lui, commis une erreur en s'installant pour la nuit dans le village en ruine, tout imprégné encore des souvenirs d'une époque révolue. Il le savait bien, il l'avait toujours dit : il fallait fuir ces lieux déserts et abandonnés où persistaient les influences maléfiques du monde ancien.

« Alors, pourquoi aller à Paris ? » lança le jeune homme, interloqué.

Paris était une tout autre affaire, expliqua le vieux laineux. Certes, on pouvait la considérer comme un gigantesque tombeau, mais dans un lieu appelé « Bibliothèque nationale » luisait, irradiait le soleil perdu de la connaissance. Grâce à ses rayons brûlants, il réussirait à éloigner tous les fantômes.

« Car vous pensez que c'est un fantôme ? demanda Evariste, qui ajouta : Je suis prêt à parier que c'est une bête bien vivante, peut-être même un clapatte.

– Non, ce n'est pas un clapatte », rétorqua le Fondeur.

Le cri des clapattes, il le connaissait si bien qu'il pouvait le pousser lui-même : ne l'avaient-ils pas entendu à plusieurs reprises depuis leur entrée mémorable dans la forêt d'Iscambe ? Non, non, il priait Evariste de ne plus proférer de semblables absurdités. Ce n'étaient pas des clapattes qui hurlaient ainsi. Eux, au moins – ces enfants tourmentés – avaient un visage humain, tandis que ces... ces barrissements ! Par le dieu Antar ! Ils semblaient jaillir non point d'une gorge mais d'une espèce de... de goulot ou de siphon. Bref, mieux valait...

Il se tut et se pétrifia au milieu de la pièce que la torche peuplait d'une foule d'ombres mouvantes. Puis, d'une voix basse, enrouée :

« Il se rapproche ! s'écria-t-il. Tu l'entends ? »

C'était vrai, les cris se rapprochaient. Ils ne devaient pas être poussés à plus d'une centaine de mètres de la maison, à présent. En bas, au rez-de-chaussée, les choupins commençaient à coulouler de façon déchirante et avec dans leurs plaintes une nuance d'étonnement, comme s'il y avait matière à scandale de leur faire subir – à eux, personnages en tous points respectables – une telle épouvante. Evariste n'était pas plus rassuré, d'autant qu'une rumeur nouvelle accompagnait désormais ces « Martuk » régulièrement répétés : c'était le bruit d'un gigantesque tombereau tiré sur un chemin sonore et qui crisse et craque et racle, un tombereau sans roues traîné avec effort, un charroi d'artillerie, un rampement, une reptation sur un sol retentissant... Tonnerre, roulements d'un étrange tambour au fond des cavernes.

Une minute encore et elle fut là, la chose vivante, oui, elle monta sur la maison. D'abord, il y eut ce gargouillis, ce lapement sur les murs, puis un glissement monstrueux sur le toit. Levant les yeux, Evariste vit que, dans la toiture, l'énorme trou par lequel il avait, tout à l'heure, observé le ciel était à présent obstrué par une sorte de masse rougeâtre et dégoulinante, une chair qui luisait sous les folles interpellations de la torche que le Fondeur bougeait en tous sens. Alors, se mit à pleuvoir dans la pièce, tombant de cette viande molle, le même liquide qu'Evariste avait remarqué ce soir sur le pavé de la rue, une viscosité indescriptible, une glu laiteuse, un caoutchouc coulant qui ruisselait sur les visages des laineux, s'infiltrait sous leurs robes, grésillait dans la flamme de la torche.

« Le flambeau ! s'écria Evariste. Ne le laissez pas s'éteindre ! Protégez-le ! »

Se saisissant de sa propre torche, il l'alluma à celle du vieil homme qui, recroquevillé, tremblait sans dire un mot dans un angle de la pièce. Tirant sa paire de tenailles et se retournant, il se prépara à affronter le danger, le péril inconnu. Evariste était devenu courageux, héroïque même depuis son combat contre le maître des steppes et sa lutte victorieuse avec la fourmi géante, mais ce qu'il vit en cet instant dépassait tellement les bornes du supportable, franchissant les limites de l'imagination humaine, qu'il faillit perdre la tête, tout planter là et s'enfuir au plus vite.

Venant du toit, deux longs tubes rouges s'étaient introduits dans la chambre, deux grands serpents dont les extrémités frôlaient le plancher, se relevaient et allaient explorer les murs sans les toucher comme si le moindre contact leur fût interdit. Ainsi, ils pendaient d'en haut et tournaient, tourbillonnaient en bas. Mais le plus étrange – sans compter la bizarre coordination de leurs mouvements comme si tous deux émanaient de la même source, du même être – était que l'un et l'autre comportaient à leur extrémité, au lieu de la tête triangulaire d'ophidien qu'il eût été légitime de trouver, un œil énorme, unique et noir, une pupille dilatée, dépourvue de paupière et qui, à présent, observait les laineux fixement.

Brandissant sa torche et son arme dérisoire, Evariste se jeta à l'assaut de l'une de ces trompes, rabattant follement ses tenailles en avant. Il croyait – il était persuadé – qu'il allait réussir à la toucher, à la blesser même : mais non, il n'en fut rien. Les tubes (comment les appeler autrement ?) étaient d'une extraordinaire souplesse. Ils s'esquivaient avec grâce, se retroussaient vers le toit puis, un instant plus tard, redescendaient avec, dans leurs yeux, une expression moqueuse. Et, dans ce retroussis qui les mettait hors de portée des attaques du jeune homme, les yeux rentraient à l'intérieur des trompes, lesquelles, comme un doigt de gant retourné, diminuaient aussitôt de longueur. Ensuite, quand s'était écarté le danger, ils resurgissaient, ils décalottaient, lavés, naïfs et beaux.

Pendant que le jeune homme combattait ainsi des ennemis beaucoup plus agiles que lui, le Fondeur, dans son coin, faisait de grands gestes magiques, battait l'air de ses mains, fronçait terriblement les sourcils et prononçait ses paroles de puissance. Mais rien n'y faisait et le vieux laineux, désespéré au milieu de son épouvante, devait reconnaître encore une fois le déclin de ses fameux pouvoirs qui, naguère, affairaient la police de Marseille.

Evariste batailla en vain toute une partie de la nuit. Il s'acharna en pure perte contre ces êtres étranges qui semblaient se gausser de lui et prendre plaisir à ces jeux répétés. Une heure avant l'aube, l'adolescent dut reconnaître son échec. Epuisé, tout gluant, il s'assit sur le lit et attendit la suite des événements. Si ces... choses se montraient dangereuses, il leur restait encore la solution de se retirer au rez-de-chaussée, avec les choupins. Mais il déplaisait au jeune homme de devoir reculer, d'autant que son maître l'observait. Il aurait tellement aimé lui montrer que par ses capacités physiques et morales il était en état de suppléer à l'affaiblissement de ses talents surnaturels !

Il ferma les yeux et serra les poings. « Maître intérieur, dit-il, essence de ma totalité future, ô flamme qui brûle au fond de ma dernière crypte, aide-moi. Eloigne ce monstre ! » Quand il rouvrit les paupières, les tubes avaient disparu. Il crut apercevoir en haut, dans la déchirure du toit, la braise noire de leur regard. Puis la masse visqueuse posée sur la maison s'ébranla, glissa lentement, dévoilant le ciel criblé d'étoiles, s'arrachant aux murs avec un bruit de succion assourdissant.

Un instant encore, les « Martuk » s'éloignaient dans la rue centrale. Et décrut peu à peu cette rumeur d'un corps gigantesque qui se vautre et s'étale et se traîne. Bientôt, ils n'entendirent plus rien : au cœur du village restitué à la nuit et au silence, les deux laineux, immobiles et gluants, s'interrogeaient.

PAR une nuit obscure, chaude, écrasée, une nuit où les clapattes se taisaient, Aloysius le vérificateur accomplit ce qu'on nomme dans le langage de la vérification « une percée ponctuelle », c'est-à-dire un acte d'une témérité inouïe et qui, d'un seul coup, apporte confirmation à un soupçon depuis longtemps ébauché. Se faufilant hors de sa couche, il rampa jusqu'à la tente où, le visage défait et qui tremblait à la lueur des torches, Blanc-Pétral était endormi. Il y pénétra et s'empara sous l'oreiller des documents que le chef de la blagoulette – ce factieux, ce comploteur – avait l'habitude de consulter à la moindre halte, s'absorbant plusieurs fois par jour dans leur étude. Il les emporta, avec d'infinies précautions, sous un chariot, hésita un instant puis, constatant que tout alentour reposait, jusqu'aux sentinelles qui ronflaient devant un feu moribond, il déploya leur rouleau et entreprit, à la lumière immobile d'une chandelle, de les examiner.

Tout d'abord et quoiqu'il fût capable de déchiffrer l'ancienne écriture, il ne comprit pas, se heurtant à des mots étranges comme « isotope 239 » ou « uranium enrichi ». Puis, reconnaissant l'expression « fission atomique », il jugea inutile de poursuivre sa lecture, sa conviction étant faite désormais. Se glissant dans les hautes herbes, il alla reporter les documents là où il les avait dérobés, non sans que

Blanc-Pétral, se retournant dans son sommeil, lui eût causé une peur dont il manqua défaillir. Quand se furent apaisés les battements de son cœur, il regagna sa paillasse, tout pensif.

Ainsi c'était bien cela ! La fraction du Bureau Populaire dont Blanc-Pétral était l'âme sournoise cherchait en effet à mettre la main sur des secrets interdits, ceux-là même dont la divulgation avait provoqué l'effondrement de l'ancien monde.

Premier secrétaire du Bureau et régnant en maître absolu sur des territoires immenses, le maréchal Acier s'était jusqu'à présent opposé avec obstination à ce que l'on s'engageât à nouveau sur ce « chemin nucléaire » où la vieille civilisation avait péri. Il avait décrété l'embargo sur toute cette partie de l'ancien savoir consacrée à l'élucidation des mystères de la matière. Le maréchal avait personnellement expliqué à Aloysius les raisons de cette interdiction. Il y en avait deux essentiellement.

La première était, bien entendu, qu'il fallait empêcher la fabrication et l'inévitable dissémination de ces bombes qui, jadis, avaient causé tant de ravages.

La seconde était plus subtile : on devait éviter que la même idée étrange, scandaleuse, subversive ne naquît dans l'esprit du chercheur confronté au labyrinthe, à savoir qu'un dieu caché reposait dans les méandres ultimes de la matière, dieu dont le physicien pouvait assurer la remontée sur tous les degrés de l'échelle cosmique. Cette pensée abominable, ce soupçon qui était de nature à remettre en cause tout le système de la philosophie bureaucratique, il s'agissait de l'étouffer dans l'œuf. C'est pourquoi le maréchal avait ordonné la destruction des vieux livres traitant, peu ou prou, de la structure intime de la matière.

L'homme devait vivre à un seul étage et dans une sorte d'horizontalité obligatoire. Même scientifiques et rationnels, le regard vers le haut et le regard vers le bas devaient être prohibés comme une menace pour l'ordre établi. Il fallait affirmer avec force le principe de la réalité, de cette réalité. Tout approfondissement était condamnable qui risquait de faire entrevoir d'autres réels, des modes d'existence et des plans successifs comme s'il y eût des mondes empilés sur des mondes.

Voilà pourquoi il était nécessaire de couper toutes les voies d'accès à une connaissance si préjudiciable aux intérêts du Bureau. L'anéantissement des livres en des autodafés spectaculaires ne suffisait pas. Des villes mystérieuses et presque préservées reposaient encore au fond des grandes forêts obscures. Le plus simple consistait à envoyer des forces occuper toutes les lisières afin d'empêcher le passage dans ces sylves inquiétantes, conservatoires d'une science condamnée. C'était ce qu'avait fait l'armée 21 en s'emparant de la vallée d'Emeraude et en plaçant ses postes de garde aux abords de la forêt, sur la bouche des vieilles routes.

Mais, songeait Aloysius, l'armée était arrivée trop tard : Blanc-Pétral, s'engouffrant dans la jungle, avait pris les devants. Le vérificateur n'éprouvait plus le moindre doute à ce sujet : le chef de la blagoulette se dirigeait bel et bien vers Paris afin de s'emparer secrètement des données technologiques de nature à renforcer l'opposition au maréchal.

Le groupe qui voulait évincer le premier secrétaire était partisan de ce « chemin nucléaire ». Pour entreprendre de nouvelles conquêtes, il fallait, disaient ces factieux, redécouvrir les armes anciennes. Les bombes d'autrefois – si on était les seuls à les posséder – permettraient, en Europe et en Asie, de liquider toute résistance et d'assurer partout et toujours la victoire complète des armées bureaucratiques.

Ainsi, grâce à la confirmation que venait d'obtenir le vérificateur par son larcin, le complot était désormais connu dans ses grandes lignes. Il fallait à présent apporter à sa description un soin méticuleux et l'éclairer dans ses moindres détails. C'était là une des faiblesses d'Aloysius : la rédaction de son rapport toujours l'obsédait. Il en était de même pour tous les fonctionnaires du Bureau. Le mot « rapport » était pour eux une expression magique.

« Que faites-vous, cher ami ? leur demandait-on.

– Je rédige mon rapport », répondaient-ils avec dans la voix quelque chose de majestueux et de définitif.

En prononçant cette phrase, ils avaient tout dit et il était inutile d'ajouter quoi que ce fût.

Pour Aloysius, une bonne vérification devait s'achever par un rapport si parfait qu'il ne pouvait souffrir la plus minuscule contestation. Naturellement, la mise au point de ce texte suprême demandait des exercices et une sorte de méditation préalables. C'est ainsi qu'Aloysius prenait énormément de notes qu'il jetait en vrac sur les pages de ce petit carnet qu'il nommait « ses tablettes ». Ensuite – avant de s'endormir – il les contemplait, attendant d'elles l'illumination qui lui ferait d'un seul coup entrevoir la vérité totale.

Le vérificateur professait qu'on n'inventait rien en ce monde qui ne fût déjà là : découvrir consistait simplement à relier entre eux des objets si éloignés qu'on n'avait pas songé, de prime abord, à les rapprocher. Trouver, c'était assembler ce qui était disparate, c'était proposer une nouvelle synthèse. Voilà pourquoi il notait tout ce qu'il observait du comportement de Blanc-Pétral et de celui des blagoulets, oui, tout jusqu'à la façon dont ils chiquaient ou même dont ils urinaient. Ces détails, certes, paraissaient bien oiseux, mais qui sait si – mise en rapport avec telle ou telle autre remarque – la banale direction d'un jet d'urine n'allait pas apporter au complot tout entier un éclaboussement décisif de lumière ?

Cette nuit-là, après avoir consulté les papiers secrets de Blanc-Pétral, le vérificateur voulut sur ses tablettes rédiger de nouvelles notes puis longuement méditer pour déchiffrer leur sens. Mais, à sa plus grande terreur, il constata qu'avait disparu le carnet où étaient dévoilées ses pensées les plus secrètes et où il avait noté tant de pertinentes observations. Il l'avait rangé à l'intérieur d'une petite poche – de cela il était sûr qu'il ne pouvait en aucun cas l'avoir perdu. On le lui avait dérobé et il n'était nul besoin de réfléchir longtemps pour connaître les auteurs de ce vol : les jumeaux qui, au long de la journée précédente, ne l'avaient pas quitté d'un pas, obéissant à l'évidence aux consignes de Blanc-Pétral dont ils étaient les âmes damnées. Le vol avait certainement eu lieu dans la soirée, quand, pour procéder à une vérification, il s'était imprudemment éloigné de ses affaires personnelles. Il se souvenait à présent que peu après l'égorgeur avait posé sur lui un regard des plus étranges, regard d'une bête de proie sur sa future victime.

Le chef de la blagoulette devait être maintenant en possession de ces notes si compromettantes pour Aloysius. Peut-être ne les avait-il pas entièrement lues, mais il n'y avait guère de doute à ce qu'il eût déjà deviné la nature de la fonction qu'il remplissait. Dès l'aube, il allait entreprendre de l'interroger, de le torturer, pour obtenir la vérité sur les motifs cachés de sa mission. Il n'y avait donc pas d'autre solution pour le vérificateur qu'un départ immédiat. Il s'était d'ailleurs déjà préparé à une telle éventualité, ayant dissimulé sous un chariot tout ce qu'il fallait pour survivre plusieurs semaines dans la jungle.

Quand il fut prêt, il hésita sur la direction à prendre, puis se ravisa. Non, il ne rebroussera pas chemin. Sa mission n'était pas terminée. Il voulait lui aussi aller à Paris et surveiller les agissements de Blanc-Pétral. Son sac sur l'épaule, tenant à la main son gri-gri, il s'éloigna sur l'autoroute à pas légers. Quand il fut à une distance suffisante du bivouac, il alluma une torche.

Immobiles et comme accablés, les laineux s'interrogeaient. Avaient-ils vraiment vécu cet affrontement avec une hydre inconnue et qui moussait ? Et n'était-il pas, ce monstre, une créature visqueuse de leur propre délire ? Sans doute Evariste eût-il commencé à se poser de sérieuses questions à ce sujet – tant le frappait l'irréalité de l'aventure – s'il n'y avait eu, tombant du toit, par larges gouttes molles et retentissantes, ce liquide dont tout son corps était imprégné. Le Fondeur fut le premier à rompre le silence.

« J'ai enfin réussi, dit-il en croisant les bras et en rejetant sa tête en arrière.

– A quoi ?

– A exercer à nouveau mes pouvoirs. Oh ! ce fut long, mais j'y suis arrivé.

– Comment ? Vous voulez dire...

– Oui, ce sont mes paroles de puissance qui ont chassé la bête. »

Le jeune homme ne se sentit pas le courage d'entamer une conversation à ce propos. D'ailleurs il tombait de sommeil et suggéra au Fondeur de retourner dormir au rez-de-chaussée, à côté des choupins – ce qu'ils firent après avoir tenté en vain de calmer les deux animaux qui ne cessaient de marteler le vieux plancher.

Quand ils se réveillèrent, le soleil était déjà haut dans le ciel. Après avoir allumé un feu dans l'âtre noir, bu du thé et mangé quelques galettes, ils sortirent.

Entre les maisons délabrées la rue était blanchâtre et luisante. Chaussée et murs étincelaient, comme vernissés par l'humeur du monstre. Ils marchaient avec prudence, car le sol était aussi glissant qu'une planche savonnée. Evariste n'avait d'ailleurs pas l'esprit tranquille. Quelque chose avait changé dans ce village de l'ancien temps, mais quoi ? Il regarda autour de lui.

Et soudain, poussant un cri, il désigna du doigt l'extrémité du bourg.

« La colline! s'écria-t-il d'une voix éclatante. Regardez la colline ! »

Le Fondeur se retourna et la surprise le fit trébucher. La colline, la colline rouge qui se trouvait en cet endroit la veille et contre laquelle s'adossait le village, la colline avait disparu. Ils la cherchèrent du regard, mais en vain. Ce ne fut que lorsqu'ils sortirent de l'agglomération qu'ils l'aperçurent au loin, dans la vallée.

Parmi la végétation qui verdoyait, elle formait une étrange éminence rouge et brillante, comme si ses flancs eussent été humides. Ils s'en approchèrent, au grand dam des choupins dont les cris navrés débusquaient dans les fourrés avoisinants de grands oiseaux multicolores et à aigrettes. Ne l'eussent-ils repérée qu'ils auraient encore pu la suivre à la trace, cette colline nomade, tant étaient visibles sur le sol les longues traînées laiteuses qu'elle avait laissées derrière elle.

Peu à peu, au fur et à mesure de leur progression prudente, se fit jour dans leur esprit la fantastique vérité. Et ils comprirent ce qu'étaient ces tubes dressés en son sommet, tels des mâts divergents. Cette colline, ce monstre qui hantait la vallée, était une limace géante, créature énorme, molle et caoutchouteuse, se nourrissant de feuillage, suintant de tous côtés et peuplant le majestueux silence nocturne de ses « Martuk » répétés. De l'avis d'Evariste, elle n'était point dangereuse pour l'homme. C'était la curiosité, oui, la simple curiosité qui l'avait conduite à venir jeter un coup d'œil, cette nuit, dans la maison où ils habitaient. Il avait semblé au jeune laineux que la bête n'avait pas pris au sérieux son combat avec lui, considérant cette lutte débonnaire bien plutôt comme un divertissement que comme un duel véritable.

Le Fondeur s'arrêta avec les choupins à quelques centaines de mètres de la limace, faisant comprendre à son disciple qu'en dépit de la renaissance miraculeuse de ses pouvoirs – renaissance qu'il fallait peut-être attribuer à l'influence bénéfique d'Antar, le dieu de l'axe et de la communication entre les divers plans de l'être – il répugnait à s'approcher trop près de ce chaos visqueux et rougeâtre. Et si Evariste, mû par une témérité inutile, se croyait obligé d'aller caresser cette sorte de bouillie vivante, cette flaque de chair dont on pouvait dire qu'elle était presque entièrement dénuée de forme précise, eh bien, qu'il y aille, mais sans lui. D'ailleurs, il fallait bien que quelqu'un gardât les choupins, ceux-ci étant tout prêts à s'enfuir, à en juger par les couloulements d'effroi qu'ils ne cessaient de pousser à présent.

Le jeune homme haussa les épaules et continua sa marche. Chose bizarre, loin d'éprouver une peur quelconque, c'était avec une assurance croissante qu'il s'approchait du monstre. Celui-ci avait tourné la tête dans sa direction (car il avait une tête et le vieux laineux avait tort quand il disait que la limace était informe) et dardait vers Evariste, au bout de ses deux gigantesques trompes, des yeux sombres où il ne décela aucune hostilité. C'était le regard d'un monstre gentil, bonasse même, qui l'observait avec intérêt et sans malveillance. Quand il fut arrivé si près de lui qu'il distingua non seulement la bouche de poisson aux lèvres roses mais aussi les deux petites cornes – dépourvues d'yeux, celles-là – érigées sur le front au pied des grandes, et comme leurs modèles réduits et inachevés, quand il en fut proche au point de respirer son odeur de terre et de sous-bois, l'immense corps s'anima tout à coup de mouvements annelés, qui firent miroiter l'épiderme humide. Puis, à l'ébahissement d'Evariste qui s'arrêta, indécis, la limace se renversa sur le dos dans un bruit de serpillière mouillée, dévoilant la grande terrasse plane de son ventre, mais continuant à diriger sur le jeune homme son noir et naïf regard où il crut lire de la connivence et même une prière.

Oui, c'était bien cela : elle attendait quelque chose de lui, elle désirait qu'il se livrât sur elle à certaines manipulations, mais lesquelles ? Alors, observant son ventre couvert de débris, cailloux, herbes, branchages, détritus divers ramassés au cours de ses reptations, il comprit ce qu'elle réclamait de lui. Elle voulait qu'il la défrichât, qu'il la nettoyât de toutes ses impuretés accumulées et enfin qu'il restituât sa peau à sa propreté première.

Un instant il hésita, jetant même un regard au-dessus de son épaule sur le Fondeur qui, là-bas, le suppliait de revenir, puis, dans un sursaut, il se résolut à répondre aux désirs du mol animal. Enfonçant ses mains dans le flasque épiderme, il réussit après plusieurs tentatives à se jucher sur le ventre du monstre. Celui-ci, on pouvait le dire, était mal en point et son état exigeait des soins immédiats. La peau en cet endroit était empierrée et Evariste éprouva toutes les peines du monde à arracher d'énormes cailloux incrustés dans la chair : on y trouvait même des tuiles et des vieilles bouteilles – et jusqu'à une moto tout entière dont le guidon était si enfoncé qu'il dut rassembler toutes ses forces pour l'extirper. Cette dernière opération fut pénible, à en juger par les « Martuk » déchirants qui l'accompagnèrent, mais à aucun moment l'animal ne fit un mouvement quelconque pour empêcher le jeune homme de poursuivre sa tâche.

Après une heure de travail acharné, Evariste se redressa et, les mains sur les hanches, considéra le ventre plat de l'animal avec une certaine satisfaction. Non qu'il l'eût entièrement nettoyé (il aurait fallu pour ce faire des jours et des jours de labeur), mais au moins avait-il réussi à le débarrasser des incrustations les plus douloureuses, barres de fer, vieux fruits pourris, débris de charpente : traces des anciens cheminements, pierres et souvenirs accumulés jadis dans l'étourderie, dans l'inconscience de la jeunesse et de la progression, et qui, aujourd'hui, le poignardaient. Une dernière fois, et en tâchant de ne point glisser, il traversa le ventre de la limace – et c'est alors qu'il la vit.

Elle était si profondément engloutie, si noyée dans cette chair rouge et suintante, que sans le soleil qui en fit étinceler une minuscule parcelle, il ne l'aurait point aperçue. Il s'agenouilla, plongea ses mains dans la peau qui bavait et la retira de son écrin vivant.

C'était une pierre grosse comme le poing, cristal éblouissant qu'il était impossible de regarder sans ciller et sans détourner les yeux. Elle paraissait s'emparer de toute la clarté environnante pour la rassembler en son sein et la restituer en vifs stylets de lumière. Evariste fut à ce point incommodé par ces ardentes éclaboussures qu'il la rangea promptement dans sa poche.

Qu'était cette pierre ? La limace l'avait-elle ramassée comme les autres en rampant sur le sol ou bien...

Ou bien n'était-elle pas, cette pierre dure, précise, irradiante, la concrétion unique de cette masse molle, informe et ténébreuse ? N'était-elle pas le contraire brillant et induré de cette chose visqueuse et sans éclat ? Et de même que dans le noiroir un soleil secret est caché, de même dans ce chaos bavant et rampant, dans cette immondice ambulante, un joyau sec et pur reposait qui attendait la main du chercheur pour apparaître.

En tout cas, même s'il ne pouvait admirer cette merveille qu'à la tombée de la nuit, il s'agissait d'un précieux souvenir de cette... Martuk. D'autorité, il attribuait à cet animal le genre féminin. Pour lui, il n'y avait aucun doute : la limace était femelle. Et la pierre, née de son flanc, était un don de la féminité, le pur cristal formé par sa nature obscure et humide.

Il osa une dernière fois tremper sa main dans l'humeur qu'elle sécrétait comme la bouche la salive, puis, s'asseyant à même cet épiderme chaud, il se laissa glisser au sol. Quand il eut rejoint le Fondeur, celui-ci commença par lui reprocher ce qu'il appelait ses « atermoiements ».

« Il faut poursuivre notre chemin, s'écria-t-il. Quiconque piétine sur la voie n'est pas digne d'elle. »

Il avait prononcé ces derniers mots avec son intonation de maître, ce qu'il estimait être le ton sonore de la dignité et de la gravité. Il ne put garder longtemps son sérieux. Evariste était par trop comique avec tout ce liquide qui l'enveloppait, au point que le saisir eût été quasiment impossible.

« Sais-tu à quoi tu ressembles ? A un enfant tout poisseux qui sort du ventre de sa mère.

– Et vous, maître ! répliqua le jeune homme en riant aux éclats. Vous ne vous êtes pas regardé ! Toute la nuit, la limace a bavé sur vous. On dirait que vous sortez d'un tonneau d'huile. Avec quoi pensez-vous vous débarrasser de cette... colle ?

– Eh bien, mes pierres ponces... » commença le vieux laineux.

Il ne put aller plus loin : son disciple poussait de tels gémissements d'hilarité qu'il se mit à hoqueter à son tour.

« Cette fois-ci, vous n'échapperez pas au bain ! »

finit par dire Evariste, réflexion que le Fondeur accueillit avec un mouvement d'effroi.

Cependant, les deux hommes s'étaient remis en marche et avaient atteint le bord de la rivière. Evariste découvrit pour se baigner un lieu idyllique : plusieurs rochers formant une sorte de salle de bain qu'ombrageaient de grands buissons d'hibiscus et des palmiers éventails où le vent susurrait une vieille histoire. Le jeune homme enleva sa robe de bure et son caleçon et se plongea, nu et blanc, dans une eau délicieuse. Il se lava les cheveux et le corps tout entier avec un bout de savon acheté jadis à Marseille. Alentour, et dans les rayons de soleil qui perçaient le feuillage, bourdonnaient les insectes, musique de bonheur et de jeunesse qu'Evariste écoutait en songeant à Anne. Ah ! que n'eût-il donné pour la voir se baigner à côté de lui ? Il aurait donné jusqu'à sa pierre, jusqu'à ce pur cristal arraché à l'impure mollesse de Martuk. Il sortit de l'eau, alla tirer la pierre de sa poche et la posa, à côté de ses tenailles, sur le sol. Puis il se mit à faire la lessive, frappant de toutes ses forces sa robe mouillée sur une roche plate. Quand ses vêtements furent propres, il se rhabilla.

Il avait déposé la pierre dans une anfractuosité, entre les racines d'un arbre dont le tronc ressemblait au corps levé d'un crocodile – ou d'un varan ! C'était un de ces recoins où le noiroir abondait, un de ces terriers où la ténèbre patiente jusqu'à la fin du jour pour sortir. Eh bien, même recouverte par l'ombre de l'ombre, elle étincelait comme si elle fût elle-même une source de lumière, un petit du soleil posé au cœur de l'obscurité. Il la remit soigneusement dans sa poche avec ses tenailles et chercha le Fondeur du regard. Le vieux sage ou le vieux fou (peu importe : c'est la même chose) avait disparu. Evariste, suivant les traces des sandales de son maître, remonta la rivière.

Après une centaine de mètres, il finit par l'apercevoir, dans une position et une tenue bien étranges. Le Fondeur était nu et se penchait sur la rivière en remuant les lèvres. En cet endroit le cours d'eau formait un coude, remplissant à ras bord une piscine naturelle avant de se précipiter, écumeux et murmurant, vers l'aval et le village. Dans cette petite mare quadrangulaire, la surface de l'eau était paisible, à peine troublée par les passages d'insectes aux longues pattes. Mais ce n'était pas à eux que parlait le vieil homme, mais à lui-même ! Oui, il s'entretenait avec son propre reflet, se penchant vers lui, au point qu'une mèche de sa chevelure blanche touchait l'eau.

Evariste éprouva une impression bizarre : son maître était si maigre, si malingre même que – dépouillé de sa robe – il faisait penser à quelque oiseau déplumé et malheureux. En outre, la crasse accumulée depuis son enfance – crasse dont les vaillantes pierres ponces n'avaient pas réussi à venir à bout – formait sur son corps une grisâtre enveloppe dont la couleur tranchait avec le visage harmonieusement cuivré. On voyait sur sa peau et au niveau de la cage thoracique des traits en zigzag, lignes où la carapace avait craqué, dévoilant le trésor d'un rose épiderme de bébé. Devant ce spectacle, Evariste n'hésita pas : il se glissa derrière le Fondeur, puis, posant son pied sur des fesses si maigres qu'elles ressemblaient à deux crosses de carabines collées l'une à l'autre, il le précipita dans l'eau, le poussant à l'intérieur même de son reflet, vers l'unité.

Que de malédictions, de gémissements et d'insultes hargneuses provoqua ce geste salutaire, que de menaces aussi et que de poings brandis ! Mais, quand fut passé l'orage, le Fondeur, au lieu d'essayer d'échapper « à ce liquide innommable », resta debout et silencieux dans la piscine dont la profondeur, heureusement, n'excédait pas sa taille. Puis, pour finir, et avec un regard en coulisse, il demanda à Evariste d'une voix mourante de lui passer, euh...

Comment appelait-il déjà cette chose visqueuse dont le contact était si désagréable ?

« Vous voulez dire le savon, maître ! »

Oui, le savon, par le Dieu Total ! Le savon ! Et il se mit à se laver en chantant, se frottant avec une vigueur que sa frêle stature n'aurait laissé supposer. Quand il eut terminé et fut sorti de l'eau, c'est un vieillard rose qui posa sur la berge son pied régénéré.

Comme les deux hommes remontaient de l'autre côté de la vallée en tâchant de suivre la direction indiquée par les arches détruites du viaduc, le Fondeur affirma que les vieilles idées périmées enrobaient notre vie d'une carapace grisâtre dont il importait de se débarrasser. Ainsi, lui n'avait pas hésité à se plonger dans l'eau, s'intégrant à son propre reflet, c'est-à-dire à son autre lui-même – et triomphant du même coup d'un très ancien préjugé qui...

Evariste l'interrompit :

« Mais, maître ! s'écria-t-il, scandalisé, maître ! C'est moi qui vous ai précipité dans la rivière ! »

Non, non ! Il était sur le point de le faire ! Il se courbait, il se penchait déjà vers l'eau bienfaisante quand son disciple avait, en quelque sorte, précédé son mouvement. Vexé, Evariste préféra ne point poursuivre le débat.

Ils accédaient à nouveau à l'autoroute dont la travée recouverte de terre, de végétation morte, d'humus et de champignons venait de surgir devant eux. Sur la droite, dominant superbement la vallée et le viaduc effondré, se dressait – telle la réponse apportée au Briseur de Pont – une station du Dieu Antar. Ils se recueillirent un instant devant le rectangle quaternaire, image de l'accomplissement maîtrisé, de l'intégration, du remembrement. Oui, songea l'adolescent illuminé, Antar était vraiment le Dieu de l'axe, de l'équilibre et de l'harmonie. Il présidait aux noces très subtiles de l'essence et du super, du feu d'en bas avec le brasier d'en haut. Comme il songeait à ce brillant mariage vers lequel doit tendre l'être en métamorphose, une idée lui vint, chuchotée par la voix sereine du maître intérieur, idée qu'il s'empressa de claironner à l'adresse de son compagnon :

« Ecoutez-moi ! Ecoutez-moi ! s'écria-t-il en tendant les mains vers les deux idoles métalliques érigées devant lui. Ecoutez-moi ! » insista-t-il.

Puis, se tournant vers le Fondeur :

« Vous m'avez bien dit que sur l'une de ces pompes est inscrit le mot *Essence* et sur l'autre le mot *Super*, n'est-ce pas ? prononça-t-il avec effort et une sorte de douloureuse gravité.

– C'est exact, reconnut le vieil homme en écarquillant les yeux dans sa direction.

– Eh bien, que donnent ces deux mots si on les assemble et les contracte pour n'en former plus qu'un ?

– Je ne sais pas... Sangsue ? hasarda le Fondeur, suscitant aussitôt la colère d'Evariste.

– Non, non ! s'écria-t-il en tapant du pied sur le sol, faisant retenir sourdement les grandes cuves qu'il dissimulait, non ! Cela donne le mot Esper. Ainsi, en unissant l'essence et le super, en les mariant, en les rassemblant pour former une entité rénovée, on obtient le mot Esper ! »

Et toute la soirée qui suivit le jeune homme se répéta ce mot dont les vibrations l'enchantaient et l'apaisaient. Oui : espère, Evariste ! Espère ! Car la voie est longue dans la caverneuse forêt, longue et dangereuse et terrifiante. De toutes parts dans l'obscur de l'obscur, dans le noiroir chaotique, se concentrent les périls, s'affirment les obstacles, se précisent les épreuves. Partout, en toutes occasions, se dresse la silhouette grise du Brouilleur de Piste, du Bancal Pétochard, de ce sacré Butor Prétentieux ! Son influence s'exerçait par l'intermédiaire de ce petit être au visage hagard : le doute qui sans cesse tournait la tête vers le chemin déjà accompli. « A quoi bon ? » gémissait-il. Ou bien : « Pourquoi au fait sommes-nous partis ? » Ou encore : « Crénom ! Un peu de bon sens ! Sachons reconnaître nos erreurs ! Revenons en arrière, nous sommes en pleine illusion. C'est de la folie pure ! De l'enfantillage ! » Les deux laineux auraient aisément triomphé du doute susurré par l'analyste en chef (nous avons nommé le Branleur de Poux) s'il n'y avait eu les clapattes.

Ceux-ci passaient vraiment la mesure, encerclant chaque nuit les laineux de leurs plaintes déchirantes, de leurs petites silhouettes immobiles et spongieuses. Dès que le soleil déclinait, les deux voyageurs s'empressaient de chercher l'endroit le plus favorable à un campement nocturne. Ils commençaient par allumer un grand feu pour éloigner les moustiques et cuire leur maigre ration de riz dont ils tâchaient le plus possible d'être économes. Ensuite, une fois avalé leur pauvre repas qu'agrémentait de temps à autre un fruit tombé d'un arbre, ils étalaient à même le sol une couverture imperméable et tâchaient de s'assoupir, en oubliant les insectes, les fauves qui rugissaient au loin, les fourmis et les termites monstrueux.

Dès qu'ils avaient fermé les yeux s'approchaient les clapattes dont les plaintes ne cessaient qu'avec l'aube. Et plus les laineux s'avançaient sur la voie et plus les clapattes s'enhardissaient. Il n'était pas rare qu'à l'aurore fût visible, à trois pas de l'endroit où les aventuriers spirituels avaient en vain cherché un impossible sommeil, la trace de leur présence nocturne : les trous qu'ils avaient creusés pour y loger leurs pieds. Attendaient-ils quelque chose des laineux ? De même que la limace Martuk s'était retournée sur le dos afin de faire comprendre à Evariste l'important service qu'il pouvait lui rendre, de même ces enfants tristes s'assemblaient chaque nuit autour des deux hommes dans l'espoir d'une action qui les délivrerait de leur éternelle souffrance. Le plus étrange dans toute cette histoire était que ni Evariste ni le Fondeur n'éprouvent la moindre crainte de ce fâcheux voisinage. Ils avaient décrété une bonne fois pour toutes que ces adolescents désespérés n'étaient pas dangereux. Ils avaient mal, ils se plaignaient : c'étaient des enfants martyrs et non point, par exemple, des étrangleurs, comme Tanguy l'avait affirmé. Plusieurs fois, Evariste, en se levant la nuit pour assouvir à quelques mètres du campement un besoin naturel, s'était heurté à leurs petites silhouettes humides et gélatineuses, éveillant des cris terribles mais aucun geste de défense. Les clapattes ainsi dérangés se bornaient à extirper leurs pieds de leurs gangues terrestres et à s'enfuir dans les fourrés. Si leur rassemblement ne présentait aucun danger pour les laineux, il provoquait une gêne considérable. A tout prendre, ils auraient presque préféré affronter des fauves ou des fourmis monstrueuses.

Car la douleur sonore des clapattes les empêchait de dormir, entraînant un ralentissement de leur progression sur la vieille autoroute. Fatigués, ils sentaient chaque matin Paris presque aussi éloigné d'eux que la veille, un certain découragement les saisissait. Alors, ils se mettaient à écouter les argu-ments du Branleur de Poux, devenaient nostalgiques, bafouillaient des souvenirs lointains, évoquaient leur passé marseillais avec des larmes dans les yeux. Quant aux archipels, image de la Totalité à conquérir, eh bien, il s'agissait d'une malheureuse illusion. C'était parce qu'ils craignaient d'affronter le réel, les travaux, et les jours qu'ils recherchaient ainsi un impossible paradis. Il s'agissait là d'un simple itinéraire de fuite – qui les conduirait au désespoir et au suicide, car, à la vérité, il n'était point d'archipels. Le Réel se bornait au réel, c'est-à-dire à ce qui était immédiatement tangible et visible.

Le Bourreau de la Plénitude avait tôt fait de parler « d'histoires à dormir debout » quand les laineux évoquaient la quête du moi intégral, l'ardent désir de réalisation qui les poussaient en avant. Certains matins de tristesse et de lassitude, ils faillirent rebrousser chemin. Mais si forte était l'énergie en expansion qui cherchait, à travers eux, à prendre pied sur un palier supérieur, qu'ils ne s'abandonnaient jamais longtemps à un tel découragement. Il suffisait qu'un rayon de soleil franchît le feuillage et vînt, au terme de sa course poudreuse, allumer sur le gazon du sous-bois un feu sans flammes pour que le mystère de la vie se rappelât à eux.

Alentour, au-delà des minces cloisons du réel – panneaux que le coup de pied de l'imagination aisément défonçait – s'étendait un univers de galeries profondes, d'abîmes, de hauteurs brillantes. Selon le Fondeur, l'expression « tomber dans le panneau » signifiait : prendre ces cloisons pour l'unique réalité, ne point voir dans la nuit obscure les fenêtres éclairées du divin, ignorer sur les champs de la terre le tracé des sillons ténébreux où le ciel accomplissait ses semailles.

Mais toutes ces méditations sur ce que le vieil homme appelait « le sens » ou « la voie » ne devaient point les empêcher d'affronter les obstacles et, parmi eux, l'embarrassante réalité des clapattes. Pour retrouver le sommeil, il fallait les éloigner. Comment faire ? En tuer un répugnait aux laineux, chez qui la liquidation de la moindre punaise suscitait d'intenses débats philosophiques. Il n'était pas sûr que cette solution suffît à les chasser. Ne se borneraient-ils pas, la nuit, à établir leur camp un peu plus loin ?

Pour Evariste, il fallait régler cette question avec humanité. Si les clapattes criaient, c'était parce qu'ils souffraient. Et pour qu'ils cessent de crier, il fallait les empêcher de souffrir, en un mot, il fallait les guérir ! Dans un premier temps il était donc nécessaire de s'emparer d'un de ces enfants désespérés afin, selon la propre expression d'Evariste, « de le mettre en observation ».

Mais capturer un clapatte n'était pas une entreprise facile et les laineux s'en rendirent compte rapidement. Toutes leurs tentatives furent vouées à l'échec, soit que le clapatte en question leur glissât entre les mains, soit qu'il se dérobât dès que les deux hommes esquissaient un pas vers lui.

« Maître, que faire ? demanda Evariste au Fondeur à la suite de tous ces efforts avortés.

– Précisément, ne rien faire, dit le vieux sage, laisser les choses advenir. »

CE n'est pas sans une certaine appréhension qu'It'van pénétra dans l'immense termitière, tremblement analogue à celui qu'il avait éprouvé en s'engouffrant dans la jungle. Pour atteindre la ville souterraine, il avait fallu quitter l'A6 en empruntant ce que le marmouset avait appelé « la sortie d'Avallon », du nom d'une morte cité de l'ancien temps dont les ruines gisaient dans la forêt, à l'écart de l'autoroute. Ensuite la crissante colonne d'insectes avait suivi sur une trentaine de kilomètres une étroite chaussée gardée çà et là, surveillée par des petites et nonchalantes garnisons de guerriers termites.

Ni Souffleur, ni Crochetête, ni Gros-Cul ne semblaient porter dans leur cœur ces sentinelles arrogantes et paresseuses qui arrêtaient l'armée sous prétexte (comme le traduisit pour It'van le docteur Khô-Khô) « de la contrôler au nom de Sa Majesté la reine Blancheboudine et de vérifier si quelque ennemi ne s'était pas glissé dans ses rangs ». D'ailleurs, chaque fois, comme l'antenne du « contrôleur-douanier » frôlait le jeune homme, le marmouset devait recommencer le même discours : c'est vrai, It'van n'était pas un termite, mais il était néanmoins un ami et lui, le docteur Khô-Khô, médecin de la reine, conseiller privé de la monarchie, s'en portait garant. De toute évidence, la présence d'It'van posait de délicats problèmes en matière de droit termite, car les contrôleurs, après avoir longuement fixé le jeune homme de leurs yeux de langouste, se concertaient en tapotant leurs crachotières et en faisant vibrer leurs trappettes.

Alors s'impatientaient les trois énormes soldats de la garde royale. Crochetête claquait ses mandibules de façon menaçante. Gros-Cul se retournait et montrait à l'extrémité de son laiteux abdomen le dard étincelant qui l'achevait, et pour finir Souffleur, faisant mine d'éternuer, expédiait sur les pointilleux contrôleurs quelques gouttes de sa mélasse nasale; dégoûtées, les sentinelles se retiraient en désordre et libéraient le passage.

« Pourquoi tous ces gardes ? » demanda It'van au marmouset.

La région était peu sûre, expliqua le petit docteur. La sombre cavalerie des fourmis noires la parcourait en bandes sauvages et tendait des embuscades aux colonnes termites. Bratoc, la reine de la ténébreuse fourmilière de Clamecy, avait voué depuis peu à Blancheboudine une haine inexpiable, haine qui était en passe de déboucher sur la guerre. Certes, il n'y avait eu jusqu'à présent que de petits combats d'escouade et des coups de commandos, mais on sentait se dessiner un conflit qui embraserait dans peu de temps toute la forêt d'Iscambe jusqu'à Paris.

« Et tout cela, gémit le marmouset en se frappant les mains, pour des raisons ridicules. Tellement ridicules que c'est à s'en couper le bourrechou avec les dents. »

Pour résumer l'affaire, il fallait qu'entrât en scène le personnage le plus grotesque de toute la jungle, le grillon Haillon (c'était ainsi qu'il s'appelait). Le grillon Haillon était un de ces musiciens ambulants qui allaient de fourmilière en termitière et de termitière en fourmilière pour chanter avec des voix doucereuses et en faisant grincer ses élytres les hauts faits des guerriers et la splendeur des reines pondeuses. Un flatteur, voilà ce qu'il était surtout, le grillon Haillon, un courtisan qui affectait une tenue négligée, se laissait pousser les poils de poitrine, ne se nettoyait jamais les pattes, tutoyait grossièrement les reines et contrefaisait le désespéré, l'insecte solitaire dans un monde où il était de trop pour l'éternité.

Il avait tout de suite conquis la reine Bratoc en affirmant qu'elle était la plus belle des créatures du monde souterrain. Or l'on pouvait tout dire de la reine Bratoc : qu'elle était intelligente, puissante, généreuse, ou qu'elle pondait avec une rapidité sans égale – mais non qu'elle fût belle. Car à la vérité c'était le monstre le plus hideux de toute la forêt : noirâtre plutôt que noire, cloquante et boursouflée, borgne et puante (au point qu'elle empestait toute la vallée de l'Yonne), elle était gigantesque, mesurant plus de trois cents mètres, ce qui la rendait incapable du moindre mouvement.

Le compliment du grillon Haillon l'avait rendue comme folle. Elle ne pouvait plus s'en passer : il fallait qu'il fût toujours là à ses côtés et qu'il chantât. Quoique n'y comprenant goutte, elle s'enivrait de ses propos sur l'absurdité de la vie et sur « l'existence qui, à l'évidence, précédait l'essence ». Elle étonnait grandement ses généraux en son conseil quand elle déclarait au milieu d'un exposé stratégique que, sans aucun doute, « l'enfer c'était les autres ».

Le grillon Haillon, qui cherchait surtout à jouer l'important et à se prélasser, s'était trouvé rapidement en butte à l'hostilité sournoise des habituels courtisans de la reine des fourmis. Son extraordinaire faveur avait suscité en effet bien des mécontentements. Il n'était pas rare que, se promenant dans les galeries, il reçût dans l'arrière-train une piqûre traîtresse dont il n'avait pas le temps d'apercevoir l'auteur. La place de grand favori n'était point de tout repos, d'autant que Bratoc commençait à avoir des exigences, lui demandant de plus en plus fréquemment de frotter son museau contre le sien ou de lui gratouiller l'abdomen avec ses antennes.

En outre – et c'est ce qui causa la fuite du grillon Haillon, lequel aimait par-dessus tout s'empiffrer – la nourriture ne lui convenait pas. Il faut dire que les fourmis noires avaient une façon assez répugnante de l'absorber. Elles entretenaient à dessein d'immenses troupeaux de poux – de gros poux qui paissaient et ruminaient toute la journée. Le soir, à l'étable, elles leur chatouillaient le ventre d'une certaine manière, collaient leur bouche avide à ce qu'il faut bien appeler l'anus de ces grosses boules hirsutes et sans grâce et recueillaient la goutte du miellon qu'elles ne tardaient pas à expulser. L'orgueilleux saltimbanque, quoique couvert lui-même de vermine, se décrivait comme « un artiste délicat et raffiné ». Il affirmait avoir été indigné et dégoûté par ces nauséeux banquets. La vérité était que, pour se nourrir, il eût collé sa bouche à n'importe quoi, mais qu'il en avait soupé du miellon.

Il s'enfuit donc et, le ventre vide, vint chercher le gîte et le couvert chez Blancheboudine. Celle-ci, enchantée de jouer à Bratoc, qu'elle détestait, un tour à sa façon, l'accueillit et lui donna auprès d'elle le même rôle qu'il avait interprété auprès de la reine des fourmis. Non qu'elle fût dupe des flatteries exagérées du grillon (n'avait-il pas déclaré qu'elle était « mignonne et sémillante », elle qui pesait cinquante tonnes et mesurait deux cents mètres ?), mais elle aimait l'écouter chanter le désespoir et l'absurdité de la vie.

Depuis quelques mois, elle traversait la période la plus noire de son existence. Son corps immense lui pesait comme un fardeau insupportable. Les souvenirs l'assaillaient, images du temps où – mignonne et sémillante en effet – elle avait fondé cette termitière avec le jeune roi. Ils avaient vécu ensemble des moments d'intense bonheur, et puis l'avaient accaparée ses tâches maternelles : la ponte incessante qui formait son principal devoir. Elle l'avait accomplie avec plaisir, avec amour même, et cela jusqu'à une période récente. Depuis peu, hélas ! elle ne pouvait s'empêcher de se demander pourquoi elle pondait. « A quoi bon ? se disait-elle. En voilà un, et encore un, et encore un. Ne suis-je donc bonne qu'à pondre ? » L'affectait aussi le comportement du vieux roi à son égard, lequel la considérait non tant comme une compagne que comme la reine des pondeuses.

Bref, elle était devenue mélancolique, acariâtre et déprimée. C'est pourquoi les chansons tristes du grillon Haillon lui plaisaient. Elle y trouvait comme un reflet de son désespoir, un écho à sa propre solitude. Les centaines et les centaines de milliers de termites qui l'entouraient ne l'empêchaient pas de se sentir seule, atrocement seule, au milieu de cette foule affairée. S'il n'y avait eu le marmouset qui l'écoutait avec déférence et l'abreuvait de ses conseils, et « cet imbécile de grillon Haillon » dont les chants poignants la berçaient, elle se fût abandonnée à la désespérance, allant jusqu'à cesser de pondre – ce qui était, au regard de la loi termite, signer son arrêt de mort.

Dans un autre état d'âme et devant l'imminence d'une guerre elle eût restitué le grillon à Bratoc, mais voilà : ces mélodies lui étaient devenues nécessaires. Elles l'apaisaient et lui donnaient le courage de pondre, de pondre encore, de pondre toujours. Aussi avait-elle renvoyé les plénipotentiaires de Bratoc venus réclamer auprès d'elle – non sans morgue ni menaces voilées – la personne du saltimbanque. Telle était ce que le docteur Khô-Khô appelait « la genèse du conflit à venir. »

« Mais comment savez-vous tout cela ? demanda It'van. La reine vous fait-elle ses confidences ? »

La poitrine du marmouset se gonfla d'orgueil.

Oui, proclama-t-il sur un ton d'importance, il n'y avait pas d'autre expression : Sa Plantureuse Majesté lui faisait ses confidences. Chaque jour il se juchait sur son corset de chitine et l'écoutait. N'était-il pas, non seulement le médecin de son corps gigantesque, mais aussi celui de sa petite âme tourmentée ? Les deux étaient liés, étroitement liés, si bien qu'il soupçonnait une maladie physique d'être à l'origine de ses souffrances morales et de son hypocondrie actuelle. L'eût-il découverte grâce au suc de la fleur qu'il aurait rendu un grand service à la termitière – mais à cause d'It'van il revenait bredouille. Très certainement il allait se faire réprimander par Blancheboudine, ce qui ne laisserait pas d'enchanter le grillon qui haïssait le marmouset et voulait prendre sa place auprès de la reine. Le témoignage du jeune homme et cette pièce à conviction qu'était la luminosité de son corps subtil seraient peut-être de nature à atténuer la colère de sa puissante maîtresse.

Il était inutile d'ergoter au sujet du lendemain. Non plus que le passé – un passé terrible dont le souvenir l'écrasait – le futur n'était un refuge confortable pour l'esprit du marmouset : il fallait vivre dans le présent et cesser de se projeter à tout propos en avant et en arrière. Entre l'accompli, le poussiéreux accompli, et l'avenir encore inexistant, seul le présent était éternel. Il suffisait de se maintenir à la crête de cette vague en mouvement pour être assuré de ne point mourir. D'ailleurs...

« D'ailleurs, on arrive ! » conclut le docteur Khô-Khô, en proie à des pensées dont tressaillait son visage de vieil enfant.

It'van regarda autour de lui. Le paysage avait changé, la forêt s'était peu à peu éclaircie. Entre les arbres aux troncs dénudés et comme ébranchés, une terre sèche apparaissait que brisaient çà et là d'étranges boursouflures et des excavations entourées de murets de glaise. Au-dessus de ces trous régulièrement disséminés s'apercevaient de vibrantes antennes, des têtes cuirassées – mandibules et clapoutons brandis. It'van comprit leur raison d'être. C'étaient des retranchements, des guérites, des redoutes à l'intérieur desquels d'énormes guerriers veillaient. Sans doute – à en juger par leur très savant ordonnancement – s'agissait-il des ultimes fossés et fortins avant la termitière proprement dite.

Le jeune homme lumineux avait vu juste. La forêt cessa, délimitant une clairière si vaste que le regard n'en pouvait embrasser la totalité. Au loin, vers l'ouest et le soleil qui lentement se couchait, des montagnes aux sommets couverts de neige se dressaient. Plus loin encore, le ciel embrasé, le ciel pur et idéal entre ses archipels de nuages, le ciel spirituel enfin aspirait par la bouche des noirs volcans le feu d'en bas comme s'il voulait l'intégrer et se conjoindre à lui.

Mais le plus impressionnant, et ce qui parut à It'van d'une beauté saisissante et majestueuse, était la colline au centre de la clairière. Haute de deux cents mètres, parfaitement conique comme si elle eût été l'inverse du trou où il avait vaincu la fleur, ses flancs brunâtres ne comportaient pas la moindre végétation tandis que son faîte s'ornait d'une monumentale construction de l'ancien temps.

« La termitière, dit le marmouset en désignant la colline. Certes vous n'en voyez qu'une toute petite partie, car elle s'enfonce profondément dans la terre. Et cette montagne n'est qu'un minuscule bonnet posé sur la tête du géant dont les pieds s'enracinent très loin en dessous, presque sur la rive de l'océan de feu.

– Et ce bâtiment d'autrefois ? demanda It'van en montrant le sommet.

– Ce bâtiment ? Ce n'est pas un bâtiment, corrigea le docteur Khô-Khô, mais un sanctuaire de la vieille civilisation, lieu sacré voué au contact du ciel et de la terre, qui s'appelait Vézelay.

– Vézelay ?
– Oui. Vézelay. »

Tandis que la colonne s'approchait de la termitière, It'van fixa sur la sainte construction un regard attentif. Au-dessus, comme si le sanctuaire en eût été l'axe, pesait le disque rose du ciel. En dessous commençait l'empire de la ténèbre souterraine, monde occulté en temps ordinaire mais dont le jeune homme entendait – dont il croyait entendre – l'immense rumeur. De ces deux mondes, le temple juché à la pointe de la termitière paraissait être la jonction, le lieu de passage.

« Il y avait une ville jadis sur les flancs de cette colline, poursuivit le marmouset. Mais les édifices qui la composaient ont été engloutis et comme rentrés en dedans par les insectes afin de n'offrir aux éventuels agresseurs que des pentes nues, beaucoup plus faciles à défendre.

– Mais pourquoi ont-ils conservé le sanctuaire ? s'étonna le jeune homme.

– D'abord, à cause des deux toits en flèche qui le surmontent et dans lesquels les termites voient l'image idéalisée de leurs propres antennes. Le temple lui-même est pour eux un gigantesque termite de pierre. Ensuite, l'autre raison qui a motivé le maintien du sanctuaire est tout simplement qu'il leur est utile.

– Comment ? Ils l'utilisent ? Vous voulez dire qu'ils y célèbrent des cérémonies ?

– Plus que des cérémonies, des métamorphoses. C'est la plus grande des chambres de métamorphose et la plus recherchée aussi. Mais je vous expliquerai cela en détail demain en vous faisant visiter la termitière. Nous arrivons à l'entrée du royaume d'une des puissances de la terre, j'ai nommé la reine Blancheboudine. »

L'entrée ? Quelle entrée ? se demanda It'van. Devant lui, il ne voyait que la paroi nue de la colline. Il jeta au marmouset un regard interrogateur.

Celui-ci remua les lèvres en pointant son doigt devant lui.

Alors le mur de glaise se lézarda, se fendilla puis s'abattit sur une dizaine de mètres, démasquant une haute et caverneuse galerie précédée d'une salle immense au plafond si éloigné que, même avec le jour qui pénétrait à flots, il n'était pas visible. Une foule de guerriers était amassée dans cette sorte de vestibule qui aussitôt entourèrent Crochetête et se mirent à diriger leurs antennes vers It'van et vers le docteur Khô-Khô. Répondant sans doute à de nombreuses questions qui touchaient non seulement à la présence d'It'van mais aussi au résultat de l'expédition, le marmouset, se plaçant d'autorité sur les épaules du jeune homme, se mit avec de grands gestes et en agitant silencieusement les lèvres à haranguer cette vibrante assemblée.

Quand s'acheva le discours du petit médecin, les énormes soldats parurent satisfaits et entreprirent, les uns après les autres, de chatouiller le jeune homme de l'extrémité de leurs antennes.

« Savez-vous ce qu'ils font ? lui lança son minuscule compagnon. Ils sont en train de faire votre connaissance.

– Mais... qui sont-ils ?

– La plupart sont de très importants personnages : officiers d'état-major, directeurs des convois ou architectes. Ce termite blanc, auguste et vénérable, n'est autre que le Grand Maître des métamorphoses. Quant à ces tout-petits-là, aux têtes poudrées et qui prennent un malin plaisir à vous gratter la cuisse, ce sont les jeunes freluquets de la cour. S'ils vous gênent, vous n'avez qu'à me le dire. Je les éloignerai d'un coup de savate. »

Ces contacts étranges, ces picotements analogues à ceux que l'on peut éprouver en marchant nu au milieu des broussailles, suscitaient chez It'van un certain malaise. Ses muscles étaient noués, tout son corps était crispé par une sensation proche de l'affolement et du dégoût. Et sa monture dut le sentir, car elle lui vint en aide : claquant des mandibules et blaffant avec véhémence, Crochetête, le serviable Crochetête dont les trappettes fumaient, fit le vide autour de lui.

« Il est temps, dit soudain le marmouset en tapotant amicalement la joue du jeune homme. Je sais que vous êtes un peu... effrayé. Mais, vous verrez, cela s'arrangera. Dites-vous bien que tous ces termites sont des âmes pures, naïves et nobles. Ils ne vous veulent absolument aucun mal, tant que vous ne vous opposez pas à l'esprit de la termitière. Si vous devenez un ennemi, alors bien entendu ils sont capables de vous déchiqueter en morceaux si petits que vous passeriez au travers d'un tamis. Mais cela n'arrivera pas, car je sens en vous un accord avec le monde souterrain. A propos, je vous recommande ceci : soyez aimable avec la reine. Tâchez de lui plaire, mais sans mentir, car ses petites antennes détectent le mensonge et tout ce qui ressemble à des propos artificiels. C'est ainsi qu'elle n'est pas dupe des simagrées de Haillon et s'il ne chantait si bien cela fait longtemps qu'il serait réduit en poussière. Bref, quand vous serez introduit auprès d'elle, ne cherchez pas à l'impressionner : bornez-vous simplement à être vous-même et tout ira bien.

– Quand aura lieu cette audience ?

– Demain, je pense. A moins que... à moins qu'elle ne choisisse de vous faire faire antichambre. Oh ! c'est dans son caractère. Je connais bien ma souveraine et je sais qu'elle n'aime rien tant d'être désirée. D'ailleurs, nous verrons bien ! A présent, je vais vous conduire à vos appartements.

– Mes appartements ?

– Oui, et des plus confortables, vous le constaterez. Ensuite, je vous quitterai pour aller rendre compte de ma mission à la reine. »

Toujours juché sur Crochetête qui manifestait son plaisir par une multitude de petits crissements, cointements, joyeuses claquatouilles agréables à entendre, ils s'enfoncèrent dans l'empire obscur de la termitière. Obscur, vraiment ? Non, car une douce lueur baignait les galeries comme si des torches les escortaient. Le marmouset agita le grelot de son rire quand le jeune homme lui demanda l'origine de cette surprenante clarté.

« Mais c'est vous ! finit-il par dire en pouffant. C'est votre phosphorescence qui nous éclaire. Vous êtes un homme doré à présent. Et votre victoire sur la fleur carnivore, sur la grande engloutisseuse, vous permet d'explorer le monde souterrain en diffusant votre propre lumière. Ce triomphe vous a rendu capable de percer le secret des ténèbres. »

C'était vrai : It'van était devenu un homme-lampe. Grâce à la luminosité de son aura, il pouvait maintenant voir dans la nuit épaisse. Ce qu'il voyait, c'était un dédale de galeries aux parois humides où croissaient d'étranges champignons à chevelure blanche. Des théories de termites aveugles y passaient en hâte, transportant des chargements divers, poutres, coffres, cadavres d'insectes et jusqu'à des œufs royaux acheminés à grands soins vers les différentes salles de couvaison.

Parfois se faisait entendre un martèlement régulier. C'était un détachement de mélassiers qui surgissaient et mettaient aussitôt leurs proéminentes curnules en batterie devant Crochetête. Les paroles apaisantes du marmouset les éloignaient, mais bientôt c'était au tour d'une troupe de mandibuliers de fondre sur eux en faisant castagner leurs armes. Tout était à recommencer et Khô-Khô finit par exhaler son mécontentement.

« J'en ai assez, dit-il. Il faut que la reine avertisse toute la termitière de votre présence, sinon nous ne pourrons faire un pas sans être arrêtés. »

Quittant la galerie principale, énorme tunnel où les insectes s'affairaient, ils s'engagèrent dans une étroite et montante ruelle, beaucoup plus calme parce que située à l'écart des mouvements d'approvisionnement et de stockage. Crochetête la gravit au pas de charge. Le pauvre termite ahanait : sans doute devait-il commencer à ressentir une certaine fatigue. Souffleur et Gros-Cul les avaient quittés depuis longtemps pour regagner dans les profondeurs les garnisons de la garde royale et Crochetête aspirait à les rejoindre afin d'y savourer lui aussi un repos justifié.

« Sommes-nous loin encore ? demanda It'van.

– Nous arrivons, dit Khô-Khô. Regardez ! »

Devant eux surgit une rue de l'ancien temps avec ses échoppes, ses magasins, ses restaurants, déserts naturellement – une rue souterraine et nocturne qui, jadis, avait connu la lumière du jour. C'était Vézelay, expliqua le petit homme. Oui, c'était cette ville en dedans que les insectes avaient intégrée à la termitière afin de laisser lisses et nues les pentes de la colline. On y logeait ordinairement les hôtes de marque, mais il se trouvait aussi certains officiers ou fonctionnaires importants pour avoir choisi d'habiter ici, dans des hangars ou des garages, car l'entrée étroite de ces demeures était un obstacle infranchissable pour les grands termites. En fait, seules les petites ouvrières à jabot pouvaient s'y introduire : ce qui était une chance, car c'était elles précisément qui étaient chargées de la propreté de l'endroit.

Les mains sur les hanches, toujours juché sur les épaules de son compagnon, le marmouset se mit à déchiffrer, en renversant la tête en arrière, les enseignes des principaux commerces.

« Boulangerie, disait-il. Voulez-vous loger chez le boulanger ? Chez le pharmacien, peut-être ? Ou au café-tabac ?

– Comment ? Vous pouvez lire l'écriture ancienne ? s'étonna It'van.

– Oui, c'était jadis obligatoire pour les marmousets à Paris. Ne serait-ce que pour se retrouver dans le labyrinthe des rues. Alors, dites-moi où vous désirez habiter.

– Ici ! » décida le jeune homme en indiquant une maison à l'aspect harmonieux et au seuil surmonté d'une marquise brisée.

It'van n'avait pas mal choisi, reconnut Khô-Khô. C'était la fameuse demeure au verger.

« Au verger ? Vous voulez dire qu'il y a des arbres fruitiers ? »

Oui, c'était exactement cela. De l'autre côté de la maison croissaient des figuiers, arbres qui s'étaient naturellement adaptés à l'obscurité en changeant de forme et de texture. Leurs fruits étaient encore plus savoureux que ceux qu'ils donnaient autrefois quand ils poussaient sous le soleil. Le marmouset fit stopper Crochetête, lequel, pliant les pattes, favorisa la descente d'It'van et de son minuscule compagnon. Tandis que l'énorme termite attendait au-dehors, ils pénétrèrent à l'intérieur de la maison.

Celle-ci était remarquablement tenue et l'on sentait que de zélées ménagères devaient la visiter régulièrement. Les meubles luisaient, débarrassés de toute poussière. Jusqu'aux tapis qui avaient été battus et semblaient propres. En fait, toutes ces demeures avaient été conservées dans l'état exact où les termites les avaient découvertes. Ils n'avaient même pas rangé les journaux à plat sur les tables et dont les gros titres annonçaient des nouvelles affolantes.

Puis, comme It'van ouvrait les tiroirs des commodes, y trouvant de vieilles lettres et des pièces de monnaie, le marmouset le quitta, annonçant qu'il ne tarderait pas à revenir. Le jeune homme en profita pour explorer la maison tout entière.

Dans une grande chambre du premier étage, il mit au jour, au sein d'une penderie hermétiquement fermée, une collection de vêtements d'homme dont l'état de conservation était tel qu'ils semblaient neufs. Il s'habilla devant un grand miroir où il pouvait se voir de la tête aux pieds, se revêtant d'une chemise de soie crème, d'un costume noir et de bottes de cuir. Ses cheveux blonds, son visage doré et lumineux produisaient un étrange contraste avec le tissu sombre. Ce qui étonna It'van fut la permanence de sa luminosité : bien que recouvert d'étoffe, son corps persistait à diffuser la même clarté d'abat-jour. Se fût-il entièrement cuirassé qu'il eût été encore une source de lumière...

Il descendit au rez-de-chaussée et trouva, au fond de la cuisine, la porte qui menait au jardin. Le verger était un petit terrain enclos où poussaient quelques arbres de couleur rouge sombre et d'aspect cartilagineux. Comme il mettait la main sur l'écorce molle, il sentit couler en dessous un liquide chaud et épais. Des fruits étaient suspendus au-dessus de sa tête. Il les arracha plutôt qu'il ne les cueillit, ce qui fit jaillir de la branche des gouttes d'une humeur tiède, âcre et carminée qui se coagula aussitôt sur sa main. Le même liquide coula hors du fruit quand il ouvrit son cœur moite pour le dévorer.

Quel délice ! Il sembla au jeune homme qu'il n'avait jamais rien mangé qui fût aussi bon, aussi voluptueux même. Car les figues – les figues des figuiers de la nuit en leurs vergers obscurs – avaient le goût subtil de ces baies d'un bleu d'ardoise arrachées aux haies des bocages interdits.

Quand il revint dans la maison, avec les mains poisseuses et, dans la bouche, la saveur entêtante d'un premier baiser d'amour, il trouva le marmouset qui l'attendait en tenant un petit panier. Celui-ci fut tellement saisi de le voir dans ce costume de l'ancien temps qu'il fit un pas en arrière.

« Ne craignez rien, c'est moi, c'est It'van. »

Le docteur Khô-Khô se rasséréna aussitôt. Non, il n'avait pas eu peur et s'il s'était esquivé c'était uniquement afin que le jeune homme ne l'écrasât pas de son pied à présent botté. Il devait reconnaître que ces vêtements lui allaient très bien. Il avait tout lieu de penser que la reine ne serait pas insensible à son charme. Il en aurait besoin du reste, car Blancheboudine était d'une humeur massacrante. « Qu'est-ce que c'est que ce bonhomme que vous nous avez amené ? » lui avait-elle demandé grossièrement. It'van savait-il ce que Khô-Khô avait répondu à cette dénomination péjorative, dont il connaissait l'inspirateur ? Ce n'est pas un bonhomme, avait-il dit, mais un homme, un noble seigneur même dont la beauté et l'âme rayonnante étaient de nature à inquiéter les flatteurs sales et poilus, aux voix grêles, dont la présence serait aussitôt éclipsée par tant de séductions et de vertus. Et toc ! Voilà ce qu'il lui avait envoyé au grillon Haillon qui, à côté de la reine, affectait cette attitude de poète dégoûté de la vie qu'il croyait la plus propre à attirer sur lui la royale générosité.

« Il est beau ? Vous avez dit qu'il était beau ? avait demandé la reine.

– Il est beau, Majesté, il est magnifique. »

Bref, la souveraine était disposée à le recevoir le lendemain. En attendant – et afin qu'il fût parfaitement détendu pour rencontrer Blancheboudine – il fallait qu'il dormît et surtout qu'il se restaurât. Sachant qu'It'van n'était pas décidé encore à absorber sa nourriture comme le faisaient les termites, il lui avait apporté de quoi faire une plaisante omelette. Et, soulevant le linge posé sur le panier, le marmouset lui montra la douzaine d'œufs qu'il contenait.

« Des œufs de poule ? demanda le jeune homme.

– Mais parfaitement ! Des œufs de poule ! »

Le docteur Khô-Khô lui expliqua que de grands poulaillers s'étendaient à l'extérieur de la termitière. Les insectes utilisaient en effet les œufs, non point comme nourriture quotidienne, mais comme fortifiant pour les larves. It'van alluma un feu dans une cuisinière à bois puis, lorsqu'il se mit à flamber, il cassa les œufs dans un bol, les touilla, jeta le liquide ainsi obtenu dans une poêle propre tirée du ventre d'un buffet. Quand l'omelette fut tiède, il la porta sur la table où le marmouset s'était déjà installé en se juchant sur des annuaires de téléphone empilés sur une chaise. Tenant d'une main une fourchette et de l'autre un couteau, il frappait son assiette avec impatience.

« Attendez ! » lui dit le jeune homme avant de s'attabler à son tour.

Il disparut un instant à la cave et en revint avec une bouteille.

« Vous connaissez cela ? demanda-t-il au marmouset.

– Non. Qu'est-ce que c'est ?

– C'est du vin, lui expliqua It'van, quelque chose qui ressemble à l'alcool de riz mais qui est bien meilleur. »

Le docteur Khô-Khô manifesta son étonnement : comment ! « ça » pouvait encore se boire, après tant de siècles et de décennies ? Mais bien sûr, affirma le jeune homme en débouchant la bouteille : non seulement « ça » pouvait encore se boire, mais en plus « ça » se buvait mieux que jadis. Les Emeraldiens raffolaient de cette boisson ancienne. Ils l'aimaient tant qu'on n'en trouvait pour ainsi dire plus du tout dans les maisons d'autrefois. Khô-Khô désirait-il en absorber une goutte ?

Oui, naturellement, mais s'il en buvait, lui le médecin officiel de Sa Grâce Adipeuse, la reine Blancheboudine, ce n'était pas pour son plaisir mais par esprit scientifique et pour agrandir le champ de sa pharmacopée personnelle.

Après le premier verre le marmouset se mit à rire silencieusement et sans raison. Après le second, il voulut montrer à It'van qu'il chantait beaucoup mieux que « cet indescriptible grillon Haillon ». Après le troisième, il entreprit de lui raconter une confuse histoire au sujet d'une marmouse qu'il avait connue jadis et dont l'extrémité des seins se dressait parfois « tels des bouchons de carafe ». Après le quatrième, il se mit à pleurer et après le cinquième, il s'endormit, la bouche ouverte.

It'van l'emporta dans ses bras et le coucha dans un petit berceau qu'il avait découvert au premier étage. Lui-même alla s'étendre sur un divan voisin. Après avoir dormi longtemps et d'un sommeil sans rêve, il se réveilla en sursaut.

Pussepuline, la petite ouvrière termite, le chatouillait de ses antennes. A côté d'elle se tenait, le visage rougi par un hâtif débarbouillage, le docteur Khô-Khô. Etait-ce parce qu'il était encore à demi assoupi ? En tout cas, It'van ne fit nulle difficulté quand Pussepuline approcha ses lèvres des siennes pour le nourrir. Il eut la sensation d'embrasser la bouche d'une poupée en celluloïd. Une légère et savoureuse purée fut introduite en lui à la faveur de ce baiser nourricier.

Quand il se ravisa il était déjà trop tard : un deuxième baiser l'avait rassasié. Il fallait reconnaître que la cuisine intérieure de l'ouvrière était excellente. Qu'est-ce que c'était ? demanda It'van au marmouset.

« C'était bon ? n'est-ce pas ?

– Délicieux ! » surenchérit le jeune homme.

Ce que c'était ? It'van voulait-il vraiment le savoir ?

« Absolument. »

Eh bien, connaissait-il ces longues griffes qu'arboraient aux pattes antérieures les babouins ? Oui, naturellement, on en faisait des colliers dans la vallée d'Emeraude, mais cet extravagant marmouset ne voulait pas dire que...

« Si, c'est exactement ce que je veux dire », affirma le docteur Khô-Khô avec hauteur.

Et d'expliquer qu'il fallait attendre longtemps qu'un cadavre de singe fût à ce point décomposé que ses griffes en perdissent leur dureté naturelle : elles s'amollissaient, s'affaissaient et finissaient par tomber. Alors les recueillait Pussepuline, la sage petite fée des galeries, qui les mettait aussitôt à mijoter en son jabot. Au bout d'une douzaine d'heures – et pour peu qu'on leur adjoignît une pincée de rakakort et quelques brins d'ourdouillou-lala – elles formaient une bouillie propre à ravir l'estomac des reines.

Puisqu'on parlait des reines, il fallait qu'It'van se préparât immédiatement. Blancheboudine avait en effet manifesté le désir de le recevoir sur-le-champ, « sans délai même et, pour parler franchement, tout de suite ».

It'van eut juste le temps de s'humecter le visage avec l'eau rouillée qui coulait d'un robinet à l'âme criarde et tourmentée : déjà le docteur Khô-Khô, l'agrippant par la jambe de son pantalon, le tirait vers la porte.

Dehors les attendaient les trois inséparables termites de la garde royale. Gros-Cul versa une larme d'attendrissement en reconnaissant It'van. Crochetête trappetouilla avec une infinie douceur et fit ronronner ses clapoutons. Quant à Souffleur, afin de ne point emmélasser le jeune homme, il détourna sa curnule avec tact et poussa un soupir si profond qu'il en aspergea toute la façade de la maison voisine.

Leur trajet jusqu'aux appartements royaux fut ralenti par maints barrages de sentinelles attentives et soupçonneuses, obstacles qui affectèrent l'humeur du marmouset, au point qu'il se mit à maudire « cette sacrée saucisse et tout son bataclan ». Puis, comme It'van lui demandait qui était « cette sacrée saucisse » : « La reine, naturellement ! » explosa-t-il. Et de raconter au jeune homme que naguère ces barrages n'existaient pas et que la termitière s'en portait beaucoup mieux. Les communications étaient aisées entre les différentes parties et les différentes castes de l'empire souterrain. Les galeries étaient bien dégagées et l'esprit communautaire y soufflait dans toutes les directions, « de haut en bas, comme de bas en haut ». A présent, et sur l'ordre de Blancheboudine, cette police intérieure avait établi partout ses barricades. Il fallait à tout moment montrer antenne blanche.

C'était très mauvais pour la termitière, car cela encourageait l'égoïsme de caste, sans compter les tensions internes que suscitait une si pointilleuse surveillance. Tout allait mal à présent dans le royaume de Blancheboudine, à l'extérieur comme à l'intérieur. C'est ainsi que, sans révéler à It'van un secret militaire, les premiers engagements avec la cavalerie noire de Bratoc avaient tourné à l'avantage très net de celle-ci. Plusieurs escouades de l'infanterie termite avaient été mises en déroute et si la garde royale – suprême réserve de la termitière – n'était intervenue et n'avait fait fuir les agresseurs par sa seule et impressionnante apparence, il est probable que Vézelay serait aujourd'hui assiégé.

Quant à l'atmosphère intérieure du royaume, elle était exécrable. Les ouvriers enviaient les guerriers; les guerriers voulaient devenir des aristocrates sexués; ceux-ci voulaient avoir des ailes et les insectes ailés désiraient se muer en roi et en reine. Et cette dernière, que son embonpoint désespérait, rêvait de se changer en une petite ouvrière à la taille fine. Bref, la situation sans être tragique était néanmoins préoccupante. Il se trouvait même d'odieuses petites crapules pour assaillir les ouvrières dans les galeries désertes et leur faire cracher le contenu de leurs jabots. Vraiment, ce n'était pas étonnant si l'oiseau de feu ne montait plus.

« L'oiseau de feu ? »

Oui, l'oiseau de feu. Naguère – il n'y avait pas si longtemps ! – une huppe ardente parcourait en grésillant et à une vitesse folle les galeries de la termitière. Elle venait des profondeurs, de cet océan de flammes qui forme le noyau brûlant de la terre et auquel l'ultime souterrain accédait, comme au rivage d'une mer inconnue. C'était là que l'oiseau de feu avait son nid et c'était de là aussi qu'il s'élançait vers les hauteurs. A tort ou à raison (le marmouset ne s'était pas formé d'opinion définitive sur ce sujet), les termites considéraient cet oiseau de feu comme l'essence de la termitière, l'âme de l'âme – et pour cette raison l'appelaient « l'âmâme ». Voir l'âmâme, ce nœud d'énergie ascendante, était un signe de santé et de puissance. Rien de grave ne pouvait arriver quand vous aviez vu l'âmâme : celle-ci vous protégeait d'une carapace invisible et vous pouviez affronter des centaines de fourmis noires sans risquer la moindre blessure. En outre – et c'était sa seconde mission – elle favorisait grandement par ses passages tourbillonnants les mues des insectes, et notamment cette dernière transformation avant l'essaimage que l'on nommait « la mue imaginale ». Il lui suffisait d'apparaître pour que s'accomplît en une seule journée dans les chambres de métamorphose ce qui, en temps ordinaire, réclamait plusieurs semaines de douloureux efforts. A présent l'âmâme ne montait plus; tout allait à vau-l'eau dans la termitière.

« Depuis quand l'oiseau de feu se refuse-t-il à monter ? » demanda It'van.

Question intéressante, en effet, reconnut le docteur Khô-Khô. Il se l'était souvent posée et était arrivé à la conclusion suivante : la huppe enflammée n'avait plus fait son apparition dans le royaume de Blancheboudine depuis que celle-ci avait commencé à manifester de la mauvaise humeur, à douter d'elle et des autres, à se sentir menacée et à établir partout ces postes de guet ridicules et inutiles. C'était peut-être ces obstructions, ces obturations et ces oppressions diverses qui avaient éloigné l'âmâme, l'exilant vers des profondeurs si lointaines qu'elle n'en était plus visible. Mais cela ne signifiait nullement que la huppe enflammée soit morte. Elle attendait sur son brûlant rivage que fussent levés les barrages de police qui encombraient les galeries – restaurées les communications, la liberté de mouvement et l'ouverture au monde. Elle attendait que fussent apaisés les tourments intérieurs de la reine.

Car c'étaient eux, c'étaient ces tourments qui étaient la cause de tout. Que Blancheboudine redevînt telle qu'elle était jadis, c'est-à-dire naïve et spontanée, intuitive et libérale, aimante et généreuse, et très certainement l'oiseau de feu, dans l'ordonné labyrinthe des galeries, ferait à nouveau crépiter ses ailes de braise. Voilà pourquoi il était si important de guérir la reine : à l'heure où un immense conflit s'annonçait, il fallait rétablir l'unité ancienne du royaume, sinon les troupes de choc de l'ennemi n'éprouveraient pas de grandes difficultés à anéantir la profonde, la vertigineuse termitière de Vézelay.

« Mais pourquoi ne pas restituer aux fourmis le grillon Haillon ? suggéra It'van. La guerre serait finie avant même que de commencer. »

Hélas ! dit le marmouset, c'était trop tard à présent. Bratoc avait fait savoir par ses messagers qu'il n'y avait plus désormais de possibilités de conciliation et qu'une lutte à mort était d'ores et déjà engagée. Non, non, c'était dans la termitière même qu'il fallait désormais agir. It'van voulait-il l'aider dans sa tentative de restaurer l'ordre d'antan ?

Oui, bien entendu, il était tout à fait disposé à lui prêter main-forte, dit le jeune homme. Mais le docteur Khô-Khô ne devait pas oublier que son but à lui, It'van, était de gagner Paris, où l'appelaient certaines affaires.

Prenant au pied de la lettre la réflexion de son compagnon, le marmouset se mit à blâmer Crochetête pour sa lenteur. Passant sa petite main par l'une de ses fumantes trappettes, il lui pinça son délicat épiderme.

« Pressons-nous, Bagrou-Grouba ! Pressons-nous. Sacré lambin ! »

Le « sacré lambin » se mit à galoper à une telle

rapidité que les termites qui remontaient à contre-courant la galerie s'écartèrent, horrifiés. Des ouvriers transportant des charpentes furent renversés et leurs fardeaux envoyés à plusieurs mètres. Au bout d'une dizaine de minutes de cette course effrénée qui les emportait dans les profondeurs de la terre, ils accédèrent enfin aux appartements royaux, centre véritable de la termitière, lieu où reposait, gigantesque et pâle, entourée d'une cour qui glandouillait en s'astiquant les palpettes, Sa Hideuse, Blanchâtre et Crapotteuse Majesté, l'angoissée reine Blancheboudine.

Le Fondeur avait raison. Pour s'emparer d'un clapatte, il fallait attendre une occasion favorable. Celle-ci ne tarda pas à se présenter et dans les circonstances suivantes.

Après des journées et des journées de marche – journées si nombreuses qu'ils avaient cessé de les compter – il arriva que la forêt disparut brusquement. Devant eux s'étendait une contrée de splendeur où les couleurs étaient si vives, si jeunes, qu'ils abaissèrent leurs paupières sur leurs yeux éblouis avant d'affronter un paysage qui étincelait.

Une haute chaîne de montagnes alignait ses sommets enneigés dont la pure et brillante blancheur contrastait avec le vert profond de la jungle qui s'étalait sur ses flancs et se rompait sur les premiers champs de neige. Derrière cette haie de pics dont les pointes semblaient pénétrer le ventre bleu du ciel s'apercevaient au loin tout empanachés de fumée et déversant des fleuves de braise entre les glaciers, de hauts volcans noirs et rouges.

Indiquant du doigt les premières montagnes, le Fondeur brisa le silence :

« Le Morvan ! Les montagnes du Morvan ! dit-il d'une voix que l'émotion faisait trembler. Elles doivent dépasser dix mille mètres d'altitude.

– Et les volcans ? » demanda Evariste.

Le Fondeur plongea sa main dans sa poche et en tira la vieille carte, qu'il déploya aussitôt. Puis, posant son doigt en son centre :

« L'Auvergne, dit-il. Ce sont les volcans d'Auvergne. »

Le soir, après une marche d'une trentaine de kilomètres sur l'autoroute dégagée, ils arrivèrent au pied des montagnes. En cet endroit s'étendait un immense lac de boue, énorme marécage que trouaient çà et là les noirâtres superstructures d'anciens bâtiments. Des toits en forme de flèche pointue perçaient la surface craquelée du marais, toits dont le Fondeur précisa – non sans un rengorgement d'orgueil – qu'il s'agissait de clochers d'églises, les tours des vieux sanctuaires. Selon lui, une ville nommée Auxerre gisait au fond de ce bourbeux chaos, ville jadis glorieuse et aujourd'hui engloutie. Etait-elle vraiment morte ? Quelles étaient ces présences qui agitaient le cloaque là-bas, entre les tours noires, au point de le faire étinceler au soleil ? Oui, des créatures étranges tentaient de s'élever au-dessus de la boueuse surface, faisant claquer leurs grandes ailes membraneuses.

« Des reptiles ailés ! s'écria Evariste.

– Des ptérodactyles ! » affirma le Fondeur avec un sourire serein.

Il les connaissait parce qu'il en avait vu un ou deux exemplaires dans les grands marécages situés à l'ouest de Marseille. A en juger par leur vol maladroit et zigzagant qui les faisait bientôt retomber à grand bruit dans leur boue originelle, ils n'étaient pas d'une agilité remarquable. C'est à peine si, alourdis par la tourbe et leurs corps longs et écailleux, ils parvenaient à s'élever de plus d'un mètre au-dessus de la surface.

« Je ne crois pas qu'il y ait quoi que ce soit à craindre de ces lourdauds ridicules, décréta le Fondeur. Nous pouvons passer la nuit ici sans courir de risques exorbitants. »

« Ici », c'était une petite cahute située en contrebas de l'autoroute et sur la terre ferme. En dépit des affirmations du vieil homme touchant à la « parfaite sécurité de l'endroit », ils firent pénétrer les choupins à l'intérieur de la baraque, puis – dès que le soleil fut couché et qu'ils eurent absorbé leur riz quotidien – ils s'y enfermèrent.

Encore une fois à cause des clapattes – à cause d'un clapatte – l'insomnie au sein fané fut leur triste compagne : veille nerveuse des grabats qui leur maintint les yeux ouverts dans la nuit. Dehors sanglotait un enfant désolé, exprimant non point une souffrance vive et passagère mais une douleur monotone qui depuis longtemps a tracé sa voie.

Voilà ce qui troublait le sommeil des laineux : la peine du clapatte leur remettait en mémoire d'anciens chagrins qu'ils avaient crus oubliés et, sur leurs lèvres, l'amertume d'une fleur de sel. En eux un clapatte se plaignait, un petit enfant inconsolable qui n'avait pas mérité la punition infligée par la vie.

« Quelle punition ? se demandait Evariste. Eh bien, simplement grandir, quitter le chaud paradis des bras ouverts, la vie instinctive, le grand confort de l'unité pour la dualité bancale, les steppes du mental et l'enfer froid des visages clos. »

S'en ouvrant à son compagnon, celui-ci exprima une opinion voisine de la sienne.

« Notre but, c'est notre commencement, affirma-t-il.

– Comment ? Vous voulez dire qu'il faut redevenir un enfant ? s'étonna le jeune homme.

– Oui, nous sommes coupés en deux, nous sommes démembrés. Il faut retrouver l'unité perdue. Progresser c'est revenir et gagner c'est regagner. Redevenir naïf, simple et souple, présent au monde et spontané. C'est à cette seule condition que nous atteindrons le... enfin, je veux dire la...

– L'esper ? suggéra Evariste.

– Oui, l'esper. Nous sommes des quêteurs d'esper,

précipités à la recherche de cette mystérieuse conjonction par quoi la splendeur des archipels se dévoilera enfin. Et d'ailleurs... »

Le Fondeur fut soudain interrompu par un tremblant brasier de cris. Le clapatte avait changé de registre et ses hurlements n'exprimaient plus une longue douleur machinale mais la brutale floraison de la peur, suivie d'une souffrance aiguë et rayonnante.

« Par le Dieu Total ! gémit Evariste. Je vais aller voir ce qui se passe. Je ne peux supporter davantage ces cris. »

Sautant hors de sa paillasse, il ralluma sa torche, ouvrit la porte et jaillit au-dehors. Si horrible était le spectacle qui s'offrit immédiatement à ses yeux qu'il poussa un véritable cri de clapatte. Un de ces monstres qu'ils avaient aperçus dans le marécage – saurien noir et visqueux dont les grandes ailes étaient posées sur le sol, membrane tendue entre des doigts démesurés – était penché sur une petite silhouette et la dévorait. L'irruption du jeune homme le dérangea dans son festin. Il tourna vers lui son énorme tête de lézard, son petit œil rouge qui étincelait au milieu d'un enfer de crevasses, montrant, entre ses crocs, le bras d'enfant et la main tombante qu'il avait arrachés à sa victime. Alors, au lieu de fuir et de se barricader à nouveau dans leur abri, Evariste, quoique épouvanté (et peut-être précisément parce qu'il était épouvanté), fut saisi d'une fureur guerrière. Se ruant en avant et levant au-dessus de sa tête sa torche enflammée, il la rabattit de toutes ses forces sur le crâne du reptile. Celui-ci, à en juger par sa complète absence de réactions, ne s'attendait pas à une attaque aussi violente. Un instant il parut être assommé par le coup, pointant vers le sol son étrange bec de vieux cuir. Evariste en profita : tenant son flambeau comme une épée, il en précipita l'extrémité brûlante dans l'œil du monstre. Il entendit grésiller la chair boucanée puis, aussitôt après, le cri noir, le cri charbonneux de ce corbeau des marécages. Le jeune homme fit alors un bond en arrière pour éviter les mâchoires qui claquèrent à côté de lui.

Soudain, le saurien s'envola, libérant le clapatte qu'il étreignait, s'éloignant de quelques mètres seulement pour retomber lourdement au sol. En un instant, Evariste fut sur lui. Tirant ses tenailles de sa poche, il en ouvrit les crocs puis les referma d'une poigne vigoureuse sur la nuque du reptile, faisant craquer la carapace comme une coquille de noix, broyant les chairs et brisant la colonne vertébrale. L'animal se recroquevilla, ses ailes battirent le sol comme au fond d'une barque la queue d'un poisson moribond. Puis, se détendant, il expira, lâchant un vieux soupir carbonisé.

Le jeune laineux resta un moment immobile auprès de lui et, se retournant, il revint auprès du clapatte. Celui-ci, les yeux grands ouverts – soucoupes où la flamme de la torche se reflétait – le regardait en gémissant. Puis, comme Evariste s'approchait, il essaya désespérément de lui échapper, se traînant sur le sol, brandissant le moignon de son bras.

« Pourquoi t'enfuis-tu ? Je ne te veux aucun mal », cria l'adolescent.

Le Fondeur, qui avait observé la scène par l'entrebâillement de la porte et à une distance respectable, se décida enfin à intervenir. Il courut vers le petit être douloureux, le souleva et le ramena dans la cahute. Toute la nuit ils le veillèrent à la lueur des torches. Le clapatte avait reçu d'affreuses blessures. Sans compter le bras arraché, le torse étroit était couvert de plaies profondes que les griffes du monstre avaient provoquées. Chose bizarre, ce n'était pas du sang qui coulait hors de ces blessures, mais un liquide blanchâtre pareil au babeurre. A l'aube, quand le soleil empourpra les hauts sommets enneigés du Morvan, les enflammant comme s'il avait voulu rivaliser avec le feu des lointains volcans d'Auvergne dont le perpétuel incendie se reflétait là-bas sur le ciel encore sombre de la nuit finissante, à l'aube plaintes et soupirs du clapatte s'affaiblirent. Sa peau s'assécha. Ses plaies se tarirent. Son épiderme devint comme... comme de l'écorce : oui, aussi noueux, aussi sec, aussi dur que l'écorce d'un arbre.

« Je crois qu'il va trépasser », dit le Fondeur avec tristesse, déclaration qu'Evariste jugea prématurée et défaitiste.

Trépasser ? Non, il n'était pas possible qu'il trépassât. Pour une fois qu'ils avaient réussi à mettre la main sur l'une de ces créatures, il n'allait pas lui permettre de s'enfuir – fût-ce au sein des forêts ténébreuses de la mort. Il y avait un moyen, il y avait certainement un moyen de le retenir de ce côté-ci de la lisière.

Et tout à coup le jeune homme eut une idée – ou plutôt le dieu Mobil, messager divin, cheval ailé et rouge, lui apporta une idée. Il se précipita au-dehors, trouva près du marécage un espace de terre meuble et grasse, y creusa avec ses doigts et ses ongles deux trous parallèles et d'égale profondeur. Puis, quand il eut achevé sa tâche, il revint à la baraque, emporta entre ses bras le petit corps presque sans vie. Arrivé au carré de terre, il enfonça les pieds du clapatte au sein des deux excavations qu'une eau noire déjà envahissait. Ensuite, s'agenouillant devant lui, il le maintint debout.

« Que diable fais-tu ? s'exclama le Fondeur qui l'avait suivi.

– Je veux qu'il reprenne des forces ! »

Au bout d'une dizaine de minutes, Evariste sentit sous ses doigts la peau du clapatte s'adoucir et s'animer. S'attiédir également. Se réchauffer. Frémir. Frissonner. Les plaies se remirent à couler. Les paupières fermées se relevèrent, dévoilant un regard vivant et fiévreux. La bouche s'ouvrit sur des cris faibles et exténués qui, peu à peu, s'amplifièrent, au point qu'Evariste se mit à hurler à son tour et plus fort que le clapatte, afin de lui imposer silence – méthode qui, à la grande surprise du Fondeur, réussit complètement. Dès que le clapatte montrait par l'expression de son visage ingrat et ruisselant qu'il était sur le point de crier, il suffisait de prévenir ce cri, de le précéder d'un autre plus strident et qui rendait caduc et inutile celui de l'enfant triste.

Etait-ce la compagnie des hommes ? Ou bien cet enracinement dans la terre noire et maternelle ? Il semblait en tout cas qu'il souffrît moins. La planète entière chaussait ses pieds et il paraissait en tirer, outre la liquide nourriture que son corps réclamait, une énergie curative.

Et de fait, dans les jours qui suivirent, comme ils s'éloignaient par petites étapes des sombres marécages, retrouvant la chaleur de serre et les verdoyants abîmes de la forêt, les blessures du clapatte se refermèrent en bourrelets d'écorce. Mais ce qui plongeait les laineux dans un étonnement chaque jour répété était la façon dont la généreuse nature répondait à la mutilation infligée par le reptile. Le bras avait été sectionné d'un claquement de mâchoires un peu au-dessus du coude. Plusieurs jours après, une petite tige surgit au milieu de la blessure qui se mit à pousser régulièrement. Dans un premier temps, et sans se préoccuper des formes, elle couvrit la dimension d'un bras ordinaire. Puis, à son extrémité, une petite main apparut – main atrophiée naturellement et qui semblait celle d'un soldat de plomb. Ensuite la branche (il était impossible de l'appeler autrement) s'étoffa harmonieusement. Cinq semaines après – comme ils approchaient de Paris – le bras était redevenu à peu près normal. C'était à peine si l'on constatait, entre l'ancien et le nouveau, une très légère différence de texture et de couleur.

Au début, bien entendu, Evariste ne quittait pas le clapatte d'une semelle afin de l'empêcher de s'enfuir.

Il lui avait même passé une corde autour de la taille, corde qu'il tenait enroulée à son poignet. A la longue devint évident pour les laineux que le clapatte n'avait nulle envie de s'enfuir, se trouvant bien avec les hommes et attendant d'eux un geste mystérieux qui le libérerait. Car c'était à cette conclusion qu'Evariste était arrivé : l'enfant triste était gêné, était entravé par d'invisibles liens qui le maintenaient cloué à sa tristesse et à son désespoir. On aurait dit que pesait sur lui un lourd secret qui l'empêchait d'être lui-même et contrariait un développement dont il eût pu aisément recueillir, sans cet obstacle, les fruits de joie et de bonheur.

Parfois, quand le clapatte s'enracinait le soir au bivouac, Evariste l'observait à la dérobée. Il voyait, il reconnaissait, à l'intérieur du petit corps, la montée de la puissante énergie de la terre, énergie crépitante, harcelante, animée d'un féroce désir de passer outre – comme si l'enfant malheureux eût été un goulot étranglé qu'il fallait franchir. Mais, à l'exemple d'un fleuve qui, au cœur d'un étroit défilé, se heurterait à un obstacle, refluerait et inonderait de riches cultures, réduisant tout le pays à la famine, cette force contrariée submergeait le clapatte. Cette poussée et ce reflux dévastateur étaient, selon Evariste, ce qui faisait souffrir cette pauvre créature trop sensible – souffrance si vive que même en se sachant observé et étudié par les laineux elle ne pouvait s'empêcher d'exhaler les plaintes les plus touchantes. Comme le fit remarquer le Fondeur, ces cris ne révélaient pas seulement la douleur du clapatte; ils disaient aussi celle de la nature, celle de cette Force ascendante, réprimée et comprimée, qui, comme un bourdon, donnait inlassablement du front sur l'obstacle sans jamais réussir à l'ébranler. Libérer le clapatte en faisant, pour reprendre l'expression du vieux laineux, « sauter le bouchon », revenait également à libérer la nature, à lui ouvrir le passage, à lui permettre d'accomplir les desseins secrets qu'elle poursuivait à travers l'enfant douloureux.

Chose étrange, Evariste était persuadé que ce bouchon n'était rien ou presque rien ! Une bagatelle méprisable qu'une simple pichenette suffirait à renverser. Qu'il fût si petit était ce qui créait le problème, car il devenait difficilement décelable. Chaque jour, explorant le corps du clapatte, les laineux partaient à la recherche de l'obstacle. Dès que la nuit était tombée et qu'ils avaient installé leur campement, les deux hommes prenaient tour à tour le fibreux enfant sur leurs genoux et exploraient chaque parcelle de l'épiderme en promenant au-dessus de lui la flamme grésillante de leurs torches. A la fin, leur zèle finit par être récompensé.

Un soir – peu avant la bretelle de Fontainebleau – Evariste observait le clapatte qui, à un mètre de lui, venait de s'enraciner à nouveau dans la mère sombre et nourricière. Une lumière irréelle et sanglante coulait dans le sous-bois. Le regard d'Evariste errait sur la petite silhouette aux grandes oreilles, aux yeux enténébrés et globuleux, à la bouche qui...

La bouche ! En un instant, il fut debout et, saisissant d'une main le nez du clapatte et de l'autre son menton, il lui ouvrit la bouche et vit ce qui faisait souffrir le gamin-martyr en l'empêchant de parler. Et si ces pauvres créatures troublaient par leurs hurlements la sérénité des nuits, ce n'était pas seulement en raison de la douleur à elles infligée, mais aussi en désespoir de cause et parce qu'elles n'avaient pas d'autres moyens d'expression. Leurs langues désespérément immobiles étaient dans l'incapacité de former le moindre mot.

L'index d'Evariste se posa sur l'obstacle qui leur interdisait toute parole : la tête du clou qui transperçait la langue et la maintenait soudée à la mâchoire inférieure. Oui, on avait – quelqu'un avait – cloué la langue des clapattes pour les contraindre au silence, les vouant dès lors à la plainte, au désespoir et à l'errance. Eh bien, Evariste les délivrerait de cette malédiction !

Il sortit les tenailles de sa poche, ouvrit leurs puissantes mandibules d'insectes, les introduisit dans la bouche, les referma délicatement sur la pointe de métal. Puis, posant sa main gauche sur le menton et tirant de la main droite sur l'outil, il arracha le clou avec une force surhumaine – faisant fleurir, hors de la gorge du clapatte, le grand éblouissement pourpre d'un cri encore inconnu, comme s'il était celui d'un être caché que cette libération dévoilait et qui, dans son étonnement, sa douleur et sa joie, en appelait à la création tout entière.

CHEVAUCHANT Crochetête, It'van fit, le cœur battant, son entrée dans les appartements royaux. C'était une enfilade de pièces immenses et sépulcrales où le moindre mot retentissait comme au fond d'une caverne. Une chaleur agréable y régnait et l'on sentait que la température était ici l'objet d'un soin particulier : de multiples tunnels d'aération en assuraient la constance. Eût-elle augmenté que des termites munis de grands éventails végétaux auraient fait souffler sur le corps de la reine les plus frais zéphyrs.

Une foule innombrable emplissait ces antichambres royales : guerriers qui, à l'occasion de leurs visites au monarque, avaient tant fait reluire leurs carapaces que le lumineux It'van pouvait presque s'y mirer; jeunes freluquets de l'aristocratie sexuée qui faisaient frétiller leurs antennes et montraient à tout propos leurs bourrechoux, signe de leur haute noblesse; quémandeurs de places, solliciteurs de fonctions qui attendaient, mornes, résignés et tassés dans un coin, qu'on voulût bien les recevoir; courtisans qui apprêtaient leurs compliments et s'entraînaient aux révérences les plus compliquées; ministres intègres qui engloutissaient dans leurs bouches d'énormes bakchichs de nourriture à s'en faire péter la carapace.

Fendant cette presse en éructant et en frappant le sol de ses mandibules, Crochetête les conduisit jusqu'à la salle ultime, jusqu'au saint des saints où, étendue sur un lit de trois cents mètres de long et pondant machinalement des œufs qui se suivaient les uns les autres, s'ennuyait une des plus puissantes créatures de la forêt d'Iscambe, la majestueuse reine Blancheboudine.

Mettant pied à terre, It'van et le docteur Khô-Khô s'approchèrent. Si grande était la salle que le jeune homme n'en pouvait distinguer les extrémités et que – auréolé de sa lumière de victoire – il avait l'impression de déambuler la nuit, sur une esplanade sans bornes. Mais toute son attention était requise par l'énorme, le monstrueux animal vautré dans un clair-obscur qui agrandissait encore ses formes effarantes jusqu'à devenir – blanches, laiteuses – celles d'un spectre cosmique au revers des murailles de la vie.

« Qu'en pensez-vous ? lui demanda le marmouset en lui tapotant le mollet.

– Une saucisse, oui, une sacrée saucisse », murmura It'van dont l'esprit était en proie aux mouvements contradictoires de l'épouvante, de la surprise, de la répulsion et de l'intérêt.

Oui : c'était une sacrée saucisse ! Quelque irrespectueuse et blasphématoire que pût paraître cette comparaison, elle n'en correspondait pas moins à la réalité. Imaginez une saucisse de mie de pain dans laquelle on aurait planté en son extrémité une épingle de type courant : vous aurez d'un côté le corps, le corps gigantesque et gonflé à craquer de petits œufs blancs, et de l'autre, juché sur le thorax, la tête blondinette et minuscule au-dessus de son corset rose de vieille mercière. Telle était Blancheboudine et telle la reine apparut, en sa majesté massive, au jeune homme qui, intimidé, s'approchait de sa couche de léviathan.

Aussitôt qu'il eût pris place en face d'elle après

une sobre révérence, il constata que la maîtresse du monde souterrain n'était point aussi imposante que ses dimensions l'indiquaient. Si l'on oubliait cet abdomen démesuré, les mensurations de la reine étaient, pour le reste, tout à fait normales, plus humaines, plus harmonieuses que, par exemple, celles d'un Crochetête ou d'un Souffleur. Sa petite chevelure blonde s'achevant au sommet de son crâne en houppette frisottée, jointe aux émeraudes de ses yeux et à son empourpré visage d'insecte, composait une physionomie qui, sans être à s'en escrabouiller le bourrechou, n'en était pas moins attachante. Eût-elle été pour un temps débarrassé de l'immense asticot de son ventre, qu'on se fût peut-être – oui, et même certainement – retourné sur elle dans la rue.

Et It'van, une fois assis à même le sol, sourit à la reine, non point d'un de ces sourires de commande qui enlaidissent les visages courtisans, mais d'un gai, d'un lumineux sourire d'amitié. D'un bond leste, le marmouset sauta sur l'épaule du jeune homme et s'y assit comme sur un banc.

« Dites-moi le compliment que vous avez préparé pour Sa Majesté. En retour et de façon simultanée, je traduirai ses propos à votre intention. »

Un compliment ? It'van n'avait pas préparé de compliment, et d'ailleurs il ne s'y fût pas senti disposé. Il se borna – et de façon succincte – à lui faire le récit de son aventure, s'excusant en passant (mais sans s'aplatir comme eût procédé un flatteur) d'être la cause involontaire de la déconvenue essuyée par son médecin personnel : il avait tué la fleur dont le jus aurait pu aider au diagnostic du précieux marmouset. S'il en existait une autre dans la forêt d'Iscambe, il était prêt, pour réparer le dommage par lui infligé à la termitière tout entière, à aller l'affronter et à lui soutirer son or fondu. Bref, il parla nettement et sans cette affectation savante qui est une des plaies des monarchies souterraines et ralentit les affaires qui s'y traitent. Il alla droit au but, plantant chaque mot au cœur de l'essentiel. Au lieu de s'emberlificoter dans une mélasse de paroles, dans le pot de confiture des vains compliments, il dit tout simplement ce qu'il avait à dire.

Cela fut d'une suprême habileté. Il se trouvait que la reine en avait plein le culier orifice des compliments qu'on ne cessait de lui servir. Elle aspirait à la simplicité, à la franchise des libres conversations et à des rapports termitiers qui fussent l'expression naturelle des âmes. Elle marqua sa satisfaction dans sa réponse, assurant « l'homme qui rayonne » (c'est ainsi qu'elle l'appela) de sa protection et même – s'il la désirait vraiment – de son amitié.

Rien ne pouvait lui faire davantage plaisir, répondit It'van avec les accents mêmes de la sincérité. Depuis longtemps, il songeait à établir des relations directes avec le monde obscur de la profondeur. Il avait toujours entendu dire qu'une puissante reine y reposait, souveraine qui pouvait devenir la médiatrice entre les univers cachés et ceux, plus clairs, de la surface. Seulement les hommes étaient effrayés à l'idée de franchir le seuil et de pénétrer dans le sombre labyrinthe. Ils s'esquivaient devant la porte noire, oubliant qu'il n'y a pas de progression véritable – non plus que de métamorphoses – sans une exploration du monde d'en bas. Oui, des loulous, des cocottes métaphysiques, des petits chiens-chiens, des tout petits-petits – et qui osaient invoquer le divin. Car ils parlaient de Dieu, ces prêtrillons, ces lambesques, ces raidicules ! Devant un tel scandale, It'van donna libre cours à son indignation. Se saisissant d'une des pattes de la reine, patte rouge brique, fibreuse et hérissée d'escaillons de chair, il se mit à la secouer avec vigueur.

Décontenancée, amusée, attendrie même, Blancheboudine, après avoir hésité un instant, ne crut pas de son devoir de la lui retirer. Certes, en son for intérieur, elle reconnaissait que ce geste était cavalier; toutefois elle attribuait cette audace non point à l'irrespect ou à l'emportement, mais aux coutumes du pays d'It'van. C'était ainsi, sans doute, qu'on se conduisait là-bas avec les souverains : on s'emparait de leur patte avant qu'ils ne daignent vous l'offrir.

A la vérité, le jeune homme avait fait, en un clin d'œil, la conquête de Blancheboudine. Lui eût-il en cet instant exhibé son bourrechou, ou tapoté grossièrement le ventre, qu'elle ne s'en fût point offusquée, déclarant que c'était là, peut-être, un usage de sa nation, et qu'à ce titre il était respectable. Il faut dire que notre héros était d'une beauté remarquable et qu'il produisait une grande impression sur la reine, d'autant que l'origine de cette beauté n'était point dans la régularité de ses traits ou dans la magnificence de son costume mais dans cette sorte de paix intérieure, de gloire intime dont il rayonnait.

Ne lui manquaient ni les idées originales ni les mots percutants pour les exprimer – et le pauvre marmouset éprouvait toutes les peines du monde à traduire les propos d'It'van dans leur vivacité et leur saveur. Celui-ci fustigeait ceux qui « se pavanent à un seul niveau », c'est-à-dire « les tocards de l'étage unique, les mentaliens, les vaniteux de la pensée qui grattouille », toute cette valetaille de l'esprit qui faisait mine d'ignorer qu'« il fallait vaincre en bas pour triompher en haut ».

La reine écoutait It'van avec ravissement. Les gemmes de ses grands yeux verts étincelaient. Il y avait longtemps qu'elle n'avait ressenti un semblable intérêt pour une conversation. Elle était séduite, elle était emportée, au point qu'elle devait faire un effort pour ne pas le laisser paraître de façon trop éclatante. « Que va-t-il penser de moi si je lui montre tout le plaisir que j'éprouve à l'écouter ? se disait-elle. Il va croire que je suis facile et que j'accorde ma faveur au premier venu. » En conséquence, Blancheboudine essayait de prendre des mines sévères et majestueuses. Son visage se figeait, ses yeux se vitrifiaient, sa bouche en forme de bec se refermait avec un claquement de valise. Un instant après, elle cessait de se maîtriser : la gaieté et le bonheur entrouvraient ses lèvres cartonneuses, distendaient ses joues de chitine et laissaient voir sur sa noble face un grand sourire de palissade.

Si It'van avait été inquiété par les expressions hautaines de la reine, l'aurait toujours rassuré ceci : Blancheboudine n'avait pas retiré des mains du jeune homme sa patte frétillante. Au contraire, comme It'van, emporté par le feu de la conversation, abandonnait un instant la patte royale pour esquisser dans les airs un geste qui appuyât ses dires, elle la lui remit d'autorité entre les mains. Pour finir, la reine renonça à dissimuler plus longtemps un plaisir qui avait réussi à lui faire oublier et sa pesanteur et son angoisse : ouvrant toutes ses trappettes, elle chuinta du clapouton et – signe de tendresse extraordinaire dont elle était plutôt avare – elle fit vibrer ses doubles crouilles. Puis, se retournant vers ses suivantes, trois fileuses qui, derrière elle, rapetassaient des larves, elle déclara qu'It'van « était parfaitement bien » et même « on ne peut mieux ».

C'est cet instant que choisit le grillon Haillon pour s'approcher et pour poser sa vieille patte sale sur l'épaule du visiteur, comme s'il voulait montrer par là qu'il l'adoptait lui aussi et lui accordait noblement sa protection. En réalité, c'était avec inquiétude qu'il avait assisté au succès du jeune homme. Il savait bien qu'il ne pouvait maintenir son influence sur Blancheboudine qu'à la condition que celle-ci restât triste et engoncée dans une carapace de mélancolie. Le spleen royal était son plus puissant allié. Aussi avait-il raison d'être troublé en voyant la joie qui – tel un soleil intérieur – rayonnait sur le visage de la reine. Que faire pour ramener Sa Majesté à ce qu'elle appelait « sa native solitude » ? Oui, que faire pour l'attrister, lui remettre devant ses yeux égarés toute la tragédie de l'existence ? Chanter, peut-être ?

It'van se retourna pour regarder le nauséabond troubadour dont les états d'âme avaient provoqué une guerre. C'était un grand pouilleux de grillon, un traîne-pattes, un couillard, un grinceur de chanterelle. Sur ses traits noirâtres et sordides éclataient la prétention et la fourberie. Quand il posait sur vous le vacillant regard de ses yeux furtifs, on comprenait aussitôt qu'il se demandait à quoi vous pouviez lui être utile. Etait évident aussi pour It'van cette affectation de désespoir dont il avait tiré l'essentiel de sa comédie auprès des reines pondeuses du monde souterrain. Debout sur ses pattes arrière, les yeux levés vers un ciel invisible dont il apparaissait perpétuellement dénoncer le vide, il était l'image même de l'affliction métaphysique. Quoi ? Nous faire ça à nous ? semblait-il dire. Nous créer et puis se retirer dans l'inexistence et le néant. Voilà un pur scandale ! Et si un peintre avait eu à concourir sur le sujet suivant : « insecte protestant contre l'absurdité de la vie », il aurait pu choisir le grillon comme modèle.

Un détail aurait cloché. Que signifiait ce récipient de bois qu'il brandissait entre ses pattes, bassine qu'il soulevait comme si elle eût été un objet sacré à lui confié en solennel dépôt ?

« C'est le crachoir de Sa Majesté », expliqua le marmouset.

Haillon avait réussi après bien des intrigues à se faire nommer « gardien du crachoir ». Il tenait beaucoup à cette prérogative qui lui permettait d'être toujours présent aux côtés de la reine.

« D'ailleurs, ajouta le docteur Khô-Khô, voyez comment il agit. Il utilise sa fonction pour s'opposer aux influences qui lui déplaisent. »

De fait, le grillon, bousculant It'van, cherchait à s'interposer entre Blancheboudine et lui. Crispé et frémissant, il tendait vers elle le récipient – mais la reine ne crut pas nécessaire d'y déposer son auguste salive. Posant une de ses pattes sur le thorax noir et poilu du courtisan, elle l'écarta, lui faisant clairement comprendre qu'elle désirait poursuivre avec It'van le dialogue entrepris. Alors, se retirant à quelques pas et recourant à nouveau à l'ancien sortilège, il se mit à entonner d'une voix mélancolique une chanson empreinte d'un noble désenchantement. Le marmouset en traduisit les paroles pour It'van :

Hélas ! dans la platitude
De la vie, dans les galeries traîtresses
Je traîne ma tristesse. Et ma solitude.
Hélas ! regardez tous les rapaces
Qui m'affligent l'âme
Et dites-moi où est la lame
Qui percera ma carapace.

Le frottement de l'élytre sur la chanterelle donnait une musique étrange et acidulée qui n'était pas sans charmes. En d'autres circonstances, la reine l'eût peut-être écoutée avec plaisir : mais tel n'était pas le cas aujourd'hui. Blancheboudine le marqua nettement en ordonnant au grillon d'aller chanter « là où elle pondait ». Ce lieu était si éloigné qu'une telle recommandation revenait à exiler le pauvre ménestrel, lequel n'obéit qu'à contrecœur à l'injonction royale, traînant les pattes et s'efforçant de montrer par toute son attitude combien il était offensé par cette brimade. Quand il eut atteint, à deux cents mètres de là, l'extrémité de l'abdomen de Blancheboudine, il s'y tint immobile en levant le crachoir au-dessus de sa tête – comme s'il eût voulu exprimer par cette posture qu'en dépit de sa disgrâce il ne renonçait pas à ses importantes fonctions et qu'au premier signe de la souveraine il accourrait.

« Qu'avez-vous là ? » demanda la reine en désignant l'arc qu'It'van portait à l'épaule.

Il lui répondit que c'était une arme et lui décrivit l'usage qu'il pouvait en faire.

« A distance, vous pouvez frapper l'ennemi,

s'écria-t-elle. Voilà qui pourrait nous être utile contre les fantassins de Bratoc ! »

Elle lui demanda de se livrer à une démonstration qui pût la convaincre.

« Que voulez-vous que je vise ? s'enquit le jeune homme.

– Le crachoir du grillon. »

Sans même déranger le marmouset qui se prélassait sur son épaule et avec une promptitude qui impressionna tous les spectateurs, It'van tira une flèche de son carquois, banda son arc et expédia le trait en plein dans le crachoir. Le grillon, qui certes, ne s'attendait à rien de semblable, en fut si surpris qu'il perdit l'équilibre et tomba à la renverse.

Devant cette scène réjouissante, les termites qui remplissaient la chambre royale exhalèrent – en clapouttant et en trappetouillant jusqu'au délire – un plaisir qui en disait long sur les sentiments qu'ils nourrissaient à l'endroit du mélodieux courtisan. La reine elle-même daigna participer à l'hilarité générale : petit rire en chichi au début, en pointe d'asperge mais qui – rapidement – s'enfla, au point de devenir clameur caverneuse, roulement de tambour au fond des galeries, tonnerre dévastateur qui fit tressauter le gigantesque yaourt de son ventre en gésine. Toute la termitière en fut ragaillardie. « Sa Majesté a ri ! » s'écriaient les courtisans en castagnant des mandibules.

« Mais est-ce donc si rare ? murmura le jeune homme à l'adresse du marmouset.

– Oui, c'est rare. Il y a bien des années qu'elle n'a poussé un tel éclat de rire. Permettez-moi de vous féliciter. »

Toutefois, au milieu du vacarme, parmi les grognements, les gloussements, les bégaiements, It'van crut percevoir une légère dissonance. Tout près de lui, quelqu'un – un insecte – faisait entendre des petits cris désolés, des exclamations fort différentes de celles que l'on poussait alentour et qui trahissaient

– plutôt que la joie – une vive douleur. Surgissant de dessous l'abdomen, là où le pédoncule dans le ventre s'enracine, apparut un termite hirsute et grisâtre, morne et souffreteux, qui s'éloigna d'une démarche entravée par les rhumatismes, semblable à celle d'un vieux traîne-savates dans un couloir d'hospice.

« Vous venez de voir le roi ! » annonça le docteur Khô-Khô.

It'van exprima d'une voix sourde son immense étonnement. Comment ? Ça, le roi ? Ce débris, ce vieux Schnik, c'était le roi ?

Eh oui, déplora le marmouset. Sa Majesté était fort mal en point. Il est vrai qu'à force de rester blotti sous le ventre de sa pesante épouse, sa virilité s'était peu à peu étiolée. Il est vrai que cela n'avait pas grande importance. Le roi Grodaggard (ainsi s'appelait-il) était plutôt un prince consort qu'un monarque proprement dit. Il n'avait aucun pouvoir dans la termitière et personne n'attribuait la moindre importance à ses paroles. Une fois par semaine, il se hissait sur Blancheboudine et enfilait dans son cavanou un bourrechou dont la roideur depuis peu laissait à désirer : à cela se bornait son rôle au sein de la ville souterraine.

« Comment ? objecta It'van d'une voix que la surprise et l'indignation faisaient trembler. Comment ? Mais il est pourtant le père de ces centaines de milliers de termites qui à présent l'ignorent et le laissent s'effilocher sans le prendre en considération. »

Oui, c'était vrai, reconnut le marmouset. Il était bien leur père et seul son sperme avait le droit de féconder la reine. Mais telles étaient les traditions dans la termitière : le père y était continuellement humilié au point que, pour échapper à des tracasseries innombrables, il devait chercher refuge sous la masse de son épouse. Dans cet univers clos et nocturne, dans ce monde obscur de la profondeur, pour reprendre l'expression utilisée tout à l'heure par It'van, seule la mère avait voix au chapitre.

Le jeune homme, qui parlait bas pour ne point attirer l'attention de la reine qui riait encore, marqua très nettement sa désapprobation. A l'entendre, cette coutume était déplorable. L'humiliation du principe masculin, son écrasement, pour ainsi dire, était surtout le signe d'un grave déséquilibre.

Il y avait là en effet un problème, reconnut le marmouset. Il en était parfaitement conscient. La vision d'un père diminué entraînait chez le fils une attitude artificielle, soit qu'il étouffât en lui-même toute féminité et adoptât un comportement de bravache, parlant haut et brandissant ses mandibules à tout propos, soit, au contraire, qu'il se laissât emporter et inonder par la femme intérieure, tortillant de la croupe, minaudant, soupirant sans cesse. En un mot, l'humiliation du père suscitait le mensonge et, pour employer une expression compliquée, l'unilatéralité plutôt que l'harmonie.

« Tout cela est vrai, ajouta le docteur Khô-Khô. Mais qu'y faire ? Ce sont les traditions de la termitière. Elles la gouvernent depuis l'éclosion du premier œuf et il est impossible de les extirper. Elles sont, pour ainsi dire, sacrées.

– Seule la Tradition, la grande Tradition est sacrée, proclama It'van d'une voix si forte que la reine attacha sur lui le regard de ses yeux embués par le rire. Quant aux petites traditions, elles sont faites pour être dépassées ! »

Le marmouset lui pinça l'oreille.

« Ainsi, l'accusa-t-il, vous seriez un de ces révolutionnaires qui, parce qu'ils sont incapables de se transformer eux-mêmes, veulent tout bouleverser autour d'eux, espérant obtenir du bouleversement extérieur les changements intérieurs auxquels ils aspirent de toutes leurs pauvres forces, mais qu'ils ne sont pas en mesure d'accomplir ? Dites-moi, êtes-vous un de ces réformateurs ? »

Non, nullement, répondit It'van. Il avait compris qu'avant de réformer le monde il fallait se réformer soi-même, c'est-à-dire établir en soi la jonction et la conjonction de ce qui était divisé et s'opposait. Oui, il fallait renouer l'un à l'autre les fils sectionnés et pendants, sinon tout ce qui était inachevé pesait sur vous au point de vous empêcher de vivre. C'était ce qu'il avait entrepris en pénétrant dans la forêt par le chemin oublié, sur cette autoroute du Soleil qui était pour lui la voie de la métamorphose : il avait voulu muer, se transformer jusqu'à conduire vers leur aboutissement les virtualités – toutes les virtualités – qui reposaient en lui « comme des varans assoupis ou des rois humiliés ». Quant à vouloir réformer la termitière, il était loin d'avoir cette ambition. Mais le marmouset ne lui avait-il pas demandé tout à l'heure de l'aider à y rétablir l'ordre d'antan, de telle façon que l'oiseau de feu y pût tracer à nouveau son brûlant sillage ?

Le marmouset n'eut pas le temps de répondre – La reine le giflait de son antenne, lui reprochant de ne point traduire les paroles d'It'van, propos qui devaient être d'un puissant intérêt, à en juger par les mimiques passionnées qui les accompagnaient. Bref, elle ordonnait au docteur Khô-Khô de traduire l'ensemble de la conversation qu'il venait d'avoir avec « l'homme-qui-rayonne ».

Le petit médecin resta un instant interdit puis se mit à éternuer avec vigueur et à plusieurs reprises afin de différer encore la réponse qu'il devait à Blancheboudine. Celle-ci se fût en effet offusquée des propos subversifs de son visiteur. Elle acceptait volontiers qu'on l'amusât mais non que – se substituant à elle – on voulût tout régenter dans la ville profonde.

Heureusement, un événement imprévu vint sauver le marmouset en l'empêchant de proférer des mensonges qu'eussent détectés les antennes de la reine : un vaste brouhaha se fit soudain entendre dans la chambre royale. Fendant la foule des courtisans, une troupe de messagers hors d'haleine, couverts de poussière et entourés d'un nuage de moucherons, s'approchèrent en titubant, transmettant à Blanche-boudine l'alarmante, l'effrayante nouvelle.

Une innombrable armée de fourmis marchait sur Vézelay ! D'Avallon jusqu'ici, toutes les fortifications avaient cédé. Et pour défendre le royaume de la ténèbre souterraine il ne restait plus que les ultimes retranchements, aux abords de la clairière. Dans son combat pour l'existence, la termitière était menacée par ses pires ennemis : la horde noire de Bratoc... Une gigantesque mêlée s'annonçait.

Silencieux dans la nuit – jusqu'à s'abstenir de respirer – Aloysius, le vérificateur, observe les deux blagoulets qui viennent, sur l'autoroute, d'achever leur repas et s'apprêtent à dormir. Vraiment, songe-t-il, ces jumeaux font fi de toute précaution depuis qu'ils sont entrés dans la forêt. Ainsi, en cet instant, ils n'ont pas jugé nécessaire d'éteindre le feu qui les désigne et découpe leurs hautes silhouettes faméliques. A coup sûr, ils vont s'assoupir sans établir de tour de garde, ils vont tomber dans le sommeil sans se douter qu'Aloysius, à une cinquantaine de mètres de leur bivouac, attend le moment favorable pour bondir sur eux et – armé d'un couteau – les faire crouler dans le repos définitif.

C'est une décision qu'a prise aujourd'hui même le vérificateur. Il est fatigué de servir de proie : il arrive que le gibier se révolte et pourchasse les chasseurs. Depuis qu'il a quitté la colonne des blagoulets, il s'est senti suivi. On était sur ses talons, on cherchait à le rattraper. Il savait que ses poursuivants ne pouvaient être la colonne elle-même, alourdie par ses chariots et ses choupins, mais des chasseurs, des traqueurs allégés qui couraient sur sa piste.

Quelques jours plus tôt, dans une de ces immenses clairières que la forêt ménage en son sein comme un rappel de son pur contraire, il les a aperçus et reconnus : l'égorgeur et le désongleur, tous deux acharnés à sa perte, noirs, efflanqués et qui semblaient renifler ses traces.

Une fois, il a failli se faire surprendre par eux. Il musardait, il rêvassait au bord de l'autoroute quand il a entendu leurs pas. Il s'est alors dressé et jeté en avant, avec son sac sur l'épaule. Tournant la tête, son regard a rencontré celui de l'égorgeur qui n'était pas à plus d'une centaine de mètres de lui. La course fut épuisante. A plusieurs reprises, il faillit abandonner. Il entendait derrière lui la respiration sonore des blagoulets. L'obscurité est venue d'un seul coup qui l'a enfoui dans ses draperies profondes.

O nuit, ô forêt, depuis qu'il s'est confié à vous, vous protégez Aloysius, vous l'aimez même ! Et il vous le rend bien ! Souvent on a pu le voir se coucher au sol et étreindre la terre comme une épouse silencieuse et tendre – et au flanc fertile ! Parfois, quittant l'autoroute, il ne craint pas de pénétrer dans le cœur ténébreux de la jungle, là où tout foisonne, où tout croche et crache, dans cet immense désordre où il s'ordonne et se trouve.

Il a beaucoup changé depuis qu'il a déserté la colonne policière. Lui si flou naguère au point qu'il pouvait sans difficulté et, pour ainsi dire, à la demande, changer de nature, voici qu'il s'est précisé, durci, unifié. Un être nouveau a surgi des profondeurs, être jadis si masqué et voilé que nul – pas même Aloysius ! – n'avait pu l'entrevoir. Cette forêt est celle des métamorphoses, songe-t-il. C'est le lieu de la transformation, c'est le four d'où va sortir l'homme régénéré. Il y a peu, il ressemblait encore à un blagoulet : hâve, décharné, avec un visage en vieille pomme et des membres noueux comme les branches d'un arbre mort. A présent l'a investi la puissance rose, ce souffle exhalé par des lèvres mystérieuses, lèvres scellées naguère, qui se sont désormais entrouvertes. Oh ! comment n'y a-t-il pas songé plus tôt ? Il y a tout en bas, tout au fond de nous-même, un seuil universel, une porte qu'il s'agit d'entrebâiller pour que monte vers nous la brise intérieure qui anime, colore et poudroie sur les chemins de l'âme. Sous ce souffle réformateur, tout change en lui et se périme.

Il ne comprend plus celui qu'il a été, ce fonctionnaire furtif, cette ombre qui rasait les murs : ce vérificateur qui vérifiait. Oui, la puissance rose contredit le Bureau. Car il existe un Bureau intérieur, un pouvoir froid qui obstrue, décolore et simplifie, une dictature militaire, hostile à toute métamorphose, et qui interdit l'accès aux portes. En pénétrant profondément dans la forêt, en s'abandonnant à cette pérégrination solitaire, Aloysius s'est dépouillé de son bureau. Il est passé outre.

A présent, il découvre, en raison même de ce franchissement, un sentiment qu'il n'avait pas encore éprouvé, une angoisse, une incertitude générale qui le mine bien plus que la menace que font peser sur lui les blagoulets. A l'orée d'un nouveau monde, il se découvre apeuré. Il a presque envie de tourner les talons. C'est peut-être pour s'interdire tout retour en arrière et s'engager en cette autre partie de lui-même qu'il envisage de tuer les jumeaux. Certes, il supprimera ainsi le danger suspendu à ses basques et pourra rejoindre les deux laineux qui le précèdent et qui, à en juger par les traces multiples et récentes de leur passage, ne doivent plus guère être éloignés de lui à présent. Il voudrait les avertir du péril commun qui les rassemble et aussi leur demander ce que signifient ces clous qu'il trouve régulièrement auprès des cendres de leurs bivouacs.

Auparavant, il lui faut accomplir sa tâche. Il lui faut faire place nette. En se débarrassant des jumeaux, il y verra plus clair. Soulagé de ce danger extérieur, il pourra désormais se consacrer au périple intérieur, y jeter la totalité de ses forces.

Comme elle est étrange, cette forêt qui contraint

l'homme à faire volte-face et à s'engouffrer au sein d'un domaine oublié, jusqu'à la maison sous scellés, vieille demeure où gît le secret! Cette jungle est impitoyable. On dirait qu'elle se propage à l'intérieur des êtres qui la traversent, on dirait que les racines de ses grands arbres plongent dans la terre meuble du cœur et le retournent en amenant au jour ce qui était caché. Tous les hommes doivent y être sensibles, même les endurcis blagoulets dont le comportement inhabituel étonne Aloysius.

Depuis trois jours qu'il observe et surveille le désongleur et l'égorgeur, il voit croître en eux un désarroi qui, bien plutôt que de les unir, semble les dresser l'un contre l'autre. Jamais, dans le passé, il n'a surpris la moindre tension entre les deux frères. Et coup sur coup, il a assisté à trois querelles violentes, si violentes qu'ils se sont saisis de leurs armes et ont fait mine de se tenir en joue. Comme Aloysius les surveillait à bonne distance, il n'a pu comprendre leurs paroles et a tout ignoré des motifs de leur colère.

Celle-ci, cependant, semble aujourd'hui s'être apaisée. Les deux blagoulets ont même conversé gaiement pendant leur dîner et le vérificateur, qui, couché dans le fossé bordant l'autoroute, attend pour leur couper la gorge l'instant propice, n'a perçu aucun de ces éclats de voix menaçants de la journée précédente. Les jumeaux se sont couchés non loin l'un de l'autre. Quelques minutes après qu'ils se furent étendus, un grand cri a retenti. Sans doute, a songé Aloysius, l'un d'eux a-t-il poussé une exclamation dans son sommeil. La forêt favorise les rêves, comme si elle en était elle-même la matrice, ou comme si elle nourrissait les monstres qui les peuplent.

Le silence est revenu, un silence profond qu'accroît encore l'inlassable grésillement des insectes. Le moment approche où Aloysius va sortir de son fossé et ramper vers le bivouac où ses ennemis sont assoupis. Il tire son coutelas de sa ceinture. La lame en est longue qui reflète les plaintes rouges du feu qui, là-bas, brûle encore. A présent le vérificateur s'extirpe de sa cachette et glisse sans bruit sur les détritus de végétation qui jonchent la vieille autoroute.

« Je suis un serpent, se dit-il. Je vais simplement les mordre dans le cou. »

Il fait mouvement vers le blagoulet le plus proche de lui et dont le visage osseux se détache sur les braises du feu de camp. Il voit les contours du menton en galoche et ceux du haut col de la redingote. Il s'approche encore en un silencieux mouvement de reptation. L'instant vient où il va pouvoir agir, œuvrer au nom de la grande forêt sépulcrale. Il entend – au-dessus de sa tête – une grande agitation dans les branchages d'un arbre, comme d'un vaste oiseau qui chercherait à s'envoler.

Maintenant, voici qu'il atteint le blagoulet qui sommeille.

Qui est-il ? Le désongleur ou l'égorgeur ? Il l'ignore mais il va le tuer.

Il lève son couteau au-dessus de l'étroite poitrine. A l'instant où il est sur le point de le rabattre, il s'immobilise, étonné par ce qu'il voit aux dernières lueurs du feu.

Le blagoulet a les yeux ouverts et fixes. Nul battement de paupière : le corps repose et semble sans vie. Aloysius le touche, le bouscule : l'homme n'a aucune réaction. Il est froid. Il est mort. Le vérificateur aperçoit sur son cou une longue estafilade sanglante.

Alors, il comprend l'origine du cri qui a déchiré la nuit, cri de souffrance, suprême appel : le frère a assassiné le frère.

Aloysius, qui était à genoux, se lève.

C'est l'instant qu'attend depuis plusieurs minutes l'égorgeur qui l'a vu s'approcher. Il appuie sur la détente de son fusil à canon court. La balle atteint le vérificateur juste en dessous du menton et ressort en un large trou, par la nuque. La tête est rejetée en arrière puis revient en avant. En une furieuse détente, Aloysius plonge sur l'égorgeur. Le couteau fend la redingote et trace, de la poitrine à l'aine, un sanglant sillon. Au loin, des clapattes explosent de douleur.

ELLES sont là ! Juché sur les épaules d'It'van, le marmouset, dont le regard perçant fouille au loin l'ombre verte, distingue le noir alignement au pied des arbres.

« Que vont-elles faire ? demande le jeune homme. Sont-elles sur le point de charger ? »

Il se dresse sur le dos de Crochetête et regarde à son tour. Il aperçoit là-bas, à moins de cinq cents mètres, dans la forêt heureusement débroussaillée, un amas de fourmis gigantesques et noirâtres, semblant des monceaux de charbon répandus parmi la végétation.

Se peut-il que... ?

Oui, elles sont impressionnées par notre apparence. Elles s'interrogent sur la conduite à tenir. It'van se retourne et considère, au-delà des retranchements et derrière lui, l'immense clairière de Vézelay où – silencieux et immobiles – les cent mille combattants de la garde royale sont rassemblés. Ces armes effroyables, ces curnules en batterie, ces mandibules rouges et ouvertes, ces dards luisants et tous ces clapoutons brandis composent un paysage guerrier qui doit donner à réfléchir aux sombres ennemis qui assiègent la termitière.

Pas un instant ne vient à l'esprit d'It'van que c'est lui et lui seul qui, par sa présence lumineuse, interloque les envahisseurs. Pas un instant il ne songe combien inattendue – combien inquiétante également – apparaît sa blonde et rayonnante stature aux fourmis que la nouveauté toujours effarouche. Pas un instant non plus il ne remarque la direction des antennes de la horde qui toutes sont tournées vers lui et tressautent et captent et palpitent !

Aussi bien la horde noire n'est pas ici au complet. Le gros de l'armée campe dans les ruines labyrinthiques d'Avallon, sous l'épaisse charmille de la forêt. Les contingents qu'aperçoivent le jeune homme et le marmouset forment une simple reconnaissance, d'une cinquantaine de milliers de soldats environ, chargée par les stratèges de Bratoc de tâter les défenses de l'ennemi. Emportés par leurs succès et par la rupture des lignes de défense termites, ces contingents ont outrepassé la mission à eux confiée par le commandement de l'armée et par son chef, le terrible Krotok. A présent, ses officiers sont inquiets. Ils s'agitent douloureusement dans les buissons.

La déroute des défenseurs de la termitière – déroute surprenante pour ceux qui, dans le passé, ont combattu les guerriers de Blancheboudine – n'est-elle pas un piège tendu aux fourmis belliqueuses afin de les attirer plus avant, loin de leurs bases de départ, et de les encercler pour les réduire ? Aussi, plutôt que de combattre, les méfiants insectes préfèrent-ils suspendre toute marche et toute attaque : immobiles dans les fourrés, les noirs bataillons attendent que se dévoilent les intentions de l'ennemi et la nature exacte du piège où ils craignent d'être tombés – piège dont l'homme doré, l'énigmatique, le troublant homme doré, leur paraît être la preuve ardente.

Dressé sur les épaules d'It'van, les mains accrochées à ses mèches blondes comme aux rênes d'un attelage, le docteur Khô-Khô est le premier à déceler non seulement le flottement inquiet de l'adversaire, mais aussi sa cause.

« Je crois que vous les intimidez », déclare-t-il d'une voix toute tremblante d'excitation.

Tirant sur les cheveux du jeune homme comme s'il veut les lui arracher :

« Vous sentez-vous capable de les atteindre avec... – comment appelez-vous ça ? – vos flèches ?

– Oui, mais à condition que vous cessiez de tourmenter ma chevelure.

– Alors, écoutez-moi. Nous allons longer leur front à bonne distance, afin de pouvoir nous réfugier dans les rangs de la garde royale s'ils attaquaient. Vous lancerez ces flèches en visant les officiers.

– Mais comment les distinguer ?

– A leurs yeux rouges et à leurs grosses têtes bulbeuses. »

Le regard d'It'van erra sur les lignes des envahisseurs. Après quelques instants d'observation, il finit par reconnaître les officiers. Heureusement, les arbres avaient été ébranchés, permettant au soleil de pénétrer à flots dans le sous-bois, sinon il n'aurait pas été capable d'apercevoir leurs carapaces luisantes et les énormes globules de leurs yeux de braise.

« Etes-vous prêt ? demanda le marmouset.

– Oui », répondit le jeune homme en brandissant son arc et en se saisissant de la première flèche.

Suivi de Souffleur et de Gros-Cul, Crochetête s'élança et se mit à galoper à vive allure. Un instant plus tard, une flèche entre les deux yeux, s'abattait le chef de l'expédition, venu, sur les appels de son état-major, observer les mouvements de l'être-lumière. Ce ne fut pas la seule victime de l'homme doré : tous les vingt mètres, la tête transpercée, s'effondrait un guerrier de haute caste, si bien que la troupe, abasourdie et privée de commandement, se mit à bouger en tous sens et – finalement – à battre en retraite.

« Faut-il ordonner à la garde royale de les poursuivre ? » interrogea le docteur Khô-Khô.

Le brillant archer jugea préférable de n'en rien faire. Il valait mieux se montrer prudent, d'autant qu'on ignorait la force exacte de l'ennemi. Avant de songer à l'offensive, il fallait se renseigner sur l'importance numérique de l'armée de Bratoc et sur les positions qu'elle occupait. Enfin, la reconquête des territoires perdus pourrait être envisagée. En cette occasion, It'van avait peut-être été un peu pusillanime, car, s'il avait donné l'ordre d'attaquer, la garde royale n'eût fait qu'une bouchée de cette expédition trop aventurée : il n'empêche qu'il pénétra en triomphateur dans la termitière. A lui seul, dit-on à la reine, il avait mis en déroute les bataillons de Bratoc.

A dater de ce jour commença pour lui une période étrange et mouvementée, période où il se transforma en homme de guerre et même en généralissime de l'armée termite. Cela se fit tout simplement et sans qu'il le demandât. Il faut dire que l'état-major de Blancheboudine était composé de vieux généraux chenus et podagres, de jeunes officiers poudrés et courtisans dont le trait commun était de se tenir soigneusement à l'écart des batailles. En eût-il été autrement qu'il ne fût, certes, pas sorti de son rôle d'invité et de favori. Mais dès les premières semaines, quand autour de la termitière rôdait la horde noire, il avait constaté la désorganisation de l'armée, laquelle était à l'image de ses stragèges qui clapouttaient de tous côtés, ne prenant aucune des décisions qui s'imposaient.

« Mais que faut-il décider ? » s'était enquis la reine comme It'van osait lui confier le fruit de ses observations.

Eh bien, d'abord renforcer les lignes de défense, celles qu'il avait inspectées étaient insuffisantes et ne pouvaient contenir le choc de l'ennemi. Or ce qu'il fallait empêcher absolument, c'était que la horde noire prît pied sur la colline sacrée de Vézelay. Il fallait la tenir éloignée des flancs de la termitière :

cela tombait sous le sens et il s'étonnait que l'état-major n'eût point ordonné cette consolidation des retranchements qui seule était de nature à empêcher l'invasion.

Aussitôt Blancheboudine, convoquant le haut commandement, s'informa des mesures prises par ses stratèges. Ils n'en avaient pris qu'une seule, reconnurent-ils en se lissant les pattes et en se nettoyant les croqueteuses. Cette mesure était simple, confortable, rassurante : elle consistait à ne rien décider et à ne rien faire. Attendons, disaient-ils, et nous verrons bien.

Ils virent en effet, et sans attendre. Avec tant de force s'abattit sur eux le royal courroux que – recourbées en arrière – leurs antennes semblaient des épis de riz mûrs ployés au souffle impétueux de l'orage. Peu s'en fallut même que Blancheboudine n'ordonnât de les mettre en pièces. It'van intercéda noblement en leur faveur : à l'heure du danger, dit-il, la termitière avait besoin de tous ses enfants. La reine consentit à modérer sa colère, se bornant à les destituer et à leur enjoindre de disparaître de sa vue.

Puis, se saisissant de la main du jeune homme en un geste de touchante amitié, d'abandon et de confiance, elle le pria de prendre en charge la défense de la termitière. Bien entendu, elle savait, par le docteur Khô-Khô ici présent que « des affaires importantes » l'appelaient à Paris, mais les circonstances – « les dures, les impitoyables circonstances » – s'opposaient de toute manière à son départ. Les troupes de Bratoc qui occupaient l'autoroute le contraignaient en effet à repousser son voyage. L'homme-qui-rayonne voulait-il apporter les lumières d'en haut à la nuit d'en bas ? Accepterait-il d'aider ses frères et ses sœurs d'en dessous ? En échange, elle était prête à lui révéler des secrets merveilleux et redoutables, des secrets tels qu'en seraient modifiées non seulement sa vie présente mais aussi celles qu'il allait devoir affronter après cet instant fugitif que les hommes appelaient « mort » et les termites « renaissance ». En un mot, elle était disposée à donner à It'van – si celui-ci leur venait en aide – l'initiation réservée à cette poignée de termites de haute caste dont le destin était de fonder de nouvelles monarchies souterraines.

It'van succomba aux instantes prières de Blancheboudine. Son désir était de gagner Paris pour y rejoindre les laineux, mais ceux-ci avaient dû prendre tant d'avance sur lui qu'il n'était plus à un mois près. Et puis, il devait en convenir, les univers de la profondeur le passionnaient. Il n'avait nullement été surpris d'apprendre de la bouche même de la reine qu'il existait une initiation de l'abîme et que l'ombre contenait les secrets de la lumière. Il avait toujours soupçonné le plus bas de détenir les mystères du plus haut, exactement comme si la cave eût été le vestibule du grenier et que, croyant descendre, on montait.

Ainsi It'van accepta volontiers d'organiser la défense de Vézelay. S'il hésita un instant, ce fut parce qu'il craignait de ne pas être à la hauteur de sa tâche. Sa victoire sur la fleur carnivore lui avait donné une telle confiance – une confiance régénérée – qu'il ne s'abandonna pas longtemps au doute. Avec enthousiasme, il se mit au travail.

Les forces dont il disposait, et qui, désormais, se soumettaient à son autorité exclusive, étaient très nombreuses : plus d'un million de guerriers, appartenant à trois corps différents, indépendants l'un de l'autre et se livrant à une concurrence sourde.

Le premier et le plus impressionnant était la garde royale, immense armée dont l'ordre et la tenue étaient partout cités en exemple. Elle vivait au centre de la termitière en de profondes cavernes où la poussière était pourchassée d'une haine fanatique. Les soldats qui la composaient mesuraient tous plus de cinq mètres et étaient d'une force incroyable.

C'est ainsi qu'en trois coups de mandibules Croche-tête était capable d'abattre un arbre (It'van l'avait vu de ses propres yeux).

Ce corps d'élite avait les défauts de ses qualités. Aussi puissant qu'il fût, aussi redoutable dans les combats statiques et rapprochés, il était trop lourd, trop cuirassé, trop peu maniable. Certes, ses charges massives emportaient tout, mais il était dans l'incapacité de se faufiler dans les étroites galeries ou d'opérer une véritable guerre de mouvement. Invincible sur un terrain découvert où ses coups de boutoir défonçaient les lignes de l'adversaire, il devenait vulnérable dans la forêt dense. Son chef – un termite raide et sévère nommé Cortex – en avait parfaitement conscience qui assignait à ses troupes la tâche essentielle de combattre autour de la termitière et répugnait grandement à les éloigner de la colline sacrée dont ils formaient, en quelque sorte, l'ultime rempart.

D'une espèce bien différente était le second corps, celui des rebelles, armée composée d'une centaine de milliers de soldats, indisciplinés, négligés et tapageurs, dont le désordre contrastait avec l'organisation impeccable de la garde royale. Cela ne signifiait nullement que, sur le champ de bataille, ils fussent inférieurs aux « royaux » (c'est ainsi qu'on nommait les termites de la garde). Bien au contraire ! S'ils étaient moins grands et moins vigoureux, ils manifestaient dans les combats une agilité supérieure. Se dispersant de tous côtés quand l'ennemi attaquait, ils revenaient sur lui aussitôt et le transperçaient à coups de clapoutons si violents que – tels des bouchers d'abattoirs – ils étaient recouverts du sang de leurs victimes.

Ils étaient courageux – les royaux eux-mêmes le reconnaissaient – mais leur qualité principale était la souplesse. Renversés sur le dos avec leurs pattes frétillantes dirigées vers le ciel, ils étaient en mesure, en cambrant leurs musculeux pédoncules, de se retourner avec une rapidité qui laissait pantois les termites de la garde, lesquels étaient tout à fait incapables d'une telle acrobatie. Hardis et souples, ils étaient au surplus rusés comme de vieilles araignées, oui : rusés, on pouvait même dire : vicieux.

Il leur était arrivé bien souvent, au cours des batailles avec les fourmis, de contrefaire les insectes morts. Ils faisaient mine de périr sous les coups, s'effondraient sur le dos, s'immobilisaient en une posture cadavérique puis, lorsque la vague d'assaut, poursuivant son avance, les avait dépassés, ils ressuscitaient, fondaient sur l'ennemi étonné et le cisaillaient : tels étaient les rebelles.

Ils devaient leur nom à une particularité de leur éducation militaire. Le cycle de leurs métamorphoses achevé, ils étaient chassés de la termitière et devaient affronter seuls, dans un monde hostile, des périls inconnus. Ils vivaient en vagabonds, en coureurs des bois, toujours angoissés et solitaires, pillant et tuant pour trouver leur subsistance. Non seulement ils étaient en butte aux monstres divers qui peuplaient la forêt et pour qui la chair des termites était le mets le plus délicieux qui se pût concevoir, mais, en plus, ils devaient échapper à leurs propres congénères, soldats de la garde ou fantassins de l'armée, qui avaient ordre de les considérer comme des rebelles et de les mettre à mort aussitôt qu'ils les apercevaient.

Quand leur temps de « rébellion » était achevé, la grande mère, l'immense et chaleureux ventre souverain, les rappelait : à nouveau, ils pouvaient pénétrer dans le rassurant dédale et recevoir leur nourriture de la bouche des cantinières. Certes, beaucoup ne revenaient pas, mais ceux qui revenaient avaient été si terriblement aguerris par leurs aventures qu'il était inutile de leur apprendre à combattre : ils savaient tout.

Tout, sauf, précisément, l'obéissance et la propreté. Ces rebelles ne voulaient en faire qu'à leur tête. Quand ils guerroyaient, ils prenaient sans cesse des initiatives dont il fallait reconnaître qu'elles donnaient parfois de bons résultats. Quand l'état-major se mêlait de vouloir leur prescrire un mouvement, il fallait leur expliquer en détail l'intérêt de la manœuvre. Dès qu'ils l'avaient comprise et approuvée, il n'était aucune force au monde qui pût les retenir. Ils se dévouaient à la cause de la termitière avec une hargne et une témérité qui allaient jusqu'à susciter l'admiration de leurs ennemis. « Ah ! les braves ! » s'était une fois écrié Krotok – le chef terrible de la horde noire – devant leurs charges insolentes et répétées.

Non, personne ne pouvait mettre en doute leur héroïsme. Et Crochetête lui-même, le fougueux mandibulier, avait reconnu devant It'van qu'il n'eût pas aimé se mesurer aux rebelles.

« De merveilleux guerriers, avait-il avoué, mais... »

Pourquoi : mais ? Il avait fallu que le jeune homme insistât et lui grattouillât longuement la peau sous les trappettes pour qu'il consentît à révéler ce qu'il avait sur le cœur :

« De bons soldats, oui, impossible d'en disconvenir, mais une sacrée bande de dégueulasses ! »

Le grand mot était lâché et la saleté des rebelles clouée au pilori par celui qui était la conscience morale de la garde. Crochetête avait raison. Il suffisait de jeter un coup d'œil sur leur chef, un vieux crotteur d'arbousins nommé Batifol, pour s'en convaincre. Vermineux et patouilleux, frouillant en outre sur toutes les esplanades, il arborait une paire d'antennes dont, à les voir, on se demandait dans quel croupissant marécage il était allé les nettoyer.

Les casernements qu'ils occupaient au fond de la termitière semblaient des porcheries. Les petites ouvrières au cœur simple avaient toutes les peines du monde à en assurer non point la propreté (cela eût été impossible) mais la possibilité d'y pénétrer entre les monceaux d'ordures qui en contrariaient l'accès. Ils vivaient à trois ou quatre soldats par chambrée, menant grand tapage, pissant partout, se querellant et se battant en duel. Chaque jour et en dépit du décret royal interdisant ce genre d'affrontements, il y en avait toujours deux au moins pour croiser le clapouton et se trouer la carapace.

En réalité, les rebelles s'ennuyaient à l'intérieur de la termitière. Quoiqu'ils prétendissent le contraire, ils regrettaient l'époque de leurs vagabondages solitaires dans le chaos aventureux de la forêt, quand chaque buisson était la promesse d'un péril nouveau. Des foudres de guerre, voilà ce qu'ils étaient : oui, de sacrées culottes de chitine ! Mais devant la petite ouvrière affectée au nettoyage de leur chambrée ces terrifiants soldats filaient doux.

Dès qu'elle pointait son petit museau de poupée par la porte, ils cessaient aussitôt de plastrouiller, se réfugiaient dans les coins et faisaient mine de dormir. Mais elle ne s'en laissait pas conter, l'active ménagère ! « Allez, lève-toi, gros sac ! » s'écriait-elle en pinçant à l'un l'extrémité du nasillard et en enfonçant dans l'abdomen de l'autre ses doubles gicleuses. « Foutez-moi le camp, vieux bourdons, et laissez-moi travailler. Qu'avez-vous fait là ? Oh ! les ventrus ! Oh ! les abominables cafards ! Ils ont encore frouillé sur les murs. La prochaine fois, je vous arrache les croqueteuses, vous m'entendez ? » Devant les explosions de fureur de la minuscule balayeuse, les énormes guerriers se hâtaient vers la porte et s'égaillaient dans les galeries.

Certes, ils étaient sales, mais leur saleté laissait It'van indifférent. Pourvu que les rebelles fussent de bons combattants, c'était ce qui importait. Ainsi, dans sa mission de défense et de reconquête, le nouveau généralissime des termites pouvait s'appuyer sur deux corps d'élite : la garde royale et les rebelles. Avec ces deux armées, il se faisait fort de bousculer la horde noire et même de porter la guerre sur les territoires de Bratoc !

Et c'est pourquoi il considérait le troisième corps, celui de l'infanterie, comme une sorte de surplus, une innombrable masse de manœuvre qu'il lâcherait par paquets entiers dans la bataille, afin de faire foule, d'occuper le terrain et de colmater les déchirures du front. Non qu'il méprisât ces petits troufions aveugles (ils étaient aveugles), mais leur armement simplifié, leurs dimensions réduites (ils mesuraient à peine trois mètres) les exposaient particulièrement aux coups des monstrueux guerriers composant la horde noire. Ils étaient trop vulnérables, voilà tout !

Ainsi, au lieu de les lancer en première ligne, comme cela avait été la règle dans le passé, le jeune homme préférait les considérer comme une force d'appoint, une réserve affectée à différentes tâches mais ne se hasardant guère en dehors de l'œuf chaleureux de la termitière. It'van en avait longuement discuté avec le chef de l'infanterie, un petit timide nommé Loupiot, qui se grattait sans trêve avec ses pattes en se renversant sur le flanc comme un chien.

Celui-ci avait été soulagé en apprenant cette décision. Dans les guerres précédentes, l'état-major n'avait eu que trop tendance à utiliser les fantassins comme de la chair à mandibule et à les expédier sans modération au craque-pétioles. L'infanterie avait subi des pertes terrifiantes dans le passé : des unités entières avaient disparu et il avait fallu des années de ponte à la reine pour combler le déficit. En outre, d'un point de vue strictement stratégique, il n'était pas recommandé d'envoyer en première ligne les éléments les moins bien armés et les moins résistants. Quel que fût leur courage, ils étaient brisés, défoncés, hachés menu par les gigantesques mandibules de la horde. Alors, le cœur plein d'effroi devant le sombre déchaînement, les fantassins survivants faisaient volte-face et battaient en retraite, désorientant, par leur flot terrifié, rebelles et royaux qui avançaient derrière eux et dont l'ardeur guerrière était refroidie par le spectacle de cette déroute.

Ainsi It'van, en dépit des objurgations du marmouset qui l'accusait en lui tirant l'oreille « de vouloir révolutionner des habitudes pour ainsi dire sacrées », procéda à un complet renversement du vieil ordre de la bataille. L'infanterie, au lieu d'être jetée aussitôt dans la fournaise, allait à présent constituer la réserve suprême de la termitière. Elle serait à peine engagée dans les combats et seulement pour des missions ponctuelles et rapides. Et si royaux et rebelles étaient anéantis, c'était à elle que revenait l'honneur d'être le dernier rempart et d'offrir aux coups des envahisseurs, affaiblis par les efforts fournis, la barricade de leurs centaines et centaines de milliers de petits thorax cuirassés.

Quand il fut averti de cette décision, Cortex, le raide, l'ankylosé, le taciturne commandant de la garde, exhala, d'un raclant soupir de sarcloir, sa désapprobation absolue. A l'entendre, les fantassins n'étaient pas dignes de cet honneur : des petits tatillons, des piqueurs, de la friture. Ce n'était pas avec cette valetaille que la reine pouvait espérer être sérieusement défendue. A la garde royale revenait de tout temps cette tâche et ce n'était pas un... un bonhomme qui allait contredire cette tradition.

It'van mit longtemps à le convaincre. Certes, il aurait pu le destituer, car Blancheboudine lui avait donné les pleins pouvoirs, mais, ne voulant point susciter de mouvements de révolte parmi les prétoriens, il préféra lui faire entendre raison.

La garde royale serait le fer de lance de l'armée termite et non plus une bande de paresseux attendant, mandibules aux pattes, que le péril vînt jusqu'à eux. Aux royaux, aux impeccables, aux astiqués royaux, il appartenait de se couvrir de gloire en brisant de ses assauts la horde terrible ! Ils se battraient sur des terrains reconnus à l'avance, des terrains découverts où ils pourraient se déployer. Ils allaient devenir des conquérants, de terribles cogneurs ! La garde serait l'avant-garde !

« Et les rebelles ? s'enquit Cortex.

– Après vous, naturellement. Ils vous suivront. Vous leur montrerez le chemin. »

Cette dernière considération emporta l'accord définitif du chef des royaux. Crochetête lui-même fut grandement sensible à cet argument : la garde allait enfin montrer à ces embroussaillés bouseux ce dont elle était capable. Elle tracerait la route devant les rebelles et ceux-ci n'auraient rien d'autre à faire qu'à la suivre. Voilà qui était de nature à enchanter les prétoriens, lesquels étaient humiliés par les succès de leurs rivaux.

It'van éprouva beaucoup moins de difficultés à convaincre le chef des rebelles. Batifol avait été immédiatement conquis – et cela pour deux raisons bien simples. La première était qu'It'van ne se bouchait pas les nasillards ni ne prenait un air dégoûté quand, sale, hirsute et flatouillant, Batifol s'approchait. La seconde était qu'il ne cherchait nullement à imposer ses plans aux rebelles qui, de leurs séjours aventureux dans la forêt, avait tiré une passion ombrageuse pour la liberté. Au lieu d'imposer, il déposait au pied de la sagacité des rebelles ses questions et ses doutes, à charge pour eux de lui répliquer par des suggestions immédiates – propositions et projets qu'il triait ensuite pour les fondre en une passable harmonie.

Cette méthode avait étonné Blancheboudine qui avait interrogé It'van sur les raisons de ce libéralisme :

« Avec les royaux, vous tranchez, vous décidez, vous ordonnez. Avec les rebelles, vous écoutez. Pourquoi ? »

Pourquoi ? La réponse était simple, dit le lumineux jeune homme, tout embrasé par ses certitudes intérieures. La termitière, selon lui, était composée d'un premier élément dur, cuirassé, lourd et structuré qui était la garde royale : en lui donnant des ordres et en lui faisant toujours sentir le poids de son autorité, il épousait la nature de cette profonde charpente de la nuit souterraine.

Avec la charpente, je me fais charpentier, ajouta-t-il. Mais avec le second élément, avec ce corps léger et souple, avec cette armée volatile que d'irréfléchis mouvements agitent comme le vent les feuilles mortes, je me fais spontané, je m'ouvre, j'accueille, je saisis au vol. Ainsi, m'alourdissant avec le lourd et m'allégeant avec le léger, j'unifie en moi les contraires, je les marie et, captant à mon profit leur énergie, je mets au monde le pur enfant de mon esprit régénéré.

Avec la garde royale éperonnant l'ennemi et le perçant, les rebelles qui l'éplucheraient en détail, l'infanterie, gardienne du centre – avec ces trois corps, l'ordre de bataille était, selon l'expression même d'It'van, « définitivement arrêté ». Aussi tomba-t-il des nues quand le marmouset lui demanda ce qu'il comptait faire « avec le quatrième corps ».

« Le quatrième corps ? Quel quatrième corps ?

– Eh bien, les limitrophes. »

Le jeune homme ignorait jusqu'à leur existence. A cela rien d'étonnant, expliqua le docteur Khô-Khô. Les limitrophes vivaient à l'extérieur de la termitière, dans des petites casemates aménagées au sein de la forêt voisine. Il s'agissait d'une foule informe d'insectes et d'animaux étrangers au monde des termites mais que ceux-ci, par générosité, avaient recueillis, soit qu'ils fussent blessés ou même frappés de bannissement par leurs congénères, soit que, fatigués et éprouvés par une vie vagabonde, ils eussent préféré à l'angoisse d'être libres, la sécurité des institutions souterraines.

Piloté par Crochetête et Gros-Cul, le nouveau généralissime explora leur étrange univers. Les insectes y étaient en majorité : araignées velues, grosses comme des citrouilles, bousiers roulant leurs boules de détritus, sauterelles de deux mètres de long produisant des bonds de quarante mètres (It'van eut droit à leur démonstration) – et même libellule.

Celle-ci, unique de son espèce dans la légion des limitrophes, était bien la créature la plus souriante, la plus affable que le jeune homme eût jamais rencontrée. De ses énormes yeux verts, d'un vert marbré et lumineux, ne coulait que l'amour le plus pur. L'on eût dit que, caressés par son regard de vitrail, les êtres et les objets scintillaient de la tendresse ineffable qu'elle projetait sur eux.

« Dites-moi, extravagant marmouset, interrogea It'van. D'où lui vient cet amour qu'elle porte à la création tout entière ? »

Le docteur Khô-Khô réfléchit longtemps avant de répondre.

« De ses vols éblouis au-dessus des eaux, finit-il par dire. Rasant la surface des marais, l'écrêtant et l'écrémant sous les traits ardents de l'archer solaire, elle appartient aussi bien à l'ombre qu'à la lumière, au sec qu'à l'humide, à l'eau comme à l'air. Créature de la frontière, médiatrice ailée, elle opère en elle la conjonction des éléments opposés. A la fois, aquatique et aérienne, accomplissant les intentions secrètes de la nature affamée d'unité, elle est créatrice d'harmonie et donc d'amour. Regardez comme elle illumine jusqu'à ces horribles fourmis noires ! »

On voyait en effet de nombreuses fourmis noires parmi les limitrophes et cela surprit It'van. Il n'y avait pas de quoi être étonné, maugréa le marmouset. Il s'agissait là de déserteurs de l'armée de Bratoc ou de prisonniers qui, craignant de revenir à la fourmilière où il était de règle qu'on les exécutât, avaient choisi de servir Blancheboudine.

Le plus fort contingent de fourmis noires (un millier environ) avait été fourni par la désertion de cet énorme boutard qu'It'van apercevait là-bas et qui se nommait Mastoc. Cet insecte gigantesque et affreusement mandibulé n'était autre que l'ancien chef de la horde noire que Krotok avait supplanté après mille intrigues. Informé de sa destitution, il avait, en une nuit sauvage, massacré les favoris de la reine, attaqué Krotok, réussissant même à lui arracher une antenne, puis, accompagné des détachements qui lui étaient restés fidèles, avait gagné la termitière où il s'était livré à Blancheboudine.

Pour la horde noire, il n'était point d'ennemis plus redoutables que ces transfuges, ivres de sang, insoucieux de leurs propres vies au point qu'ils s'appelaient eux-mêmes « les enfants de la mort ». Ils fondaient sur leurs frères avec une force enragée qu'ils semblaient extraire des nappes sombres de la trahison, de l'angoisse et du doute. Plus ils se reconnaissaient coupables et plus ils se déchaînaient : on eût dit que c'était leurs propres thorax qu'ils cherchaient ainsi à pourfendre à travers ceux – ensanglantés – de leurs anciens compagnons d'armes.

La présence de fourmis noires dans l'armée des termites parut du plus grand intérêt au généralissime, lequel se fit fort de les utiliser au mieux de leurs compétences, ne serait-ce que pour obtenir les renseignements dont il avait besoin au sujet de l'organisation de la horde. Mais à quoi employer les animaux étranges qui, en dehors des insectes, composaient le corps des limitrophes ?

Que faire, par exemple, de ce vieux tapir aux yeux rouges, ou de ces singes effarouchés, ou de ces trois pythons qui, abondamment nourris par les cantinières, ne faisaient que dormir et dormir encore ? Que faire de ce tigre accablé d'âge dont la peau semblait mangée des mites, au point qu'il évoquait, par son aspect, un vieux fauve empaillé, oublié dans un grenier ? Que faire de l'éléphant, que faire du gros hibou ?

Bah ! on verrait bien. Des tâches plus urgentes l'appelaient – notamment celles qui avaient trait à la consolidation des retranchements.

Pour commencer, il fit édifier, avec des troncs d'arbres arrachés à la forêt, une immense muraille circulaire. Tout cela fut fait avec une rapidité extrême. Des millions d'ouvriers, avec l'aide des fantassins, empilaient les arbres les uns sur les autres, tandis que dans la forêt royaux et rebelles, transformés en bûcherons, abattaient manguiers, rencorniers et tuy-tils.

Certes, Cortex, devant l'engagement de ses troupes dans des travaux manuels qu'il jugeait déshonorants, exprima nettement son désaveu. Il n'en fut pas tenu compte et les travaux allèrent bon train : une semaine après le premier coup de mandibules à la base du premier arbre, la clairière de Vézelay était une forteresse imprenable.

Dans le rempart ininterrompu, haut d'une vingtaine de mètres – amas inextricable sur lequel les fourmis auraient toutes les peines du monde à se jucher – It'van avait fait ménager plusieurs portes coulissantes qu'un système de lianes permettait d'ouvrir et de refermer en un clin d'œil. Au sommet de la muraille et les uns à côté des autres, il avait posté tous les mélassiers dont il disposait. Immobiles – et impressionnants par leur immobilité même – ils braquaient sur la lisière leurs terrifiants tromblons faciaux d'où coulaient, comme des gouttes d'un robinet mal fermé, quelques parcelles menaçantes et dorées. Dans les profondeurs des bois – et presque jusqu'à Avallon et l'A6 – des combattants sonnettes étaient disséminés qui avertiraient It'van des moindres mouvements de la horde.

L'empire souterrain était sur pied de guerre. Le grillon Haillon, délaissant crachoir et postures métaphysiques, bombait un thorax martial et allait de groupe en groupe donner son avis sur la conduite des opérations.

« Puisque j'ai été à l'origine du conflit, osa-t-il dire à Blancheboudine, ne puis-je aussi être l'inspirateur de la victoire ? »

Le docteur Khô-Khô lui-même s'était armé – et de la façon la plus réjouissante. Il prétendait avoir découvert dans un des tiroirs de la maison au verger

« une dague étincelante », arme terrible dont il comptait faire usage dans les combats qui s'annonçaient. Comme It'van lui demandait de la lui montrer, il souleva son surplis de coutil et arracha l'objet de sa ceinture. Oh ! le foudroyant spadassin ! En fait de « dague étincelante », c'était une simple lime à ongles que brandissait l'homoncule dans sa main de nourrisson. Le jeune homme étouffa un éclat de rire.

Vraiment, le médecin de la reine l'amusait et l'intéressait tant qu'il ne pouvait plus s'en passer. Le marmouset aussi semblait tirer de grandes joies de son commerce avec celui qu'il appelait « son homme-lampe ». Il avait perdu cet air renfrogné qui l'assombrissait naguère et n'évoquait plus les accablants souvenirs de sa jeunesse parisienne. Il lui arrivait même à présent d'espérer à haute voix qu'une famille de marmousets eût survécu à l'écroulement de la tour et prospérât quelque part dans la jungle infinie. Alors, il se prenait à rêver à la jeune marmouse, rose et souriante, qui saurait faire refleurir son vieux cœur flétri. Jadis, il avait été un grand séducteur. Il lui suffisait de claquer des doigts pour que – empourprées et dépoitraillées – elles accourussent, les excitantes marmouses. It'van savait-il pourquoi lui, Khô-Khô, avait tant de succès ?

« A cause de votre bourrechou ? » hasardait le jeune homme en souriant.

Non ! Absolument pas ! Il ne s'agissait pas de cela ! Elles venaient à lui parce qu'elles savaient qu'il les aimait. Comme en une source de jouvence, elles se plongeaient dans les eaux chaudes et magnétiques de son amour pour en jaillir rajeunies. Ah ! il n'était pas un de ces êtres glacés, un de ces « regards-froids » qui séduisent comme on va à la chasse ! Et il n'en sortait pas indemne : chaque fois, il avait abandonné une part importante de lui-même sur le carreau des lits – au risque de ne plus trouver à la place de son cœur qu'un vieux trognon aux trois quarts dévoré.

« Tranquillisez-vous, lui disait It'van, vous n'êtes pas encore sec ! »

Bref, le docteur Khô-Khô ne le quittait plus. Le soir, quand l'heure de dormir était venue, il fallait que le jeune homme l'arrachât à son épaule, ou le dévissât, tant il se faisait lourd. Après avoir déposé sur son front un baiser presque paternel, il le couchait dans son berceau et allait dormir.

Au matin, c'étaient des clameurs qui le réveillaient. Poussant devant lui la petite Pussepuline, le marmouset faisait irruption dans sa chambre à grand fracas. Le petit déjeuner ! « Bagrou-Grouba ! Tendez vos bouches ! » criait-il comme s'il y avait eu dans la pièce plusieurs personnes affamées. Il tempêtait jusqu'à ce qu'It'van se fût levé et – à genoux devant la luisante cantinière – eût posé ses lèvres sur son bec en carton mâché.

« Ah ! j'aimerais que vous tombiez gravement malade, lui dit un jour le petit homme.

– Mais pourquoi donc, extravagant marmouset ?

– Pour avoir la joie de vous guérir. »

Tous les matins, avec le docteur Khô-Khô juché sur ses épaules et encerclant son cou de ses petites jambes nerveuses, It'van grimpait au sommet de la colline de Vézelay et établissait son quartier général sur les marches du sanctuaire de l'ancien temps. Ce poste d'observation était parfait pour surveiller l'avancement des travaux de fortification. Outre Crochetête, Gros-Cul et Souffleur qui formaient sa garde personnelle, Cortex, Batifol et Loupiot participaient ordinairement à ces séances d'état-major. Aussitôt qu'un plan de mesures était arrêté, les ordres étaient transmis à l'ensemble de l'armée, grâce à ce langage intérieur qui permettait aux termites de communiquer à grande distance.

Ces discussions de stratèges se terminaient rarement sans qu'une querelle éclatât entre Batifol et Cortex. Le chef des rebelles accusait le commandant de la garde de « rigidité déplorable » et de penser aussi vite « qu'un escargot qui court ». Cortex rétorquait en se bouchant les nasillards de ses pattes antérieures et en demandant si on n'avait pas oublié ici « quelque pourrissante charogne » dont la présence expliquerait l'odeur pénible qui régnait alentour. Batifol donnait alors un coup de mandibules au chef des royaux qui répliquait en le giflant de son clapouton. C'était le brave Loupiot qui, cessant de se gratter, s'interposait entre les frères ennemis, recevant de part et d'autre, avec une placidité résignée, les coups en cascade qui ne lui étaient point destinés.

Fatigué de ces querelles, It'van tournait les talons et allait se réfugier dans le sanctuaire. Il y éprouvait des sensations étranges, une sorte de béatitude que la fraîcheur délicieuse de l'endroit ne suffisait pas à expliquer. Etait-il possible qu'au-delà des siècles et des catastrophes, la prière des foules qui s'étaient rassemblées ici parvînt jusqu'à lui ? Etait-il possible que la pierre en fût encore imprégnée et la restituât, au point que son âme en était comme soulevée et exaltée ?

Peut-être, mais il y avait une autre explication à cette joie qui l'inondait. Sous ses pieds s'étendait le royaume souterrain, tout un chaos de galeries descendant jusqu'au cœur embrasé de la terre. Or il avait osé pénétrer dans cet empire de la ténèbre, dans ce noiroir caverneux devant lequel la plupart des hommes se fussent écartés avec effroi et colère. Il avait fait bien pis encore : au lieu d'ignorer l'existence du monde obscur de l'en bas, au lieu de guerroyer contre lui en le déniant et le refoulant, il avait épousé sa cause, il le défendait contre des périls extérieurs – il s'était même placé à la tête de ses soldats innombrables. Ainsi, ce qu'il éprouvait en ce lieu médian où la clarté du ciel répondait au noir velours des espaces inférieurs, où la lumière semblait à l'ombre se conjoindre comme à une épouse à la fois désirée et crainte, ce qu'il éprouvait était un sentiment de connivence joyeuse, de complicité et d'acceptation totale qui l'agrandissait et le transfigurait.

Un matin, comme il arpentait la salle immense du sanctuaire, faisant retentir son pied botté sur les dalles, il était tombé en arrêt devant une béante et circulaire ouverture, véritable bouche d'ombre ouverte sur le sol devant l'autel, à l'endroit où jadis devait se tenir le célébrant. Une végétation confuse l'emplissait, un chaos d'arbustes épineux qui croissait sur ses parois avec tant de vigueur qu'il était sans doute impossible à présent de s'y frayer un passage.

« Qu'est-ce ? Mais qu'est-ce donc ? demanda-t-il à son minuscule compagnon.

– Oh ! c'est une galerie désaffectée, dit celui-ci avec retard et comme s'il rechignait à répondre.

– Désaffectée ? Et à quoi était-elle affectée ? »

Le marmouset hésita puis :

« A l'oiseau de feu, finit-il par admettre, à l'âmâme.

– A l'oiseau de feu, s'étonna It'van. Ainsi l'âmâme montait jusqu'ici ? Mais parlez, que diable ! On dirait que vous avez honte !

– Oui, j'ai honte, reconnut le docteur Khô-Khô, honte pour les termites, honte de leur misérable négligence. Autrefois cette galerie qui descend jusqu'au brasier central était la colonne vertébrale de la termitière. Elle était le lieu de passage privilégié de l'âmâme, de ce noyau d'énergie ailée qui, venu des profondeurs, montait jusqu'ici en tourbillonnant, traçait dans le sanctuaire son vol crépitant, avant d'entamer son long trajet de retour. Or regardez ce que les termites ont fait : ils ont laissé le souterrain à l'abandon. Les galeries doivent être entretenues régulièrement, sinon, envahies par cet affreux chiendent des ténèbres, elles deviennent vite impraticables. Ainsi, même s'il le désirait, l'oiseau de feu ne pourrait revenir.

– Mais la reine ? objecta It'van.

– La reine s'en fiche. C'est à cause d'elle, à cause

de son angoisse que tout est obstrué. Barrages de police et chiendent des ténèbres : si ces obstacles étaient levés et si la reine était guérie, je suis persuadé que l'oiseau de feu remonterait jusqu'à nous. Je crois qu'il est dans sa nature de chercher à s'élever. Et il doit se sentir prisonnier des profondeurs, oui, prisonnier, cloué à son nid d'en bas comme... »

Le marmouset cherchait une comparaison.

« Comme lui ! » finit-il par dire en désignant sur l'autel l'effigie d'un homme au visage grimaçant, cloué sur deux bouts de bois qui s'entrecroisaient.

It'van s'approcha de cette sculpture des anciens temps. Ce n'était pas la première fois qu'il voyait ce symbole. Il figurait en bonne place dans la plupart des demeures de l'antique civilisation. Il s'était souvent demandé ce qu'il signifiait et voici que le marmouset, au détour d'une métaphore, hasardait une hypothèse éclairante. Cet être tourmenté, agrafé à la matière, était l'image de l'étincelle divine enclose à l'intérieur de nous-mêmes, dans le tombeau de nos poitrines – et qui se plaint et soupire après une désirable libération. Il était l'âmâme, il était le soleil des ténèbres attendant que l'on nettoyât la galerie vertébrale de ses impuretés et qu'on rompît partout les barrières. Il était le pauvre cloué attendant qu'on le déclouât avec les tenailles mystiques de la connaissance, qu'on l'affranchît de ce qui le comprimait et qu'on le laissât briller à travers toutes les galeries de son domaine terrestre.

Alors, comme si en cet instant le ciel eût tenu à approuver It'van, un rayon de soleil s'introduisit par une des hautes fenêtres de la basilique, traça dans le clair-obscur son chemin de poudre et de foudre et percuta le crucifié en l'éclaboussant d'or, emplumant ses bras et le transmuant en un esprit igné, en un pur oiseau de feu à sa croix suspendu.

Par la suite, It'van vint souvent méditer devant celui qu'il appelait « le pauvre cloué ». Le sanctuaire était devenu « son » sanctuaire, le lieu le plus élevé de lui-même, le sommet d'une âme qui, ayant reçu la consécration du Bas, pouvait résolument se tourner vers le Haut. On eût dit que pour accéder au divin il fallait au préalable recevoir la bénédiction de l'enfer et ses noires confidences. On eût dit qu'il fallait connaître son diable pour connaître son dieu.

A présent c'était d'un tout autre regard qu'il contemplait le monde, comme si – après son entrée dans la forêt interdite, après sa victoire sur la fleur mauve de la dépression, après son alliance avec les armées souterraines – il fût né une seconde fois. Il allait se placer à l'extrémité du parvis pour contempler l'étincelant paysage, la clairière traversée par les longues théories des termites affairés et le moutonnement de la jungle qui semblait fumer là-bas en ses vallées profondes. Au loin, tels des poignards qui eussent troué par en dessous le tapis végétal, les pics enneigés du Morvan alignaient leur haute chaîne où la lumière bouillonnait. Tout montait, tout confluait vers un point mystérieux situé bien au-dessus des nuages et de leurs villes blanches et vagabondes, au-delà même de la coquille du ciel, un point de rassemblement et d'unité totale, le centre d'où tout découlait et où tout, enfin, voulait retourner pour s'y abîmer en un sommeil sans songe.

Quoique toujours présent pendant les méditations silencieuses d'It'van, le marmouset avait soin de ne les jamais troubler. Muet, il se tenait assis sur les épaules du jeune homme, regardant là où il regardait, se bornant parfois, d'un geste mécanique, à soulever son bonnet pour se gratter la tête. Un matin pourtant il osa interrompre les rêveries ensoleillées du généralissime.

« Il y a un termite qui pleure non loin d'ici », affirma-t-il.

It'van lui demanda de le conduire auprès de lui. Faisant le tour du sanctuaire, ils le découvrirent effondré contre un mur, les antennes basses et le clapouton recourbé comme la tige d'une fleur fanée. Avec étonnement, ils reconnurent, grisâtre, accablé d'une douleur qui lui ratatouillait l'empédocle, le prince consort, le roi Grodaggard. Ils s'empressèrent autour de lui, le renversèrent sur le dos en cette position de repos qu'affectionnaient les termites, bien qu'ils eussent ensuite les pires difficultés à se remettre sur pattes (excepté les rebelles qui opéraient ce redressement comme en se jouant).

« Qu'avez-vous, voyons ! demanda It'van. Seriez-vous malade ? »

Grodaggard leva sur eux un regard d'hospice.

« Hélas ! se borna-t-il à dire, hélas !

– Mais parlez ! Bagrou-Grouba ! Cela vous soulagera.

– Hélas ! Donnez-moi plutôt un coup de clapouton et qu'on en finisse ! Je veux disparaître ! Je veux gagner les termitières du ciel où une place plus honorable me sera accordée à la cour du Grand Roi. »

Fronçant ses cascatules, le monarque éclata en sanglots. Un termite qui pleure produit, à travers ses nasillards, un bruit des plus étranges que seule l'onomatopée « hachtipoue » peut convenablement traduire. Lorsque se tarirent les « hachtipoues », It'van insista encore. Il tenait à connaître les motifs de ce royal désespoir.

« Puis-je compter sur votre compréhension et votre silence ? » s'enquit le roi Grodaggard après s'être essuyé le ratichon d'un geste convulsif.

Par l'intermédiaire de son petit interprète, It'van rassura le monarque : rien de ce qui se dirait ici ne serait répété.

« Eh bien, voilà : elle m'écrase, elle me comprime, elle m'aplatit.

– Qui ça ?

– La reine, naturellement. Celle que j'ai aimée autrefois et avec qui j'ai pris mon envol n'est plus pour moi qu'un insupportable fardeau qui m'empêche de respirer et de vivre. »

Sur les épaules d'It'van tonna soudain le marmouset :

« Alors, si elle vous écrase, s'écria-t-il, pourquoi allez-vous à tout bout de champ vous réfugier sous sa masse énorme ?

– Eh bien... Je ne sais pas, reconnut le roi en courbant la tête et en fixant un regard désemparé sur son abdomen poussiéreux.

– Cessez de le rudoyer, murmura It'van au docteur Khô-Khô. Ce n'est pas comme cela qu'il faut s'y prendre. »

Puis, élevant la voix :

« Racontez-moi votre vie, lança-t-il à Grodaggard. Dites-moi tout ce qui vous passe par la tête, y compris les choses que vous n'avez jamais dites à personne, les souvenirs informes et tous vos désirs inassouvis. »

Avec le marmouset, il alla s'installer derrière le roi, de telle façon que celui-ci ne pût les voir et qu'il eût la sensation de converser avec lui-même. Alors, avec une infinie lassitude, le monarque entreprit de dévider le triste écheveau de sa mémoire.

Il était né non loin de Paris, à la termitière de Sarcelles, commença-t-il. Sa mère, la reine Grossetaupine, était d'un caractère fantasque et capricieux, terriblement inquiète à l'idée de vieillir et d'être supplantée, si sa ponte venait à diminuer, par une de ces reines de remplacement qui abondent dans les profondeurs des grandes termitières. Son père, le roi, était un termite majestueux, une force de la nature, il pouvait le dire. Certes, c'était aussi un vieux salaud qui cocufiait sans trêve son épouse, précisément avec ces reines de remplacement – ceci afin de mieux assurer son avenir, au cas où Grossetaupine viendrait à être mise au rancart.

Avait-il dit vieux salaud ? Non, non, non ! Il retirait cette expression due sans doute à son état de nervosité actuel. Son père était un noble personnage, un héros pour ainsi dire et qui l'avait prouvé en maintes batailles, et notamment dans l'anéantissement des fourmis-sangliers de Clignancourt. Bien entendu, c'était une fripouille qui se laissait corrompre par tous les quémandeurs de place et réduisait à néant la sage politique de Grossetaupine.

Avait-il vraiment dit fripouille ? Oh ! alors, il fallait expurger ce mot de toute nuance péjorative et l'entendre comme une expression affectueuse, rendant compte simplement de l'extrême habileté de son père. Quoique peu regardant sur ses moyens d'action, c'était un termite habile, oui, et qui voyait loin.

C'est ainsi que, s'étant mis dans la tête de faire de son fils un futur roi, il avait voulu développer à l'extrême sa force de résistance. Dans ce but il le fouettait à coups de clapouton ou le faisait assaillir par ses esclaves. Où qu'il allât dans la termitière, le jeune, le tendre Grodaggard était sûr d'avoir à affronter des épreuves tramées par le grand éducateur paternel, pièges dont il sortait brisé, fourbu et tremblant.

A la fin, plutôt que de se faire partout bastonner, il ne sortait plus de la chambre de sa mère. Et même en cet endroit il n'était point dans une sécurité parfaite. Surgissait toujours un vigoureux instituteur, dépêché par son père, qui lui faisait subir devant toute la cour assemblée de spectaculaires avanies, lui sautant dessus et lui tourmentant le greluchon, ou encore lui déplissant les plaquettes – chose particulièrement pénible comme on le comprendra aisément.

Pour échapper à ces périls que le génie inventif de son père variait à l'infini, Grodaggard se résigna tristement à chercher refuge sous le ventre de sa mère. Là, dans cette chaleur quiète et dans ce silence d'étoffe, à l'abri des dangers du monde extérieur, il lui semblait retrouver la paix bienheureuse de l'œuf originel – bonheur qu'interrompait une fois par semaine la traditionnelle séance de fécondation.

Alors, dans ces instants-là, quand son père, se hissant sur la reine, introduisait dans son sein un bourrechou dont il valait mieux ne pas savoir où il avait auparavant traîné, dans ces moments de grande secousse et de pompage rythmique, il se sentait mal, oui, affreusement mal.

Ah ! que n'eût-il été à la place de son père ! Il lui aurait montré comment il fallait agir avec la reine ! Non point comme au combat mais avec la douceur éblouie d'un zéphyr dans les feuillages de la jungle consentante. Que l'homme de lumière n'aille surtout pas croire qu'il désirait la reine ! En aucun cas ! Il s'agissait là d'une monstruosité inacceptable ! Si It'van accordait le moindre crédit à ce genre d'ignominie, il préférait se taire.

Le jeune homme jura qu'il n'avait pas une seconde soupçonné une telle abomination.

Après avoir poussé un profond soupir de soulagement, Grodaggard poursuivit son récit en ces termes :

« La mort du roi mon père vint modifier mon destin de fond en comble. Je pus enfin sortir de l'abri offert par le ventre maternel et me risquer dans les chemins de traverse, les coupe-pétioles et les ténébreuses ruelles du monde. Je n'y ressentais point les plaisirs escomptés. Il me semblait que tout mon bonheur était derrière moi et qu'en quelque lieu que mes pattes pussent me porter elles ne feraient que m'éloigner de l'indicible paix de la source. Aussi, dès que mon cycle de métamorphoses le permettait, je m'empressais d'aller me blottir dans cette sorte de niche de chair qui m'attendait sous le ventre de ma mère, la reine Grossetaupine. Dans les années qui...

– De quoi le roi votre père est-il mort ? demanda le jeune homme.

– Euh... Je ne sais plus. C'est extraordinaire, mais j'ai oublié. D'ailleurs, peu importe ! Dans les années qui suivirent, je...

– Comment est-il mort ? insista It'van.

– Assassiné ! éclata Grodaggard en frouillant sur son immaculé ratichon. Assassiné, puisque vous tenez à le savoir. Percé de cent coups de clapouton, il expira sous mes yeux.

– Et qui l'a tué ? poursuivit le jeune homme impitoyable.

– Peu importe celui qui l'a tué ! dardouilla, hors de lui, le prince consort. Il est mort, voilà tout. D'ailleurs, l'auteur du crime ne fut jamais retrouvé. A coup sûr, il était bien protégé, dans quelque chaude et profonde retraite...

– Et que fîtes-vous dans les années qui suivirent ?

– Je me métamorphosai. Des ailes me poussèrent sur le dos. Un beau bourrechou, droit comme un clapouton et plus jaillissant que la curnule d'un mélassier, apparut à l'extrémité de mon abdomen. La reine ma mère m'en fit tant de compliments que je ne cessais de le lui montrer comme un guerrier fait admirer ses armes... Ensuite, je rencontrai Blancheboudine. »

Elle était bien différente de ce qu'elle est devenue aujourd'hui, expliqua Grodaggard en frissonnant, tout émoustillé qu'il était par l'évocation de ses premiers vertiges amoureux. Mince et frétillante, joyeuse au point de toujours chanter, elle arborait déjà au sommet de sa tête cette houppette blonde, cette sacrée petite houppette qui encore maintenant la rend si attrayante. Grodaggard ne manqua pas d'être séduit par tant de charmes. Chaque jour, il cherchait la jeune Blancheboudine dans le labyrinthe des galeries, délaissant sa mère et n'allant plus jamais se réfugier dans les replis de son ventre énorme. Quand il lui rendait visite, c'était pour l'entretenir de l'évolution de ses affaires avec Blancheboudine – ne comprenant pas pourquoi Grossetaupine s'assombrissait à ce récit, alors qu'elle aurait dû se réjouir du bonheur de son fils.

Vint le jour tant désiré de l'essaimage : toute la haute caste des insectes ailés et sexués s'envolait hors de la termitière pour aller fonder d'autres royaumes souterrains. Les couples se formaient dans les airs, s'étreignaient et tombaient au sol où, aussitôt, la femelle arrachait les ailes du mâle. Puis les deux fondateurs de la nouvelle colonie s'enfonçaient dans la terre, loin des périls de la surface – et la nouvelle reine se mettait à pondre. Existence obscure, laborieuse, répétitive qui vit la jeune, la légère, l'égayée Blancheboudine se transformer en une lourde matrone, dévouée à sa tâche au point qu'elle adressait à peine la parole au roi. Fantasque et capricieuse, elle se mit à ressembler très exactement à Grossetaupine, si bien qu'un jour, machinalement pour ainsi dire, Grodaggard souleva son ventre comme un sac et établit en dessous ses pénates, y trouvant chaleur, protection et... souvenirs !

Car il se souvenait et c'était la réponse à la question que le marmouset lui avait posée tout à l'heure : il allait à tout bout de champ se réfugier sous ce gigantesque asticot par nostalgie des origines. Il y retrouvait l'univers soyeux et odorant de la prime enfance. Il redevenait celui qu'il avait jadis été, c'est-à-dire le jeune, l'innocent Grodaggard, l'affectueuse petite larve dont l'âme délicieuse et pure n'avait encore été entachée par aucune... par aucune faute !

Oui, le grand mot était lâché : c'était la faute qui l'empêchait de vivre, c'était la faute et non point la reine qui l'écrasait. L'homme de lumière comprenait-il tout ce qu'il pouvait y avoir de ténébreux, d'inexplicable, d'irrespirable dans ce simple mot : la faute ! Comprenait-il de quel poids cet obscur fardeau pesait sur son pauvre thorax ? Ah ! cette conversation avait été utile et il remerciait le jeune homme de l'avoir entreprise. Tel un flambeau dans les nocturnes galeries d'une termitière qui, à chaque détour, fait surgir des formes mystérieuses, éclaire de profonds secrets et ouvre ce qui était enclos et inexprimé, ses confidences avaient porté la torche dans le sombre dédale !

« La faute ! répétait-il en grinçant des croqueteuses, la faute ! Quelle faute ? »

Quelques instants plus tard, comme It'van s'éloignait du roi redevenu silencieux, le marmouset demanda à son compagnon si Grodaggard allait percer l'énigme, découvrant la nature de cette faute qui l'accablait.

« Oui, je le pense, dit le jeune homme. Déjà, il a confusément deviné de quoi il retournait. Ce qui signifie qu'il défriche la galerie envahie par le chiendent des ténèbres et qu'il lève tous les barrages.

– L'oiseau de feu va-t-il monter en lui ?

– Certainement et un autre Grodaggard va naître et, par voie de conséquence, une autre Blancheboudine.

– Vous croyez que la reine a mal au roi ?

– Oui, la reine souffre de l'indifférence apparente de son époux. La grande ambition de Blancheboudine est de susciter l'amour de Grodaggard. Or celui-ci voit à travers elle sa propre mère, si bien qu'aimer Blancheboudine revient pour lui à aimer Grossetaupine et donc à répéter la faute.

– Alors, que doit-il faire ?

– Amener tout cela à la surface et, ensuite, voir Blancheboudine telle qu'elle est. Avez-vous noté, docteur Khô-Khô, l'allusion à la houppette de la reine ?

– Bien entendu ! Cela aurait-il un sens, d'après vous ?

– Oui, car cette houppette n'appartient qu'à Blancheboudine. Elle est ce qui distingue la reine-épouse de la reine-mère. C'est en s'appuyant sur cette sacrée houppette, comme il dit, que le roi pourra définitivement dissocier l'image de Grossetaupine de celle de Blancheboudine et ainsi détruire l'illusion qui l'empêche de vivre et d'aimer. Cela ne se fera pas du jour au lendemain. Et je vais continuer à l'aider dans la mesure de mes moyens et aussi de ma disponibilité, car il faut à présent que je fasse la guerre. »

Dans les jours qui suivirent, It'van eut encore de nombreuses conversations avec Grodaggard. Celui-ci, délaissant son épouse, suivait partout le généralissime, le criblant de questions aux moments les plus inopportuns. C'est ainsi que, surgissant au milieu d'une réunion d'état-major, il interrompit un long et docte exposé stratégique de Cortex pour interroger le jeune homme au sujet d'un rêve qu'il avait fait.

Cette interruption imprévue échauffa l'esprit du chef des royaux, lequel, s'approchant de Grodaggard, lui intima l'ordre « d'aller avec les femelles et de laisser les grands mâles parler d'affaires importantes auxquelles il n'entendait rien ». Rendu furieux par cette remarque (« J'ai cru que mon père revenu à la vie me parlait. Il aimait user avec moi de ce ton empesé et insultant », révéla-t-il plus tard à It'van), le roi donna un tel coup de mandibules sur la tête de Cortex que celui-ci, étonné et gémissant, s'effondra. Puis, comme Grodaggard, levant à nouveau son arme comme une massue, faisait mine de recommencer, il implora grâce avec un tel tremblement que Batifol ne put s'empêcher de trappetouiller et de clapouter avec ironie.

« On nous a changé notre roi », constata Crochetête avec surprise.

Oui, Grodaggard s'était métamorphosé, non seulement dans son comportement mais aussi dans son aspect physique. Lui si grisâtre et si furtif naguère s'était mis à rougeoyer, au point que sa trogne de chitine semblait une lanterne. Lui qui, il y a peu, se faufilait en rasant les parois, demandant aussitôt pardon et s'effaçant devant le plus minuscule fantassin, il parcourait maintenant les galeries avec célérité et en bousculant tout le monde.

C'était avec la reine que sa façon d'agir avait le plus évolué. Dans le passé, il avait été pour elle l'époux le plus obéissant et le plus effacé que l'on pût concevoir, se pliant avec promptitude à ses moindres désirs, acceptant même d'être humilié en public :

« Tu es une chiffe molle, n'est-ce pas ? lui disait-elle devant les courtisans.

– Oui, c'est vrai, ma toute-petite, je suis une chiffe molle.

– Une vieille crabouille aussi ?

– C'est exact. Une vieille crabouille, un effaré godichon. Je ne le nie pas. »

En réalité, il ne niait rien de ce qu'affirmait la reine. Celle-ci eût-elle déclaré que le noir était blanc et que le blanc était noir qu'il l'eût aussitôt approuvée. Lui eût-elle demandé aussi de servir de carpette à ses favoris qu'il se fût étalé sur le sol et eût souffert en silence qu'on le piétinât.

A dater de cette conversation libératrice avec It'van, son comportement changea du tout au tout, au point que – suffoquée – la reine fit appeler le jeune homme pour obtenir certains éclaircissements.

« Le roi a perdu la raison, annonça-t-elle au généralissime. Je lui ai demandé tout à l'heure de servir de banc au grillon Haillon, afin que celui-ci chante mieux. En effet, quand le ménestrel est assis, sa voix a davantage d'ampleur et son timbre est bien plus agréable. C'était un simple service que j'attendais de lui, or savez-vous ce qu'il a osé me répondre ?

– Non, que vous a-t-il répondu ?

– « Envole-toi, tyran ! » Voilà ce qu'il a osé me dire, à moi la reine Blancheboudine, son épouse aimante et dévouée. Mais vous riez ? Vous osez rire de cette insulte ?

– Je ne ris pas... Je grimace d'effroi... Devant un tel sacrilège, je suis rempli d'horreur, protesta It'van qui ajouta avec étonnement : Mais vous aussi vous riez ! »

Oui, la reine souriait. Elle était attendrie, elle était

émue. Que Grodaggard ait osé lui tenir tête, c'était ce dont précisément elle se réjouissait : entrebâillant la livrée du domestique, le mâle venait d'apparaître.

Elle n'eut, par la suite, qu'à se féliciter de cette métamorphose. C'est ainsi que le roi, si indifférent dans le passé à l'endroit des charmes de la reine, risquait à présent des gestes de tendresse qui laissaient Blancheboudine sans voix.

« Pourquoi me caresse-t-il la houppette plusieurs fois par jour ? demanda-t-elle à It'van.

– C'est parce qu'elle est touchante, votre houppette, et parce qu'il vous aime. Il faut reconnaître que vous avez une très belle houppette. Je doute fort que Bratoc en ait une semblable. »

Mais là où les métamorphoses de Grodaggard se manifestèrent de la façon la plus éclatante, ce fut lors des fécondations hebdomadaires. D'un commun accord, le couple royal considérait cette opération comme une corvée dont il fallait se débarrasser au plus vite. C'était pour eux un des aspects les plus déplaisants de leurs hautes fonctions. En règle générale, pendant que Grodaggard s'échinait, Blancheboudine poursuivait avec ses ministres et ses favoris la conversation entreprise, affectant même de ne se rendre compte qu'au dernier moment de la présence en elle de l'infortuné géniteur.

« Qu'est-ce que j'ai là ? ironisait-elle. Est-ce une mouche ? Est-ce une excroissance de chair ? »

Si délicieuses et si puissantes furent désormais les secousses imprimées à la reine par un Grodaggard régénéré qu'elle fut incapable de feindre davantage. Exhalant d'embrasés soupirs à la barbe de ses ministres qui tâchaient d'attirer son attention sur tel ou tel point de politique intérieure, les fustigeant de son clapouton, leur bavant sur la collerette, elle suscita chez eux un tel effroi qu'ils s'éparpillèrent.

Par la suite, des réformes successives bouleversèrent cette opération dont les monarques tiraient un croissant plaisir. D'hebdomadaire qu'elle était, elle devint bihebdomadaire, puis quotidienne. Et enfin ce fut plusieurs fois par jour que le roi assaillit la reine.

Il était de règle auparavant que l'ensemble de la cour assistât à ce qui était considéré comme une cérémonie. Désormais, sur l'ordre exprès de Blancheboudine, seuls quelques intimes furent admis auprès de la couche royale. Plus tard ceux-là aussi durent se retirer, laissant seul à seul les deux souverains.

Pendant qu'avait lieu le tendre – quoique vigoureux – entretien, la foule des courtisans emplissait les antichambres jouxtant la loge royale. Dans ces instants-là, il régnait un silence étrange parmi cette multitude. Toutes antennes brandies, on écoutait avec attention les gémissements caverneux de la reine, les cris altiers du roi et tout ce tremblement qui agitait la ville souterraine jusqu'en ses plus ténébreuses profondeurs.

A la longue, et devant une telle débauche d'efforts, la crainte que le roi ne s'épuisât à la tâche fut formellement exprimée. Cette crainte était vaine à l'évidence : on eût dit au contraire que, fortifiée par l'usage, sa vigueur redoublait :

« L'oiseau de feu est monté en lui, constata le marmouset. Désormais, son énergie libérée ira grandissante. Puissions-nous obtenir le même résultat pour la termitière !

– Il faut nettoyer la galerie de l'âmâme, répondit It'van. Il faut la débarrasser de tout ce qui contrarie son ascension. Je vais arracher cette décision à la reine. »

Ce n'était pas la première fois que, sur ce point précis, le jeune homme revenait à la charge. Il avait déjà réussi à obtenir de Blancheboudine que l'on supprimât les bureaux de police, les barrages pénibles, tous ces brouilleurs de piste dont la présence entravait la libre circulation à l'intérieur de la termitière. Mais pour la galerie de l'âmâme la reine était longtemps restée inébranlable. Le surgissement de l'oiseau de feu n'apportait, disait-elle, que des soucis supplémentaires. Cette force en mouvement était bouleversante et de nature à secouer durement les institutions souterraines. Bien des termites n'y résistaient pas qui devenaient fous et se mettaient à contester jusqu'aux autorités les plus respectables. Ah ! It'van ignorait de quoi il parlait ! Si puissant était cet oiseau de feu qu'il pouvait tout submerger, tout rompre, tout... métamorphoser.

It'van en convenait : il y avait là un danger. Mais refuser la montée de l'âmâme, c'était comme priver un arbre de sa sève, c'était dépérir. Le monde devenait glacé et sans vie. Mieux valait encore risquer la tempête que subir l'angoisse, la solitude exsangue et ces sentiments d'absence qui détournent l'être de ses sources véritables, le poussant à embrasser de pauvres substituts, des « reines de remplacement », caricatures de la souveraine authentique et dont les œufs ne sont que des coquilles vides.

« C'est vrai, approuva Blancheboudine, je reconnais que le remède est pire que le mal et que l'on ne peut éternellement refouler en sa prison profonde l'oiseau de l'énergie, mais ne pourrait-on l'accueillir avec mesure, en lui interdisant telle ou telle galerie par des barrages appropriés, en contrôlant son itinéraire et en l'empêchant d'accéder jusqu'à la surface ?

– Non, s'écria It'van d'une voix retentissante, on ne peut le recevoir et ne pas le recevoir. Il faut s'ouvrir à lui, il faut l'aimer !

– Mais il va mettre le feu partout !

– Aux anciennes charpentes, peut-être, aux vieux chambranles, à toutes ces portes d'autrefois qui ne mènent plus à rien, sinon à des charognes de souvenirs qui empoisonnent par leur odeur les parfums du temps présent. »

Ebranlée par ses arguments, la reine finit par souscrire aux projets de l'homme-qui-rayonne. D'ailleurs le roi la comblait de tant de bonheur, un bonheur où, en dépit de sa masse, il lui paraissait parfois flotter, qu'elle ne s'accrochait plus que d'une patte molle à ses anciennes idées. Peut-être que – sous les coups de l'acharné bourrechou de Grodaggard – une nouvelle Blancheboudine, brisant sa carapace, est en train de naître, se disait-elle. Elle en eut la preuve le jour où, lui pinçant familièrement les maffles, le roi l'appela : « ma grosse ».

Naguère elle n'eût pas laissé une telle insulte sans punition. Or, loin de l'affecter, cette dénomination fit perler, au coin de ses mirettes, des larmes de tendresse. « Eh oui, je suis grosse, se dit-elle. Au lieu de me voir telle que je voudrais être, répétons-nous plutôt ceci : je suis grosse, je suis énorme, je suis gigantesque. La belle affaire ! N'y a-t-il pas de par le monde d'autres exemples de plantureuses beautés ? Ne suis-je pas l'image même de la maternité et, comme me l'a dit un jour l'homme-qui-rayonne, " l'obscure femelle des profondeurs " ? La matrice de la terre ? La nuit féconde ? »

Pour se prouver à elle-même qu'elle était capable de se voir « telle qu'elle était », elle autorisa ses courtisans à l'appeler « la grosse Blancheboudine ». Non seulement elle permit à ses favoris d'user de ce qualificatif, mais en plus elle leur ordonnait expressément de le faire.

« Je suis grosse, n'est-ce pas ? disait-elle au grillon Haillon.

– Euh... Je ne sais si... », balbutiait le flagorneur en se lissant la chanterelle.

Puis, ayant trouvé, il ajoutait précipitamment :

« Non ! Vous n'êtes pas grosse, vous êtes vaste.

– Grosse ! vous dis-je. Je suis grosse ! » affirmait-elle en gratifiant le loqueteux troubadour de son menaçant regard en coulisse.

Certes, elle était grosse, mais si fertile ! Depuis qu'elle avait recouvré l'amour du roi, elle pondait avec un zèle redoublé et – chose extraordinaire – en pensant à ce qu'elle faisait. De fait, la qualité de ses œufs s'améliora ainsi que celle des larves qu'ils contenaient. Celles-ci – enfant de l'amour – ouvraient le plus vite possible des yeux éblouis sur l'envers de la lumière, l'obscur de l'obscur, le noiroir vertigineux et rayonnant. La reine avait changé. Une nouvelle Blancheboudine était née – une Blancheboudine plus généreuse, plus confiante, plus ouverte à la vie.

C'était précisément cette nouvelle reine qui avait autorisé It'van à préparer le retour de l'âmâme. Le jeune homme, détournant cinquante mille fantassins aveugles de leurs missions défensives, les affecta au déblaiement des galeries. Toutes les mauvaises herbes, tous les champignons inutiles devaient être arrachés ainsi que – d'une façon générale – tout ce qui traînait et encombrait sans nécessité les rues souterraines. D'autres, sous la conduite de Loupiot, le chef de l'infanterie, s'enfoncèrent par la galerie vertébrale dans la direction du pôle des profondeurs, extirpant le chiendent des ténèbres au fur et à mesure qu'ils descendaient et le jetant dans des tunnels transversaux. Là des équipes de nettoyage s'en emparaient, le remontaient avec fierté et l'allaient déposer aux pieds d'It'van comme s'il s'agissait de trophées gagnés sur un ennemi obstiné.

Le chiendent ressemblait à une sorte de chardon incolore et bulbeux. Il était sans goût ni odeur : une plante neutre, aurait-on pu dire, s'il n'avait eu l'étrange particularité de rapetisser dès qu'il était cueilli. Dans la minute qui suivait son arrachage, il perdait presque les trois quarts de son poids et de son volume, devenait spongieux et mou alors qu'enraciné il était rêche et blessant.

Chaque jour, It'van s'informait de l'avancement des travaux de déblayage et de la situation du groupe de Loupiot. Dès son réveil, à peine avait-il absorbé son petit déjeuner – confit de lucioles ou langue d'iguane au rakakort – qu'il convoquait ses officiers de liaison pour leur demander la position exacte de ce « sacré gratte-flanc de Loupiot », comme disait le marmouset. Il jugeait si importante la renaissance de l'âmâme, sa résurrection pour ainsi dire, qu'il voulait être continuellement informé des progrès de l'expédition descendante.

Puis les circonstances firent qu'il s'en désintéressa quelque peu. Non qu'il eût oublié Loupiot et la courageuse colonne qu'il commandait, mais Krotok – après quelques escarmouches où il avait tenté de prendre la mesure de son adversaire – venait de lancer toute la horde à l'assaut de la termitière.

L'homme-qui-rayonne n'en fut point surpris. Il avait été averti de ses intentions grâce aux fourmis transfuges de la légion des limitrophes. Mastoc avait réussi en effet à placer plusieurs de ses soldats dans la horde. L'un d'eux faisait même partie du corps de garde protégeant le bivouac des stratèges. Et c'est grâce à cet espion qu'It'van fut informé lontemps à l'avance des mouvements projetés par le chef des armées de Bratoc.

Ce dernier – un petit chafouin toujours aux aguets – vivait dans la crainte du complot et faisait preuve d'une cruauté sans mesure et propre à décourager les ambitieux. En outre, afin de s'en prémunir en les surveillant et en les compromettant, il avait placé à côté de lui et dans sa dépendance immédiate les officiers généraux les plus notoires, ceux-là qui pouvaient prétendre à le supplanter un jour. Non seulement, il les traitait comme des domestiques dans le dessein d'user, de limer sans relâche des volontés qu'il voulait réduites et polies, mais en plus il les contraignait à se souiller les pattes dans d'injustes répressions qui leur aliénaient la sympathie de la troupe.

Le plus surprenant dans le cas de ce seigneur de la guerre nommé Krotok était qu'il ne fût pas un guerrier mais un ouvrier qui avait voulu sortir de son état. S'il avait réussi à s'élever jusqu'au sommet de la hiérarchie, c'était au prix d'intrigues si nombreuses et si épuisantes qu'elles l'avaient, pour ainsi dire, vidé au point que – commandant la horde – il était à court de projets et ne savait que faire de son immense armée.

Aussi fut-ce d'un geste machinal et comme on jette une poignée de dés qu'il précipita sur la termitière la plus grande partie de son corps de bataille. Celui-ci, qui comportait plus de trois millions de combattants (argupes, bouffards et sisterettes), était dix fois plus nombreux que les forces offensives dont disposait l'homme-qui-rayonne. De plus, la fourmi noire – du moins l'argupe et le bouffard – était mieux cuirassée que le termite, fût-il garde royal. Le guerrier termite, dont l'armement était comparable à celui du sombre cavalier de Bratoc, souffrait d'une faiblesse de la carapace dont profitaient ses ennemis. Le pétiole ou pédoncule, pont de chair qui relie l'abdomen au thorax, n'était en effet pas protégé et s'offrait nu pour ainsi dire aux coups de mandibules. La moindre blessure en cet endroit rendait le guerrier inapte au combat : tant de circuits vitaux y étaient rassemblés qu'une brèche dans le système faisait s'enfuir la vie à gros bouillons.

Le marmouset expliqua au jeune homme que sans ce point faible les termites auraient depuis longtemps vaincu leurs ennemis héréditaires, car ils étaient plus intelligents et plus imaginatifs que les fourmis tatillonnes et obstinées. Les soldats de Bratoc n'avaient qu'une seule façon de combattre : atteindre le pédoncule de l'adversaire pour le sectionner ou le piquer de leurs dards. Ils n'avaient pas encore compris que, ce faisant, ils exposaient leurs propres flancs aux mandibuliers et se faisaient eux-mêmes couper en deux. Des taureaux enragés et sans finesse : voilà ce qu'étaient les argupes et les bouffards.

Il n'en était malheureusement pas de même pour celles que le docteur Khô-Khô appelait « ces sacrées vicieuses de sisterettes ». Petites, vives et agiles comme des chats, elles se faufilaient sous l'abdomen des colosses de la garde royale ou des rebelles et – semblables à des veaux tétant leur mère – elles leur dévoraient le ventre. C'était à cause des sisterettes que les termites avaient subi à maintes reprises d'humiliants revers dans le passé : tels des moucherons, elles tourbillonnaient autour d'eux, les énervant, les lardant de coups répétés, de petites morsures et d'inattendus poignardages, dansant autour des mastodontes et giclant aussitôt qu'on se tournait vers elles. Ensuite, quand elles avaient réussi à courroucer l'adversaire jusqu'à ce que – hors de lui et ne sachant où donner de la mandibule – il eût abdiqué toute maîtrise, elles se retiraient, elles s'effaçaient dans le paysage, semblant s'anéantir dans l'air et laissant la place aux bouffards massifs et blindés et à ces gros socs d'argupes, lesquels achevaient le travail.

C'est à cette méthode, cette stratégie traditionnelle qu'eut recours le peu inventif Krotok. Dans son esprit, les sisterettes submergeraient l'enceinte nouvellement construite et – par leur furie virevoltante – prépareraient le terrain à l'assaut des bouffards que suivrait celui des « têtes-basses », c'est-à-dire des argupes, véritables béliers qui de leurs nasillards en lame de couteau rentraient dans les pédoncules comme dans du beurre.

Averti de l'offensive de la horde noire, It'van réunit en hâte son état-major. Les ultimes décisions furent arrêtées.

« Etes-vous sûr que ça marchera ? chuchota le marmouset.

– Que l'oiseau de feu nous vienne en aide ! » se borna à répondre l'homme-qui-rayonne.

L'ÉGORGEUR est sur les talons des laineux et s'attend à tout moment à les apercevoir. Il a découvert les traces de leur dernier bivouac. Les cendres étaient encore chaudes et contenaient des braises. N'eût été la blessure infligée par le vérificateur, il les aurait depuis longtemps rejoints. Certes, elle n'est pas trop grave : le couteau n'a touché aucun organe essentiel. Il l'a tout juste écorché. La peau s'est entrouverte comme une écorce.

Voilà ce qui préoccupe l'égorgeur : cette longue plaie superficielle refuse de se fermer. Ses lèvres se sont durcies en bourrelets entre lesquels est apparu quelque chose de blanc et de dur comme le sommet d'un os de seiche. Parfois, d'un index têtu, il frappe sur cette matière osseuse et sonore mais sans pouvoir en découvrir la nature. On dirait... on dirait un œuf. Oui, dans son ventre croît une sorte de mystère blanc et plâtreux. Lui si maigre d'ordinaire, voici qu'après le coup de poignard du vérificateur il a vu son ventre s'arrondir, devenir bedon et bedaine, boule qui ballotte à chacun de ses pas. Le plus étrange est qu'il ne souffre pas, se bornant à ressentir un poids, boulet intérieur qui ralentit sa marche.

Tout cela, bien entendu, entretient en lui un trouble dont il se serait volontiers passé et qui contrarie la poursuite en laquelle, sur les ordres mêmes de

Blanc-Pétral, il s'est engagé. Tuer le vérificateur, mettre à mort les laineux et jeter leurs cadavres dans la jungle : telle est la consigne reçue par le blagoulet. En dépit de sa blessure, il fera ce que son chef lui a ordonné. Il n'est aucune douleur qu'un bon meurtre ne puisse atténuer. Voir l'autre souffrir efface votre propre souffrance. Tuer apaise comme l'amour.

C'est peut-être pour cette raison qu'il a égorgé le désongleur. Ou bien, aussi, pour supprimer cet incessant reflet de lui-même, briser le miroir qui renvoyait une image trop fidèle, trop exacte, trop impitoyable. Depuis qu'il était entré dans la forêt, il ne pouvait plus supporter sa présence à ses côtés. Contrairement à ce que l'on croyait dans les rangs de la blagoulette, le désongleur n'était nullement son frère jumeau. Il avait surgi un jour et ne l'avait plus quitté, se mettant à lui ressembler de plus en plus au point que dans les derniers temps il était difficile de les distinguer l'un de l'autre. Il y avait entre eux un lien étrange. Il leur arrivait de dire la même chose à la même seconde, ou d'accomplir simultanément le même geste. Parfois, aussi, l'égorgeur pensait à telle ou telle idée qu'exprimait aussitôt le sombre compagnon, son autre lui-même. Il avait fini par l'aimer, oui, il partageait la même couche – alors pourquoi l'avait-il tué ?

A cause de la forêt. Le désongleur était à ses yeux devenu la forêt, aussi visqueux, chaotique, monstrueux que la forêt. Depuis sa prime adolescence il sent en lui la présence de cette jungle intérieure, monde en désordre qu'il ne peut pas comprendre, qu'il ne veut pas comprendre. Elle monte en lui chaque jour, et menace de le submerger. Jadis sa mère le protégeait en l'entourant avec ses bras comme des branches. Sa mère est morte et il n'a d'autre solution, pour empêcher la forêt de croître et de l'enserrer dans le réseau de ses lianes, que de tuer, de torturer et de tuer encore. A travers ses victimes, dont les cadavres ensanglantés jonchent tous les chemins de son passé, c'est la forêt qu'il cherche à atteindre, c'est cette puissance autre, cette masse étrangère qui veut l'investir et le dévorer. Le sang qu'il verse, c'est de la sève. Il déracine les hommes comme des arbres. A chaque meurtre, il crée une clairière, à chaque massacre il déboise.

Ainsi c'est pour retrouver son calme, pour éclaircir, pour élaguer qu'il se hâte sur la piste des laineux, pressentant déjà l'apaisement que lui apportera leur mort violente – leur abattage, dirait-on en langage de bûcheron.

Afin d'accroître sa vitesse, il s'est débarrassé de son sac, ne conservant que son fusil et son couteau. A la longue, il finit même par abandonner son fusil : une arme blanche suffira et il se fait fort de les égorger tous les deux d'un même mouvement et en un seul élan.

Pourtant, il commence à douter de lui. De part et d'autre de la voie, la forêt crie et agite ses poings de feuillage. La douleur s'est réveillée. En son ventre gonflé à craquer quelque chose s'agite et bouillonne. Il passe sa main entre les boutons de sa redingote et touche la petite boule calcaire qui semble s'être exhaussée d'un bon pouce. Il sent là une surface plus plate, comme un front, et un renflement qui ressemble à l'arcade d'un sourcil.

Il va de l'avant péniblement.

A la fin de la journée, il voit devant lui s'élargir l'autoroute, tandis qu'au fond, dans le sous-bois, de petites constructions régulières obstruent le chemin. Il entend un murmure de voix. Il s'approche en longeant le mur de végétation.

Devant une de ces cahutes, deux hommes conversent. L'un est couché sur une litière. L'autre est debout à côté de lui. Tous deux portent des robes de bure.

Ce sont les laineux !

Le soleil moribond saigne dans les branches. Des oiseaux criards saluent le crépuscule. L'égorgeur s'allonge et rampe. Soudain il s'arrête, poignardé par une souffrance telle qu'il est contraint de se plaquer la main sur la bouche pour ne pas hurler. Il se renverse sur le dos.

L'étoffe de sa redingote craque et, par la déchirure, une tête blanche apparaît, une tête qui semble en plâtre et le regarde avec des yeux verts. Foudroyé de surprise et de douleur, l'égorgeur reconnaît l'effigie de son compagnon mort, de son autre lui-même !

La petite silhouette s'extirpe de sa blessure aux lèvres monstrueusement écartées, roule au sol et marche autour de lui, à quatre pattes, comme un rat blanchâtre et craquelé.

« Laisse-moi accomplir ce que je dois accomplir ! » chuchote l'égorgeur en désignant les laineux.

Prenant appui sur ses coudes, il s'avance lentement vers les guichets.

Derrière lui, un mystérieux sourire de statue sur son visage de céruse, s'ébranle, en traînant les genoux, la poupée de pierre.

ETENDU sur sa litière, le Fondeur exhortait son disciple à redoubler d'efforts pour extraire l'amande secrète que le réel dissimulait. C'est ainsi que, selon lui, l'autoroute était l'autoroute, c'est-à-dire le chemin de soi-même, et ces guichets le péage intérieur. En ces cabines se tenaient jadis des sages dont le rôle consistait à arracher les idées inutiles, les dogmes imposés, tous les boulets de plomb qui empêchaient l'homme de progresser vers son centre.

« Des émondeurs, alors ? » suggérait Evariste.

Oui, des émondeurs. Ils sectionnaient les branches qui ralentissaient la croissance du tronc majestueux, ils abattaient jusqu'aux plus beaux souvenirs. Ils étaient vraiment impitoyables, ces sages - dans - le - guichet. Mais il fallait leur rendre cette justice : leur besogne était sacrée et, pour sa part, le Fondeur affirmait bien haut que...

« Maître, faites silence, l'interrompit Evariste. Je viens d'entendre un bruit inquiétant. Il venait de cette direction. »

Les deux hommes scrutèrent l'obscurité.

« On aurait dit un cri humain », ajouta le jeune laineux.

Là-bas dans la nuit qui s'épaississait ils crurent distinguer une tache blanche en mouvement. Puis ils ne la virent plus et après être restés un long moment immobiles et silencieux ils finirent par reprendre leur conversation. Elle ne s'éternisa pas. Le Fondeur se sentait fatigué. Il avait la tête lourde et brûlante. Depuis quelques jours, le renversaient des accès de fièvre passagère qu'il attribuait au « caractère démesuré de son activité spirituelle ». Ce soir, il désirait simplement se reposer.

« Nous ne sommes plus qu'à cinquante kilomètres de Paris, expliqua-t-il à son disciple, distance que nous pouvons aisément parcourir en deux journées. Nous touchons au but. Un nouveau retard m'affligerait. Mais j'en fais ici le serment : à l'aube, je serai debout et tout palpitant d'impatience ! »

Le lendemain, aux premières lueurs du jour, il était debout en effet et tout palpitant d'une ardeur inquiétante où Evariste voyait davantage l'agitation de la fièvre que l'excitation du départ. Ils s'ébranlèrent pourtant, s'éloignant du péage – non sans que le Fondeur eût à nouveau adressé un tremblant discours à son disciple. Sans doute aurait-il été mieux inspiré en économisant ses forces, car au bout de trois kilomètres, le visage grimaçant et ruisselant de sueur, il était dans l'incapacité de faire un pas supplémentaire.

« J'éprouve un léger malaise, dit-il à Evariste. Mais tu peux continuer sans moi. Je te rattraperai. »

Il n'en était pas question, déclara le jeune homme. Ils ne s'étaient jamais séparés depuis leur départ de Marseille, plusieurs mois auparavant, et ce n'était pas aujourd'hui qu'ils allaient commencer, alors que le centre de lumière était si proche désormais. Non, non, il fallait trouver une solution. Evariste en voyait une très simple : le Fondeur allait chevaucher les choupins à tour de rôle et ceux-ci le porteraient jusqu'à Paris.

Cela semblait simple en effet, mais, lorsque le vieux laineux enfourcha l'un de ces bovidés, l'animal – effrayé – se mit à gambader de tous côtés et, finalement, le désarçonna. Et ils eurent beau recommencer, les caresser ou les fustiger, rien n'y fit : les choupins se refusaient à servir de monture aux hommes – ils les précipitaient à terre ou restaient immobiles, comme statufiés.

Pour finir, Evariste résolut de transporter le Fondeur sur son dos, mais rapidement il dut déchanter. D'abord le vieil homme – en dépit de sa frêle apparence – était plus lourd qu'il ne le supposait (« C'est le poids de ma philosophie majestueuse, dit-il, la pesanteur de ces idées de grand format qui m'habitent ») et ensuite la chaleur était si forte qu'au bout d'une heure de marche Evariste, accablé, dut renoncer à avancer dans cet équipage. Leur progression était si lente qu'à ce rythme ils ne pouvaient compter atteindre Paris avant une semaine.

« Je vais quitter l'autoroute, se dit Evariste, et tâcher de trouver, dans une maison de l'ancien temps, une charrette encore utilisable. »

Abandonnant maître et choupins au bord de la voie, le jeune homme se risqua sur un chemin transversal conduisant à un pont perdu dans le feuillage qui franchissait l'autoroute. Un peu plus loin, il aperçut une maison à demi effondrée et dévorée par la végétation au point qu'un arbre s'était enraciné en son centre et l'avait fendue en deux. A l'intérieur – où régnait un lugubre silence de crypte – de l'eau s'égouttait dans un évier vide. Dans un appentis attenant à l'habitation, véritable capharnaüm où son intrusion mit en fuite une foule de rongeurs effarés, il découvrit, au milieu d'un tas de détritus, une charrette à deux roues qui lui parut adéquate. L'extirpant et la sortant sur le chemin, il ne put s'empêcher de sourire en voyant de quoi il s'agissait : c'était une charrette à bébé, c'était un landau métallique rouillé, certes, mais encore en état de marche, quoique les pneus en fussent moribonds et déjantés. « C'est tout à fait ce qui lui faut ! » se dit-il en regagnant l'autoroute.

Le Fondeur grimaça en voyant l'acquisition de son disciple.

« Jamais je ne pourrai entrer là-dedans! » s'écria-t-il.

Avec du chaume de pandanus et des feuilles de bananier ajoutés aux couvertures dont ils disposaient, il lui ménagea, au fond du landau, une literie acceptable. A la suite de quoi le vieux laineux s'introduisit avec prudence dans ce qu'il appelait cette « caisse à poux ». Bien entendu, si petit qu'il fût, ses jambes poilues dépassaient quand même du véhicule, mais – en les pliant – il réussit à s'installer dans un confort relatif. Poussant son maître devant lui, Evariste se remit en marche. Le landau roulait bien. L'autoroute était rectiligne et sans déclivité. Evariste n'avait point de gros efforts à produire – et cependant il n'était guère satisfait de cet arrangement, car le Fondeur, profitant de la situation, ne cessait de tenir de longs discours dont la répétition à la longue l'exaspérait.

Comme ils passaient devant une station du haut-service vouée au dieu Esso, le tigre destructeur, le vieux laineux entreprit une longue et docte comparaison entre cette divinité impitoyable et les Sages dans le Guichet, affirmant qu'ils accomplissaient la même tâche, à savoir : démanteler l'artifice pour faire apparaître la vérité cachée, enlever les différentes couches mensongères du moi comme on pèle un oignon afin d'en révéler son cœur pur et odorant. Oui, ESSO, le tigre divin, devait être considéré comme le dieu des émondeurs, car c'était lui qui dépouillait l'homme de ses leurres successifs, masques dont il se couvrait le visage pour se prémunir du prochain mais qui finissaient par dissimuler à son propre regard sa nature véritable. Ensuite, Antar, le dieu de la bienfaisante harmonie – dont le symbole quaternaire était en réalité une pyramide vue du ciel – pouvait agir...

De tels sermons épuisaient Evariste. Avec soulagement, il vit surgir de l'abri de la jungle une bande d'une dizaine de clapattes, guidés par René, la petite créature qu'il avait arrachée naguère aux griffes du reptile ailé, le premier de ces enfants tristes qu'il eût libéré. Il l'avait appelé René car il lui avait semblé qu'en lui déclouant la langue il l'avait fait naître une seconde fois. Depuis, l'adolescent les suivait. Quand il les quittait, ce n'était jamais pour longtemps. Il allait dans les replis de la forêt, battre le rappel de ses frères clapattes, afin qu'ils subissent la même opération régénératrice.

Ce geste d'Evariste avait les effets les plus bénéfiques. En extrayant le clou, en l'extirpant d'un décidé mouvement du poignet, il faisait sauter l'obstacle qui empêchait la Force de passer, livrant la totalité de l'être à l'énergie des profondeurs, c'est-à-dire – pour reprendre l'expression emphatique du vieux laineux – « mariant le Bas avec le Haut ». « C'est extraordinaire ! reconnaissait Evariste : d'un seul coup de tenailles, j'obtiens ce qui est le but de toute vie, l'union de l'essence et du super. Il suffit parfois d'une simple pichenette pour accomplir la Totalité. »

L'opération était plus complexe que ne l'affirmait le jeune homme. D'abord il lui arrivait de s'y reprendre deux ou trois fois pour extraire la pointe traversant la mâchoire. Et ensuite, si le clapatte éprouvait une sensation de libération immédiate, il ressentait aussi une douleur rayonnante : joie et souffrances mêlées, tel était l'effet produit, tout au long de la première journée, par le geste libérateur. Leurs cris en cette nouvelle naissance exprimaient nettement cette contradiction des émotions. On y décelait tour à tour l'ivresse que cette soudaine plénitude suscitait, les affres pénibles qui les taraudaient et – chose plus surprenante – une sorte d'effroi devant l'inconnu.

Car les clapattes s'étaient habitués à cette présence étrangère, à cette tige de métal qui leur perçait la langue. Même s'ils en souffraient, cette souffrance leur était familière, passant et repassant avec monotonie sur des voies sans mystère. Or le déclouage leur ouvrait tout à coup de nouveaux territoires, l'immense empire de la parole et de la liberté à la frontière duquel, effarouchés, ils s'immobilisaient. Il n'était pas impossible que l'un d'eux, confronté à cet infini, en conçût du regret pour le vieux clou rouillé et de la nostalgie pour l'ancienne dépendance où il s'étiolait.

Cette crainte devant l'aventure ne durait jamais longtemps : elle était éphémère, comme la vive douleur de l'extraction. Il suffisait que, dans l'obscurité de la première nuit, la terre maternelle accueillît à nouveau en son sein leurs petits pieds avides, leurs jambes spongieuses qui aspiraient la sève du noiroir, l'impatiente énergie enclose dans les ténèbres du sol – il suffisait d'une seule nuit pour les voir se transformer.

Métamorphose intérieure tout d'abord, qui faisait de ces enfants de la tristesse, dont les plaintes naguère ternissaient le sombre éclat des nuits, de vrais fils de la joie aux rires plus frais et plus jeunes qu'un ruisseau bondissant. Métamorphose physique enfin par quoi ces créatures visqueuses devenaient des enfants blonds et nus, des elfes aux malicieux regards, à la peau blanche et souple, qui se déplaçaient avec une agilité sans pareille.

Certes, leur enracinement nocturne, leur silhouette flexible, le vert profond de leurs yeux et ces petites fleurs roses qui poussaient parfois sur leur poitrine à l'emplacement du cœur trahissaient leur nature végétale, mais leurs émotions étaient bien humaines. Ils éprouvaient pour Evariste de très évidents sentiments de reconnaissance. Il leur arrivait de se jeter sur leur libérateur pour l'étreindre et l'étouffer sous leurs baisers.

En réalité, les clapattes avaient une nature double, mi-humaine et mi-végétale. Le Fondeur lui-même –

qui prétendait tout savoir – n'en pouvait expliquer la raison, comme il ne pouvait expliquer pourquoi il n'y avait point de filles parmi eux. Cette absence de sexe féminin, jointe à leur dualité, constituait ce que le vieux laineux appelait « l'énigme des clapattes ». Nommer un mystère n'était pas l'élucider : il aurait fallu pour ce faire pouvoir converser avec eux, chose impossible car ils ne parlaient nulle langue intelligible. Ils s'exprimaient par des cris modulés, des rires en cascade, des sortes de pépiements d'oiseaux. Parfois aussi sortait de leur gorge une voix végétale : égayés, ils faisaient entendre ce tendre babil du feuillage au vent léger du soir ou bien, sous le coup de la colère, d'une mâle indignation, résonnaient dans leur poitrine ces grondements de forêt profonde malmenée par l'orage.

Afin d'en connaître davantage sur l'histoire des clapattes et sur la raison d'être de ce clou qui leur déchirait la langue, Evariste avait résolu de faire de René son élève et de lui apprendre à parler. Après quinze jours d'efforts, le clapatte ne pouvait prononcer qu'un seul mot : « petit pâté », expression qu'il employait à tout propos et en toutes circonstances. Le Fondeur avait-il mal aux pieds et était-il contraint de suspendre sa marche ? Aussitôt s'approchait le gentil clapatte qui lui massait les chevilles en répétant avec une étrange intonation : « Petit pâté ? Petit pâté ? » vocable qui signifiait en l'occurrence : « Vous fais-je mal, Fondeur ? Souffrez-vous au point de ne pouvoir supporter le contact de mes mains vous pétrissant les chairs ? » Lui tapotant l'épaule, le vieux laineux le rassurait. « Petit pâté, disait-il d'une voix paisible que nulle douleur n'affectait, petit pâté, voyons ! »

Pour Evariste, cette expression en disait souvent plus long que de doctes discours; lui-même l'utilisait quand il s'agissait par exemple de qualifier une émotion subtile que le corset d'un mot répertorié et défini eût étouffée. Etait « petit pâté » l'embrasement du ciel au matin dans la renaissance théâtrale – et toujours miraculeuse – d'un vieux soleil usé qu'on avait cru mort le soir précédent. « Petit pâté » aussi étaient ces artères de l'ombre au sein même de la lumière bouillonnante. « Petit pâté » enfin la présence en lui d'une pure et claire image féminine, femme intérieure, éternelle jeune fille du dedans qui d'un index têtu frappait aux portes de l'âme pour qu'on lui ouvrît. Parce que ce nom était doux, il l'appelait : Shelle. Oui, femelle enclose et infante en son jardin, Shelle avait été de tout temps réprimée, persécutée même par les méfiants gardiens de la virilité masculine. O geôliers, ô guerriers ! Vous enfermez en vous ce qu'il y a de meilleur, le germe de votre possible grandeur, cette maîtresse des émotions et des instincts qui règne sur toutes les fulgurances !

Et cette fois encore, comme – cessant de pousser le vieux laineux en son landau – il procédait, sous l'œil ému de René, à une dizaine de déclouages, Evariste ne put que s'émerveiller à nouveau des métamorphoses inouïes que suscitait ce simple geste d'arrachement : la femme intérieure éclatait tout à coup dans la terne et grisâtre enveloppe masculine. Car c'était elle, c'était la jeune captive qui lançait hors de la bouche des clapattes étonnés le cri ailé d'une liberté recouvrée, c'était elle qui en arrière renversait sa gorge à la façon des amantes qu'une soudaine jouissance foudroie – et c'était Shelle longtemps contrainte et comprimée qui se révélait brutalement.

Lorsqu'il eut achevé ses déclouages, où le Fondeur voyait un des rites principaux de l'essentialisme, ils reprirent sur l'A6 leur monotone progression. Les clapattes les suivirent, petite escorte qui tourbillonnait autour d'eux.

Quoique toujours fiévreux, le vieux laineux était de plaisante humeur. D'être ainsi poussé en avant par son disciple le réjouissait. Comme à l'accoutumée, il en tirait les enseignements les plus graves. Le vieux philosophe au chef blanchi par la sagesse, à la tête lourde de connaissance, doit, disait-il, retrouver l'état d'enfance quand il se rapproche du centre : il doit régresser pour progresser. Aussi se mettait-il, pour illustrer sa pensée, à brailler comme un nourrisson et à demander « où était son biberon ». Naturellement, il s'agissait du « biberon des idées éternelles » ou du « lait de la grande mère divine », mais cette comédie semblait tellement lui plaire qu'il la fit durer jusqu'au coucher du soleil. Quand il eut appelé Evariste « papa » et qu'il l'eut prié de « l'emmailloter », celui-ci estima qu'était pleine la coupe de sa patience. Le traitant de vieux fou, il lui enjoignit de ne point se donner en spectacle à des clapattes aux cœurs purs, lesquels allaient en concevoir les idées les plus étranges au sujet de la vieille philosophie laineuse.

« Petit pâté ! dit le Fondeur avec tristesse, petit pâté ! »

Ils dormirent ce soir-là dans une station du Dieu Total, s'étendant à même le sol cimenté qui recouvrait l'âme obscure des grandes cuves caverneuses. Les clapattes s'étaient enracinés à quelques mètres de là, les uns à côté des autres, tels des piquets, dormant du sommeil même de la terre. Au milieu de la nuit, Evariste fut réveillé par un chant d'une douceur bouleversante et tel qu'il n'en avait jamais entendu : c'était un chœur de voix célestes qui tantôt s'épandaient en sonorités graves, mystérieuses, flottant comme la brume au-dessus du sol, et tantôt assaillaient d'invisibles sommets à grands coups d'épée de lumière. Ainsi à des harmonies profondes, retentissantes, semblant naître des sanctuaires de la nuit, succédaient la montée d'une cavalerie légère de voix pures et le soudain épanouissement d'une fleur d'or au-dessus d'un océan de ténèbres.

Le jeune homme se leva et, les yeux écarquillés, s'en fut vers la source de cette musique ineffable.

Une lune pleine avait sur le feuillage renversé sa jatte de lait, si bien que les visages des clapattes apparaissaient comme masqués de plâtre, blancs visages de statues où leurs bouches ouvertes creusaient des trous noirs. C'étaient eux qui chantaient, oui, c'étaient ces petites créatures libérées qui faisaient monter vers la voûte des arbres et le grand ciel étoilé la splendeur fragile et comme menacée d'un chant d'amour.

Et tout à coup Evariste se prit à douter : était-ce vraiment eux ? Ils semblaient si... endormis, si sommeillants ! C'est ainsi qu'aucun n'avait les yeux ouverts. C'est ainsi également que les bouches étaient immobiles et semblaient plutôt subir que former les sons qui les traversaient. Mais si ce n'était pas les clapattes, qui donc poussait vers le haut et à travers eux ces sublimes arpèges ?

« C'est la terre, dit le Fondeur qui s'était réveillé et s'approchait, c'est le chant de la terre. Ecoute-le, moinillon. Il n'en est point de plus sacré ! »

Evariste écoutait en tremblant cette voix mystérieuse, cette poignante symphonie des esprits souterrains. Beauté, sérénité : elle était le salut qu'adressait à l'univers la terre généreuse et féconde et son appel aussi, dans la nuit obscure, à une lumière plus haute. Elle exprimait l'inquiète nostalgie des soubassements pour un monde supérieur et l'océan de clarté du divin dont ils étaient comme exilés.

A l'aube, la voix se tut et les clapattes s'éveillèrent. A l'aide de gestes et de grimaces, le jeune laineux demanda à René s'ils avaient chanté pendant la nuit. Chanter ? « Petit pâté ! » Ils n'avaient pas chanté, ils avaient pioncé, oui, et de la façon la plus agréable. Evariste revint tout songeur auprès de son maître. De sa vie, il n'avait entendu un chant qui fût aussi beau et aussi pur, dit-il. Il se demandait si...

« Si quoi ? » interrogea son compagnon, qui s'était déjà installé dans son landau.

Eh bien, s'il n'y avait pas une possibilité pour l'artiste de s'enraciner ainsi dans la terre et de laisser monter à travers lui les puissantes harmonies des profondeurs. En un mot, ne devait-il pas – plutôt que de s'exprimer lui-même en faisant sortir au compte-gouttes le jus de la petite bouteille – devenir le desservant de la Force qui se hâtait dans les étroits défilés de son âme et se précipitait vers l'estuaire lointain et l'océan qui l'attendait. L'artiste – qu'il fût potier ou musicien – ne pouvait-il, au lieu de s'accrocher au mental à tête lourde, se transformer en temple et y accomplir l'esper, c'est-à-dire le mariage du Bas et du Haut ?

« Certes, approuva le Fondeur, mais tu sais ce qui cloue leur langue, tu connais la nature de la Bétonnée Paroi qui contrarie ces épousailles : tu m'en fis grief naguère.

– Quoi donc ?

– L'orgueil avec sa poitrine corsetée et qui se gonfle. L'orgueil et son menton agressif. Moi ! Moi ! Moi ! Ils piaillent comme des poussins affolés. Ils ne peuvent renoncer à leur petit ego à taille fine. Et c'est pourquoi ils préfèrent camper dans le mental avec le Branleur de Poux. D'ailleurs ils n'y sont pas heureux, car la Force qui mugit dans les souterrains finit par ébranler leur fragile demeure. Alors il faut voir leurs regards qui vacillent. Je suis tourmenté ! Je suis angoissé ! Donc la vie est absurde, concluent ces petits égotiers. Mais la vie n'est pas absurde pour celui qui marche vers son centre d'équilibre, dans la grande forêt obscure et caverneuse et sur la vieille route oubliée ! »

Hors de lui, le Fondeur, vautré au fond du landau, se mit à agiter en l'air ses jambes nues qu'achevaient de rapiécées sandales.

« En avant ! s'écria-t-il ! Nous n'avons que trop tardé. Il ne reste plus qu'une vingtaine de kilomètres pour atteindre le pôle mystérieux de la jungle d'Iscambe. Nous devrions y être ce soir même ! »

Cet espoir fut déçu : ils mirent toute la matinée à franchir une rivière dont le pont était écroulé. Les clapattes les y aidèrent qui n'avaient pas peur de l'eau non plus que des crocodiles qui foisonnaient sur les berges. Mais l'après-midi ce fut à leur tour de manifester une crainte grandissante. Plus ils s'approchaient de Paris et plus leur comportement changeait.

« Par la déesse Castrol ! s'étonna le Fondeur. On dirait que la grande ville les épouvante. »

Il y eut une première désertion, puis une seconde. D'un bond dans les fourrés, ils disparaissaient en poussant des cris plaintifs. A la fin de la journée, seul René les accompagnait encore, mais il tremblait. A plusieurs reprises, Evariste dut suspendre sa marche pour prendre le clapatte dans ses bras et le rassurer.

« Moinillon ! Regarde les effets de la peur sur ces enfants. »

Des petites fleurs noires et molles croissaient sur son cou au niveau de la glotte, pétales d'un noir indécis qui avaient la couleur des ailes de chauve-souris. Mais, en dépit de sa terreur, René semblait décidé à suivre les laineux. Parfois, d'un geste touchant, il saisissait la main d'Evariste et la serrait entre ses doigts qui craquaient comme des petites branches. Le jeune homme sortait de sa poche les tenailles libératrices et brandissait en l'air cet instrument sacré, voulant montrer à son ami combien il était résolu à les abattre sur quiconque le menacerait. Alors, le tendre clapatte aux cheveux blonds souriait et l'on voyait distinctement à son cou se faner les fleurs de l'épouvante et tomber les noirs pétales – tandis que sur sa poitrine des petites tiges vertes dardaient hors des chairs les myosotis du confiant amour.

On sentait la ville de plus en plus proche. De part et d'autre de l'A6 les grands bâtiments abondaient dont les murs craquelés apparaissaient dans le feuillage. L'autoroute elle-même s'élargissait, embrassant plusieurs voies parallèles et qui toutes se dirigeaient vers l'extrémité lumineuse, vers la capitale des ténèbres ! Des monceaux de véhicules encombraient la chaussée, camions renversés montrant leur ventre comme des insectes morts, canons dressant vers le ciel leurs menaces périmées, autobus couchés sur le flanc.

Ils bivouaquèrent ce soir-là dans un chantier situé à l'écart de la route, au pied d'une construction inachevée, parmi d'énormes engins qui semblaient avoir été stoppés en plein travail. Comme il est de règle à la veille des grands événements de l'existence, Evariste dormit mal. Il fut même réveillé avant l'aube et attendit en se promenant le lever du soleil. Le Fondeur, lui, pour une fois, ronflait. « Quel diable d'homme ! se dit Evariste. Il est sur le point de toucher au but de sa longue pérégrination et lui – l'insomniaque – roupille sur ses deux oreilles ! » Le jeune homme se souvenait de leurs conversations d'antan, à Marseille, quand ils se retrouvaient, après le travail, dans ces « réunions prolétariennes » où les ouvriers acclamaient les dirigeants du Bureau avec des voix lasses et des poings accablés. Le vieux laineux en bleu de chauffe se faufilait auprès de lui et chuchotait un simple mot qu'il suffisait à Evariste d'entendre pour que – voûté – il se redressât. Et ce mot était : Paris, nom aux ailes multicolores, comme un oiseau d'archipels, et qui, pour lui, était la promesse d'un accomplissement inimaginable. Eh bien, après des mois d'efforts et de périls répétés, épreuves qui l'avaient tout à la fois endurci et adouci, il se trouvait à pied d'œuvre à présent : aujourd'hui, demain, il pénétrait dans la grande cité fabuleuse, dans le noyau, dans le joyau, dans la perle vivante !

Les premiers éclats du soleil rutilèrent dans les hautes frondaisons. Le chantier s'éclaira peu à peu aux flammèches de l'aurore. Evariste regarda autour de lui. Le Fondeur n'avait pas encore ouvert un œil et gisait sur sa couverture. Enraciné juste à côté de lui – proximité dont il n'était pas coutumier – le clapatte sommeillait. Son beau visage tressaillait de tous les rêves profonds de la terre. Evariste s'éloigna. Dans un angle du chantier, il découvrit une tourelle métallique si haute que son sommet, transperçant le feuillage, devait dominer la forêt. Sans doute, avait-elle été jadis utilisée pour une construction que la catastrophe avait interrompue : eh bien, ne pouvait-elle, des centaines d'années après, servir à l'édification de l'immeuble intérieur, à la réalisation d'un travailleur de l'âme ? Peut-être que – du haut de cette grue – il pourrait voir Paris, dévoilant de son regard le centre enfoui et mystérieux.

Il s'y jucha, escaladant les poutrelles avec agilité, traversant les frondaisons épaisses, chaudes, peuplées d'oiseaux qui s'enfuyaient à grands cris, et surgissant, le visage griffé par les branches, au-dessus d'une immensité vallonnée de végétation – vigie surplombant l'océan vert où l'aube pourchassait les ténèbres. Mais il ne vit point Paris. Posée au milieu du paysage, une bulle de brouillard, blanche et gigantesque coupole, coiffait la jungle, empêchant de distinguer les détails qui eussent trahi la présence de la ville morte. Un soleil humide et rouge, fruit jailli des étangs de la nuit – pastèque ouverte au fond du ciel – semblait par son seul rayonnement dilater ce grand œuf de brume en son nid de verdure. Puis l'œuf se mit à trembler, œuf ou fleur refermée et qui, lentement, s'ouvrait, corolle mue par une force intérieure et qui lançait ses pétales de fumée.

Et la ville apparut, au centre de la fleur blanche et épanouie, avec ses tours, ses clochers, ses dômes, sa marée de toits luisant de la rosée du matin ! Si jeune et si ancienne à la fois, oh ! ces cris de cuivre derrière les rideaux de la vie ! Evariste frissonnait : il lui semblait que c'était en lui-même que la ville s'était dévoilée, fumant dans la splendeur d'un jour nouveau, grande cité du dedans à laquelle conduisait l'autoroute du Soleil.

« Ville de l'essence, murmura-t-il, cité sacrée de l'âme ! »

Elle étincelait comme le joyau dans le lotus !

KROTOK, le chef de la horde noire, tenait pour si certaine la prise de Vézelay qu'il avait – le matin de l'attaque – envoyé des messagers à Bratoc pour lui annoncer « la défaite irrémédiable et définitive » de Blancheboudine. Précédée d'une avant-garde d'un demi-million de sisterettes, l'armée, quittant les sombres douves et la pourrissante forêt d'Avallon, s'ébranla. Pour gagner la termitière et les points de rassemblement fixés à quelques centaines de mètres de l'enceinte, elle emprunta une route de l'ancien temps où s'apercevaient encore, entre les crissantes broussailles, les plaques d'un vieux macadam et des bornes à tête rouge.

Avides d'en découdre, les bouffards, au lieu de marcher au pas, s'étaient mis à galoper, poussant devant eux en les fouettant de leurs antennes les frétillantes sisterettes. Baissant la tête, les argupes, jaloux des bouffards, leur chatouillèrent l'arrière-train de leurs luisants clapoutons. Ne voulant pas être dépassés par leurs rivaux, les bouffards hâtèrent l'allure, provoquant devant eux la course affolée des sisterettes. Celles-ci, bousculées, se précipitaient en avant et sans rien voir autour d'elles. Eussent-elles été plus attentives et plus méfiantes qu'elles auraient fait l'économie d'une catastrophe qui coûta la vie à une centaine de milliers d'entre elles.

Car la route soudain disparut : devant elles s'étendait la boueuse surface d'un immense marécage. Projetées en avant par la poussée des guerriers obtus qui les suivaient, elles y furent englouties par masses entières. Il fallut longtemps pour stopper l'aveugle colonne dont le ténébreux flot d'égout continuait à se déverser dans les eaux molles et pesantes du marais.

« Que s'est-il passé ? » s'enquit Krotok en menaçant ses généraux d'être exécutés sur-le-champ.

Ce qui s'était passé ? Eh bien, une ruse d'It'van qui avait camouflé et fait disparaître la vraie route sous un amas de végétation et ordonné la construction d'un leurre. Celui-ci – parfaitement imité au point que des morceaux de revêtement avaient été soustraits aux routes voisines et disposés sur le chemin pour mieux abuser les fourmis – avait non seulement dévoré une partie des effectifs de la horde mais l'avait aussi éloignée de son but : il fallut revenir en arrière pour retrouver la vraie route, perdre un temps précieux et voir l'ardeur guerrière des conquérants s'émousser.

Quand ils arrivèrent enfin dans la forêt précédant immédiatement la colline sacrée de Vézelay, ils furent les victimes d'un second piège. Krotok avait ordonné aux sisterettes de monter aux arbres, de les couvrir entièrement jusqu'à leurs sommets afin de ménager une parfaite occupation du terrain et un espace suffisant à la concentration des colosses de la horde. Or beaucoup de ces arbres avaient été préalablement et aux trois quarts sciés par les gardes royaux, si bien que les grappes de sisterettes suspendues à leurs branches achevèrent de les déséquilibrer et qu'ils s'abattirent comme des quilles les uns après les autres sur les bouffards et les argupes rassemblés à leur pied, écrasant des centaines de guerriers, provoquant un début de panique chez les autres.

Krotok éprouva beaucoup de difficultés à ramener le calme et à rétablir son ordre de bataille. Le bruit courut parmi les fourmis que toutes ces chausse-trappes étaient dues à l'intervention de ce fabuleux « homme de lumière » dont les bouts de bois aux extrémités effilées avaient récemment causé la mort de plusieurs de leurs compagnons d'armes.

Ainsi, pour le corps expéditionnaire de Bratoc, c'était sous les plus alarmants auspices que s'annonçait la bataille. Les sisterettes, plus fines que leurs congénères, montrèrent par leur comportement agité et inquiet qu'elles étaient sensibles à l'atmosphère d'imminent désastre qui enveloppait l'armée conquérante : avant même que de commencer, elles étaient déjà vaincues.

Rien de ce qu'elles voyaient, pourtant, n'était épouvantable ! Bien au contraire ! La colline de Vézelay semblait déserte : le vent jouait sur ses flancs craquelés, soulevant d'évanescents nuages de poussière qui montaient en tourbillonnant et se dispersaient sur le parvis de la basilique. Pas un seul défenseur n'était visible sur l'enceinte circulaire qui entourait la colline : non, pas le moindre termite nulle part. Le plus absolu silence régnait, y compris dans les rangs de l'armée d'invasion. Le seul son perceptible était – semblable à des ajoncs sur le bord d'un étang – celui des antennes qui doucement, pensivement, se frôlaient et s'entrechoquaient.

Soudain, venant du sanctuaire, une longue plainte se fit entendre, grincement, raclement puis terrifiant tonnerre.

Là-haut, les grandes portes du temple s'étaient ouvertes et, nimbé de gloire lumineuse, simplement vêtu de sa tunique jaune, sa blonde chevelure flottant aux brises, It'van venait d'apparaître, tenant d'une main son arc et de l'autre une longue lance qu'il avait soustraite à quelque murale panoplie, dans une des maisons de la ville souterraine.

Derrière lui, tâchant d'imiter le jeune homme en gonflant sa poitrine et en déambulant de la façon la plus martiale, le marmouset s'avançait en brandissant sa lime à ongles.

Certes, le généralissime connaissait les effectifs dont disposait Krotok, il fut néanmoins saisi en voyant l'immensité qui assiégeait Vézelay.

Partout dans la forêt environnante et s'élevant jusqu'à la cime des arbres, c'était un amas de boulets, un entassement de coke, de cloques et de coques, une multitude enfroquée de sombres phoques qui craque et croque et braque. Pour quelles mystérieuses vendanges avait-on répandu ce luisant raisin noir dont les premières grappes touchaient presque au mur d'enceinte ?

Sortant du sanctuaire, Batifol et Cortex vinrent encadrer It'van.

« Tout est prêt ? leur demanda le généralissime.

– Pour les rebelles, tout est prêt », dit Batifol, ajoutant qu'il ignorait ce qu'il en était pour les royaux, ceux-ci étant tellement lents ! – ils ne marchaient pas, ils processionnaient, ils se baguenaudaient, ils musardaient.

Avec la plus grande dignité, Cortex se tourna vers l'insulteur et, faisant mine de le rencontrer pour la première fois :

« Je ne vous connais pas, dit-il. Peut-on nous présenter ? Voyons... A qui ai-je l'odeur ? »

Suffoqué par l'injure, Batifol recula en levant son clapouton et It'van fut obligé d'intervenir.

« Cessez de vous chamailler, gronda-t-il. Regardez ! Les fourmis sont sur le point d'attaquer. D'ailleurs... Mais oui, elles attaquent ! »

Fidèle à son plan de bataille, Krotok venait de lancer neuf cent mille sisterettes à l'assaut de la muraille. Les petites combattantes étaient envahies par le doute, aussi chargèrent-elles sans grande vigueur. Au sommet de l'enceinte, les premiers soldats termites surgirent : des mélassiers dont la masse innombrable couvrit bientôt les fortifications. Et soudain, sur un ordre venu du sanctuaire central, toutes les curnules se mirent à jaillir : un tel flot de liquide s'abattit sur les assaillantes que – saisies par cette confiture, par cette laque qui, aussitôt, durcissait – elles s'immobilisèrent sur la pente même qu'elles cherchaient à gravir. Précipités de la muraille, d'énormes troncs roulèrent vers leurs pauvres silhouettes pétrifiées, les écrasant, les recouvrant, enfermant les fourmis survivantes derrière les barreaux enchevêtrés de cette prison d'arbres.

Affolé, sentant sous ses yeux se dessiner l'irréparable désastre, Krotok donna l'ordre aux bouffards d'intervenir. S'ébranlant des profondeurs de la forêt, assemblés en plusieurs massives colonnes d'attaque, ceux-ci fondirent sur l'enceinte. Comme ils s'en approchaient, grande fut leur surprise en apercevant des ouvertures dans la muraille, brèches qui leur permettaient de surgir dans le périmètre de défense des termites ! Lourds et stupides, ils les franchirent sans que leur esprit opaque se doutât du piège où ils tombaient. A peine quelques dizaines de milliers d'entre eux avaient-ils pénétré dans l'immense clairière que se refermèrent les portes, leur interdisant toute retraite, les contraignant à affronter rebelles et royaux en un combat inégal.

Lorsqu'ils furent à peu près tous massacrés, It'van ordonna que l'on ouvrît à nouveau les portes, attirant dans le même piège un nouveau paquet de combattants qui subit le même sort que le précédent. Tandis qu'à l'intérieur leurs compagnons d'armes étaient mis en pièces, frappant l'huis et attendant aux guichets, de longues queues de bouffards et d'argupes réclamaient avec impatience qu'on leur permît d'entrer.

C'est ainsi qu'au cours de cette journée mémorable la horde noire perdit les trois quarts de ses effectifs et que Blancheboudine humilia sa rivale, la sombre, l'agitée reine Bratoc.

Tous les corps de l'armée termite s'illustrèrent dans la bataille, mais une mention particulière doit être accordée aux composites limitrophes. Nous ne parlons pas de l'éléphant ou du vieux tigre en peluche, lesquels firent véritablement des prodiges devant Vézelay, mais de Mastoc qui réussit ce jour-là ce qu'il est convenu d'appeler « un coup fumant ». Juché sur les sauterelles, un commando dirigé par l'ancien chef de la horde atterrit au milieu de l'état-major ennemi. Mastoc tenait sa vengeance. Surgissant devant Krotok, il parvint à lui arracher sa seconde antenne. Il l'aurait mis à mort si, par perversité, il n'avait préféré le laisser « digérer » le désastre, l'abandonnant à sa désolation, l'observant qui s'éloignait en se cognant aux arbres, incapable de trouver son chemin et plus démuni qu'une larve à présent.

Si l'on excepte It'van dont la lance et les flèches firent merveille, le héros incontestable de la bataille fut Grodaggard. Déchaîné et bondissant, faisant autour de lui voltiger ses mandibules comme des haches, il accomplit tant d'actions d'éclat qu'il serait monotone de les relater.

Tout fumant et couvert d'une poussière ensanglantée, tel il était quand le jeune homme le rencontra pendant la bataille.

« J'ai rêvé que je volais cette nuit. Qu'est-ce que cela signifie ? lui demanda le roi qui s'était saisi d'un argupe et s'en servait comme d'une massue pour abattre une poignée de bouffards qui tentaient de l'atteindre.

– Que vous vous élevez vers les cieux spirituels, répondit It'van en perçant de sa lance l'abdomen d'une fourmi. A propos, poursuivit le jeune homme, haïssez-vous encore le souvenir de votre père ? »

Si importante parut au roi cette question que, jetant l'argupe sur les bouffards, il tourna l'abdomen à ses ennemis.

« Non, finit-il par dire après avoir hoché pensivement la tête, non, je ne hais plus son souvenir. Et je comprends à présent que si je désirais sa mort c'était à cause de l'amour incestueux que je portais à ma mère Grossetaupine.

– Attention ! lança le jeune homme en brandissant son arme, ils reviennent à l'assaut ! »

Grodaggard fit volte-face et, se ruant sur les bouffards, il en saisit trois entre ses mandibules et leur sectionna le pétiole en un seul coup de mâchoires.

« Savez-vous quoi ? dit-il en revenant auprès d'It'van. Je me suis rendu compte que je portais en moi l'image maternelle et que je la projetais sur mon épouse comme à travers la curnule d'un mélassier. Ces images qui vivent au fond de nous sont terribles. Il faut les contraindre à rester tranquilles, sinon elles déforment le monde extérieur en se collant sur les choses et les êtres que nous observons. Mais c'est de notre faute.

– De notre faute ? Que voulez-vous dire ?

– C'est quand nous oublions leur présence qu'elles se manifestent avec méchanceté. Elles jettent leur mélasse à l'extérieur parce qu'elles sont ignorées à l'intérieur. C'est sans doute une façon pour elles de nous signaler leur existence.

– Alors, que faut-il faire ?

– Eh bien, d'abord les prendre en considération et ensuite les épouser, c'est-à-dire les intégrer à nous-mêmes. C'est à ces conditions qu'elles daigneront dissiper les illusions vaporeuses qui troublent notre regard extérieur. »

Après avoir prononcé ces fortes paroles, le roi brandit son clapouton et se rua derechef dans la mêlée.

Quand le soleil commença à jaunir et à descendre derrière les neiges éternelles du Morvan, l'anéantissement de la horde noire était presque consommé. Tout ce qui restait de l'orgueilleuse armée de Krotok avait plié bagage et battait en retraite dans la direction d'Avallon. It'van ordonna que fussent poursuivis les derniers contingents et qu'on les taillât en pièces. Chevauchant Crochetête, accompagné de Gros-Cul et de Souffleur, il se jeta lui-même sur leurs traces. Il voulait, expliqua-t-il plus tard à Blancheboudine, « montrer l'exemple ». Il avait tué tant de fourmis depuis le début de la journée qu'il lui semblait ne plus rien avoir à craindre de ces insectes. Et c'est pourquoi, excitant Crochetête en lui pinçant la peau à travers ses trappettes, il lui fit presser le pas.

A un détour du chemin et à quelques centaines de mètres devant lui, il aperçut, au milieu d'un nuage de poussière, des formes noires qui s'enfuyaient. C'était une bande formée d'une quinzaine de bouffards et d'argupes, arrière-garde de l'armée en déroute, soldats épuisés, blessés et qui traînaient la patte. Il ne fallut pas longtemps à Crochetête pour les rattraper. It'van aurait pu utiliser son arc et les foudroyer les uns après les autres, mais, outre qu'il jugeait déshonorant de leur tirer dans le dos, il considérait cette poursuite comme un jeu : et c'est pourquoi il se borna dans un premier temps à leur chatouiller la croupe de sa lance, provoquant de réjouissantes convulsions, des embardées et des mouvements d'effroi.

Et c'est alors que – comme il se levait de toute sa hauteur sur l'échine de Crochetête, s'apprêtant à bondir sur la fourmi la plus proche pour l'enfourcher et lui faire crier grâce – c'est alors qu'il prit soudain conscience d'un vide sur son épaule : le marmouset n'était pas à sa place habituelle. Etait-il tombé ? Non, tout simplement il n'était pas venu, il était resté dans la clairière de Vézelay. Il se souvenait à présent d'avoir entendu le docteur Khô-Khô prononcer quelques mots au sujet « d'une tâche urgente à accomplir en compagnie de la douce et caressante Pussepuline ». Dans l'excitation de la chasse, il n'avait pas songé que l'absence de son petit interprète lui interdisait toute communication avec ses amis termites. « Bast ! se dit-il, il n'est nul besoin de longs discours, mes guerriers savent parfaitement ce qu'il y a à faire ! »

Et il allait se rasseoir quand – tout à coup – les fourmis obliquèrent sur la gauche et s'enfoncèrent dans le sous-bois. Les trois termites que l'effort faisait fumer se ruèrent derrière eux. Une branche basse fouetta It'van avec tant de force qu'il fut arraché de sa monture et précipité à terre, où il demeura de longues minutes inconscient et comme assoupi.

Lorsqu'il revint à lui et qu'il se fut relevé, il découvrit qu'il était seul. Entraînés en avant, happés par la poursuite, les trois termites de sa garde personnelle ne l'avaient pas vu tomber. It'van eut beau crier leurs noms, ils ne répondirent pas à son appel : d'ailleurs, ils n'entendaient pas la voix humaine. Il eût fallu parler leur langage et le jeune homme déplora l'absence du marmouset. « Peut-être pourrai-je les rattraper », se dit-il.

Il s'élança sur leurs traces, herbe piétinée et branches arrachées. Il courait avec agilité, bondissant au-dessus de petits murets de l'ancien temps. La forêt n'était point trop compacte en cet endroit, et quoique des lianes tourmentées, emmêlées en nœuds de serpents, fussent des obstacles à sa course, il allait vite et ne désespérait pas de rejoindre ses trois amis cuirassés. Il traversa un vieux village effondré dont chaque maison semblait avoir été cassée en deux, vomissant par la brèche un torrent figé de meubles, de vaisselles et de lustres. Peu après, à la sortie de la bourgade, il arriva dans un endroit si étrange qu'il ralentit sa course, s'arrêta et regarda autour de lui.

C'était une clairière où le soleil tapait sur ses vibrants boucliers de cuivre, faisant couler une lumière boucanée sur d'immenses silhouettes rouges qu'It'van prit d'abord pour des arbres. Mais ce n'était pas des arbres, c'était des roses, une jungle de fleurs géantes dont les tiges s'attiraient l'une l'autre et dont s'étreignaient les corolles. Parfois, se détachant de leurs hautes vasques, un pétale tombait avec grâce, semblant descendre, au long de sa spirale lente, de mystérieux escaliers d'air. Alentour, les oiseaux du crépuscule délivraient les messages de la nuit au jour moribond dont les pas lourds s'éloignaient sur les esplanades du ciel. Plus que les parfums des roses, c'était celui du monde en son seuil quotidien dont s'enivrait It'van : encens du soir et aromates du passage, d'invisibles célébrants ouvraient tous les goussets de la terre pour fêter ce miracle chaque jour répété, le soleil vieux et ensanglanté qui descendait mourir au fond des crevasses de la nuit pour s'y retourner et renaître. Le jeune homme regardait les roses qui se penchaient vers lui, visages rouges au-dessus des balustrades. Elles lui étaient... amicales : on eût dit de grands cœurs épanouis, amours sur leurs tiges inclinées, braises d'amour qui rougeoient sur les cendres d'un jour éteint.

Il se redressa et s'arracha au charme que ces corolles dirigeaient vers lui. Il lui fallait... repartir, retrouver ses trois royaux dont l'absence l'inquiétait. Et soudain – comme en réponse à sa muette prière – il entendit, venant des buissons de roses, le son caractéristique de grands insectes dans les taillis : pattes qui crissent sur le sol, choc des carcasses gaufrées, brefs grincements des croqueteuses. « Les voilà ! » se dit-il.

« Crochetête ! cria-t-il d'une voix joyeuse, amène-toi, vieil abominable ! Et toi, Gros-cul la-larme-à-l'œil, approche. Et toi aussi, Souffleur, le roi de la mélasse ! Ne tardez plus, je suis seul. »

Les bruits cessèrent aussitôt. It'van s'avança.

Il se trouvait au centre de la roseraie en un lieu où le sol était nu, formant un cercle vide qu'entouraient les fleurs arborescentes. Tout était silencieux : même les oiseaux s'étaient tus. Si étrange était cette paix, si entêtants ces parfums, si surprenant ce paysage de grandes roses dont chacune semblait être la réplique terrestre du soleil épanoui dans les champs empourprés du soir, qu'It'van se croyait transporté en dehors du temps, dans les très secrètes chambres de la roue immobile.

Tout à coup, un argupe jaillit de l'abri de la végétation et se précipita sur lui avec tant de rapidité qu'il n'eut pas le loisir de s'esquiver. Le nasillard de la fourmi lui frappa le bras droit de plein fouet et lui entailla le biceps, blessure d'où le sang se mit à couler avec abondance. Il roula au sol et se releva lentement, brandissant sa lance et regardant autour de lui.

L'insecte avait disparu. Il s'était évanoui dans les fourrés.

Derrière son dos, It'van entendit un bruit de végétation violée. Il eut tout juste le temps de se retourner pour voir une masse noire s'élever et retomber en s'empalant sur son arme, fleur de houille qui hoqueta et vomit un pollen d'or – puis s'amollit en sombre pendeloque. It'van la rejeta au loin et se prépara à une nouvelle attaque.

Un instant de silence encore, puis de toutes parts sortirent de monstrueux bouffards, les colosses de la horde, qui – comme s'ils désiraient savourer leur prévisible triomphe – s'arrêtèrent à quelques pas de l'homme doré, toutes mandibules ouvertes. Ils étaient une dizaine environ et, quoique le jeune héros fît voler sa lance, ils n'en paraissaient nullement effrayés et s'apprêtaient à fondre sur lui et à le dévorer.

La nuit était presque tombée à présent et l'obscurité exaltait encore la luminosité du jeune homme, le désignant aux mâchoires de l'ombre, aux dards des ténèbres fiévreuses.

En cet instant où, encerclé par un péril imminent dont il ne pouvait espérer sortir seul, en cet instant où il lui fallait une aide immédiate, il appela ses gardes avec une terrible véhémence : « Souffleur !

cria-t-il, Crochetête ! Gros-Cul ! » Mais, au lieu de lancer son cri au-dehors, il le précipita à l'intérieur de lui-même, il le poussa dans les espaces du dedans, cri-bélier qui défonça tous les obstacles, bstacles, stacles, acles et clefs, établissant la communication au sein même de l'âme et de son thorax de résonance, là où mugissent des voix étranges, où roulent les tonnerres des anciens orages et où viennent mourir – sur la grève du moi – les vagues du sombre océan universel.

Et il lui fut répondu : « Nous arrivons ! cria Crochetête. Continue à crier en dedans. »

A nouveau It'van lança ses grandes clameurs retournées, appel d'égaré dans les cavernes et sonnerie de cor dans les grands bois.

Alors, dans un tumulte qui épouvanta les fourmis, les roses s'écartèrent, tremblant du chef et faisant pleuvoir leurs pétales – et Souffleur jaillit en dardant son énorme curnule au sommet de laquelle ses deux petits yeux de rhinocéros étincelaient.

Puis, tournant, tourbillonnant autour d'It'van, il lança sur les bouffards un jet d'une puissance effarante – torrent d'une âme longtemps comprimée et qui s'exprime, monstrueuse éjaculation qui cloua les fourmis sur place, les chtouillant, les emmerdouillant, les empeggant l'une à l'autre comme mouches en miel – à la suite de quoi, trompe molle et bouche pincée, il s'abattit, il s'effondra, expurgé, ratatiné, pauvre loque et chaussette vide.

Surgissant des fourrés en ébranlant les roses, accoururent les deux géants de la garde, Crochetête et Gros-Cul, dont dard et mandibules achevèrent le travail si bien commencé par Souffleur : un instant plus tard ne restaient plus sur le terrain, à la place des fourmis meurtrières, que corps sectionnés et transpercés.

Le jeune homme remercia avec vivacité ses trois sauveurs, grattant les cascatules de Crochetête, déposant un baiser sur le front de Gros-Cul dont les yeux s'humectèrent aussitôt d'une buée de tendresse, caressant la toquetante du mélassier qui, vautré sur le sol, exhalait les soupirs d'un enroué soufflet de forge.

« Mais vous êtes blessé ! » s'écria Crochetête avec inquiétude.

It'van sourit : c'était merveilleux. La voix du termite retentissait en lui comme captée par les grandes oreilles de l'âme.

« Oui, c'est vrai, je suis blessé », dit-il en considérant son bras ensanglanté.

Franchissant barrières brisées, filets ouverts, grillages défoncés, sa propre voix allait vibrer aux tympans des ténèbres.

« Il faut arrêter l'hémorragie, observa l'insecte. Et pour ce faire, il n'y a rien de mieux que le liquide de Souffleur. Il fige, il coagule aussitôt le sang. Tous les termites savent cela.

– Je pourrais en prendre ici, suggéra It'van en désignant les flaques où les fourmis étaient étendues.

– Non, non, prononça Crochetête en levant les yeux au ciel comme si le jeune homme avait proféré une désolante absurdité. Ce qu'il faut, c'est du liquide frais. Le plus puissant des mélassiers de la Garde va certainement accepter de nous en livrer une goutte supplémentaire. »

Embarrassé, épuisé au-delà du possible, Souffleur détourna sa curnule, faisant mine de n'avoir rien entendu.

« Souffleur ! insista Crochetête en lui pinçant une patte, nous as-tu compris ? Crache une petite goutte encore, une toute petite goutte !

– Mais j'en suis incapable ! J'ai tout donné !

– Comment ? Toi, Souffleur, tu serais incapable d'expurger un petit rabiot, toi dont les rebelles eux-mêmes vantent les qualités ! »

Le mélassier se haussa légèrement sur ses pattes antérieures.

– Les rebelles parlent de moi ? demanda-t-il avec intérêt.

– Bien sûr qu'ils parlent de toi ! Ce matin, quand Batifol a harangué ses troupes, il a dit que les mélassiers devaient prendre exemple sur Souffleur. Il t'a même appelé « l'intarisable ». Et sais-tu ce qu'il a ajouté ?

– Non, dit Souffleur, qui tremblait de contentement, qu'a-t-il ajouté ?

– Que tu avais vraiment quelque chose dans le coffre !

– Il ne s'est pas trompé, ce sacré crotteur d'arbousins. Sans me craqueler l'empédocle, je dois reconnaître que j'ai de la ressource. Du reste, regarde-moi ça, dit-il en désignant du clapouton les cadavres des fourmis. Bien, bien, que l'homme-qui-rayonne s'approche et place sa blessure sous l'extrémité de ma curnule. »

It'van s'agenouilla et tendit son bras sous la trompe. Le grand mélassier ferma les yeux et parut s'absorber en lui-même. L'énorme bulbe de sa face changea de couleur, virant au rouge brique, au mauve puis à l'orangé. Et enfin, reprenant sa teinte primitive et levant ses petites paupières de cuir :

« Je n'y arrive pas, gémit-il en secouant la tête. Pourtant, il le faut, je vais essayer encore. »

Il referma les yeux, médita un instant puis, après avoir lancé un brûlant soupir, il se contracta terriblement, se tordit, se noua, se rapetissa.

Une goutte dorée apparut au bout de son tromblon qu'It'van toqua de l'index, or en fusion qui tomba en crépitant sur sa plaie ouverte, se répandant entre les lèvres de la blessure, figeant le sang et désinfectant les chairs. Brûlé par cette sorte d'acide qui lui rappelait celui de la fleur carnivore, It'van ne put s'empêcher de pousser un cri de douleur.

« Revenons à Vézelay, dit Crochetête. Le docteur Khô-Khô vous soignera avec ses herbes et dans une semaine vous serez guéri. C'est un très bon docteur.

J'ai entendu dire qu'il avait fait ses études de médecine à Paris. »

Ils découvrirent le marmouset dans la clairière, sur le champ de bataille, absorbé dans une tâche énigmatique. Suivi de Pussepuline, il allait de fourmi morte en fourmi morte, sectionnant avec une paire de sécateurs les pattes des cadavres, les rassemblant et formant avec ces sortes de branches noirâtres d'étranges fagots qu'il entassait sur le dos de la cantinière.

« Bonjour, docteur, dit doucement It'van avec sa voix du dedans.

– Bonjour, homme-lampe », répondit le marmouset.

Puis, sursautant, il lâcha sa paire de sécateurs.

« Vous avez réussi ! s'écria-t-il. Vous parlez le langage d'en dessous. Vous parlez le termite ! »

Il se mit à gambader autour du jeune homme en répétant :

« Le termite..., il cause le termite ! »

D'un seul coup il s'arrêta et se renfrogna.

« Eh bien ? Qu'y a-t-il, extravagant marmouset ? »

Le petit homme au bonnet rouge se tortilla, souleva son couvre-chef, se gratta la tête.

« Bagrou-Grouba ! prononça-t-il d'une voix triste et caverneuse. Vous n'allez plus avoir besoin de moi à présent. Vous pouvez tout à fait vous débrouiller seul. Un interprète est inutile dès lors que vous vous exprimez dans le langage des profondeurs.

– Non, c'est faux ! J'aurai toujours besoin de vous. Vous êtes mon guide et mon médecin. D'ailleurs, tenez... », ajouta-t-il en lui montrant sa blessure.

Le marmouset s'approcha, contraignit le jeune homme à s'asseoir puis, dès qu'il eut jeté un coup d'œil sur la plaie, il se mit à pousser des exclamations joyeuses.

« Ah ! Bagrou-Grouba ! Voilà du sérieux ou je

suis un piètre médicastre. Car on voit l'os, n'est-ce pas ? »

Il souriait comme s'il y avait là matière à grandement se réjouir.

« Hé, hé ! Je veux bien être croqué si on ne voit pas l'os ! »

Se tournant vers Pussepuline, il lui ordonna d'abandonner ses paquets et d'aller, aussi vite que possible, chercher dans son armoire à pharmacie du frappor, de la courgeture et, bien entendu, « quelques brins de Gonzague ». Comme s'éloignait la cantinière, il rassembla en tas toutes les pattes recueillies et se posta devant elles les bras croisés, comme s'il montait la garde devant un trésor. It'van s'approcha et considéra ce monticule de fibres noires, vieux buissons consumés.

« Qu'allez-vous en faire ? demanda-t-il au marmouset.

– Eh bien, mais nous allons les manger ce soir ! »

Le jeune homme devint livide.

« Pouah ! s'écria-t-il avec un haut-le-cœur. Vous n'allez pas me contraindre à manger ces... ces... ces membres ?

– Bagrou-Grouba ! Vous êtes devenu bien difficile. Ou alors vous ne savez pas ce qui est bon. Rien ne vaut un bon plat de pattes fraîches au dîner.

– Je n'en veux pas ! Gardez-les pour vous ! Ma blessure m'a affaibli. Je me sens un peu... patraque et je me demande si je ne vais pas observer ce soir une diète sévère. »

Se hâtant de changer de sujet, il désigna le corps d'un termite tué au combat, renversé sur le dos et coupé en deux.

« Nous avons remporté un triomphe, mais nous avons eu des pertes, n'est-ce pas ? Regardez, ajouta-t-il. Encore une fois brisé, rompu du pédoncule. Vraiment, il faudrait faire quelque chose.

– En effet, il faudrait faire quelque chose, surenchérit le docteur Khô-Khô, une prière, une invocation à l'oiseau de feu.

– L'âmâme n'a rien à voir dans ce problème. Non, je pensais à protéger les pétioles d'une façon ou d'une autre... »

Il médita un instant, puis, se frappant les mains :

« J'ai trouvé ! s'écria-t-il. Nous allons démonter les roues de tous les véhicules rouillés de l'ancien temps et nous en fabriquerons des sortes de bagues, de protège-pétioles que nous adapterons à tous les guerriers. Ainsi, dans leur lutte contre les fourmis, les termites deviendront réellement invincibles. Oui, voilà ce qu'il faut faire ! Allons de ce pas en conférer avec Sa Crapotteuse Majesté.

– Taisez-vous ! proclama le marmouset avec vigueur. Laissez le médecin parler. Et le médecin condamne avec la plus grande fermeté cette idée fantastique. Apprenez que ce métal rouillé et lourd aurait, en frottant sur la chair à vif, les pires conséquences pour les pédoncules. J'imagine déjà toutes les plaies, tous les furoncles que j'aurais à soigner. Non, non, croyez-moi, abandonnez cette idée ou bien alors trouvez un autre métal.

– Un métal qui soit à la fois propre et léger, confortable et résistant, cela n'existe pas », murmura pensivement le jeune homme.

Le marmouset se mit à sauter en l'air.

« Cela existe ! Cela existe ! s'écria-t-il en bondissant.

– Ah ! oui ? Et le nom de ce métal, je vous prie ? »

Le docteur se précipita sur le jeune homme, saisit le rebord de sa tunique et, escaladant le grand corps avec agilité, il se percha sur son épaule. Puis, se penchant sur l'oreille d'It'van et lâchant le mot comme une petite pierre précieuse :

« L'orichalque », dit-il.

L'orichalque ? Ah ! oui ! It'van s'en souvenait : c'était le métal fabuleux dont les nains pensaient qu'il formait le squelette de la terre. Ils ne l'avaient pas encore découvert.

« Si ! Si ! Si ! affirma le marmouset. J'en ai été informé. Ils ont bel et bien trouvé récemment un gisement d'orichalque et en ont entrepris l'exploitation.

– Mais accepteront-ils de nous en céder une partie ?

– Oh ! ce sont des commerçants, vous savez. Ils nous le donneront volontiers, à condition que nous leur livrions quelque chose en échange.

– Mais quoi ? Qu'est-ce que les termites pourraient bien donner aux nains qui puisse leur être utile ou avoir une valeur marchande ?

– Eh bien, précisément leur travail.

– Comment ? Que voulez-vous dire ?

– Les nains ont besoin de main-d'œuvre et nous n'en manquons pas ici. »

Et le docteur Khô-Khô d'expliquer à l'homme-lampe que les nains étaient déjà venus en délégation à Vézelay pour demander à Blancheboudine la « location » (ce fut leur propre terme) d'une dizaine de milliers d'ouvriers pour creuser des galeries de mine. Creuser la terre avec des pioches leur demandait des efforts considérables alors que les termites faisaient cela comme en jouant. Bref, ils avaient proposé à la reine un traité de coopération. Que Blancheboudine leur fournît des bataillons de travailleurs et en échange ils livreraient à la termitière des plats à barbe, des pots à lait, des dés à coudre et des fers à cheval.

La reine avait refusé. Qu'est-ce que les termites pouvaient bien avoir à faire avec cette quincaillerie ? D'ailleurs, les nains n'avaient pas une bonne réputation dans la forêt d'Iscambe. On les jugeait âpres au gain et d'une honnêteté douteuse. N'avaient-ils pas réussi à convaincre les mille-pattes de chausser des souliers, ce qui avait naturellement entraîné des commandes fort importantes à leurs usines de cordonnerie ?

Cette fois-ci, l'affaire pouvait être conclue : les nains fabriqueraient dans leurs forges tous les protège-pédoncules dont les guerriers termites auraient besoin et, en échange, de nombreux contingents d'ouvriers termites iraient travailler dans les mines. Khô-Khô ne voyait pas ce qui pouvait empêcher la signature de ce contrat; les deux parties y trouvaient leur avantage : les nains pourraient aller plus profond dans le sol et les termites – devenus invincibles – plus loin à la surface, jusqu'à Clamecy même pour y tirer la barbichette à « cette saleté de reine Bratoc ». Il était inutile de différer plus longtemps cette profitable transaction et il suggérait à l'homme-qui-rayonne de se rendre dès demain dans l'industrieuse cité des nains. Ne fallait-il pas prévenir un possible retour en force des fourmis ? Car la horde noire n'était pas la seule armée dont disposait Bratoc, laquelle était en mesure d'aligner encore plusieurs millions de combattants. Dans cette perspective, il fallait armer rebelles et royaux, de telle façon qu'ils ne fussent plus coupés en deux à la première morsure. Hé, hé ! Ces sacrées fourmis allaient – en se cassant les dents sur les pétioles – avoir la plus grande surprise de leur vie !

« Est-elle loin d'ici, cette cité des nains ? » demanda It'van.

Gnomeville était situé à trois cents kilomètres à peine de la termitière. S'ils y allaient tous les deux, c'est-à-dire sans escorte, ils pourraient s'y rendre en une seule matinée.

« Ah oui ? ironisa It'van. En volant, peut-être. »

Précisément ! En volant ! Ils utiliseraient cette merveilleuse libellule du corps des limitrophes. Pour peu qu'elle eût sa provision de moucherons, elle était en mesure de parcourir de grandes distances et cela à une rapidité que les plus promptes hirondelles n'égalaient pas. Cette façon de voyager était extrêmement confortable et – contrairement à ce que l'on aurait pu imaginer – très sûre. Le dos de la libellule comportait en effet une sorte de fauteuil naturel, avec des accoudoirs de chitine auxquels on pouvait se retenir en cas d'embardée. Qu'It'van se tranquillise. Il n'y avait aucun risque à se déplacer sur l'échine de ce bourdonnant cheval aérien. La véritable insécurité ne commencerait que lorqu'on aurait pris pied à Gnomeville.

« Comment ? Que voulez-vous dire ? »

Que ces nains formaient la plus belle bande d'escrocs qui eût jamais prospéré dans la forêt d'Iscambe. Peut-être que le mot « escroc » était excessif, car après tout ils ne vous dépouillaient qu'avec votre assentiment. En réalité, ils étaient des commerçants habiles, très habiles même, au point de vous vendre le superflu sous les couleurs du nécessaire. Il y en avait un d'ailleurs dont il fallait particulièrement se méfier. C'était le patron du bazar de Gnomeville, un nommé Sapir : celui-là, avec ses manières doucereuses, était capable de vendre des bottes à un cul-de-jatte. La dernière fois, le docteur Khô-Khô avait été « ce qui s'appelle dépouillé » par ce marchand aux paroles de miel. Ne l'avait-il pas convaincu par exemple de faire l'emplette de pilules pour grandir !

Il était revenu à Vézelay avec un tas d'objets inutiles, tels un manteau de fourrure, un jeu de cartes, du fond de teint pour marmouse, une série de petits tableaux intitulés *Les Cris de Londres.* Tout cela gisait à présent en vrac quelque part, il ne savait même pas où ! En un mot, il conseillait à l'homme-lampe de ne rien emporter à Gnomeville qui pût servir de monnaie d'échange, non, pas la moindre piécette ! En ce qui le concernait, il avait encore certaines économies, des louis d'or que ses parents lui avaient jadis légués : eh bien, il se garderait de les emmener ! Plutôt les jeter dans la galerie vertébrale.

Cependant Pussepuline était revenue, transportant

entre ses croqueteuses diverses touffes d'herbe peu identifiable par le profane et, juchés sur sa petite tête en forme d'oignon de tulipe, flacons, mortier, pilon et pansements. Le marmouset eut vite fait de former avec tout cela une bouillie noirâtre, véritable purin dont il tartina la blessure d'It'van. Celui-ci se mordit les lèvres pour ne point crier, mais aussitôt qu'un pansement bien serré eut complété l'emplâtre (que le marmouset affectait d'appeler « baume ») It'van se sentit tout de suite mieux.

« C'est le Gonzague, expliqua le docteur. Où que vous le mettiez, il apaise tout de suite, il bannit toute souffrance avec son esprit vaporeux. »

La plaie évolua favorablement, au point que – convoqué le soir même au chevet de Blancheboudine – il tomba des nues quand la reine lui demanda des nouvelles de sa blessure.

« Ma blessure ? Quelle blessure ? Ah ! oui, vous voulez dire cette égratignure. »

Blancheboudine ne trouva pas de mots suffisamment chaleureux pour exprimer à l'homme-qui-rayonne l'immensité de sa gratitude : non seulement il avait sauvé la nation termite de l'anéantissement qui la menaçait, mais en plus il avait – par son heureuse influence sur Grodaggard – rendu au couple royal un bonheur dont elle avait perdu l'espoir. Vautré sur la reine et lui pelotant les maffles avec son clapouton, le roi opinait gravement du bonnet.

« Par toutes les célestes galeries ! s'écria-t-il. Est-il possible que l'harmonie soit aussi contagieuse que la maladie et – en un mot – qu'elle se projette et vaporise alentour, créant le bien et l'ordre là où régnaient le chaos et la misère ? »

En réalité, il en était de certains êtres comme de ces objets de rayonnante beauté qui, placés au fond d'un galetas, le transfigurent tout aussitôt, l'illuminent et par leur seule présence organisent et purifient l'espace autour d'eux. Grande était la reconnaissance des monarques. Si, dans l'avenir, l'homme doré se trouvait dans une situation périlleuse, il lui suffirait de faire appel à la termitière. Pour réduire ses ennemis, toute l'armée des profondeurs accourrait à ses côtés !

Quant à son projet de se rendre chez les nains pour y négocier une affaire mutuellement profitable, Blancheboudine se reposait entièrement sur lui. La reine d'en dessous lui donnait carte blanche ! Elle se permettait simplement de le mettre en garde contre l'habileté des gnomes – ce qui allait de soi – mais aussi contre la faiblesse du docteur Khô-Khô. Celui-ci (il était absent pendant cet entretien) était un négociateur facile à abuser : en dépit de ses airs avantageux et de ses façons de matamore, il manifestait parfois – quand il s'agissait de discuter et de traiter – la mollesse la plus surprenante. Elle lui conseillait donc d'éloigner le marmouset pendant les négociations. Quand désirait partir l'homme-qui-rayonne ?

« Eh bien, demain matin à l'aube ! » dit It'van.

Le lendemain, accompagné de Khô-Khô et de milliers de guerriers termites, le jeune homme gagna le tertre d'envol où, lavée et astiquée, attendait la libellule. Le soleil venait à peine de se lever. Des nappes de brouillard s'attardaient dans la clairière sur lesquelles semblaient flotter les forteresses verdoyantes de la forêt. Suspendus à leurs créneaux, juchés jusque sur leurs cimes, de grands singes blancs acclamaient le jour naissant. La rosée répandait partout une fraîcheur bienheureuse. En It'van, qui respirait l'air à pleins poumons, s'étoffait une joie divine dont il ignorait la cause. Une prémonition ? Peut-être, oui, comme l'ombre et le souffle d'un événement qui comblerait sa vie.

Se levant sur la pointe des pieds, le marmouset le tira par le bord de sa tunique.

« Il faut partir, dit-il, afin de profiter de la température clémente. »

Le jeune homme allait obtempérer quand – considérant son petit compagnon – le fit sourire un détail de sa dégaine.

Celle-ci était somptueuse : le docteur Khô-Khô, rasé de frais et arborant son bonnet rouge de cérémonie, avait revêtu ses plus beaux atours : une sorte de justaucorps de velours noir parsemé de petites étoiles dorées, tellement serré à la taille que, pour ne point faire éclater le tissu, il était contraint de rentrer un ventre arrondi, ce qui – par contrecoup – lui gonflait la poitrine et couvrait ses joues du cramoisi de l'effort. A sa ceinture, qu'il portait de façon désinvolte inclinée sur la hanche, une lourde bourse de cuir était suspendue. It'van la désigna du doigt et s'étonna de sa présence : le marmouset n'avait-il pas déclaré la veille qu'il se refusait à emmener le moindre viatique à Gnomeville, ceci afin de ne point risquer à nouveau d'être dépouillé ?

Certes, il avait bien dit cela, reconnut le petit homme, mais il s'était par la suite ravisé. Ne pas emporter sa bourse chez les nains était un aveu de faiblesse : « Vous êtes trop fort pour moi, signifait ce geste. Je crains de succomber à vos manœuvres, aussi préféré-je supprimer radicalement la possibilité d'un faux pas. » Eh bien, le marmouset ne voulait pas que ces... ces gnomes le prissent pour un être inférieur à eux en quoi que ce fût. Il allait montrer « même à ce sacré Sapir » qu'il était sûr de lui et en état de résister à leurs intrigues de marchand.

Quant à cette bourse – où se trouvaient tous les louis d'or à lui légués par son cher papa, le docteur Khûkhûbaratucaratu – il allait, en manière de défi, la leur balader en dessous les narines. « Vous sentez cette odeur d'or, leur dirait-il avec un sourire impitoyable. Vous entendez ce bruit délicieux et vous aimeriez introduire en vos tiroirs-caisses ces pièces rayonnantes et sonores ? N'est-ce pas ? Eh bien... »

« Eh bien, comptez dessus et buvez de l'eau ! » s'écria le marmouset en foudroyant It'van du regard comme s'il eût été ce patron de bazar qui l'avait jadis humilié.

Cependant, la libellule avait commencé à faire vibrer ses ailes avec un bourdonnement si intense que le jeune homme se boucha les oreilles.

« J'ai prévu cela ! hurla le marmouset, flanquez-vous ces boulettes au creux des esgourdes. »

C'étaient de providentiels tampons de matière caoutchouteuse dont l'insertion au sein des conduits auditifs diminuait grandement le bruit du moteur animal. Ils prirent place sur le dos de la libellule : il y avait là en effet une sorte de renflement qui permettait de se caler le séant, et un double bourrelet de chitine où les mains pouvaient se retenir. L'insecte serrait dans sa gueule une lanière de cuir aux extrémités de laquelle s'agrippait le marmouset. Ainsi – avec ces rênes – le docteur Khô-Khô pouvait en certaines circonstances influer sur la direction de la libellule. Mais celle-ci avait été informée de leur destination et – comme elle connaissait son chemin – il était inutile de la guider.

La libellule enfin s'envola et, avec une vitesse qui effraya et étonna le jeune homme, s'élança au-dessus de la forêt. De sa monture, It'van n'apercevait que les ailes battantes, vibrantes, semblant formées d'innombrables lamelles. Sur leur matière translucide, comme à la surface d'un bouillon, se formaient des yeux azurés et évanescents que le soleil exaltait.

Le marmouset, accroupi entre ses jambes, prenait fort au sérieux son rôle de guide. Parfois, lâchant les rênes et posant leur extrémité devant lui, il indiquait du doigt le sommet d'un bâtiment qui surgissait du feuillage comme un récif au milieu de la mer. Frôlant l'eau verte des frondaisons de la jungle, la libellule filait à une telle rapidité qu'It'van, frappé en plein visage par le vent frais du matin, devait se retenir pour ne point basculer en arrière.

Puis le vent tiédit, se réchauffa et devint haleine embrasée d'une journée de canicule. Dans le ciel sans nuages le soleil semblait un cratère incandescent. Le vent tomba, les grandes vagues de feuillage se figèrent dans la chaleur. Le monde visible ne fut plus que lumière : lumière sur les tourelles, les miradors, les hautes vérandas des cités englouties, formes étranges et escarpées avec leurs escaliers d'incendie et leurs bouches d'aération, structures qui, jaillissant de la végétation moutonnante, figuraient des signaux du passé. Lumière aussi, ondulation sur les miroirs verdâtres des grandes feuilles. Lumière dans les corridors de l'air, les demeures de l'espace et ces grandes villes de cristal où confluent les vallées du ciel. Lumière enfin, lumière et chaleur sur It'van et son compagnon dont les visages peu à peu s'empourpraient au point que, incommodés, ils firent comprendre à la libellule qu'il était temps de gagner l'abri des arbres.

Toujours horizontale, elle se laissa tomber comme une pierre dans un puits de végétation, grande trouée et déchirure dans la forêt, s'y engouffrant avec une telle rapidité qu'It'van faillit être désarçonné et ne dut son salut qu'au mouvement qu'il fit, se plaquant en avant, écrasant sous sa poitrine le marmouset tout gémissant et encerclant de ses bras le mince pédoncule. Mais dès qu'il se fut redressé et qu'habitués à la pénombre ses yeux eurent découvert le paysage familier, l'émouvante vision qui le rattachait à son origine, il poussa un cri de joie, véritable cri d'oiseau auquel d'éloignés toucans répondirent.

Sous l'abdomen de leur virevoltante monture, qui poursuivait dans le sous-bois sa rapide progression, sinuait, dans sa caverne de feuillage, divisée en deux par la glissière de sécurité, emmitouflée de ténèbres et cependant rayonnante, l'autoroute du Soleil ! Elle était merveilleuse ! Elle avait l'aspect étrange de ces artificielles plages de galets que l'on voit au fond des aquariums et où – verdâtres et pensifs – de lents poissons vous font la lippe.

Ils la suivirent longtemps, franchissant parfois de grandes vallées où seul un viaduc effondré en révélait la trace, longeant de grands marécages, corruption stagnante au pied de montagnes pures et éblouies. Plus loin – comme l'autoroute à nouveau pénétrait dans la forêt – ils firent une étonnante rencontre qui ramena It'van plusieurs semaines en arrière, jusqu'à cette soirée où, dans le fortin de la vallée d'Emeraude, il avait vu surgir, fantomatique, glacé, tellement serré dans sa redingote qu'il semblait un squelette habillé, Blanc-Pétral, l'homme du Bureau Populaire, le chef de sa police secrète.

Ils survolèrent en effet l'expédition naguère lancée à la poursuite des laineux, convoi qu'It'van avait vu sur le point de s'engouffrer dans la jungle. Les blagoulets avaient dû subir de terribles épreuves. D'abord, ils étaient diminués de moitié, ne formant plus qu'un groupe d'une dizaine d'hommes que continuait à commander Blanc-Pétral. Lui seul était resté impavide, marchant avec la même démarche de cousin ou d'araignée, tricotant de ses grands pieds sur le sol un fil invisible, enfermé dans quelque rêverie invariable et funeste.

Derrière lui, la troupe était épuisée. Les blagoulets, hâves et grimaçants, avançaient si lentement que Blanc-Pétral était contraint de s'arrêter tous les cent mètres pour les attendre. Leur maigreur maladive soulignait un détail de leur phsysionomie dont It'van ne s'était pas rendu compte dans le passé, à l'époque où ils étaient encore florissants : ces hommes du Bureau, ces blagoulets, n'avaient pas d'épaules. Leurs bras s'enracinaient dans le haut de leur torse à la façon des pattes de crocodiles. En outre, la maladie dont ils étaient frappés avait creusé la chair de leurs faces en des endroits si bien choisis qu'elle les restituait à leur vérité première.

Car, semblable à la sécheresse qui révèle d'un

paysage sa configuration cachée, la maladie débroussaille et montre la terre nue du visage. Bientôt apparaît l'inavouable, ce qu'on a tout au long de sa vie dissimulé. La vérité des blagoulets, cette vérité fiévreuse que recouvrait leurs rictus de sévérité, était leur nature d'enfant perdu, leur crainte devant la vie, en un mot : leur inachèvement. Des fruits verts, des baies d'amertume : voilà ce qu'étaient les blagoulets et tous ceux qui appartenaient à leur bureaucratique, froide et cruelle espèce. N'eût été la présence de Blanc-Pétral, sans doute eussent-ils appelé leur mère au milieu de ces solitudes où tout la leur évoquait, jusqu'à cette sensation d'être enfermé, d'être enclos dans le ventre immense et chaleureux de la forêt.

La libellule s'était arrêtée au-dessus d'eux, faisant grésiller ses ailes dans l'air moite du sous-bois. En dépit de cette bourdonnante sonorité, les blagoulets ne levaient pas la tête. Prisonniers d'eux-mêmes, ils avançaient en tanguant légèrement, les mains serrées autour de leur mitraillette, s'agrippant à la crosse comme s'ils y voyaient un moyen d'assurer leur marche vacillante.

Parfois, l'un d'eux se détachait du groupe et se précipitait dans les fourrés d'où il resurgissait quelques instants après en se reboutonnant, pâle et encore plus décharné qu'avant.

Blanc-Pétral fut le premier à les apercevoir. Comme il s'arrêtait et se retournait pour attendre les débris de la blagoulette, il vit l'énorme libellule et It'van, son cavalier, suspendus comme par un fil au-dessus des languissants marcheurs. Alors sur ce visage impassible se peignit une expression d'infinie surprise. Puis ses traits se durcirent et, d'une voix rauque, il donna un ordre aux blagoulets.

Ceux-ci, manifestement affolés, coururent d'abord en tous sens puis se rassemblèrent, dos contre dos, formant un carré grisâtre et hérissé d'armes. Les premières rafales firent, au-dessus de la tête d'It'van, jaillir un tourbillon de feuilles déchiquetées. Mais il n'eut pas le loisir d'observer plus longtemps leur hargne apeurée et meurtrière : plongeant en avant, la libellule s'éloignait à une foudroyante vitesse. Le temps d'un battement de paupières, et derrière eux avait disparu la lente et bilieuse blagoulette.

Ils quittèrent l'autoroute à la fin de la matinée et s'engagèrent au-dessus du lit d'une rivière paisible, rivière aux larges flancs qui charriait des eaux boueuses et brunes, ponctuées du vert éclatant de branchages à la dérive. Le feuillage ne la couvrait pas entièrement. Une tranchée de ciel apparaissait, crevasse de lumière, qui déroulait sur le cours d'eau, entre deux immensités d'ombre, un tapis doré, piqué de paillettes étincelantes. La libellule – qui recherchait la fraîcheur – frôlait la rivière. Son abdomen entrait parfois en contact avec l'eau, la faisant jaillir autour d'elle en nappe d'écume, obligeant It'van à lever les pieds.

A un détour, les premiers nains surgirent, dans une petite barque qui dérivait : des pêcheurs absorbés par leur tâche. Ils ne bougèrent même pas la tête quand l'énorme insecte les survola.

« Nous approchons », dit le marmouset avec sa voix du dedans.

Un ponton apparut sur la rive droite, embarcadère sur lequel la libellule se posa.

« Où est la ville ? demanda It'van.

Pour toute réponse, le docteur Khô-Khô qui examinait son costume, chassant d'une chiquenaude un grain de poussière sur sa manche, leva son menton barbu en direction des grands voiles de végétation. Au bout d'un instant, le jeune homme distingua, dans l'ombre confuse, des petites demeures qui évoquaient par leurs dimensions des maisons de poupée. Rien n'y bougeait : elles semblaient assoupies.

Ils s'avancèrent sur le chemin qui rapidement se mua en une sorte de petite rue centrale, bordée de petites villas de bois avec de minuscules terrasses de bambou et des toits de chaume. Dans les jardins, où croissaient bananiers et cocotiers, du linge séchait suspendu à des fils de fer. It'van aperçut, flottant aux brises, des pantalons d'homme plus petits que des mouchoirs et des culottes de femmes qui eussent avec difficulté contenu son poing fermé.

La ville était déserte et – pourtant – ne paraissait pas abandonnée. Par les fenêtres ouvertes, on voyait encore, sur les tables, les bols et les pots de confiture du petit déjeuner du matin.

« Mais où sont-ils donc ? » demanda le docteur Khô-Khô.

Tout à coup, il sursauta et d'un geste impérieux, imposa silence à son compagnon.

« Ecoutez ! » dit-il.

D'une bâtisse plus grande que les autres venait une rumeur de prière. Des centaines et des centaines de voix psalmodiaient.

« J'ai compris, dit le marmouset. C'est aujourd'hui le « ça bat ».

– Le ça bat ?

– Oui, une fois par semaine, les nains s'arrêtent de travailler et s'adonnent à la méditation. Je ne dis pas tous les nains, car il en est de profondément irréligieux, tel ce sacré Sapir dont le magasin est pour ainsi dire toujours ouvert. Tels ces pêcheurs aussi que nous avons rencontrés. Mais la plupart marquent ce repos hebdomadaire par des actions de grâce et des paroles d'adoration.

– Et pourquoi appelle-t-on cette journée-là le « ça bat » ?

– Eh bien, précisément parce que ça bat. Oui, leurs cœurs battent sur un rythme différent de celui des autres jours, ça bat, ça tâche de battre au diapason du grand cœur universel, celui du fœtus de lumière qui, recroquevillé au centre de la planète, attend sa naissance.

– Le fœtus de lumière ? Qu'est-ce que vous me chantez là, extravagant marmouset ?

– Ni plus ni moins que la vérité sur les croyances de ces..., de ces grandes perches ! Ils pensent que la terre est un œuf pondu par un gigantesque oiseau cosmique. A l'intérieur, dans les profondeurs, le petit de l'oiseau attend. Son corps embrasé est le noyau même de notre monde, son centre incandescent. Le sol que nous foulons n'est que la mince coquille qui l'enferme. Mais un jour cette coquille se fendillera, se brisera et...

– Et cela fera une sacrée omelette ! hasarda It'van en l'interrompant.

– Peut-être ! Peut-être ! Il est bien possible que cela fasse une sacrée omelette ! En tout cas, l'immense oiseau prendra son vol et, si vous êtes bien préparé, si vous avez prié, médité et si vous avez assisté aux offices religieux du « ça bat », alors vous aurez le droit de vous suspendre à ses pattes et il vous conduira dans un monde idyllique.

– Les archipels ?

– Oui, un monde d'archipels. C'est-à-dire un monde supérieur, celui de l'outre-apparence et de la complète réalisation.

– Et comment appellent-ils cet oiseau ?

– Le « mais si ».

– Mais non ! dit It'van, ce n'est pas un nom d'oiseau, ça.

– Mais si !

– Mais non ! »

Le marmouset finit par hausser ses petites épaules et par se mettre en marche dans la direction du bâtiment d'où venaient les prières.

Il prit un air majestueux pour passer devant un grand bazar occupant tout un pâté de maisons. Sur le pas de la porte, un nain souriant et portant des petites lunettes cerclées d'acier les observait d'un regard en coulisse. Quand il reconnut le docteur Khô-Khô – car il le reconnut – il se précipita aussitôt à l'intérieur. Un instant plus tard, divers mécanismes s'animaient dans la devanture : des automates y frappaient sur des tambours, des dragons métalliques crachaient des gerbes d'étincelles, des ballons de baudruche volaient en tous sens et des enseignes lumineuses clignaient.

« Ce sacré Sapir ! s'écria le marmouset. Il s'imagine que... Hé, hé ! Il va bien être déçu ! »

Se sentant guetté à travers la vitrine, il fit voltiger, au gré de sa marche, la bourse suspendue à sa ceinture.

Ils ne tardèrent pas à arriver devant le temple mais durent attendre la fin de l'office. Par petits groupes sortirent les nains. Ils ne parurent pas étonnés en voyant It'van, Khô-Khô et – derrière ce couple étrange – la libellule aux mirettes resplendissantes qui déambulait de long en large et en se dandinant.

Il est vrai qu'ils étaient accoutumés à recevoir dans leurs forges, leurs entrepôts et leurs magasins les animaux les plus bizarres, les insectes les plus difformes, venus à Gnomeville pour y faire leurs emplettes. Le lion rugissant qui ne craignait rien tant que l'extinction de voix s'y fournissait en pilules pour la gorge. Sortant de l'eau, des crocodiles venaient acheter du dentifrice afin d'avoir un sourire encore plus redoutable. Des hérissons parcouraient ventre à terre des kilomètres pour rendre visite aux nains et se faire par eux aiguiser les pointes. On voyait même des bourdons chassés des ruches par les impitoyables abeilles s'offrir aux gnomes comme domestiques ou comme moyens de transport.

It'van examina avec intérêt ces petites créatures avec lesquelles il allait devoir négocier. Les nains avaient revêtu en l'honneur du « ça bat » de noirs costumes de cérémonie qui sentaient l'armoire de camphrier où ils étaient rangés pendant la semaine. Sous le petit bonnet rouge qui coiffait leur tête, les yeux étaient malicieux, le nez en chou-fleur et la barbe si abondante que certains en avaient accroché l'extrémité à leurs ceintures. Quoique ayant le visage en forme de poire, leurs femmes n'étaient point sans grâces, avec leur taille flexible, leurs hanches larges, et des poitrines plus qu'imposantes dont la rotondité, la chair laiteuse apparaissant par l'entrebâillement du fichu, semblaient capter l'attention du marmouset.

Celui-ci était d'une taille bien inférieure à celle des nains et il n'était pas étonnant qu'il les considérât comme des grandes perches. Tandis que la pointe du bonnet du docteur Khô-Khô arrivait au genou d'It'van, celle des nains était à la hauteur de sa hanche : c'est dire l'expression de supériorité que trahissaient les regards des gnomes quand ils étaient posés sur le minuscule docteur – lequel, se haussant sur la pointe des pieds ou sautant en l'air, tentait, sans y parvenir, de donner le change.

Sans doute dut-il prendre conscience de l'inanité de ses efforts, car, cessant brusquement ses simagrées, il s'approcha d'It'van et lui encercla le mollet de son bras, voulant peut-être signifier par ce geste qu'il faisait corps avec l'homme-qui-rayonne, qu'il s'identifiait à lui et participait ainsi à sa démesure.

Les épouses des gnomes ne l'entendaient pas de cette oreille. Se ruant sur le marmouset, l'une d'elles à la chevelure dénouée et au fichu légèrement dérangé le leva à l'extrémité de ses bras comme on le fait avec un enfant.

« Mais c'est ce merveilleux petit docteur! » s'écria-t-elle avec ravissement.

De toute évidence, Khô-Khô, lors de son précédent séjour, avait produit sur les naines l'impression la plus favorable, car toutes se hâtèrent d'entourer le marmouset, exhalant par leurs cris la joie qu'elles éprouvaient à le revoir. Honteux d'être vu par It'van dans cette posture qui était davantage celle d'un bébé que l'attitude du principal conseiller de la reine Blancheboudine, le petit médecin se mit à agiter les jambes comme un enfant rebelle. Pour ne point recevoir des coups de pied qui auraient pu lui faire mal, la naine serra contre elle le marmouset, l'emprisonnant dans ses bras, le contraignant à plonger la tête dans sa poitrine. Au bout d'un instant devint notoire le trouble du docteur.

Afin de ne pas augmenter encore la confusion de Khô-Khô, It'van se détourna pour considérer les nains attroupés devant lui. L'un d'eux, se détachant du groupe, s'approcha et, la main sur le cœur :

« Ça bat ? demanda-t-il.

– Ça bat, répondit le jeune homme.

– Ça battra ?

– Ça battra. »

D'instinct, It'van avait donné les réponses adéquates à ces questions sacramentelles, aussi un murmure d'approbation se fit-il entendre dans la foule. Le nain qui l'avait interrogé et qui – à en juger par sa physionomie sévère et l'autorité naturelle émanant de lui – devait être un des chefs de la communauté se retourna, imposa d'un geste silence à ses compagnons, puis, se raclant la gorge, apparut décidé à poser à It'van une question supplémentaire.

« Qu'est-ce qui, tout en bas, est la présence du tout en haut ? demanda-t-il en rythmant ses phrases de son index levé. Qu'est-ce qui est le petit de l'oiseau enfermé dans la pierre ? Qu'est-ce qui s'accroît pour peu qu'on l'accepte et qu'on l'accueille ? Qu'est-ce qui veut retourner à sa source en passant à travers nous ? Qu'est-ce qui est l'intermédiaire entre les mondes ?

– C'est l'embryon de lumière, proclama It'van. C'est l'oiseau de feu précipité jadis du plus haut vers le plus bas et qui, cloué au fond de l'abîme, c'est-à-dire au fond de nous-même, attend que l'on descende dans les enfers pour le libérer. C'est le Dieu personnel intérieur, c'est le guide caché dont on ne peut évaluer l'âge, car il est très jeune et très ancien, à la fois germe, semence informe et vieux sage. Sa voix retentit dans les songes mais il peut aussi s'exprimer à travers le monde réel qui nous entoure, le peuplant de signes qui nous dirigent sur la voie. »

Se taisant soudain, It'van se croisa les bras et s'absorba en lui-même. Depuis qu'il avait pénétré dans la termitière, sa croyance dans le conseiller divin n'avait fait que se développer. Le plus étrange, se dit-il, était que cet être mystérieux qui prenait si souvent la parole à la tribune du Haut-Conseil de l'âme (au point que tous les rêves qu'il pouvait faire désormais étaient la création et le discours du guide sacré) fût également cette énergie ailée, cette Force en mouvement qui tâchait à travers nous de se hisser au palier supérieur : à la fois donneur d'avis et puissante monture, tel il apparaissait au jeune homme.

« Mais parfaitement ! s'écria le nain après être resté un instant muet de surprise. Parfaitement ! C'est exactement cela. Qu'en pensez-vous ? ajouta-t-il en se tournant vers ses compagnons.

– C'est exactement cela ! clamèrent ceux-ci d'une voix caverneuse.

– Avez-vous encore d'autres questions ? » demanda It'van.

Un nain plus petit que les autres sortit bravement du groupe.

« Etes-vous venu pour nous apporter des capitaux ? » risqua-t-il en se tortillant.

Des capitaux ? non, il n'avait pas de capitaux, déclara It'van qui se ravisa en voyant les visages s'assombrir :

« Pas de capitaux, mais une affaire à vous proposer, et des plus intéressantes ! »

Mandaté par Blancheboudine, la souveraine des profondeurs, il était en mesure de faire aux nains des propositions réjouissantes. En quelques mots, il leur expliqua les termes de l'échange.

L'affaire leur parut si intéressante qu'ils prièrent le jeune homme de les accompagner à la mairie afin d'en débattre plus confortablement. Comme il s'éloignait avec eux, le marmouset fit entendre de grands cris. It'van se retourna.

Suspendu au cou des naines qui se le passaient à tour de rôle, la tête roulant sur leurs corsages rebondis, le docteur Khô-Khô trouva néanmoins la force de lui adresser un ultime conseil :

« Soyez ferme avec eux ! criait-il. Ne vous faites pas avoir ! Restez iné-bran-lable. Vous m'entendez ? Iné-bran-lable ! »

Une fois qu'il fut dans la mairie, les nains le prièrent d'entrer dans la grande salle des débats. Une grande salle ? Pour It'van elle était si petite que, debout, il ne pouvait se tenir que courbé. En outre – deuxième infortune – il n'y avait nul endroit où il pût s'asseoir : point de siège suffisamment vaste pour lui, alors que ses interlocuteurs se prélassaient dans des fauteuils de rotin.

Il comprit que les nains l'avaient amené ici afin d'entamer sa force de résistance, de le contraindre à signer rapidement – et aux conditions fixées par eux – le contrat que le secrétaire de mairie était déjà en train de rédiger. Alors, écartant sans vergogne le minuscule mobilier, jetant au loin chaises, fauteuils et commodes, il prit place à même le sol, s'asseyant en tailleur et poussant des soupirs de bien-être.

« Ah ! comme c'est confortable ici ! » s'écria-t-il à la barbe des nains stupéfaits.

Puis, arrachant le contrat des mains de l'interloqué secrétaire de mairie, il entreprit immédiatement la négociation. Celle-ci fut rude – longue et rude. It'van offrait un travailleur pour deux protège-pédoncules en orichalque, proposition que les gnomes rejetaient avec un tel tremblement que c'était comme si on leur avait demandé de se couper une jambe. Non, non, non ! Que se taise le plénipotentiaire de la monarchie souterraine ! Qu'il cesse de proférer de telles... horreurs ! Le maire, Son Excellence Toupir, allait lui faire une proposition des plus raisonnables.

Alors, frappant dans ses mains, se levait « Son Excellence Toupir » : c'était le nain qui, tout à l'heure, lui avait demandé « si ça battait ». Parlant posément, il soumit à l'attention du négociateur une offre qu'il fallait, selon lui, considérer comme la dernière qu'il fût en mesure de lui faire : quarante travailleurs pour un anneau.

It'van fit aussitôt mine de quitter la salle, mettant un point final à une négociation qui semblait n'avoir qu'un seul objet : humilier le plénipotentiaire et à travers lui « la grande mère des profondeurs ».

Des petites mains le retinrent par la tunique. Des chiffres fusèrent : trente-neuf, trente-sept... « trente et un », osa dire Son Excellence Toupir. Finalement, de dernière proposition en offre ultime et définitive, on arriva à celle-ci à laquelle se cramponnèrent les gnomes : « sept travailleurs pour un anneau ».

Or It'van, au cours de sa dernière entrevue avec Blancheboudine, lui avait promis qu'il réussirait à obtenir la parité : un ouvrier pour un anneau. Comment faire pour décider les nains à baisser encore le prix du protège-pétiole ? Il y avait certainement un moyen de tourner l'obstinée résistance de ces marchands.

Le jeune homme se mit à parler de l'orichalque. Etait-il vrai que ce métal aux sombres reflets constituât le squelette mystérieux de la terre ? C'était parfaitement exact, répondirent les nains. Et quiconque s'en revêtirait participerait lui-même à l'armature mystérieuse du monde.

« Mais je croyais que la terre était un œuf ! s'exclama It'van. Un œuf n'a pas de squelette ! »

Les gnomes éclatèrent de rire.

« Qui vous a dit cela ? » s'informa Son Excellence.

Pourquoi le cacher ? C'était le docteur Khô-Khô qui avait ainsi décrit la vision du monde professée par les nains. Ceux-ci firent à nouveau retentir leurs grands rires caverneux. Ainsi, cet être véritablement minuscule, ce tout petit-petit, ce marmouset microscopique se risquait à affirmer de telles absurdités !

« Il n'a rien compris ! déclara le maire. Notre vision du monde est bien différente. »

Il expliqua patiemment à It'van que ce n'était pas la terre qui était un œuf, mais l'être humain lui-même. C'était en lui, c'était dans les profondeurs de son esprit obscur que se trouvait le petit de l'oiseau, l'embryon de lumière. Pendant toute la durée de l'existence, l'embryon caché tentait de se développer afin que la mort, la destruction de sa coquille, fût l'instant de sa naissance véritable et qu'il pût – en battant l'air de ses ailes vigoureuses – gagner les mondes supérieurs. Pour assurer sa croissance il fallait non seulement lui donner une part de sa propre substance en cessant de la répandre stupidement à l'extérieur, mais en plus très exactement couver l'œuf par la chaleur du dedans, tendre petite flamme qui ne devrait jamais s'éteindre.

« Un feu régulier, dit It'van.

– Oui, doux et sans excès : la patience, la confiance et l'égalité d'humeur. C'est uniquement de cette façon que l'embryon peut croître avec harmonie.

– Vous le sentez vivre en vous ? s'enquit le jeune homme.

– Nous entendons le léger tambour de son cœur, dit Son Excellence Toupir en joignant ses petites mains dans une attitude de prière. Naturellement, il faut prêter un peu d'attention, il faut méditer. »

Il ferma les yeux, puis :

« Tenez, en ce moment, je l'écoute. »

Suivant son exemple, tous les nains, y compris le secrétaire de mairie, clorent leurs paupières, s'absorbant en eux-mêmes. Bien qu'ils fussent tournés vers l'intérieur, leurs visages répandaient au-dehors ces douces lueurs de lampes aux fenêtres des soirées brumeuses.

« Ça bat ? demanda It'van d'une voix presque féminine.

– Ça bat, soupirèrent les nains extasiés.

– Ça battra ?

– Ça battra. »

Alors, lançant d'un seul coup la proposition qu'il retenait sur ses lèvres :

« Un protège-pédoncule pour un travailleur, n'est-ce pas ? hasarda-t-il.

– Un seul ? s'étonna un nain d'une voix rêveuse. Non, deux, si vous voulez. Deux anneaux pour un travailleur.

– Je suggère de lui en donner trois, surenchérit un autre.

– Non : cinq ! dit Son Excellence. C'est un bon chiffre. Cinq anneaux contre un seul travailleur. Et en plus nous donnerions un étui à clapouton pour chaque guerrier. Et une armure d'orichalque pour l'homme qui brille. Secrétaire, rédigez immédiatement le contrat, je vais le signer au nom de la libre communauté des nains d'Iscambe. Et gloire à l'embryon brillant !

– Gloire à l'embryon brillant ! » s'écrièrent les gnomes.

Quand ils se ressaisirent il était trop tard. Le contrat sous le bras, It'van courait dans la rue à la recherche du docteur Khô-Khô. Derrière lui, les nains le suivaient, s'étonnant et s'émerveillant. Chose étrange, ils n'éprouvaient nulle animosité à l'encontre du plénipotentiaire de Blancheboudine.

« Ah ! le madré ! s'exclamaient-ils avec admiration. Il nous a eus ! Oh ! Quel rusé renard ! Il est redoutable, n'est-il pas vrai ? Avez-vous vu comment il a endormi notre méfiance ? »

It'van trouva le marmouset devant le temple et dans le plus surprenant équipage. D'une humeur massacrante, il tapait du pied sur le sol, à côté de la libellule qui ployait sous le poids d'une panoplie extravagante, paquets innombrables entassés et maladroitement arrimés sur le dos de l'insecte.

« Mais qu'est-ce que c'est que ça ? hurla le jeune homme. Mais qu'avez-vous fait ? Et à quel usage comptez-vous employer ce... ce fatras ? »

On y voyait un filet à papillons, des boîtes de cirage, un cor de chasse, une chaise percée, un paravent, trois énormes chapeaux de paille, un gouvernail pour chaloupe, des ballots de tissu d'ameublement, une paire de skis, une horloge, une bouteille contenant un voilier, une pelle à tarte et – pour couronner l'ensemble – luisant de toutes leurs poignées de cuivre, sentant le benjoin et le pain d'épice, produisant un bruit de canonnade quand on leur soufflait dessus, un bric, un brac et même un broc.

« C'est ce sacré Sapir, couina le marmouset avec des larmes dans la voix. J'étais allé chez lui pour le... pour le défier..., pour lui montrer que j'étais capable de lui résister... mais il y avait cette femme... Et je n'avais d'yeux que pour elle... Soudain, je suis devenu indifférent au reste... Et ce maudit marchand en a profité.

– Un femme ? Vous voulez dire une naine ?

– Non, non, une femme, une vraie femme appartenant à votre gigantesque espèce. »

It'van haussa les épaules.

« Vous déraisonnez, petit Khô-Khô. Il n'y a pas de femme dans la forêt d'Iscambe.

– Mais puisque je vous le dis ! Elle est encore chez Sapir. Vous pouvez aller voir si vous voulez... Bagrou-Grouba ! Qu'est-ce qui m'est arrivé ? ajouta-t-il en regardant ses achats. Il faut dire que... qu'elle m'a fait perdre la tête. »

Un instant plus tard, It'van entrait chez Sapir.

« Où est-elle ? » demanda-t-il au marchand.

Celui-ci comprit et fit un geste dans la direction de l'arrière-boutique.

Le jeune homme s'élança. Ouvrant une porte, il s'engagea dans un étroit couloir, s'achevant par des escaliers qu'il grimpa en hâte. A l'étage, il trouva une autre porte qu'il ouvrit, franchit un vestibule qui aboutissait à un toboggan sur lequel il se laissa glisser, atterrissant dans un long corridor qu'il parcourut à longues enjambées. A l'extrémité, il n'y avait rien : une cloison de bois noir. Allait-il être contraint de retourner sur ses pas ? Levant les yeux, il aperçut une échelle dont le dernier barreau était à sa portée, à condition de sauter très haut. Il recula, prit son élan et bondit, réussissant à le saisir et opérant un rétablissement en s'aidant de la cloison.

En haut, il y avait une trappe qu'il souleva et où il se faufila. Il regarda autour de lui : il était dans un couloir plein de toiles d'araignée et où de grands sacs d'archives étaient entassés. Il le suivit jusqu'à une porte donnant sur un nouveau vestibule. Comme il s'y engageait, il commença à entendre des aboiements de chiens, aboiements furieux qui semblaient ceux de dogues affamés.

Au bout du vestibule, il trouva une porte de fer qui s'entrebâillait difficilement, comme si les gonds en eussent été mal huilés. Elle donnait sur une grande salle qui devait être un atelier de pompes funèbres car on y voyait des établis, des outils de menuiserie et – empilés un peu partout – des petits cercueils d'enfants. Les aboiements y retentissaient, caverneux, ne diminuant que pour reprendre à nouveau, avec une intensité redoublée. Traversant la pièce à grands pas, il atteignit un escalier qui descendait vers une obscurité profonde, aboutit à une passerelle métallique qui semblait franchir un gouffre où de l'eau clapotait. Il heurta une nouvelle porte, la tira et se trouva dans un couloir que des verrières éclairaient.

Les aboiements y étaient si forts qu'It'van enfila dans ses oreilles les boulettes caoutchouteuses que le marmouset lui avait données le matin même, occultant aussitôt ces hurlements déchirants. A l'extrémité du couloir le petit étang vertical d'un miroir l'inter pellait. Il s'en approcha. C'était une porte : il la poussa et eut la sensation de pénétrer dans son propre reflet. L'épouvante l'attendait de l'autre côté.

Sous ses pieds s'ouvrait une fosse de cinq mètres de profondeur environ où une dizaine de molosses aux crocs dégoulinant de bave s'entre-dévoraient. Si surprenant était ce péril, si horrible la vision de ces monstres déchaînés qu'It'van ne prit pas garde à la porte qui, derrière lui, venait de se refermer. Quand il s'en avisa, il était trop tard : elle ne comportait pas de poignée et il ne pouvait la rouvrir. Il était prisonnier, debout sur une corniche si étroite qu'il aurait pu à peine s'y asseoir. Il regarda devant lui.

A quatre mètres se trouvait une autre porte, mais – pour l'atteindre – il devait sauter au-dessus de la fosse, au risque de perdre pied et d'y tomber. Cessant de s'attaquer entre eux, les molosses s'étaient retournés contre lui. Leurs mâchoires claquaient à quelques centimètres seulement en dessous de la corniche. Mais le danger allait croissant car – excités par l'odeur de l'homme et par une mutuelle émulation – les chiens sautaient sans cesse plus haut, gagnant centimètre après centimètre. Lorsque It'van vit la bave commencer à souiller son pied, il se résolut à sauter.

« Gloire à l'embryon brillant ! » cria-t-il pour se donner du courage.

Prenant appui sur la cloison, il se jeta en avant. Une fraction de seconde il crut qu'il allait réussir. Ses pieds touchèrent la corniche opposée, ses mains s'agrippèrent à la porte salvatrice – mais son front heurta la poignée et il bascula en arrière. Il tomba au fond de la fosse mais rejaillit aussitôt. Ses doigts s'accrochèrent au rebord, ses sandales firent gémir la paroi de bois. Il parvint à poser un pied sur la corniche, souleva l'autre à l'instant où un molosse bondissait sur lui. Les dents du monstre se refermèrent sur son vêtement : le chien était suspendu à sa tunique qui se déchira. It'van eut tout juste le temps de sauver le contrat passé sous sa ceinture de tissu : l'étoffe légère cédait, se partageait en deux, se déchiquetait.

A présent, debout sur le rebord, il était nu et regardait dans les profondeurs de la fosse, où la paille voltigeait, les chiens s'acharner sur son vêtement. Puis, ouvrant la porte, il se précipita.

Il y eut un nouveau couloir puis une galerie surélevée qui traversait un entrepôt regorgeant de biens manufacturés. Une dernière porte encore et il déboucha dans un merveilleux jardin où coulait une fontaine à trois bouches.

Dans le bassin circulaire un cygne flottait avec grâce et une jeune femme lui donnait à manger. Il ne pouvait voir son visage, car elle lui tournait le dos. Elle était vêtue d'une longue robe de soie rouge. Courbée vers le grand oiseau blanc, elle ressemblait à une... « une splendeur divine », murmura le jeune homme. Il prit soin d'enlever les petites boules de ses oreilles et l'appela. Elle fit volte-face. It'van poussa un cri de surprise.

C'était Anne, c'était la fille de Tanguy ! Elle vint à lui et posa sa tête sur son épaule. Puis, se redressant et le regardant :

« Où sont-ils ? demanda-t-elle.

– Qui ça, ils ?

– Eh bien, les laineux. Ils ne sont pas avec toi ? »

Evariste pénétra dans Paris en poussant devant lui la vieille philosophie et en tenant par la main l'enfance libérée. Les boulevards étaient ténébreux, humides et silencieux. Une végétation débridée harcelait les immeubles, disloquait les murs, faisant basculer des monceaux de blocs sur le pavé des rues. Nulle part le ciel n'était visible : le feuillage des arbres le cachait, formant une obscurcie verrière que les rayons du soleil ne franchissaient qu'en poudroyant. De cette toiture à peine agitée de souffles vagues, soupirs de la ville endormie, tombaient les lianes en torrents immobiles. En bas, dans une lumière de grenier où un trait d'or allumait parfois un brasier si vif qu'un battement de paupières ne suffisait pas à le saisir, en bas, sur un sol jonché de débris, c'était le domaine de la mousse. Elle étalait partout sa spongieuse moquette, grimpant à l'assaut des façades, s'introduisant dans les fenêtres noires, tapissant le tronc des arbres et se suspendant aux lianes, barrant ainsi les rues de grands voiles arachnéens que les laineux perçaient comme des membranes. De cette amas de végétation confuse émanait une odeur qui, jointe à celle des ruines surchauffées, composait un parfum épais et sucré de vieille herboristerie. Venant de l'intérieur même des immeubles, des cris étranges retentissaient qui semblaient de solitude et d'abandon.

« Ce sont des singes, suggéra Evariste.

– Non ! Des oiseaux ! Regarde ! » dit le Fondeur.

Dans l'encadrement des fenêtres de hautes silhouettes blanches s'apercevaient qui battaient des ailes et dirigeaient vers les laineux la spatule jaune de leur bec. Les aventuriers spirituels franchirent une place au centre de laquelle un grand lion vert et immobile méditait. En le voyant, Evariste eut un mouvement d'effroi.

« Ne crains rien, dit dans son landau le vieil homme en souriant. C'est un lion de bronze et d'après ce que j'ai lu c'est... »

Il déplia le plan de Paris qu'il avait tiré de sa poche, document qu'il s'était procuré à Marseille avec une carte routière.

« C'est le lion de Denfert-Rochereau. Oui, c'est bien cela. Il nous faut à présent aller tout droit, prendre cette avenue et descendre doucement vers la Sorbonne où je voudrais passer la nuit.

– La Sorbonne ?

– Oui, la Sorbonne. Dans l'ancienne civilisation c'était le temple de la culture. »

Ils mirent longtemps pour y accéder. Jaillie du jardin du Luxembourg, une végétation sauvage et tourmentée avait envahi le boulevard Saint-Michel, buissons de bambous et arbres colossaux formant sur la chaussée de vivantes barricades qu'il fallait chaque fois prendre d'assaut. Le Fondeur avait quitté son landau, affirmant que la proximité du but lui donnait des ailes à présent. Il paraissait, en effet, avoir recouvré toute sa vigueur et transportait même dans ses bras le pauvre clapatte dont l'angoisse faisait peine à voir. Sur le corps du petit René c'était tout un parterre de fleurs noires qui avait surgi : elles poussaient même sur son ventre blanc et l'on eût dit du charbon sur de la neige. « Petit pâté ! disait-il d'une voix déchirante, petit pâté ! »

René avait peur et, à en juger par la direction de ses regards effarés, c'était le vieux jardin du Luxembourg qui l'épouvantait et l'attirait tout à la fois. Cet ancien parc avait, selon le Fondeur, « un aspect excessivement bizarre » et il était difficile d'expliquer pourquoi. En tout cas, il y avait à parier qu'en longeant le jardin on était proche de la vérité des clapattes. Pour sa part, il y pénétrerait volontiers pour élucider ce mystère « une bonne fois pour toutes » si des tâches plus urgentes et plus hautes ne requéraient la totalité de ses efforts et de ses préoccupations. Dès demain matin, il voulait être à la Bibliothèque nationale et commencer à consulter toute une série d'ouvrages où il pensait pouvoir trouver « des indications définitives » sur l'accès aux archipels – affirmation qu'Evariste accueillit par un haussement d'épaules :

« Il faut d'abord atteindre l'archiperle, le trésor caché qui rayonne au fond du noiroir, avant de mériter les archipels. Il faut voir l'essence avant de voir le super ! »

Cette réflexion irrita le Fondeur qui se plaignit de ne pouvoir dire un mot sans que son disciple affirmât le contraire, attitude d'opposition systématique dont souffraient grandement leurs relations, au point qu'il songeait à présent à garder le silence. De fait, le vieux laineux demeura obstinément muet jusqu'à la Sorbonne. Quand – une fois réfugié à l'intérieur – il condescendit à parler à Evariste, ce fut d'une voix sèche et pour lui donner des ordres précis concernant leur installation.

« Va couper du bois, lui dit-il – ou bien : Va me chercher de l'eau pour la cuisson du riz. »

Les laineux avaient éprouvé les pires difficultés pour découvrir, dans les profondeurs de la Sorbonne, un bivouac convenable. L'ancienne université de Paris était à ce point dévorée par la jungle que son sol n'était plus qu'un chaos de racines et de hautes herbes où de grands serpents cherchaient leur pitance. Dans la cour d'honneur où d'immenses banians croissaient un troupeau de biches était à la pâture qui s'égailla dans les couloirs quand les laineux surgirent. Un peu plus bas, les vieilles mosaïques semblaient avoir été défoncées par la griffe d'un monstre, plaie béante où une eau furieuse affluait – résurgence d'une rivière souterraine plutôt que source. On aurait dit que, si longtemps et si obstinément refoulée, elle jaillissait avec une force redoublée, ruinant peu à peu les bâtiments autour d'elle. C'était ce torrent jadis réprimé qui rongeait à présent la vieille Sorbonne, attaquant directement la pierre, la lézardant, l'infestant de son humidité et attirant sur ses berges une végétation si vigoureuse que les murs ébranlés s'affaissaient les uns après les autres.

Les laineux finirent pourtant par installer leur campement dans le grand amphithéâtre. De l'herbe à éléphant poussait sur les gradins et une furie de lianes tombaient du dôme à demi effondré, mais il leur suffisait de tirer les portes pour être à l'abri des grands fauves qui patrouillaient alentour et allaient boire à la rivière. Le Fondeur s'en fut étaler son matelas de paille à même la tribune professorale, lieu qu'il jugeait sans doute le plus approprié à lui. Souffrant de ne pouvoir parler à Evariste, il adressa, selon ses propres termes, « un discours aux fantômes », à la foule des étudiants qui s'étaient succédé ici, en ce lieu vénérable.

« Vous vous êtes trompés ! lança-t-il à ces ombres silencieuses dont nulle interruption n'était à craindre. Qu'êtes-vous venus faire ici, au lieu de vivre ? Il n'est point de meilleure université que la vie elle-même ! Et l'homme intérieur qui gémissait en vous sous l'étouffant couvercle ne demandait qu'à vivre et dans cette vie trouver la voie. Pour s'épanouir, il demandait la connaissance – et vous lui avez donné le savoir. Il cherchait l'initiation, il eut l'enseignement. Il était affamé de sens, il reçut l'absurde. Et pour l'achever, comme il réclamait le divin, vous l'avez jeté au Branleur de Poux !... »

Fatigué de cette péroraison dont il prévoyait toutes les périodes, Evariste tourna le dos à son maître et s'en fut à la recherche du clapatte. Celui-ci, quelques instants plus tôt, s'était faufilé au-dehors et sans même leur adresser un adieu de la main, comme il avait coutume de le faire, avait disparu. Franchissant le jardin touffu où mille rampements étaient perceptibles, le jeune homme gagna le boulevard Saint-Michel plongé dans la pénombre en dépit du soleil dévorant de la mi-journée. Une horde de singes fit, en dérangeant le feuillage, pleuvoir la lumière en ces profondeurs, avivant une antique vitrine et couronnant un kiosque d'un halo éphémère.

Evariste trouva le clapatte un peu plus haut. Debout devant le jardin du Luxembourg, il paraissait hésiter et se tordait les mains.

« Tu veux y pénétrer ? demanda le jeune laineux. Tout de suite ? Petit pâté ?

– Petit pâté, dit gravement René.

– Tu as raison, approuva son libérateur. C'est en allant vers ce qui te terrifie que tu peux trouver ton salut. »

Le clapatte était épouvanté. Il tremblait et son corps nu était entièrement habillé de fleurs noires : seul son visage était épargné par cette sombre floraison, visage blanc et comme plâtré d'angoisse. Evariste regarda ce qui tourmentait à ce point son compagnon, ce jardin du Luxembourg dont la luxuriance dépassait en vigueur celle des recoins les plus sauvages de la forêt d'Iscambe. Il était comme le centre des Ténèbres, le principal réservoir de la nuit obscure et comme le point irrité du noiroir.

Soudain, Evariste sut pourquoi il émanait de ce lieu quelque chose d'indéfinissable. Le jardin du Luxembourg était à la vérité la « mère » de la forêt d'Iscambe, dans le sens où l'on parle de la mère d'un vinaigre. Il avait débordé hors de ses vieilles grilles pour former cette jungle infinie. Il était la matrice de cette sylve qui effrayait les humains au point que la plupart préféraient lui tourner le dos et tenter de vivre comme si elle n'existait pas. Mais, de même que la forêt préservait en son sein l'ancienne autoroute, de même le parc avait dissimulé une secrète allée d'accès.

Entraînant le clapatte avec lui, Evariste fit le tour de cette masse de végétation tourbillonnante et déchaînée, véritable forteresse dont il finit par découvrir l'entrée : un sentier assez large au sol boueux et piétiné. Une chaude humidité baignait ces lieux, vapeur qui semblait sourdre des grands arbres eux-mêmes – comme s'ils eussent été formés d'une chair vivante et qui fumait. Chose étrange, l'une après l'autre se flétrissaient les fleurs noires sur le corps de René : on eût dit qu'en suivant le conseil de son libérateur et en marchant vers la source même de son effroi il se rassérénait.

Sur la boue du chemin apparaissaient des traces qu'il valait mieux ne pas étudier trop attentivement sinon auraient pu être distinguées des empreintes de pieds gigantesques. Il était préférable aussi de se boucher les oreilles pour ne point entendre les plaintes et les sanglots venant du centre du jardin, comme s'il eût été le cœur criard et tourmenté de la jungle d'Iscambe. Que ces sanglots s'apaisent, que se mue en joie cette tristesse désolée, et peut-être que – au lieu d'être celui du chaos – la forêt deviendrait le séjour de l'harmonie et de la chaude plénitude.

« Un simple retournement, une pichenette, une trappe qu'on bascule, songeait Evariste. Et au noiroir succède la lumière, à l'accablement la légèreté de l'être accompli ! »

Ils étaient arrivés à des escaliers de pierre qu'ils descendirent. Le clapatte précédait le jeune laineux, bondissant en avant, comme animé d'une croissante impatience. Le décor changea du tout au tout. L'allée qu'ils venaient de parcourir aboutissait à un grand espace circulaire qu'un arbre unique, planté en son centre, ombrageait entièrement. L'emplissait une clarté glauque : elle donna à Evariste la sensation d'être à l'intérieur d'un immense grain de raisin. Les rayons du soleil n'y pénétraient qu'en écume douce. Ils étaient réduits en poudre par les frondaisons de cet arbre géant, feuillage qui, par ses mèches, ses boucles et ses torsades, évoquait une immense chevelure blonde où jouait la lumière. Un parfum de fourrure, de soirée enchantée, une vivante odeur de souvenir se déployait en cette dernière tonnelle, chambre close au fond de la mémoire, où les secrets attendaient leur suprême dévoilement...

Emboîtant le pas au clapatte, Evariste s'approcha de l'arbre parfumé qui croissait au centre d'un bassin vide. Alors, si prémuni qu'il fût contre toutes les monstruosités dont regorgeait la jungle d'Iscambe, il ne put s'empêcher de pousser un cri d'effroi devant le visage blanc et douloureux inclus dans le tronc lui-même et qui apparaissait dans l'entrebâillement du feuillage. Un visage, un beau visage de femme aux yeux clos, où les larmes coulaient, dévalant sur le menton aux formes délicates, ruisselant sur le cou long et pur de jeune fille pensive et qui rêve aux fenêtres, humectant une poitrine vigoureuse où les seins semblaient la source de cette lumière étrange qui baignait les environs – et se perdant sur l'écorce rude et noire qui enserrait en fourreau le reste du corps. En dépit de ses gigantesques dimensions, cette souffrante créature enracinée dans la terre n'en apparaissait pas moins comme fragile et pathétique et appelant à l'aide contre le bourreau qui la tourmentait. Mais quel bourreau ?

Evariste, regardant autour de lui, aperçut derrière l'arbre-femme ce qui lui sembla être des instruments de torture : un carcan de taille réduite, un billot, des marteaux et – éparpillés sur le sol – des clous pareils à ceux qu'il arrachait de la bouche des clapattes. Alors, comme il se dirigeait vers ces objets pour mieux en comprendre l'usage, il vit et il entendit d'où venaient plaintes et sanglots qui l'avaient tout à l'heure inquiété. De deux fosses creusées dans le sol et recouvertes de lourdes grilles en fonte des petites mains jaillissaient – tiges qui s'agitaient au souffle d'une souffrance commune. Il s'en approcha.

Dans la première, de jeunes clapattes étaient enfermés qui dardaient vers lui des langues que nul clou n'avait immobilisées, pauvres petites créatures aux cheveux blonds, aux yeux rougis par les pleurs et qui suppliaient désespérément qu'on les délivrât. En se penchant pour observer le contenu de la seconde fosse, il exhala un cri d'étonnement : une dizaine de petites filles dodues tendaient leurs bras vers lui en poussant de grandes clameurs. Ainsi les clapattes avaient des sœurs ! Mais pourquoi ne les voyait-on jamais dans la forêt ? Où demeuraient-elles tandis que leurs frères, hantant bosquets et vallons, désolaient la jungle de leurs plaintes renouvelées ? Se pouvait-il que... qu'elles fussent mises à mort ? Par le Dieu Total, il fallait les délivrer !

Se saisissant d'un barreau, il tenta de soulever la grille, mais, soit qu'elle fût trop lourde pour lui, soit même qu'elle fût scellée à la pierre, il n'y parvint pas. Il s'acharna longtemps et sans autre résultat que celui de susciter chez les prisonnières un espoir criard dont il était tout étourdi. De guerre lasse, il appela René, mais n'obtint aucune réponse. Lentement, il fit le tour de l'arbre à la recherche de son compagnon, mais ne le vit nulle part.

Alors, comme il désespérait de le retrouver, s'apprêtant à rejoindre son maître pour lui faire le récit de ses découvertes, il entendit, venant des hautes branches, la voix caractéristique – et qu'il eût reconnue entre mille – du clapatte libéré. Levant la tête, il l'aperçut, juché sur l'oreille de l'arbre-femme. Celle-ci, qui ne pleurait plus, avait ouvert les yeux, des yeux couleur d'émeraude et lumineux, véritables lampes qui éclairaient son visage, en adoucissant les contours, l'enveloppant d'une buée vaporeuse, bruine de tendresse qui flottait autour d'elle. Quant au clapatte, il était aux anges. Il avait posé sa tête contre la tempe de la femme enracinée et se tenait d'une main à un cil tandis que l'autre s'accrochait au repli de l'oreille.

« Petit pâté ! murmurait-il d'une voix rauque et toute tremblante d'amour. Petit pâté ! »

Devant ce spectacle, Evariste n'éprouva plus de doute : cet arbre était la mère de René, comme elle était la mère de tous les clapattes de la forêt d'Iscambe – et comme elle était la mère, peut-être, de la forêt elle-même. Mais parlait-elle ? Pouvait-elle s'exprimer par des cris modulés, semblables à ceux de ses enfants et qu'Evariste commençait à comprendre ?

« Qui enferme vos fils et vos filles ? demanda le jeune laineux. Et qui leur cloue la langue ? Pouvez-vous me répondre ? »

Les lèvres roses s'agitèrent, mais nul son n'en sortit : la mère des clapattes était muette. N'avait-elle pas pourtant un langage, son langage ?

« Parlez-vous ? insista Evariste. Etes-vous en état de vous faire entendre ? »

En guise de réponse, l'arbre-mère leva les yeux au ciel, sans doute pour marquer par ce pitoyable regard l'impossibilité où elle se trouvait de communiquer avec autrui, ou bien pour... Oui, c'était cela ! Ses yeux levés vers les branches supérieures indiquaient au jeune homme la source du seul langage qu'elle fût capable de parler : celui du feuillage doucement agité et qui, dissociant la lumière, écrivait sur le sol les hiéroglyphes de l'ombre. C'est ainsi que s'exprimait la mère enracinée au centre des forêts profondes : langage de charmille ou paroles de clairière, ses mots d'or et de ténèbres mêlés glissaient sur le cahier ouvert du sous-bois, soulignés parfois d'un vif éclat de pierrerie ou drapés de noir par les émotions caverneuses. Plantée au milieu de l'âme obscure, elle était la grande montreuse d'ombres sur le sol de la vie : c'était elle – et nulle autre ! – qui tantôt donnait au monde ses couleurs les plus riantes et tantôt l'assombrissait. Angoisse et joie, abîmes et hauteurs lumineuses : non point effets du hasard, malchance ou destinée, mais langage de la grande mère divine en nous-mêmes enclose et qui, captant le jour de ses hautes ramures, le distribuait sur le chemin en longs frissons de futaie !

« Un immense feuillage flotte et bouge au-dessus de nous, songeait Evariste. Toute vie est un sous-bois où ombre et lumière composent d'incessants messages qu'il nous faut déchiffrer, sous peine d'être mort longtemps avant de mourir. Par exemple, que signifie celui-ci ? »

Paisibles jusqu'à présent, les frondaisons de la mère des clapattes s'étaient soudain mises à s'agiter, s'ouvrant aux coups de hache du soleil pour se refermer avec rapidité et s'écarter ailleurs, provoquant sur le sol une mêlée violente et confuse des armées noires et jaunes.

« Que veut-elle dire ? Ne pourrait-elle parler plus clairement ? Ah ! je commence à comprendre. Elle nous demande de partir. Et au plus vite ! »

Evariste regarda autour de lui. Pourquoi cette urgence ? Y avait-il un danger quelque part ? Alors, observant le petit René juché sur l'oreille de sa mère, il comprit qu'il y avait en effet un péril imminent : les fleurs roses de la tendresse filiale s'étaient fanées sur sa poitrine et de lourdes fleurs noires leur avaient succédé qui ressemblaient à ces champignons nommés « trompettes-de-la-mort ». Le clapatte, posant un pied sur la lèvre de la femme arborescente, puis se suspendant à son menton, se laissa tomber entre les seins gonflés, atterrit au sol et courut vers lui avec, sur le visage, une soudaine expression d'épouvante. Evariste le saisit par les épaules et le secoua.

« Mais qu'y a-t-il ? Qui nous menace ? »

René se retourna et indiqua les profondeurs noires et comme vitreuses du jardin.

« Petit pâté ! Petit pâté ! » cria-t-il d'une voix précipitée.

S'immobilisant et imposant silence à son compagnon, le jeune laineux prêta l'oreille. Derrière les plaintes affolées du feuillage, il distinguait en effet une lointaine rumeur, semblable à celle d'un orage qui approche sur les routes retentissantes du ciel. Puis la rumeur se changea en une vibration sourde dont le sol palpitait, battement qui évoquait celui d'un pachyderme en pleine charge. Le bruit s'accrut encore qu'accompagnaient des clameurs poussées d'une voix furieuse. Bientôt devint évident que quelque chose allait surgir, là, hors de l'étoffe mouvante du feuillage.

Prenant le clapatte par la main, Evariste se rua vers l'allée qu'ils avaient, tout à l'heure, empruntée pour venir jusqu'ici. Il s'y engouffra avec une telle rapidité qu'il ne vit point la racine qui barrait le chemin. Son pied la heurta et il boula au sol. Il se releva en secouant la tête. Puis, semblant tomber des nues :

« Mais je fuis ! s'écria-t-il. Comment est-ce possible ! Moi qui vainquis des fourmis géantes en combat singulier, je fuis ! Et devant quoi ? Je vous le demande. Devant un danger dont j'ignore même la nature. Oh ! dieu Antar, j'ai honte. Pardonne cette couardise à ton principal prophète ! Je te promets que jamais plus tu ne me verras montrer mon dos de fuyard à un ennemi quelconque ! »

Faisant signe à René, qui tapait du pied d'impatience, de l'attendre ici même, il rebroussa chemin jusqu'à l'entrée de l'allée. Il n'y resta pas longtemps : un instant plus tard le clapatte le vit accourir, les traits déformés par la peur. Ils se hâtèrent jusqu'à la sortie du jardin puis, une fois qu'ils eurent atteint le boulevard Saint-Michel, Evariste reprit une allure plus normale et plus conforme à la haute idée qu'il se faisait de lui-même.

A la Sorbonne, quand il eut rejoint le Fondeur et qu'il lui eut fait, en des termes enthousiastes, le récit de ses découvertes, il fut pris d'une étrange colère lorsque son maître lui demanda ce qui l'avait à ce point terrifié que son beau visage d'enfant divin était tout tiraillé de tics.

« Je n'ai pas été terrifié ! corrigea-t-il. Surpris, oui, étonné peut-être, intimidé, à la rigueur, mais non pas apeuré ! »

D'ailleurs, poursuivit-il, il était impossible de ne pas éprouver une certaine crainte devant quelque chose d'aussi bestial. Que le Fondeur s'imagine cet être jaillissant de la végétation en brisant toutes les branches autour de lui. Un homme, oui, car c'en était un – mais un homme si grand qu'il était de la taille des immeubles en ruine qui bordent le boulevard Saint-Michel. Un homme si grand et vigoureux qu'il devait être un de ces géants dont la race, dit-on, peuplait autrefois la terre.

Le vieux laineux manifesta par un sourire d'ironie les doutes que suscitaient en lui de telles affirmations. Oui, Evariste, tu exagères ! Et le très scrupuleux rédacteur de cette chronique chevaleresque se doit ici d'intervenir pour rétablir la vérité. L'ogre – ou pour mieux dire le Hort, car tel est son nom – était loin d'avoir les dimensions que le moinillon lui attribuait. Après la très sérieuse enquête à laquelle je me suis livré avant que d'entreprendre ce petit opuscule, je suis en mesure de révéler la taille exacte du Hort : trois mètres et quarante-huit centimètres. Cela est considérable en effet mais très éloigné des assertions extravagantes du jeune quêteur d'Esper. Aussi bien je soupçonne Evariste de multiplier par dix les dimensions du Hort à seule fin de justifier sa lâcheté et son manquement à la promesse sacrée faite au dieu Antar. Mais, pour le reste, sa description du bourreau de l'arbre-mère est véridique – et c'est pourquoi, me retirant sur la pointe des pieds, je lui rends la parole.

« Figurez-vous une tête impressionnante, disait-il à son maître. Des mâchoires lourdes aux maxillaires apparents, des lèvres minces. Un crâne étroit et aux cheveux en brosse, objet à l'évidence d'un soin particulier. Des petits yeux de sanglier qui apparaissaient, agiles et furtifs, derrière les verres cerclés d'or d'une paire de lunettes. Un corps revêtu d'un costume sombre et strict. Une sacoche de cuir sous le bras, contenant sans doute des papiers importants car il la serrait contre lui. Dans l'ensemble quelqu'un de propret, un homme à situation, comme on dit, un homme à principes et qui présentait bien. Mais aussi – mais surtout – derrière cette enveloppe impeccable, de l'autre côté de cette image qu'il voulait donner aux autres, une sauvagerie sans bornes, une corruption intérieure que trahissaient ses regards et ses cris et dont la mère des clapattes devait être la victime ! »

Se taisant, Evariste s'absorba dans ses pensées, puis, apostrophant le Fondeur :

« Croyez-vous qu'il soit le père de René et de toutes ces pauvres créatures que je restitue au bonheur de vivre et à la parole ? demanda-t-il.

– Je l'ignore, mais c'est possible.

– Est-il celui qui leur cloue la langue ?

– Je ne sais pas, mais il se peut. »

Exaspéré par ces réponses dilatoires, Evariste éclata.

« Par la déesse Castrol ! s'écria-t-il. Je vous ai connu plus disert. Après ce récit stupéfiant, je m'attendais à une violente décharge philosophique. Or que me servez-vous ? Des « il se peut », des « c'est possible ». Fondeur, où sont les hautes réflexions que vous inspirent mes étranges découvertes ?

– Ho, Ho ! dit le vieux laineux.

– Voyons ! Parlez où je vous envoie au Branleur de Poux ?
– Ha, Ha ! »

En dépit de son insistance, Evariste ne put, ce soir-là, tirer autre chose de son maître que ces interjections moqueuses dont le sens était clair. « Certes, j'en sais beaucoup plus que toi, voulaient-elles dire. Mais, comme à présent tu tournes en dérision mes idées de grand format, je préfère garder le silence. » En réalité, le vieil homme ne savait que penser des « trouvailles » de son disciple. Toujours prompt à voir dans les phénomènes extérieurs de purs événements de l'âme et à expliquer l'en dehors par l'en dedans, il ignorait à quoi pouvait correspondre dans l'être intérieur cet arbre-mère, son bourreau et même les clapattes gémissants.

Il n'était pas venu à Paris pour cela – et il le fit clairement comprendre à Evariste quand, le lendemain matin, celui-ci voulut retourner au jardin du Luxembourg afin d'en ramener des informations décisives « dont la déesse Shelle pût s'emparer pour découvrir la signification cachée de toute cette histoire ». « Il n'en est pas question ! » proclama le Fondeur d'un ton raide. Il fallait à présent aller droit à l'essentiel, c'est-à-dire à la Bibliothèque nationale, conservatoire de l'ancienne connaissance et but véritable de leur long pèlerinage. Une fois qu'ils auraient installé leur campement et que le vieil homme, retroussant ses manches, se serait attelé à la besogne, eh bien ! Evariste pourrait naturellement vaquer où bon lui semblerait.

Traînant avec eux les deux choupins, devenus étrangement placides et confiants, accompagnés par le clapatte qui ne cessait de jeter des regards derrière lui, les laineux descendirent ce matin-là le boulevard Saint-Michel.

« Nous n'allons pas tarder à voir le fleuve, dit le Fondeur après avoir consulté le plan de Paris. Que le dieu Antar nous aide à trouver un pont ! »

Etait-ce un effet de la proximité de la Seine? La végétation était de plus en plus sauvage. Des mangroves avaient dévoré le sol et il ne restait plus rien de l'asphalte. S'ils n'avaient continué à distinguer à travers le feuillage la muraille ocre et humide des grands bâtiments à demi effondrés, sans doute, au milieu de ce déploiement de gobeuses dentelées, de fougères arborescentes, d'arbres à cannes et de tremblières, auraient-ils perdu leur chemin. Si difficile était leur progression au sein de cet abîme vert, si anémiante la chaleur qui semblait agglutiner toutes choses vivantes en grumeaux et en liasses qu'après une heure d'efforts ils furent contraints de faire halte au coin du boulevard Saint-Germain. Soufflant bruyamment, le Fondeur avoua son inquiétude :

« Comment allons-nous faire pour traverser ce chaos? Avec les choupins, nous n'y arriverons jamais. Au surplus, j'ignore complètement si les ponts qui franchissent la Seine sont encore intacts. »

Evariste se proposa pour cette mission de reconnaissance. Tout seul, il se faisait fort d'atteindre le fleuve et d'en vérifier les passages et les gués. Tout seul? Non, car le clapatte se montra désireux de l'accompagner – et bien lui en prit! Au bout d'une centaine de mètres le jeune laineux, totalement désorienté, dut s'en remettre au petit René. Celui-ci, indiquant les arbres du doigt, lui fit comprendre qu'il fallait s'y jucher. Lorsqu'il l'eut fait, il ne lui resta plus qu'à imiter la course bondissante de son compagnon qui, de branche en branche, progressait avec rapidité dans la bonne direction. Bientôt Evariste aperçut devant lui de violentes lueurs d'incendie au fond du sous-bois, tandis qu'au pied des troncs une eau molle et verdâtre clapotait. S'avançant encore, se jetant d'arbre en arbre d'une détente des jarrets que lui eût enviée un écureuil, il atteignit enfin la rive forestière et les milliers de nefs éblouies que la Seine semblait entraîner avec elle.

Le soleil tombait sur les eaux lourdes et dérivantes. On eût dit que – mécontent de ne pouvoir palper de ses mains d'or le sol de Paris – il rassemblait et concentrait ici toute sa puissance, créant un fleuve de feu entre les quais de la nuit. Rampant sur la branche ultime et surplombant l'eau en liesse, il regarda autour de lui. Tous les ponts qu'il pouvait apercevoir de son poste de guet étaient rompus et écroulés. « A cause du Briseur de Passage », soupira-t-il. Le pire était qu'à en juger par l'aspect des eaux le fleuve devait être si profond qu'il fallait renoncer à l'idée d'y découvrir un gué. Evariste resta quelques instants à savourer la grande coulée de fraîcheur qui rendait délicieuse la sueur sur son visage, puis il rebroussa chemin en hélant le clapatte.

Le Fondeur se montra dépité par la nouvelle que lui annonçait son disciple. Bien sûr – et le plan de Paris l'indiquait clairement – il existait d'autres ponts, mais il était à craindre qu'ils fussent tous dans le même état. De toute manière, comme il n'y avait rien d'autre à faire qu'à explorer les berges de la Seine, autant se mettre en marche immédiatement. Il avait envisagé un autre itinéraire que celui du boulevard Saint-Michel et il fallait prier Antar qu'il fût le bon. Précédant le clapatte qui semblait ne quitter qu'avec regret ces parages, les laineux s'engouffrèrent dans le boulevard Saint-Germain. Celui-ci se révéla beaucoup plus facile d'accès : une végétation modérée que trouaient des passages d'éléphants leur permit de progresser avec rapidité. Par la rue Bonaparte ils atteignirent la Seine où un miracle les attendait : le pont du Louvre était intact. S'agenouillant devant lui, ils rendirent grâce à Antar, divinité du lien et de l'échange, huissier sacré qui ouvre les portes et libère les seuils, grand maître des gués et des ponts.

Une heure après, ils étaient à la Bibliothèque nationale. Une fois qu'ils eurent poussé les battants monumentaux et pénétré à l'intérieur, ils furent frappés de l'excellente conservation de l'endroit. S'il n'y avait eu les toiles d'araignée – immenses et blanches – partout suspendues en voiles flasques comme celles d'un étrange vaisseau attendant l'impossible brise d'appareillage, on aurait pu croire que la catastrophe avait eu lieu la veille. Dans les salles des livres étaient encore ouverts sur des tables tandis que sur les fauteuils de vieilles étoffes pourrissaient, tissus sur la nature desquels le Fondeur hasarda une hypothèse. Il s'agissait là, selon lui, des vêtements des lecteurs que les bombes avaient anéantis. Si rapide avait été l'apocalypse d'antan et si absorbés, peut-être, ces intellectuels, qu'ils n'avaient pas eu le temps de se lever : ils avaient été frappés en pleine étude au milieu d'une idée vague et probablement inutile. Les laineux professaient que rien n'était plus important que l'ultime idée précédant la mort : image dernière où toute votre vie était résumée, elle était l'arche qui devait vous déposer sur les rives de l'autre monde.

« Or qu'était-il en train de lire, celui-là, au moment suprême ? s'enquit le Fondeur en se saisissant d'un livre devant un costume vide. *Le Degré Zéro de l'écriture !* lut-il à haute voix. Par le joyau dans le lotus, il n'a pas dû aller loin, celui-là ! »

Accompagnés du clapatte, les deux hommes visitèrent la bibliothèque à la recherche d'un endroit où déposer leur sac et étaler leurs matelas. A cause de la présence d'un lavabo où l'eau continuait à couler, ils établirent leur bivouac dans le département de la littérature du XXe siècle.

Ils n'y restèrent pas longtemps : au bout de trois jours, ils quittèrent ce lieu funeste, contraints à déménager pour diverses raisons dont l'angoisse qu'ils éprouvaient au contact de ces œuvres négatives n'était pas la moindre. Le soir, quand ils se couchaient, le Fondeur en lisait des passages à son disciple, tandis que les torches grésillaient et que d'étranges papillons noirs se brûlaient aux flammes.

« Ce n'est pas possible, gémissait Evariste en se tenant la tête à deux mains, on dirait que ces ouvrages ont été rédigés directement par le Branleur de Poux ! »

C'était surtout pour les livres écrits à partir de 1945 qu'était justifiée l'observation du jeune laineux. On y sentait la haine de l'émotion, le mépris de l'instinct, la méfiance pour tout ce qui avait trait à l'âme et à ses sublimes profondeurs où un Dieu caché attend l'aube. On avait beau les secouer en tous sens, on n'entendait nuls noyaux bouger à l'intérieur. Selon le vieil homme qui ne pouvait s'empêcher de pouffer à leur lecture, le plus comique était le sérieux imperturbable et l'orgueil avec lesquels ces cuistres avançaient vers vous des mots compacts, hérissés de piquants, lourds et rébarbatifs dont, à l'usage, on se rendait compte qu'ils n'étaient rien – ne produisant qu'un très léger grattouillis sur l'épiderme de la pensée.

A côté de ces œuvres pétrifiées avaient survécu de purs joyaux de l'âme, expressions de la quête éternelle de l'homme et mouvement vers le sens. Au fur et à mesure que le siècle allait vers sa fin, et que s'approchait le désastre, devenaient plus nombreux ces déchirants appels à une lumière plus limpide. On aurait dit que la littérature, comme une sensitive, avait éprouvé dans sa chair ces terribles imminences. Perçant la croûte endurcie du mental où paradaient encore de doctes techniciens, elle s'était engagée dans les galeries du monde souterrain, gagnant à marche forcée l'essence rayonnante, le grand soleil noir, ce centre mystérieux où le plus bas devient le plus haut.

Mais, des siècles plus tard, la civilisation nouvelle que ces livres annonçaient n'était pas encore née. Accroché à Marseille et étendant sa puissance sur toute une partie de l'Europe, le Bureau Populaire prolongeait l'ancien monde. C'est pourquoi, afin de retrouver la parole oubliée, cette vieille langue de l'âme que peu à peu les hommes avaient cessé de parler – perdant du même coup l'accès facile à l'archiperle – c'est pourquoi le Fondeur devait faire un grand bond en arrière dans l'histoire de la pensée.

Pour commencer, le bivouac fut installé dans le département du Moyen Age, et ceci à la plus grande satisfaction d'Evariste qu'avait épouvanté le branle-poux du XXe siècle. Des œuvres du Moyen Age, rangées dans une pièce voûtée semblant une chapelle, il n'émanait rien que de beau, de tendre et d'exaltant tout à la fois. Ces livres sentaient bon. Il suffisait d'en ouvrir un pour qu'un parfum de source et de chèvrefeuille embaumât l'atmosphère. L'odeur qui nichait dans les ouvrages des doctes était bien différente qui sentait le vernis à ongles et le rat crevé.

Le Fondeur se plongea avec délices dans cette littérature médiévale avec le désir de s'attaquer ensuite à l'étude de l'Antiquité. Il lui fallait, disait-il, trois mois pour faire le tour de cette affaire, c'est-à-dire pour répertorier l'ensemble des itinéraires conduisant aux archipels. Il demandait à Evariste de ne point le distraire pendant ce temps-là par ces absurdes questions dont il était coutumier. Qu'il se tût : c'était tout ce qu'il exigeait de lui. Pour le reste, il pouvait bien aller où il voulait, à condition bien entendu de rentrer tous les soirs à la bibliothèque afin d'y prendre en commun le repas sacré du crépuscule. Quand il aurait achevé ses travaux, le vieux sage en proclamerait les conclusions à l'intention de son disciple. D'ici là, il était inutile d'essayer de lui soutirer des informations au sujet de ses recherches, le Fondeur ne répondrait pas.

Selon Evariste son maître ne trouverait rien qu'il ne sût déjà. N'avait-il pas déclaré, dans son discours de la Sorbonne, que la vie était la meilleure des universités possibles ? Eh bien, pendant que le vieil homme s'userait les yeux sur ses grimoires, il allait vivre quant à lui. Oui : vivre. C'est-à-dire qu'il allait combattre. Il voulait terminer la tâche si heureusement commencée avec sa paire de tenailles et faire accéder les clapattes à une libération définitive.

« Comment ? s'étonna le Fondeur. Tu vas défier ce monstre ? »

Oui, c'était très exactement ce qu'il ferait. Il allait le défier. Mais il n'était pas stupide au point de l'affronter sans préparation. Il allait l'observer longtemps, puis frapperait comme l'éclair au moment favorable.

Ainsi, quittant chaque matin la Bibliothèque nationale, Evariste gagnait le jardin du Luxembourg afin d'espionner le géant. Celui-ci, par bonheur, avait un horaire régulier. Evariste et René ne pouvaient plus être surpris par lui, comme ils avaient failli l'être la première fois. Ils savaient que le Hort était absent toute la matinée, ne surgissant auprès de l'arbre-mère qu'à l'heure du déjeuner – lequel consistait en une biche qu'il avalait toute crue et sans rien recracher. Après ce repas, il disparaissait à nouveau avec sa sacoche sous le bras et ne revenait qu'un peu avant le coucher du soleil.

Pendant ses absences s'égrenaient pour Evariste et pour le clapatte des heures exquises que les gémissements des petites créatures enfermées dans leur fosse ne réussissaient pas à assombrir. Peut-être qu'en utilisant des outils appropriés il aurait pu libérer ces garçons et ces filles, mais il avait soin de n'en rien faire. S'y fût-il résolu que le Hort, averti d'une présence inamicale, eût modifié son comportement. Or, dans le système élaboré par Evariste et qu'il nommait « sa stratégie », il était essentiel que le monstre ne se tînt pas sur ses gardes et qu'il continuât à agir sans méfiance, comme par le passé. Observer, attendre et comprendre : c'étaient ces trois principes qui réglaient la conduite du jeune laineux en cette affaire. Quant à attendre, il n'était pas de lieu plus agréable que cette sorte de caverne végétale qu'ombrageait l'arbre-femme.

Celle-ci était accoutumée à leurs visites quotidiennes. Elle en tirait un plaisir manifeste. Ah ! il fallait la voir sourire le matin quand ils s'approchaient, sourire qui était tout à la fois celui des saintes et des fées – ou de ces mères au fond de la mémoire et qu'une mort précoce foudroya. Le petit René s'empressait auprès d'elle, posant ses mains sur l'écorce rugueuse qui enserrait sa base, puis ne tardant pas à l'escalader pour aller se réfugier entre ses seins ou sur ses lèvres, l'embrassant pour ainsi dire de toute sa personne.

Alors rayonnaient les grands yeux d'émeraude, poussant leur lueur verte loin dans le sous-bois : lampes dans une maison profonde. Le feuillage qu'elle brandissait au-dessus d'elle frissonnait d'amour. L'ombre et la lumière s'étreignaient sur le sol avec douceur, guerriers d'or qui épousaient de noires infidèles. Le clapatte lui-même, juché sur son arbre d'origine, prenait une expression de complet repos et de béatitude silencieuse – mimique qui n'était pas sans rappeler la sienne quand, les pieds enfoncés dans le sol, il puisait pendant la nuit l'énergie des profondeurs. On aurait dit qu'il s'enracinait en sa mère : arbre ou terre, terre ou arbre, ils étaient les deux visages différents de la même puissance tutélaire qui le régénérait.

Pendant que le clapatte s'abandonnait ainsi à l'extase du retour aux sources, Evariste aménageait son poste d'observation. C'était une tranchée qu'il avait creusée lui-même dans un buisson de cramaillots géants, sorte de pissenlit arborescent dont les larges feuilles avaient l'avantage de le dissimuler entièrement. Couché de tout son long, il pouvait observer à loisir les mouvements du Hort.

Naturellement, les premières fois il eut peur, et il lui avait fallu plusieurs jours pour qu'il osât demeurer dans la tranchée en la présence du monstre. Il y fut encouragé par l'insouciance apparente du Hort. Celui-ci semblait juger inconcevable qu'on pût le menacer sur son propre territoire, aussi ne prenait-il pas la peine de regarder autour de lui quand il réintégrait ce qu'il faut bien appeler son logis (car il mangeait et dormait au pied de l'arbre-mère).

La seule chose sur laquelle il veillait – avec quel soin jaloux ! quelle attention de tous les instants ! – était sa sacoche. C'est ainsi que s'il la déposait dans un coin pour vaquer à quelque tâche ménagère, il interrompait fréquemment son travail pour se précipiter vers elle et voir si elle était toujours là. Il ne s'en éloignait jamais suffisamment qu'il ne pût, en quelques bonds sauvages, revenir auprès d'elle, comme auprès du seul trésor qui méritât son affection.

L'arbre-mère, si douce pourtant et si peu remuante, ne recevait de sa part que les plus mortifiantes avanies, coups et crachats, qu'elle accueillait avec résignation et dans un pitoyable craquement de branches. Il avait si peu de considération pour elle qu'il ne pouvait lui adresser la parole sans l'insulter, la traitant de « vieux tronc », lui tenant rigueur de son immobilité, lui reprochant de faire du sur-place et d'être incapable de s'occuper de son intérieur. Ce dernier point revenait souvent dans les accusations du Hort. N'était-il pas inadmissible, hurlait-il, que lui, « le Hort glorieux, terreur des forêts et des vallons », fût contraint de balayer les ordures de Madame, c'est-à-dire toutes ces feuilles mortes qu'elle laissait tomber à ses pieds sans le moindre scrupule ? Ne pouvait-elle abandonner ses immondices ailleurs ?

Des reproches si injustes emplissaient de larmes les beaux yeux d'émeraude tandis que le feuillage écrivait sur le sol, avec l'encre de l'ombre, les protestations les plus plaintives. Certes – et elle le reconnaissait bien volontiers – elle était dans l'incapacité de se mouvoir horizontalement et, par exemple, de se promener au bras de son mari. N'était-ce pas précisément parce qu'elle avait une autre façon de cheminer, déambulant du bas vers le Haut et du Haut vers le bas, ainsi qu'en témoignaient ses racines qui s'enfonçaient dans l'empire souterrain tandis que son chef verdoyant plongeait dans le ciel ? N'était-elle pas l'intermédiaire entre les mondes, elle qui transfigurait en frondaisons lumineuses les rêves humides et noirs de la terre obscure ? Ah ! bien qu'elle sût qu'il n'y comprendrait goutte, elle pouvait bien avouer à son terrible époux qu'il lui était arrivé de ne plus savoir où était son haut ou son bas, s'imaginant être un arbre inversé, enraciné dans le ciel et faisant croître et épanouissant dans les profondeurs du sol un ténébreux feuillage.

La femme arborescente écrivait en vain sur le sol ces touchants arguments : le Hort y était insensible, comme il était insensible aux cris, aux pleurs, aux déchirants appels de ses enfants, garçons et filles enfermés en deux fosses distinctes et dont il fouettait les mains tendues au-dessus des grilles. Couché dans sa tranchée à côté de René, Evariste s'indignait. Ces tourments que le monstre infligeait à son épouse et à ses enfants n'étaient rien comparés à ce qui allait suivre et dont le jeune laineux fut l'impuissant spectateur.

Un soir qu'il était rentré plus furieux encore que de coutume, il entrouvrit la prison des clapattes pour se saisir d'une de ces pauvres créatures gémissantes. Le garçon eut beau se débattre et tenter d'échapper à la poigne de son père, rien n'y fit : celui-ci le traîna au pied de l'arbre-mère, lui lia les mains dans le dos, lui mit des fers aux pieds et un carcan autour de la tête. Puis il le força à s'agenouiller et à poser son menton sur le billot de bois.

Qu'est-ce qui était sur le point de se passer ? se demanda Evariste en se redressant. Le monstre allait-il clouer la langue du clapatte ?

Non, pas tout de suite. Il commença par se déshabiller, rangeant ses vêtements avec un soin méticuleux en les suspendant à des sortes de cintres accrochés aux basses branches. L'arbre-mère, qui semblait savoir ce qui allait se produire, versait des larmes de sève, agitait son feuillage et entrechoquait ses ramures. Se saisissant d'un couteau, le Hort le planta dans l'écorce, à la base de la femme enracinée. Le faisant aller et venir dans la matière ligneuse, il eut vite fait de ménager un trou de dimension considérable, cavité qui s'emplit d'une sorte de résine. Pendant qu'il creusait ainsi le bois de son épouse, son sexe se dressait et s'enflait, devenant l'épanoui clapouton, la carotte barbare ou le museau casqué de rouge d'un de ces insectes monstrueux dont regorgeait la forêt d'Iscambe. Tout à coup, jetant au loin son couteau, il assaillit sa femme enracinée, introduisant son arme de chair en elle, élevant ses jambes et lui encerclant le tronc.

Ce ne fut pas une étreinte, ce fut une bataille. L'arbre tempêtait, agitant avec furie ses hautes branches, faisant siffler son feuillage et gronder sa ramée. Le Hort, criant des injures, le foudroyait d'invincibles coups de reins, l'ébranlant de sa base à son faîte, et provoquant une pluie de feuilles tourbillonnantes. Pendant que son père s'acharnait ainsi, le clapatte prisonnier du carcan roulait des yeux épouvantés et se plaignait de si déchirante façon que, dans leurs fossés, ses frères et sœurs l'accompagnaient de leurs cris et que René, couché à côté d'Evariste, se mit à gémir à son tour.

Mais le pire était encore à venir : s'extirpant de son épouse, le Hort alla chercher une des petites prisonnières, la ramena devant lui et se mit à la dévorer, faisant craquer les os entre ses mâchoires et finissant par l'engloutir tout entière. Ensuite, il introduisit un clou dans la bouche du martyr et, d'un terrible coup de marteau, il lui immobilisa la langue, allumant un brasier de cris. Le Hort le considéra un moment, braquant ses yeux dans ses yeux, puis, après s'être frotté les mains, se rhabilla.

Quand il se fut revêtu de son costume strict à veste croisée et qu'il eut effacé sur sa personne chérie toutes traces de ce qui venait de se produire, il enleva le carcan, les liens et les fers qui emprisonnaient son fils. Puis il le chassa en lui lançant des pierres. La petite silhouette, courbée en deux, s'engouffra en hurlant dans les fourrés. Ses cris s'éloignèrent et bientôt on ne l'entendit plus : il était devenu à présent un de ces clapattes douloureux dont les plaintes attristaient la forêt d'Iscambe, empêchant les humains de dormir, créant la disharmonie et l'incomplétude, véritable fausse note dans le plain-chant de la nuit.

Comme Evariste regagnait la Bibliothèque nationale en tenant René par la main et en le consolant de ses caresses amicales, une idée tentait de se faire jour dans l'esprit du jeune laineux. S'il voulait libérer ce petit peuple affligé, il allait devoir affronter le Hort. Comment pourrait-il le vaincre ? Celui-ci ne ferait qu'une bouchée d'Evariste, dont la taille était à peine plus élevée que celle de ses enfants. Il devait pourtant y avoir un moyen, une ruse, un chemin de traverse... C'est alors que se fit entendre en lui, au plus profond de lui-même, la voix du guide intérieur, essence de la Totalité future et vieux sage au Grand Conseil de l'âme.

« La sacoche ! disait-il. La sacoche ! »

Oui, la sacoche. Comme il était étrange, ce petit sac de cuir qui avait tant d'importance aux yeux de son propriétaire que, parfois, il le serrait amoureusement contre sa poitrine ! A aucun moment, au cours de cette terrible soirée, il n'avait paru l'oublier. Même pendant qu'il clouait la langue de son fils, il s'était retourné pour vérifier sa présence au pied de l'arbre-mère. A aucun moment ? Il y avait eu pourtant un moment où l'avait quitté le souci de sa sacoche, songea Evariste. C'était pendant qu'il assaillait, qu'il violentait son épouse. Tout au long de cette sauvage, de cette cruelle étreinte, il n'avait pas jeté un seul regard vers le précieux trésor déposé au pied de la femme arborescente. Mais qui oserait ramper jusque-là, au risque d'être dévoré par l'ogre en fureur ? Serait-ce Evariste ?

Le jeune laineux frissonna. Oh ! non ! En dépit de sa vaillance, il n'était pas capable d'un acte aussi téméraire. Du reste, il n'était même pas sûr qu'il s'agît d'un trésor ! Peut-être n'y trouverait-on qu'un mouchoir ou un étui à lunettes. Il avait bien observé la sacoche et il lui avait semblé que le contenu n'était pas bien volumineux. Cela valait-il la peine d'affronter des périls aussi exorbitants dans le seul but de mettre la main sur ce qui pouvait être simplement un portefeuille, une boîte de cure-dents ou un carnet d'adresses ?

Evariste s'en ouvrit au Fondeur pendant le dîner qui les réunissait comme chaque soir dans la salle du Moyen Age, parmi les émanations de cette époque enchantée. Le vieux laineux conseilla à son disciple d'intervenir et de s'emparer de la sacoche grâce au subterfuge « que réussirait à inventer son esprit sautillant ». Si elle ne constituait pas un trésor pour Evariste, elle en était un en tout cas pour l'ogre, à en juger par les soins dont il l'entourait – et c'était cela qui importait !

« Mais, s'il ne contient que des bagatelles, que gagnerai-je à lui dérober ainsi son bien ?

– Le monstre en perdra le nord ou plutôt son orient, dit le Fondeur. Il en sera tout désorienté. Il faut se mettre à sa place : comment réagirais-tu, toi, Evariste, si on te volait cette pierre que tu arrachas naguère à la masse gluante de la limace et que tu manipules tous les soirs avant de t'endormir ? N'en serais-tu pas affecté ?

– Si, reconnut le jeune homme, car j'y tiens beaucoup.

– Il en sera de même pour l'ogre. Son comportement va changer et tu découvriras peut-être la faille où tu pourras frapper. Je suis persuadé que tu réussiras à l'abattre. Comme pour les blagoulets, tant de cruauté m'apparaît surtout comme un signe de faiblesse, en tout cas comme l'indice de graves insuffisances. Raconte-moi encore cette... incroyable histoire. Il dévore ainsi ses propres filles ? Cela expliquerait pourquoi on n'en rencontre pas une seule dans la forêt, alors que les clapattes mâles y abondent. »

Evariste partageait l'avis du Fondeur, non seulement l'ogre insultait la féminité en la personne de son épouse, mais en plus il l'anéantissait en l'engloutissant. Toute la scène lui avait semblé appartenir à une noire et régulière cérémonie. Si étrange que cela parût, les gestes du monstre étaient entourés d'une solennité mystérieuse, comme s'ils avaient formé un rituel ténébreux et diabolique. Assaillir l'arbre-épouse, dévorer la fille et clouer la langue du fils, ces trois actions, s'enchaînaient l'une à l'autre en une sombre harmonie, procédaient d'un principe unique, d'une seule et même puissance.

« Est-ce B.P. ? s'enquit le Fondeur. Est-ce le Branleur de Poux ?

– Oui, mais sous sa forme plus dangereuse encore de Briseur de Ponts, de Bloqueur de Passages, de Barrage de Police. Car le clou que j'arrache avec mes tenailles n'est pas le seul à faire gémir les clapattes, à les empêcher d'être eux-mêmes et de s'ouvrir à la vie. Il y a... »

Evariste s'interrompit et resta un instant songeur comme s'il tâchait de rassembler ses pensées.

« Il y a quoi ? cria le Fondeur, impatient.

– Il y a un second clou, mais invisible celui-là, et c'est justement ce qui le rend si difficile à extirper. Mais il ne faut pas désespérer. Regardez René. Ne voyez-vous rien de changé dans sa physionomie ? »

Entendant son prénom, le clapatte leva la tête, offrant son visage à la lueur des torches. Certes, il était encore sous le choc, mais, comme le constata le Fondeur, ses traits étaient devenus plus affinés et comme aguerris. Un homme apparaissait lentement dans les plis de son visage d'enfant.

« Que s'est-il passé à ton avis ? demanda le vieux laineux.

– Il avait déjà vécu cette scène dans le passé mais elle était si affreuse qu'il refusait de s'en souvenir et qu'il l'avait jetée tout au fond de lui-même comme des pierres au fond d'un puits, bouchant ainsi l'accès à l'eau des profondeurs. Or cette tragédie volontairement oubliée, voici qu'il l'a revécue ce soir. Dès lors, elle ne l'obstrue plus et la source de vie peut à nouveau couler. Tous les barrages pénibles ont d'un seul coup sauté.

– Ainsi arracher le premier clou était insuffisant ? remarqua le Fondeur.

– Oui, c'est le second qui importe. Car c'est lui qui s'oppose à l'union de l'essence et du super, c'est lui qui contrarie l'Esper ! »

Dans les jours qui suivirent, les métamorphoses de René confirmèrent avec éclat l'intuition d'Evariste. En revivant la tragédie qui l'avait jadis condamné au silence et à la dissociation, le clapatte avait en même temps extrait le second clou, celui qui immobilisait la langue dans cette bouche sombre et caverneuse de l'âme. Plus de « petits pâtés »; René parlait à présent. Oh ! certes, il s'exprimait de façon malhabile et ses phrases avaient une tournure qu'eussent désapprouvée les doctes du XXe siècle – siècle du Branle-Poux et de la déesse Castrol ! Mais, prononcés par ses lèvres qui, naissant à la parole, se défroissaient comme les ailes d'un papillon neuf, les mots rajeunissaient et recouvraient leur profondeur initiale, toutes ces vieilles significations accroupies en leurs caves oubliées. Oui, des mots nettoyés et comme restitués à leur ancienne plénitude, des mots purifiés et qui retrouvaient leur charpente mystérieuse, semblables à ces maisons que l'on rénove et qui livrent sous le crépi un trésor de poutres et de fresques.

Dans la bouche du clapatte le passage devenait le passe-âge ou le pas-sage; l'essence, laisse-sens; percevoir, perce-voir; forêt, fort-est; hérétique, hère-éthique et erre-éthique. C'est ainsi également que la femme devait s'écrire : fâme, car elle participait de la flamme et de l'âme. Quiconque refusait de s'ouvrir à la féminité intérieure, à cette fâme persécutée qui gémit sous les plombs du mental, méritait l'épithète d'infâme.

Evariste écoutait avec ravissement ces mots magnétiques. Il lui semblait pouvoir désormais considérer René comme un ami, et non plus comme une pauvre petite chose plaintive ou comme une curiosité de la nature. Il lui arrivait certaines nuits de bondir par la fenêtre de la bibliothèque pour aller rejoindre le clapatte qui dormait dans le jardin. Il creusait deux trous dans la terre molle, s'enracinait à côté de lui et se saisissait de sa main, la sentant trembler et sauter dans la sienne. Il voulait par ce contact appréhender le mouvement de la Force qui montait à travers lui. Par son flux et son reflux, par son dit et son dédit, ce mouvement était celui de l'amour et de la mer – et de la vie qui vient et se retire. Grand souffle universel qui anime et fane, qui rend vivant puis caduc, qui donne et abandonne : de quelle bouche des profondeurs était-il le puissant soupir, de quel poumon dans la poitrine du monde ?

Il n'avait pas de réponses à cette question, sinon, peut-être, qu'il était le souffle de l'essence respirante, de cette âme de l'univers lovée non pas en des immensités lointaines, mais tout près, dans l'intime de l'intime, au cœurs des êtres et des choses. Et c'était pourquoi il fallait regagner pour gagner, il fallait revenir dans le logis désert, fermer portes et volets – et descendre soi-même dans sa propre demeure. Oui : descendre et, après avoir fait sauter les barrages pénibles, atteindre son centre qui est aussi celui de tout être, de toute chose, seuil unique, porte et porche – et bouche où souffle la Force tumultueuse.

Etait-ce le profond mystère de cette levée d'écrous due à la répétition du drame initial ? Etait-ce l'épanouissement naturel d'un être à demi végétal ? En tout cas, le clapatte se transformait, devenait à la fois plus mûr et plus viril – bien que ses gestes trahissent parfois la fâme libérée qu'il portait en lui : gestes non point efféminés mais féminisés et par quoi se révélait l'union des deux camps naguère opposés de l'être. En outre, il grandissait, se muait en un beau jeune homme blond dont la stature était proche d'égaler celle d'Evariste. Tous deux étaient à présent inséparables, au point que le Fondeur ne pouvait s'empêcher d'ironiser avec une nuance de jalousie quand, levant les yeux de son livre, il les voyait arriver à la bibliothèque.

« Qui voit l'un voit l'autre ! disait-il.

– Que fait Fondeur ? Que fait pro-fondeur ? demandait René en s'approchant de lui.

– Il travaille, le Fondeur ! s'exclamait le vieux laineux en se renversant en arrière. Il travaille pendant que vous vous prélassez ! »

Le vieillard était injuste. Evariste et René ne se « prélassaient » nullement. Ils se bornaient à attendre le moment propice pour en finir avec l'ogre, c'est-à-dire pour lui dérober sa sacoche. Tous les matins, ils franchissaient la Seine alors que le soleil, se levant dans son axe, apparaissait au-dessus de Notre-Dame, dont les deux tours encore intactes perçaient la végétation, dualité qui semblait sereine et comme flottant sur un chaos sans frein ni mesure. Empruntant ensuite le boulevard Saint-Germain, puis la caverneuse et étrange rue Monsieur-le-Prince où des petits singes aux yeux bridés mangeaient avec des baguettes, ils s'engouffraient avec prudence dans le jardin du Luxembourg.

Une fois couchés au fond de leur tranchée, ils commençaient à observer les préparatifs du Hort, le soin extrême qu'il mettait à sa toilette, la délicate opération du nœud de cravate, les petites tapes sur les joues quand, après s'être rasé, il humectait d'une astringente lotion sa face grossière. Ensuite, s'étant revêtu de son costume, il s'éloignait avec son sac sous le bras, se hâtant, affairé, vers quelque obscure besogne.

« Il faut en finir, gémissait Evariste, oh ! je veux en finir ! »

Il était incapable d'endurer plus longtemps le spectacle de ce monstre impavide qui, à l'évidence, n'avait jamais douté de rien, ne respirant, ne se déplaçant que dans le cercle étroit des certitudes banales. Mais comment faire ? Il ne pouvait lui sauter à la gorge ! Il fallait se résigner et attendre l'occasion.

Celle-ci – enfin – se présenta. Un jour, se saisissant d'un des clapattes enfermés dans la fosse, le Hort entreprit de célébrer à nouveau la même et funeste cérémonie. Evariste l'observait avec attention, guettant le moment où il devait bondir. Une fois que le géant, abandonnant la sacoche au pied de l'arbre, se fut suspendu à son épouse, introduisant dans le tronc son épée vivante, le jeune laineux se résolut à agir – bien que sa gorge fût sèche et que son cœur ébranlât sa poitrine. Mais, comme il s'apprêtait à jaillir hors de la tranchée, un geste de René l'immobilisa.

« C'est moi, chuchota-t-il. C'est à moi !

– Non ! Souviens-toi ! On avait décidé que... »

Evariste n'eut pas le temps d'achever sa phrase : le clapatte libéré se jetait en avant. Nulle fleur noire ne poussait sur son corps blanc : il semblait sûr de lui et tendu vers un but unique, la petite sacoche en cuir, propriété du bourreau et symbole de la puissance paternelle. Pour l'atteindre, il devait franchir une centaine de mètres à découvert : il les parcourut avec cette agilité qui n'appartient qu'au peuple furtif et bondissant des clapattes.

« Quel courage, murmura le jeune homme, admiratif. Je crois que je n'en aurais pas été capable. »

Puis, se raidissant : « Mais que se passe-t-il à présent ? On dirait qu'il hésite ! Oh ! le malheureux ! Son père va finir par l'apercevoir ! »

René était arrivé au pied de l'arbre-mère et semblait soudain avoir perdu toute confiance. Ses gestes à demi ébauchés et dont on eût dit qu'ils les réprimait, son attitude d'enfant puni qui se protège le visage avec son coude levé, la brutale éclosion de fleurs de houille sur ses épaules nues, sa progression lente et comme entravée, tout trahissait son inquiétude, son envie frénétique de rebrousser chemin. Et peut-être allait-il effectivement tourner les talons quand le Hort, baissant les yeux pour veiller sur la sacoche, le vit et poussa un cri.

« Sais-tu d'où vient le malheur des hommes ? demandait Anne.

– Non, mais je vais l'apprendre », disait It'van en la serrant contre lui avec amour.

Ils étaient nus et étendus tous les deux dans le grand lit de la maison au verger. C'était quelques semaines après leur retour de Gnomeville. A la suite de nouvelles batailles, les grandes armées rassemblées en hâte par Bratoc avaient été mises en déroute. Les pétioles cuirassés d'orichalque par les nains forgerons avaient fait merveille. Gardes royaux et rebelles, emmenés par Batifol et Cortex, avaient défoncé les lignes de défense des fourmis et submergé leurs citadelles. Toutefois, à l'entrée de la fourmilière de Clamecy, ils avaient suspendu leur mouvement, obéissant ainsi aux ordres exprès de l'homme-qui-rayonne.

Mieux vaut une bonne paix qu'une victoire totale, avait sagement décidé It'van. Une telle humiliation aurait été selon lui une source de conflits infinis. Aussi avait-il envoyé auprès de la reine des fourmis le héros de l'armée termite, le plastrouillant, l'effareur, l'inévitable gandin des galeries profondes, le roi Grodaggard. Lui astiquant les maffles de son clapouton, lui faisant reluire la palpette, montant sans vergogne sur sa carapace et affirmant qu'elle avait ce genre de beauté « qui font les bourrechoux se hérisser et mousser comme curnules de mélassiers », il avait tant impressionné la reine noire qu'elle avait souscrit à ses propositions. Habile diplomate – ce que ne laissaient en rien supposer ses façons tonitruantes – il avait auprès d'elle fait ressortir le résultat nul du conflit.

« Vous assiégeâtes Vézelay, lui dit-il. Nous assiégeons à présent Clamecy. La guerre se termine sans vainqueur ni vaincu. Délimitons sagement nos territoires et signons une paix perpétuelle.

– Et le grillon Haillon ? demanda Bratoc.

– Vous pouvez en disposer. Nous l'avons emmené avec nous. Je l'envoie chercher. »

Le ménestrel fit une entrée lamentable dans la loge royale. Tête basse, se cognant aux courtisans et se prenant les pattes dans ses poils de thorax qu'il avait outrageusement laissés pousser, il s'approcha de Bratoc avec une mine suppliante.

« Nous n'en voulons plus, expliqua Grodaggard. D'ailleurs Blancheboudine trouve qu'il chante faux. »

Comme pour confirmer l'observation du roi, le grillon Haillon, qui voulait restaurer sur la reine des fourmis son ancienne influence, entonna un chant d'amour et de guerre. Tourmenté par la peur, il le fit d'un élytre hésitant qui crissait sur la chanterelle et d'une voix si tremblante et si aigrelette que Bratoc, avec une grimace de dégoût, lui ordonna de se taire.

« Blancheboudine a raison, dit-elle. Il chante faux. S'il continue, il va troubler ma ponte. Je n'en veux plus. Laissons-le aller. »

Le grillon s'éloigna à toute vitesse et sous les huées de la cour.

« Comment ai-je pu m'amouracher de lui ? s'étonna la reine. Quand je pense que des milliers de braves sont morts à cause de ce saltimbanque ! Vous avez raison, aimable Grodaggard. Que cette journée marque le début d'une ère de concorde éternelle entre nos empires ! »

Puis, comme ils procédaient ensemble à la fixation des termes du traité, Bratoc exhala soudain un puissant soupir.

« Ah ! que n'ai-je un époux comme vous ! s'écria-t-elle en se frappant la poitrine. Comme Blanche-boudine doit être heureuse ! Elle a un mâle, un vrai mâle à ses côtés. Tandis que moi, hélas ! Je suis seule. Pas le moindre boutard en mon grabat ! Et nul thorax où poser mon front lourd de soucis.

– Qu'entends-je, chère Bratoc ? Parmi vos millions de guerriers, il n'en est aucun qui vous botte ?

– Tous des sujets, oui, tous des courtisans et qui n'ont qu'un mot à la bouche quand je les attire à moi : le respect que je leur inspire. Comment voulez-vous aimer quelqu'un d'aplati et qui tremble dès que vous lui parlez ? Oh ! comme j'en ai assez d'être respectée ! Où est celui qui osera me bousculer, m'injurier même ? Où est celui qui me tiendra tête ?

– Je connais quelqu'un, dit calmement Grodaggard. Un prétendant dont je suis sûr qu'il vous conviendra. Un être d'une violence extrême.

– Vraiment ? Et il me tiendra la dragée haute ?

– Très haute, cela je vous le garantis. Donnez-moi une semaine et je le conduirai jusqu'à vous. »

Huit jours après cette conversation, Grodaggard revint à la cour de la reine noire. Il était accompagné d'une grande fourmi au regard implacable et qui, dès qu'elle fut mise en présence de Bratoc, alla s'asseoir sans vergogne sur son ventre et entreprit avec nonchalance de nettoyer ses pattes empoussiérées – manquement inouï à l'étiquette. Chose étrange, la reine avait la sensation d'avoir déjà vu quelque part cet énorme guérrier. « Serais-je amoureuse que son image fût présente en moi avant notre première rencontre, comme s'il m'était connu de toute éternité ? »

« Où l'avez-vous trouvé? s'enquit-elle à voix basse auprès de Grodaggard.

– C'est un aventurier, expliqua le roi, un de ces chevaliers errants qui, toujours solitaires, parcourent les forêts profondes à la recherche d'un bien indescriptible, chance, fortune, hasard, denrée vaporeuse qui semble avec l'horizon reculer – comme si, n'étant point de ce monde, elle était inaccessible. »

D'une voix étranglée par l'émotion, Bratoc adressa la parole au chevalier. Elle s'inquiétait de savoir ce qu'il aimait.

« Les nuages, dit-il, les merveilleux nuages. »

La reine fut incontinent subjuguée par celui qu'elle ne tarda pas à appeler « son poète armé ». Certes, il se montrait dur avec elle, critiquant sa sensiblerie, lui rabaissant le caquet et allant jusqu'à lui ordonner de se taire quand ses propos troublaient sa rêverie.

« Mais à quoi rêves-tu, extraordinaire aventurier? lui demandait-elle.

– A des choses que vous, femelles, ne pouvez comprendre. A l'ailleurs, aux lointains indéfinissables, au soleil qui se couche sur la mer incandescente. Vois-tu, petite, je ne suis pas d'ici, je suis de là-bas. Je n'appartiens pas à cette réalité sordide. »

Il l'avait appelée « petite », elle qui mesurait trois cents mètres! En cela il n'avait pas eu tort. Entre ses pattes elle se sentait en effet petite, si petite et si fragile qu'elle craignait qu'une de ses étreintes ne la brisât. La reine noire était amoureuse et le fit proclamer par ses hérauts aux quatre coins de la forêt d'Iscambe. Franchissant des distances considérables, ses messagers arrivaient jusque dans les plus éloignées communautés de cloportes. « Nous portons ceci à votre connaissance, disaient-ils à ces insectes étonnés et couverts de salpêtre, la reine Bratoc est amoureuse! » Puis, repartant aussitôt et sans même prendre une collation, ils galopaient ventre à terre, allant révéler aux mille-pattes et aux cafards l'information stupéfiante.

« Si elle savait, disait Blancheboudine à It'van, elle n'irait pas mettre le monde entier au courant de ses affaires de cœur.

– Oh ! elle finira bien par l'apprendre un jour, répondait l'homme-qui-rayonne. Et je crois que cela ne changera rien !

– En tout cas, reprenait la reine des termites, Grodaggard s'est montré extrêmement habile. Nous n'avons désormais plus rien à craindre de Bratoc. Quant au roi des fourmis, il est à notre dévotion. »

Le « poète armé », la fourmi éprise d'absolu et dont le regard rêveur semblait caresser un invisible horizon, n'était autre en effet que Mastoc, le chef des limitrophes, l'ancien commandant de la horde noire et que Krotok avait jadis supplanté. Dûment chapitré par Grodaggard qui lui avait enseigné « comment il fallait s'y prendre pour séduire les reines », Mastoc était en outre passé entre les mains du docteur Khô-Khô qui, en lui martelant la face, avait modifié sa physionomie, de telle manière que Bratoc ne pût le reconnaître. En suivant leurs conseils, il avait ainsi accédé – et sans coup férir – au pouvoir suprême. Grande était sa gratitude pour ses amis termites.

Dès lors, rien ne s'opposait plus à l'établissement d'une paix définitive entre Blancheboudine et Bratoc. Bien plus qu'un accord de non-agression, cette paix se mua en un véritable traité d'alliance. Entre la fourmilière de Clamecy et la termitière de Vézelay une galerie fut creusée de part et d'autre. Quand se rejoignirent les deux tronçons, quelle fête eut lieu, quel festin pour les travailleurs des ténèbres !

Les petites cantinières termites firent goûter aux absurdes bouffards et à ces grands niais d'argupes le délicieux contenu de leurs jabots : salmis de grenouille aux pattes hirondelles, délicatement relevé par le divin rakakort, anus de singe à la confiture de groseilles, fricassée de cuisses d'éléphants à la coquette. Les poux les plus gavés de pollen furent dépêchés auprès des gardes royaux afin qu'ils se délectassent de leur miellon. Crochetête rallia l'approbation générale quand, après avoir goûté à ce liquide doux-amer, il déclara en frappant le sol de ses mandibules pour appuyer son opinion que « même si ça n'était pas bien bon, ça n'était pas mauvais non plus. »

Une délégation de sisterettes fut reçue dans le casernement des rebelles. Ceux-ci avaient, pour l'occasion, fait un effort particulier. Ils s'étaient lavés du dard au museau, allant jusqu'à se brosser les croqueteuses. Aidés par les ouvrières, ils avaient nettoyé de fond en comble leurs chambrées, frottant le sol à en mourir d'épuisement, se jetant avec furie sur la moindre souillure.

Mais il était bien difficile aux rebelles de renoncer du jour au lendemain à leur pernicieux laisser-aller. Et, quand les sisterettes firent leur entrée dans la caserne profonde, Batifol, qui était chargé du discours de réception, fut à ce point ému que, bafouillant, il se mit à baver sur sa collerette et que, pour se donner une contenance, il frouilla sur le sol et compissa un mur. A la suite de quoi, honteux et clapouton bas, il resta tout interdit et incapable de proférer un mot.

Les fêtes durèrent longtemps qu'agrémentaient des concours de beauté ou des duels pacifiques. L'un d'entre eux consistait à savoir qui, de la fourmi ou du termite, expédiait le plus loin son venin. Gros-Cul remporta régulièrement ce concours. Il n'en tira nul avantage, restant toujours le même modeste Gros-Cul, le confident amical, le consolateur des cœurs brisés. Quant à Souffleur, entouré d'une cour de sisterettes, il paradait et racontait ses campagnes, mentant effrontément et avec d'impudents mouvements de curnule, comme s'il lançait un défi à l'improbable contradicteur.

Le docteur Khô-Khô éprouvait une certaine fatigue de ces fêtes continuelles, auxquelles « de par ses hautes fonctions » il se sentait contraint d'assister. Aussi allait-il le plus souvent possible se réfugier auprès des amants, c'est-à-dire auprès d'Anne et d'It'van. Ceux-ci, s'écartant l'un de l'autre, lui faisaient une place entre eux. Alors commençaient des après-midi charmants voués aux plaisirs de la conversation. Ces libres entretiens se terminaient rarement sans que, soulevant le drap d'un geste brusque, le marmouset exigeât avec une mine sévère d'examiner le corps de la jeune fille.

« Mais pourquoi donc, petite créature innocente ? demandait Anne.

– Pourquoi ? Parce que je suis votre médecin, naturellement.

– Mais je ne suis pas malade.

– Qu'en savez-vous ? A bien regarder votre poitrine, il me semble qu'il y a là une grosseur des plus inquiétantes.

– Ce n'est pas une grosseur, petite chose, c'est tout simplement la pointe de mon sein. Tenez, palpez, si vous y tenez. »

Après une minute de ces « manipulations médicales », le docteur Khô-Khô relevait un visage écarlate puis, en se raclant la gorge, reconnaissait que « pour ce qui était de la poitrine », il ne voyait rien qui nécessitât des soins particuliers. Toutefois il avait cru apercevoir, « au bas du ventre lointain », une tache sombre et comme une petite forêt d'Iscambe. Il voulait étudier de plus près ce phénomène préoccupant – ne serait-ce que pour prendre les dispositions adéquates au cas où, tel un cancer, cette tache aurait tendance à s'étaler. Avec des éclats de rire, Anne chassait le docteur Khô-Khô hors du lit, lequel s'enfuyait en criant :

« Une marmouse ! Une marmouse ! Qu'on me donne une marmouse !

– Pauvre petite chose ! disait Anne en secouant tristement la tête. Je crois qu'il est bien malheureux.

– Oui, approuvait It'van, il faudrait lui trouver une compagne. Ce serait le plus beau cadeau qu'on puisse lui faire. J'y ai pensé. Son Excellence le maire de Gnomeville m'a affirmé que tous les marmousets n'avaient pas été anéantis dans la catastrophe de Montparnasse. »

Selon lui, il en subsisterait quelques familles dispersées dans la jungle. Et si Blancheboudine acceptait de fournir aux nains quelques centaines de travailleurs supplémentaires, il se faisait fort de présenter une jeune marmouse au docteur Khô-Khô.

« Un codicille a été ajouté au contrat et les nains se sont mis aussitôt en chasse, ajouta It'van. Ils ont tant de relations dans la forêt que s'il en reste une quelque part ils la découvriront et nous l'amèneront, fût-elle vieille et édentée. Bien entendu, ces tractations sont restées secrètes et le petit docteur en ignore tout.

– Pourquoi ne pas le mettre au courant ?

– Parce que je veux lui faire la surprise. Si les nains ne trouvaient pas de marmouse, il serait désespéré. Non, mieux vaut ne rien lui dire. Il est déjà assez malheureux comme ça... A propos, enchaîna It'van au bout d'un instant, tu prétendais tout à l'heure connaître l'origine du malheur des hommes. Tu pensais au marmouset ?

– Non, je pensais à toi. Nous aurions pu devenir amants depuis longtemps. J'étais si proche de toi que tu ne me voyais pas. Il a fallu que tu parcoures des centaines de kilomètres dans la jungle pour découvrir mon existence. Tout le malheur des hommes vient de ce qu'ils vont chercher beaucoup trop loin ce qui est tout près d'eux. N'es-tu pas de mon avis ? »

It'van partageait cette conviction, à une nuance près toutefois. Il pensait qu'il était nécessaire à l'homme d'aller au loin pour se libérer des monstres établis dans la forteresse de l'origine. Pour reprendre les expressions employées par Mastoc, il lui fallait emprunter le chemin barré d'épreuves qui conduit au « là-bas » afin de revenir ensuite et de savourer l'« ici » dans toute sa plénitude. Avant, il en aurait été incapable. C'était exactement ce qu'It'van avait fait en partant sur l'autoroute du Soleil : il s'était engagé sur la voie qui conduisait à la libération définitive. Bientôt, il serait en mesure de savourer complètement l'instant présent, ce « maintenant » dont le docteur Khô-Khô assurait qu'il était l'unique source du bonheur promis à l'homme.

« Tu veux dire que tu n'en es pas encore capable ? » demanda la jeune fille.

Il en était presque capable. Il lui restait encore à sectionner quelques liens qui l'entravaient – des liens qui l'empêchaient d'être totalement présent au monde et le tiraient légèrement en arrière, au point de créer une distance entre la pulpe du fruit et la sensation éprouvée. Etrange, n'est-ce pas, à quel degré l'être humain pouvait être ligoté et garrotté, obstrué et manipulé, sans même qu'il le sût. Et cent fois étranges ces figures au fond de nous-mêmes qui sont les vrais maîtres du jeu, véritables dictateurs qui nous imposent des comportements universels.

« Universels ? s'étonna Anne.

– Oui, universels. Les mêmes partout et toujours... Guerres, meurtres, amours tourmentées..., accablantes tristesses dont on essaie de sortir par une agitation fiévreuse et stérile... Exil enfin hors de l'âme pour tenter de leur échapper, et donc mort au sens, à l'instinct, à la vie..., pétrification générale...

– Mais qui sont ces tyrans des profondeurs ? »

It'van hésita un instant, comme s'il cherchait et tâchait de rassembler des intuitions fugitives.

« Je vois d'abord les mères, finit-il par dire d'une voix étouffée. Je les vois marcher dans les caves, vieilles, échevelées, se cognant l'une l'autre et proférant des malédictions. Elles ont la bouche sanglante.

Elles sont en haillons, elles brandissent le poing, ces terribles figures qui ne veulent pas nous laisser aller. Elles voudraient nous retenir auprès de leurs ventres, nous y engloutir encore pour nous empêcher de vivre. Elles fanent nos plus belles fleurs. Elles flétrissent toutes nos joies ! Et puis je vois les pères qui s'avancent. Bottés et sévères, ils vont et viennent dans nos soubassements. Ce sera ainsi, disent-ils, et pas autrement. Pourquoi ? Parce que. Oh ! je les connais, je les reconnais, ces obstrueurs de source, ces raisonneurs, ces maîtres du sens commun qui n'aiment rien tant que les idées arrêtées. Ce sont eux qui tordent le cou à l'âme, qui empêchent la vie de couler et qui, interdisant toute métamorphose, bloquent et figent et glacent ! Mais elles ne sont pas invincibles, ces figures sempiternelles ! Il suffit de les savoir présentes en nous pour que déjà s'affaiblissent leurs pouvoirs. Les connaître ensuite, c'est les anéantir – comme la lumière du jour consume et réduit en poudre les démons habitant la nuit obscure. »

Anne écoutait parler son amant avec une attention passionnée. A chaque instant elle découvrait un nouvel It'van, comme s'il était en proie à un mouvement incessant qui le faisait mourir et naître au rythme des battements de son cœur.

Elle aussi avait beaucoup changé, depuis cette soirée dans la vallée d'Emeraude où son père, renouant avec le rite ancien, s'était jeté dans la fosse pour y étreindre le grand varan femelle, soirée où It'van et les laineux avaient disparu, échappant ainsi à la tourmente qui allait suivre. Car le lendemain matin – et avant même que son père ne fût sorti de la chambre d'amour – une armée nombreuse avait investi le fortin, triomphant sans difficulté de défenseurs timorés et à moitié endormis. Cette armée était celle du Bureau Populaire chargée de prendre possession de tout le territoire bordant la forêt d'Iscambe afin d'interdire l'accès aux grandes villes mortes et à l'ancien savoir que la jungle dissimulait dans ses profonds replis. Cette invasion avait été savamment préparée. Le Bureau s'était ménagé des complicités parmi la population émeraldienne. Hincter, qui convoitait le trône de Tanguy, avait été le principal instrument des envahisseurs. Il n'en avait d'ailleurs pas cueilli les fruits escomptés : une semaine après, on s'était débarrassé de lui comme on jette au loin un citron dont on a pressé le jus.

Quant à Tanguy, on ne l'avait pas mis à mort. Il était tout simplement resté au fond de la fosse avec le varan – et on condescendait même à les nourrir tous les deux. Le roi était utile au Bureau, il lui servait d'argument dans sa propagande. Des endoctrineurs fanatiques s'étaient en effet abattus comme des mouches sur la vallée d'Emeraude. La population était tenue d'assister chaque jour à plusieurs séances « d'enseignement ». On l'emmenait auprès de la chambre d'amour et, lui montrant le roi et le varan qui faisaient mine de dormir dans les bras l'un de l'autre, on vitupérait le caractère « rétrograde et barbare » d'un semblable accouplement. Tout ce qui appartenait à l'ordre social antérieur était globalement qualifié de « réactionnaire ».

La famille devait voler en morceaux. On séparait les hommes des femmes et les enfants de leurs parents. Les couples d'amoureux étaient fusillés à la mitraillette sur les lieux mêmes de leurs forfaits, c'est-à-dire de leurs étreintes. Quant aux fils, ils étaient encouragés à dénoncer leurs pères. Enrôlés dans des escouades de surveillance, ils étaient chargés d'écouter aux portes. Une grisâtre atmosphère de peur et de suspicion enveloppa dès lors la vallée d'Emeraude. Tous les jours, constitué en brigades de production, le peuple était mené dans les rizières afin d'y accomplir, sous la surveillance des blagoulets, une besogne épuisante et machinale. Toute joie de vivre semblait avoir déserté ces lieux naguère voués au travail heureux, aux chansons et aux fêtes.

Alors, profitant d'une nuit obscure et utilisant sa connaissance des passages secrets, Anne était parvenue à s'enfuir. Evitant les postes de garde, elle avait gagné la grande demeure intermédiaire de la vieille Agrippale et s'était engagée sur le sentier des nains. Il lui avait fallu marcher trois jours avant de les rencontrer. Avait-elle été terrifiée ? s'était enquis It'van.

Non, excepté quelques tremblements dus à des fauves errants, elle n'avait pas eu peur. D'ailleurs, il lui semblait qu'il existait entre la femme et la forêt une parenté étrange et inexplicable, comme si l'une eût été l'écrin de l'autre. Maintes fois elle avait remarqué combien l'homme qui aimait et écoutait la forêt aimait aussi et écoutait les femmes – non quand elles bavardaient mais quand elles se taisaient, se bornant à être et à prononcer ces vibrantes paroles de silence qui sont le langage mystérieux de l'âme. Il en allait de même pour la forêt : elle n'était jamais si éloquente que, silencieuse, quand nul vent n'en agitait le feuillage. Alors montaient des profondeurs, des racines jusqu'aux faîtes des arbres, ces pensées d'abîmes qui ne sont qu'éloges de la lumière et nostalgie d'un ancien rayonnement. Elle n'avait pas été effrayée par la grande forêt ombreuse qui bordait le pays de son enfance et qu'elle avait toujours juré d'explorer. Elle était sa contrée promise, une dépendance oubliée d'elle-même et qu'à l'âge adulte il fallait reconquérir.

Pendant ces trois journées où elle avait marché, solitaire, à la recherche des nains, il s'était établi, entre la jungle et elle, une surprenante connivence et même davantage que cela : une communion. Quand le coup d'archet du vent faisait craquer les branches, c'était en elle-même que poudroyait un feuillage ébloui et qu'un chant frissonnant naissait aux lèvres de l'âme. Peut-être qu'It'van serait étonné par cet aveu, mais il lui semblait à présent ne plus devoir faire de différence entre l'extérieur et l'intérieur.

Qu'elle touchât la terre de ses mains et aussitôt elle avait la sensation d'effleurer son propre sol. Et si la nuit dans une clairière elle levait la tête vers la voûte étoilée, c'était son ciel intérieur qu'elle contemplait, c'était ses millions d'astres qui étincelaient dans ses ténèbres.

Ah ! puisqu'on en était à exprimer ce genre d'idées fugitives appartenant pourtant à l'inexprimable, elle pouvait dire à son ami que l'être humain était né pour inclure tout l'univers en lui-même. De même que les plantes saisissaient dans l'air des éléments qu'elles ne rendaient que transformés, l'homme devait ramener à lui le cosmos épars et comme dépecé pour le restituer rassemblé. Il devait absorber les éclats du monde pour les remembrer et s'en défaire ensuite en une vision unique, en une seule et puissante expiration. Il était le creuset où s'unifiaient des métaux différents et parfois hostiles qu'il lui fallait d'abord fondre à la chaleur d'un feu entêté pour les conjoindre en un superbe alliage.

C'était là une métaphore de forgeron, elle le reconnaissait volontiers. C'est parce qu'elle avait vécu plusieurs semaines dans une petite communauté de nains métallurgistes qu'elle avait risqué cette comparaison. Elle l'avait déjà entendue dans la bouche d'Evariste quand il lui avait parlé de son maître, le Fondeur, c'est-à-dire celui qui unifie. Elle se demandait où se trouvaient à présent les deux laineux. Avaient-ils réussi à atteindre l'immense ville morte qu'ils recherchaient ?

« Nous ne tarderons pas à le savoir, avait dit It'van. Dans quelques jours nous partirons pour Paris. Tu m'accompagneras, Anne, ainsi que le docteur Khô-Khô, naturellement.

– Mais pourquoi ne pas partir dès demain matin ?

– Parce qu'il faut que je rassemble une armée. Je crains de rencontrer la blagoulette sur ma route. J'ai aussi un autre et puissant motif pour repousser la date de notre départ. Demain, il me faut descendre au fond de la termitière pour une cérémonie qui doit durer plusieurs jours. »

It'van expliqua qu'il allait recevoir l'initiation réservée aux termites de haute caste. Accompagné du Grand Maître des métamorphoses, il s'enfoncera dans les profondeurs obscures, vers les grandes salles souterraines où de terribles secrets lui seront transmis, toute une connaissance vieille de plusieurs centaines de millénaires et qui lui enseignera les chemins de l'après-vie.

Ainsi fut fait. Le lendemain matin, dans une atmosphère de liesse extraordinaire, It'van gagna la loge royale entre deux haies de termites qui l'acclamaient et le caressaient de leurs clapoutons. L'entrée de la galerie aux secrets était située sous le corps de la grande pondeuse – et il fallut soulever Blancheboudine pour s'y faufiler. Le Grand Maître des métamorphoses était un termite blanchâtre, silencieux et réservé, qui restait ordinairement immobile et méditant. Il avait sous le museau une étrange petite barbichette qu'il manipulait en regardant les êtres sans les voir. Le docteur Khô-Khô avait raconté à Anne que ce sage était bien plus puissant que Blancheboudine et qu'il était en réalité le maître caché de la termitière. Il n'était point de guide plus éclairé que lui et, à n'en pas douter, l'esprit d'It'van était en de bonnes pattes.

La jeune fille regarda son amant disparaître avec une certaine tristesse. Bien entendu, son absence ne serait pas longue – à peine cinq ou six jours, avait-il dit. Mais à quoi allait-elle désormais employer ses journées ? Elle établit ses pénates dans la haute basilique de Vézelay. Parfois le docteur Khô-Khô et la libellule venaient la chercher « pour lui faire voir du pays », comme disait le marmouset. Certes, ces promenades aériennes étaient délicieuses, ne serait-ce que parce qu'un vent frais caressait alors son corps épanoui, mais toujours elle avait hâte de revenir au plus vite dans le sanctuaire de l'ancien temps. Chose étrange, il lui semblait de son devoir de rester en ce lieu pour y attendre un visiteur. Qui était-il ? Elle n'aurait su le dire. Peut-être It'van qui surgirait des profondeurs, comme né une seconde fois à la vie.

Son attente – son impatience – se concentrait autour de cette galerie que le docteur Khô-Khô avait qualifiée de « vertébrale » et dont la bouche obscure, toujours obstruée de mauvaises herbes, s'ouvrait au milieu de la nef. Et un matin son attente fut récompensée.

Ce matin-là – la veille du retour d'It'van – elle se tenait penchée au-dessus de cette sombre ouverture, comme à la margelle d'un puits. Il lui sembla que le chiendent – toujours immobile et fibreux – se mettait à palpiter, tandis qu'une odeur âcre s'en échappait, accompagnée d'une fumée légère. Se penchant davantage, elle crut apercevoir, à travers le ténébreux rideau de végétation, un point de lumière. Puis ce point se mit à grossir et le chiendent à craquer, comme bousculé par une puissante force ascendante. Cependant, elles résistaient, ces plantes cartilagineuses : on aurait dit qu'elles se durcissaient, qu'elles se pétrifiaient pour barrer le passage à cette boule irradiante. Parfois, on aurait dit aussi que l'esprit igné renonçait à franchir l'ultime obstacle : on voyait alors sa masse décroître, comme s'il retombait en arrière, tandis que s'apaisaient les mouvements du sombre obstacle végétal. Mais il revenait bien vite à l'assaut et ébranlait de ses coups de boutoir la barrière, s'approchant de plus en plus du seuil où la jeune fille se tenait, au point qu'en plongeant la main elle aurait pu toucher son bec de lumière.

Enfin, la dernière et fibreuse barricade céda, le rideau noir creva et une masse étincelante, grésillante, s'éleva dans les airs en agitant ses ailes enflammées. L'oiseau de feu – qui avait les dimensions et l'envergure d'un aigle adulte – fit plusieurs fois le tour de la nef puis s'abattit sur l'autel où il resta un long moment immobile, au pied de cette étrange sculpture qu'It'van appelait « le pauvre cloué ». Anne, qui s'approchait lentement, eut tout le loisir de l'examiner. Il brûlait d'un feu éblouissant qui se dispersait autour de lui en vivantes étincelles. Brasier rouge au centre du poitrail – d'un rouge vif et comme sanglant – il devenait orange, jaune puis jaune pâle à l'extrémité de ses ailes. Au-dessus d'un long bec, dont on eût dit qu'il était en or, il dardait sur la jeune fille le perçant regard de ses yeux noirs. Au sommet de sa tête enflammée, un petit feu verdâtre, semblant une aigrette emplumée, lui donnait vaguement l'aspect d'une huppe. De peur de l'effaroucher, Anne suspendit sa marche à une dizaine de mètres de l'autel. Il semblait à la jeune fille que l'oiseau voulait lui dire quelque chose. Elle tendit la main vers lui.

Il s'envola d'un seul coup, monta jusqu'à effleurer les voûtes, puis – telle une flèche de lumière – il plongea vers la galerie vertébrale et s'engouffra dans la bouche obscure. La végétation parut se refermer sur lui – et il disparut.

Sur l'autel, au pied du crucifié, à l'endroit où quelques instants plus tôt il se tenait, la jeune fille aperçut une petite boule brillante. Elle s'en approcha. C'était un œuf, gros comme un œuf de poule ordinaire, qui contenait un point ardent, une braise douce, une tendre source lumineuse dont rosissait la coquille. Elle le saisit.

Il était chaud, mais sans excès. Elle pouvait le tenir facilement dans le creux de sa main.

Mue par une impulsion incontrôlable, elle tira une épingle de sa chevelure, perça deux trous et le goba. Aussitôt, elle éprouva une sensation d'extrême bien-être et d'hypersensibilité. Elle captait des bruits lointains, le chant d'un oiseau dans la forêt prochaine, la marche crissante des termites dans les profondeurs de la colline. Sa vue aussi s'était améliorée : elle distinguait à présent dans l'obscurité

Ceci est le début d'une nouvelle histoire que d'un bic infatigable je conterai avec l'inspiration que m'accorde le Dieu personnel intérieur, ce Paraclet qui parle à travers moi, cette Force dont je ne suis que l'humble vecteur. Veuille l'Antar quaternaire me protéger en cette tâche !

DU MÊME AUTEUR

Aux Éditions Fayard :

DITES-LE AVEC DES FLEURS (1969).
L'ENCLAVE (1971).
MAYAPURA (1973).
LES VERGERS DU CIEL (1975).
LE SIMORGH (1977).

Aux Éditions Jean-Claude Lattès :

LE BAPTÊME DE L'OMBRE (1982).

« Composition réalisée en ordinateur par IOTA »

IMPRIMÉ EN FRANCE PAR BRODARD ET TAUPIN
7, bd Romain-Rolland - Montrouge - Usine de La Flèche.
LIBRAIRIE GÉNÉRALE FRANÇAISE - 14, rue de l'Ancienne-Comédie - Paris.

ISBN : 2 - 253 - 03403 - 7

30/5906/0